10|18
12, avenue d'Italie – Paris XIIIe

Sur l'auteur

Grigori Chalvovitch Tchkhartichvili, alias Boris Akounine, est né en 1956 en Géorgie. Dès 1986, il entre à la prestigieuse revue *Inostrannaïa Literatoura* (« Littérature étrangère »), dont il devient rédacteur en chef adjoint en 1993. Il y publie de nombreux auteurs étrangers (Kundera, Perec, Sollers ou Houellebecq). En octobre 2000, il quitte la revue pour se consacrer à l'écriture. Auteur de nombreuses traductions de l'anglais et du japonais (Mishima, Inoué), il supervise, depuis 1996, la publication d'une anthologie en vingt volumes consacrée à la littérature japonaise. L'année de ses quarante ans, il publie un important essai intitulé *L'Écrivain et le suicide* et c'est pour se reposer de ce travail long et « démoralisant », selon ses propres dires, qu'il décide d'écrire un roman policier visant à toucher un large public : *Azazel.* Publié sous le pseudonyme de Boris Akounine, ce titre s'impose comme le premier d'une série qui en comptera douze et qui relate le parcours du jeune Eraste Pétrovitch Fandorine au sein de la police secrète. Il a publié depuis *Altyn Tolobas* (Presses de la Cité), le premier roman de son nouveau cycle, dont le héros n'est autre que le petit-fils d'Eraste Pétrovitch Fandorine.

MISSIONS SPÉCIALES

Deux aventures d'Eraste Fandorine

PAR

BORIS AKOUNINE

Traduit du russe
par Odette CHEVALOT
et Paul LEQUESNE

10|18

« Grands Détectives »
dirigé par Jean-Claude Zylberstein

PRESSES DE LA CITÉ

Du même auteur
aux Éditions 10/18

AZAZEL, n° 3469
LE GAMBIT TURC, n° 3470
LÉVIATHAN, n° 3559
LA MORT D'ACHILLE, n° 3615
▶ MISSIONS SPÉCIALES, n° 3712

À paraître

LE CONSEILLER D'ÉTAT (février 2005)

« Le Valet de Pique » a été traduit par Odette Chevalot,
et « Le Décorateur » par Paul Lequesne

Titre original :
Ossobye poručenija

ISBN 2-264-03679-6

Le Valet de Pique

Le « Valet de Pique » passe les bornes

Il n'était, en ce bas monde, homme plus infortuné qu'Anissi Tioulpanov. Peut-être, à la rigueur, s'en trouvait-il un quelque part en Afrique noire ou tout là-bas en Patagonie, mais, plus près, sans doute pas.

Jugez vous-même. D'abord, son petit nom : Anissi. Avez-vous déjà vu un homme honorable, gentilhomme de la chambre ou même chef de bureau, qui s'appelât Anissi ? Tout de suite, cela sentait la veilleuse d'icône, la sacristie.

Et son nom de famille ! On ne pouvait qu'en rire. Il tenait ce maudit patronyme de son arrière-grand-père, sacristain d'une église de village. Alors que l'ancêtre d'Anissi étudiait au séminaire, le père recteur avait eu l'idée de changer les noms de famille malsonnants des futurs serviteurs de l'Eglise pour d'autres plus plaisants à Dieu. Par souci de simplicité et de commodité, une année il donnait aux séminaristes exclusivement des noms de fêtes religieuses, l'année suivante des noms de fruits, et, quant à lui, l'arrière-grand-père était tombé sur l'année des fleurs : jacinthe, balsamine, renoncule… Pour lui ce fut la tulipe. L'aïeul ne termina pas le séminaire, mais transmit son stupide nom de famille à sa descendance. Encore heureux qu'on l'ait appelé Tioulpanov et non Pissenlitov ou quelque chose dans ce genre.

Mais son nom n'était encore rien à côté de son physique ! Premièrement, ses oreilles : elles saillaient de chaque côté telles les anses d'une soupière. Il avait beau essayer de les plaquer sous sa casquette, elles n'en faisaient qu'à leur guise, ne cessant de s'échapper et de pointer à nouveau comme pour servir d'appui au couvre-chef. Bien trop élastiques et cartilagineuses pour tenir en place.

Auparavant, Anissi restait de longs moments devant le miroir. Il se tournait dans un sens, dans l'autre, ramenait en avant les cheveux qu'il laissait volontairement pousser de part et d'autre dans l'espoir de cacher ses feuilles de chou, ce qui semblait améliorer les choses, momentanément du moins. Mais quand son visage s'était peu à peu entièrement couvert de boutons (cela faisait deux ans maintenant), Tioulpanov avait relégué le miroir au grenier, car la vision de sa sale figure était désormais une épreuve au-dessus de ses forces.

Pour se rendre au travail, Anissi se levait aux aurores, et alors qu'il faisait encore nuit pendant les mois d'hiver. Il avait un bon bout de chemin à parcourir. Sa maisonnette, hérité de son père sacristain, se trouvait sur les terres du monastère de l'Intercession, tout près de la porte Saint-Sauveur, et, même en marchant vite, il lui fallait une bonne heure pour rallier la Direction de la gendarmerie, à travers rues désertes et quartiers mal famés. Et, pour peu, comme c'était le cas aujourd'hui, qu'il gelât et que le chemin fût verglacé, c'était le comble.

Avec ses bottines éculées et sa capote usée jusqu'à la corde, il avait plutôt piètre allure. Il claquait des dents et se rappelait les jours meilleurs, son adolescence insouciante, sa chère maman, Dieu ait son âme.

L'année précédente, après qu'il fut entré au service des filatures, tout était bien plus facile. Il recevait un salaire de dix-huit roubles, plus un complément pour les heures supplémentaires, pour le travail de nuit, et parfois même pour ses frais de déplacement. Il arrivait qu'il se fasse jusqu'à trente-cinq roubles dans le mois. Mais Tioulpanov, pauvre bougre, n'avait pas su se maintenir dans cet excellent et lucratif emploi. Il avait été jugé par le lieutenant-colonel Svertchinski en personne comme étant un agent sans avenir et plus généralement une chiffe. En premier lieu, il avait été justement accusé d'avoir abandonné son poste d'observation (mais comment faire autrement quand sa sœur Sonia restait sans manger depuis le matin ?). Puis il y avait eu plus grave, la fois où il avait laissé échapper une dangereuse révolutionnaire. Lors d'une opération visant un appartement clandestin, il se tenait en faction à la porte de service donnant sur la cour située à l'arrière de l'immeuble. Par mesure de précaution, vu son jeune âge, on n'avait pas laissé Tioulpanov participer à l'assaut lui-même. Or il avait fallu que les hommes chargés de l'opération, limiers expérimentés, maîtres dans leur art, laissent filer une jeune étudiante. Soudain, Anissi avait vu une demoiselle à petites lunettes fonçant sur lui, l'air affolé, désespéré. Il lui avait crié « Arrêtez ! » mais n'avait pu se résoudre à l'attraper : elle avait des bras si frêles, cette demoiselle. Et il était resté té comme une bûche à la regarder s'enfuir. Il vait même pas fait usage de son sifflet.

Pour ce manquement manifeste, on avait voulu purement et simplement renvoyer Tioulpanov mais, prenant en pitié l'orphelin, la Direction s'était contentée de le rétrograder au rang de commissionnaire. Désormais, Anissi occupait une fonction bien modeste, voire humiliante pour un homme instruit qui avait étudié cinq années au lycée technique. Et surtout, une fonction n'offrant aucune perspective. Il allait passer toute sa vie à courir comme un pitoyable débutant sans espoir d'accéder un jour ne serait-ce qu'au rang de registrateur de collège.

A vingt ans, n'importe qui eût été amer de devoir mettre une croix sur son propre avenir, mais ce n'était même pas une question d'amour-propre. Essayez donc de subsister avec douze roubles et demi par mois. Pour sa part, il n'avait pas besoin de grand-chose, mais Sonia, comment lui expliquer que son petit frère avait raté sa carrière ? Elle avait envie de beurre, de fromage blanc, sans compter qu'il fallait bien la gâter avec quelque friandise de temps à autre. Et le bois pour le poêle — actuellement il fallait compter trois roubles le stère. Sonia avait beau être simple d'esprit, cela ne l'empêchait pas de beugler et de pleurer quand elle avait froid.

Avant de filer, Anissi avait pris le temps de changer sa sœur, qui s'était mouillée. Elle avait à grand-peine ouvert ses petits yeux porcins et, avec un sourire endormi à son frère, avait balbutié :

« Nissi, Nissi.

— Reste ici bien sagement, petite idiote, et ne fais pas de bêtise », lui avait intimé Anissi avec une feinte sévérité, tout en retournant le corps pesant et chaud de sommeil.

Sur la table il avait posé comme convenu une pièce de dix kopecks pour la voisine chargée de surveiller la malheureuse. Il avait à la hâte avalé un petit pain rassis, qu'il avait fait passer avec du lait froid, puis il avait été temps d'aller affronter l'obscurité et la tempête de neige.

Alors que, glissant à chaque instant, il traversait à petits pas le terrain vague enneigé en direction de la Taganka, Tioulpanov se lamentait sur son sort. Comme s'il n'avait pas suffi qu'il soit pauvre, moche et incapable, il avait fallu par-dessus le marché qu'il eût Sonia à traîner comme un boulet jusqu'à la fin de ses jours. Sa vie était fichue, il n'aurait jamais ni femme, ni enfants, ni confortable maison.

Passant en courant devant l'église de Tous-les-Affligés, il se signa comme à l'accoutumée devant l'icône de la Mère de Dieu qu'éclairait une veilleuse. Anissi aimait cette icône depuis l'enfance : au lieu d'être au sec et à la chaleur, elle pendait sur la façade, offerte à tous les vents, seulement protégée de la pluie et de la neige par un petit auvent surmonté d'une croix de bois. La petite flamme qui brûlait sans jamais s'éteindre sous sa cloche de verre s'apercevait de loin. C'était bon de la voir, surtout au milieu des ténèbres, du froid et des hurlements du vent.

Mais qu'était cette chose blanche au-dessus de la croix ?

Une colombe ! Elle était là en train de nettoyer ses ailes avec son bec, indifférente à la tempête. D'après feu la maman d'Anissi, grande connaisseuse des présages, une colombe blanche sur une croix annonçait chance et joie inattendue. Mais d'où pourrait bien lui venir une telle chance ?

Un vent tourbillonnant balayait la neige. Dieu qu'il faisait froid.

Mais, de fait, la journée de travail d'Anissi commença pas mal du tout. On peut même dire que Tioulpanov joua de chance. Igor Sémionitch, le registrateur de collège qui dirigeait le service des expéditions, jeta un regard en biais au pauvre manteau d'Anissi, secoua sa tête chenue et lui confia une bonne petite mission à l'abri du froid. Il n'aurait pas à courir aux quatre coins de l'immense cité battue par les vents mais seulement à remettre un dossier renfermant des rapports et autres documents à Sa Haute Noblesse[1] monsieur Eraste Pétrovitch Fandorine, fonctionnaire chargé des missions spéciales auprès de Son Excellence le général gouverneur. A remettre le dossier et à attendre une éventuelle réponse de monsieur le conseiller aulique.

Rien de sorcier. Anissi reprit courage et apporta le dossier en moins de rien, sans même avoir le temps de sentir la morsure du gel. Monsieur Fandorine habitait à deux pas, rue Malaïa Nikitskaïa, où il possédait le pavillon jouxtant la résidence du baron Evert-Kolokoltsev.

Anissi adorait monsieur Fandorine. De loin, timidement, il lui vouait une vénération dénuée de tout espoir que le grand homme prêtât un jour attention à lui, remarquât l'existence de l'obscur Tioulpanov. Bien qu'il appartînt à une autre instance, le conseiller

1. Pour les rangs et les titres, se reporter à la table en fin de volume.

aulique Eraste Pétrovitch jouissait à la Direction de la gendarmerie d'une solide réputation. Et quand bien même fût-il lieutenant général, Son Excellence le grand maître de la police de Moscou, Efim Efimovitch Baranov en personne, n'avait aucune honte à demander un conseil confidentiel au fonctionnaire des missions spéciales, voire à rechercher sa protection.

A cela, il y avait de bonnes raisons : toute personne un tant soit peu au fait de la grande politique moscovite savait que le père de l'ancienne capitale, le prince Vladimir Andréiévitch Dolgoroukoï, avait une considération particulière pour le conseiller aulique et prêtait attention à ses opinions. Les bruits les plus divers couraient à propos de monsieur Fandorine. Par exemple, qu'il aurait possédé un don particulier : celui de lire dans les pensées de n'importe quel individu et de déceler en un clin d'œil et dans ses moindres détails le secret le mieux enfoui.

De par ses fonctions, il revenait au conseiller aulique d'être l'œil du général gouverneur dans toutes les affaires secrètes de Moscou relevant de la compétence de la gendarmerie et de la police. Pour cette raison, Eraste Pétrovitch recevait chaque matin les informations nécessaires de la part du général Baranov et de la Direction de la gendarmerie, lesquelles lui étaient généralement portées à la résidence du gouverneur, rue de Tver, mais parfois aussi à son domicile, car le conseiller aulique était entièrement libre de son emploi du temps et pouvait, si tel était son désir, ne pas paraître du tout à son bureau.

Voilà donc le personnage important qu'était monsieur Fandorine, lequel, pourtant, se comportait avec simplicité et sans aucune arrogance. Par deux fois Anissi lui avait livré des plis rue de Tver, et il avait été totalement conquis par les manières affables d'un personnage aussi influent : il ne vous humiliait pas sous prétexte que vous étiez un petit, s'adressait à vous respectueusement, vous invitait toujours à vous asseoir et vous voussoyait.

Et puis c'était passionnant d'observer de près un personnage sur lequel, dans tout Moscou, couraient des bruits véritablement fantastiques. On voyait immédiatement qu'il s'agissait d'un homme à part. Alors que son visage était beau, lisse, jeune, ses cheveux de jais grisonnaient fortement aux tempes. Sa voix était calme, douce, il était affligé d'un léger bégaiement, mais chaque mot était à sa place et, de toute évidence, il n'avait pas pour habitude de répéter deux fois la même chose. Un homme imposant, il n'y avait pas à dire.

Tioulpanov n'avait pas encore eu l'occasion de se rendre au domicile du conseiller aulique, raison pour laquelle, franchissant le portail ajouré surmonté d'une couronne de fonte, il se dirigea avec une certaine émotion vers l'élégant pavillon de plain-pied. La demeure d'un homme aussi extraordinaire était sans doute elle aussi quelque peu singulière.

Il pressa le bouton de la sonnette électrique, non sans avoir préparé à l'avance sa première phrase : « Courrier Tioulpanov, de la Direction de la gendarmerie. Des documents pour Sa Haute Noblesse. » Se rendant subitement compte d'un détail qui clochait, il fourra sous sa casquette son oreille droite rebelle.

La porte de chêne sculptée s'ouvrit en grand. Sur le seuil se tenait un Asiate, petit mais de robuste constitution, avec des yeux étroits, des joues rondes, des cheveux noirs et drus coupés en brosse. L'Asiate portait une livrée verte à galon doré et, bizarrement, avait aux pieds des sandales de paille. Le serviteur considéra le visiteur d'un air mécontent et demanda :

— C'est poul quoi ?

Des profondeurs de la maison retentit une sonore voix de femme :

— Massa ! Combien de fois faudra-t-il te le répéter ! On ne dit pas « c'est pour quoi », mais « que désirez-vous » !

L'Asiate lança un regard mauvais quelque part derrière lui et, s'adressant à Anissi, grommela de mauvais gré :

— Quo désiles-to ?

— Courrier Tioulpanov, de la Direction de la gendarmerie. Des documents pour Sa Haute Noblesse, débita d'une traite Anissi.

— Bon, va, fit le serviteur, s'écartant pour le laisser passer.

Tioulpanov se retrouva dans une vaste entrée, regarda autour de lui avec intérêt et, dans un premier temps, éprouva une certaine déception : il n'y avait pas d'ours tenant un plateau d'argent pour les cartes de visite, or pouvait-on concevoir une maison noble sans ours empaillé ? Etait-ce à dire que le fonctionnaire pour les missions spéciales ne recevait pas de visites ?

Cela étant, bien qu'il n'y eût pas d'ours, le vestibule était meublé de façon charmante et, dans un coin, à l'intérieur d'une armoire vitrée, se dressait une curieuse armure : entièrement constituée de petites plaques métalliques, avec un monogramme alambiqué sur la cuirasse et un casque à cornes rappelant un scarabée.

Sur le seuil de la porte menant aux appartements, dont l'entrée était évidemment interdite à un courrier, parut une femme d'une rare beauté, vêtue d'un peignoir de soie rouge tombant jusqu'au sol. La somptueuse chevelure brune de la belle dame était arrangée en une savante coiffure, son cou long et fin était dénudé, ses mains blanches couvertes de bagues étaient croisées sur sa poitrine haute. De ses immenses yeux noirs, la dame fixa Anissi d'un air déçu, fronça imperceptiblement son nez grec et lança :

— Eraste, c'est pour toi ! Du bureau.

Pour quelque obscure raison, Anissi s'étonna que le conseiller aulique fût marié, bien que, dans le fond, il n'y eût rien d'étonnant à ce qu'un tel homme eût une épouse magnifique, au port de reine et au regard hautain.

Madame Fandorina bâilla aristocratiquement, sans desserrer les lèvres, et disparut derrière la porte, puis, une minute plus tard, monsieur Fandorine en personne entra dans le vestibule.

Il était également en peignoir, noir et non rouge, avec des glands et une cordelière de soie.

— Bonjour, T-Tioulpanov, dit le conseiller aulique tout en égrenant un chapelet de jade vert.

Anissi manqua défaillir de plaisir : jamais il n'aurait imaginé qu'Eraste Pétrovitch se souviendrait de lui et a fortiori de son nom de famille. Alors que des tas de sous-fifres venaient lui porter des plis, incroyable !

— Qu'avez-vous là ? Donnez. Passez au salon, et asseyez-vous quelques instants. Massa, débarrasse m-monsieur Tioulpanov de son manteau.

Pénétrant timidement dans la pièce sans oser examiner trop attentivement les lieux, Anissi s'assit modestement sur le bord d'une chaise habillée de velours bleu marine et, quelques instants après seulement, se mit discrètement à regarder autour de lui.

La pièce était intéressante : tous les murs étaient couverts de gravures japonaises en couleurs, actuellement très à la mode, Anissi le savait. Il observa également des parchemins écrits en idéogrammes et, sur un support en bois laqué, deux sabres à lame recourbée, l'un plus long que l'autre.

Le conseiller aulique feuilletait les documents, les annotant ici et là avec un petit crayon doré. Son épouse, sans prêter attention aux deux hommes, se tenait près de la fenêtre et contemplait le jardin d'un air maussade.

— Chéri, dit-elle en français, mais pourquoi ne sortons-nous jamais ? C'est insupportable, à la fin. J'aimerais aller au théâtre, j'aimerais aller au bal.

— Vous d-disiez vous-même, Addi, que cela n'était pas convenable, répondit Fandorine, s'arrachant à ses papiers. Nous pourrions y rencontrer certaines de vos connaissances de Saint-Pétersbourg. Ce serait gênant. Mais moi, personnellement, cela m'est égal.

Il jeta un regard à Tioulpanov, lequel rougit. Mais, après tout, ce n'était pas sa faute si, bien qu'approximativement, il comprenait le français !

Il en ressortait que la belle dame n'était nullement madame Fandorina.

— Ah, pardonne-moi, Addi, reprit Eraste Pétrovitch en russe. Je ne t'ai pas présenté monsieur Tioulpanov, il travaille à la Direction de la gendarmerie.

Monsieur Tioulpanov, je vous présente la comtesse Ariadna Arkadievna Opraksina, m-mon excellente amie.

Anissi crut percevoir une légère hésitation chez le conseiller aulique comme si celui-ci ne savait pas exactement comment présenter la belle dame. Mais peut-être était-ce à cause du bégaiement qu'il avait eu cette impression.

— Oh, mon Dieu, fit la comtesse Addi avec un soupir affligé avant de quitter la pièce d'un pas résolu.

Presque aussitôt, sa voix se fit entendre :

— Massa, éloigne-toi immédiatement de ma Nathalie ! Et toi, retourne dans ta chambre, gredine ! Non, vraiment, c'est insupportable !

Eraste Pétrovitch soupira à son tour et se replongea dans ses papiers.

C'est alors que retentirent les vibrations de la sonnette, suivies d'un bruit étouffé de voix provenant du vestibule, et que l'Asiate déboula dans le salon.

Il se mit à baragouiner dans un langage barbare, mais, d'un geste, Fandorine lui intima l'ordre de se taire.

— Massa, je te l'ai dit mille fois : en présence d'invités, tu ne dois pas t'adresser à moi en japonais mais en russe.

Promu au rang d'invité, Anissi se redressa et considéra le serviteur avec curiosité : ça alors, un Japonais en chair et en os !

— Do la pal do Védissev-san, annonça brièvement Massa.

— De Védichtchev ? Frol G-Grigoriévitch ? Fais entrer.

Qui était ce Frol Grigoriévitch Védichtchev, Anissi le savait parfaitement. Une personnalité connue, surnommée l'Eminence Grise. Au service du prince Dolgoroukoï depuis sa plus tendre enfance, d'abord en qualité de factotum, puis d'ordonnance, puis de laquais, et enfin de valet de chambre particulier, fonction qu'il occupait depuis l'époque où, vingt ans plus tôt, Vladimir Andréiévitch avait pris l'antique cité entre ses mains fermes et puissantes. A priori, un valet de chambre n'est pas un personnage de premier plan. Pourtant, tout le monde savait que Dolgoroukoï, homme prudent et avisé, ne prenait jamais aucune décision sans avoir au préalable demandé conseil à son fidèle Frol. Vous souhaitiez soumettre une importante requête à Son Excellence, vous vous gagniez les faveurs de Védichtchev et la moitié du chemin était fait.

Un solide gaillard, vêtu de la livrée des gens du gouverneur, entra, ou plutôt fit irruption dans le salon et débita depuis le seuil :

— Votre Haute Noblesse, Frol Grigoriévitch vous demande ! Vous devez absolument venir de toute urgence ! C'est le bazar chez nous, Eraste Pétrovitch, une vraie maison de fous ! Frol Grigoriévitch dit qu'on ne s'en sortira pas sans vous ! J'ai pris le traîneau du prince, nous y serons en moins de rien.

— C'est quoi, ce « bazar » ? demanda le conseiller aulique d'un air renfrogné, ce qui ne l'empêcha pas de se lever et d'ôter sa robe de chambre. Bon, allons-y, nous v-verrons bien.

Sous sa robe de chambre, il portait une chemise blanche et une cravate noire.

— Massa, un gilet et une redingote, vite ! cria Fandorine en glissant les documents dans le dossier. Et vous, Tioulpanov, vous allez devoir m'accompagner pour une petite promenade. Je finirai de lire ça en route.

Anissi était prêt à suivre Sa Haute Noblesse n'importe où, ce qu'il exprima en bondissant de sa chaise.

Jamais, au grand jamais, le petit commissionnaire Tioulpanov n'aurait osé imaginer monter un jour dans le traîneau du général gouverneur.

Une fameuse voiture, un vrai carrosse sur patins. Intérieur entièrement tapissé de satin, sièges en cuir de Russie, poêle à tuyau de bronze dans un coin. Pas allumé, il est vrai.

Le laquais prit place sur le siège du cocher et les quatre fougueux trotteurs du prince s'élancèrent gaiement.

Ballotté sans à-coups, presque délicatement, sur le siège moelleux destiné à d'ô combien plus nobles postérieurs, Anissi pensa : « Sûr que personne ne me croira. »

Un craquement de cire se fit entendre alors que monsieur Fandorine décachetait une dépêche. Il fronça son front haut et pur. Qu'est-ce qu'il peut être beau ! pensa Tioulpanov, sans jalousie, avec une sincère admiration, en observant du coin de l'œil le conseiller aulique en train de tirailler sa fine moustache.

Il ne leur fallut que cinq minutes pour arriver au grand bâtiment de la rue de Tver. Le traîneau ne tourna pas à gauche, vers les services administratifs, mais à droite, en direction de l'entrée d'honneur et des appartements privés du « grand prince de Moscou », le tout-puissant Vladimir Andréiévitch.

— Vous m'excuserez, Tioulpanov, prononça à toute vitesse Fandorine en ouvrant en grand la portière, mais je ne peux pas vous libérer pour l'instant. Après, j'aurai quelques lignes à écrire au c-colonel. Mais d'abord, je vais m'occuper de ce « bazar ».

Anissi descendit de voiture à la suite d'Eraste Pétrovitch, pénétra dans le hall de marbre mais, là, il ralentit le pas, intimidé à la vue de l'imposant suisse tenant un bâton doré. Tioulpanov eut alors une peur terrible de l'affront qu'il subirait si monsieur Fandorine le laissait en bas de l'escalier, à piétiner sur place comme un vulgaire chien. Mais il ravala sa fierté, prêt à pardonner au conseiller aulique : comment aurait-il pu se présenter dans les appartements du gouverneur flanqué d'un minable comme lui, vêtu d'un tel manteau et coiffé d'une casquette à la visière toute fendillée ?

Alors qu'il était déjà au milieu de l'escalier, Eraste Pétrovitch se retourna et demanda avec impatience :

— Vous avez pris racine ou quoi ? Ne restez pas en arrière. C'est vraiment la pagaille ici.

Alors seulement Anissi se rendit compte que, dans la maison du gouverneur, il se passait effectivement des événements hors du commun. Et, à y regarder de plus près, l'imposant suisse n'avait pas tant l'air imposant que décontenancé. Des petits gars affairés entraient, chargés de malles, de boîtes, de caisses marquées en lettres étrangères. Un déménagement ?

D'un bond, Tioulpanov rejoignit le conseiller aulique et s'efforça de ne pas s'éloigner de lui de plus de deux pas, ce qui l'obligeait par moments à trotter ridiculement, car Sa Haute Noblesse avançait rapidement, en faisant de longues enjambées.

Oh, comme tout était beau dans la résidence du gouverneur ! Presque aussi beau que dans un temple : colonnes multicolores (en porphyre, peut-être ?), portières de brocart, statues de déesses grecques. Et les lustres ! Et les tableaux aux cadres recouverts d'or ! Et le parquet en marqueterie luisant comme un miroir !

Regardant derrière lui, Anissi vit soudain que ses infâmes bottines avaient laissé des traces sales et mouillées sur ce sol merveilleux. Mon Dieu, faites que personne ne le remarque !

Dans une vaste salle, où il n'y avait pas âme qui vive, mais seulement des fauteuils alignés le long du mur, le conseiller aulique lui dit :

— Asseyez-vous ici. Et gardez le d-dossier.

Pour sa part, il se dirigea vers la haute porte entièrement couverte de dorures, dont les deux battants s'ouvrirent avant même qu'il ait levé la main. Tout d'abord, un brouhaha de voix surexcitées se fit entendre, puis quatre hommes entrèrent dans la salle : un général de belle stature, un grand escogriffe apparemment étranger vêtu d'un manteau à carreaux surmonté d'une pèlerine, un vieillard maigre et chauve aux énormes favoris et un fonctionnaire à lunettes vêtu d'un uniforme.

En la personne du général, Anissi reconnut le prince Dolgoroukoï et, palpitant d'émotion, il se mit au garde-à-vous.

De près, Son Excellence ne paraissait pas si jeune ni si fraîche que lorsqu'on la regardait depuis la foule : son visage était creusé de rides profondes, sa chevelure bouclée était trop abondante pour être naturelle et, quant à ses longues moustaches et ses favoris, ils étaient beaucoup trop châtains pour un homme de soixante-quinze ans.

— Eraste Pétrovitch, vous tombez bien ! s'écria le gouverneur. Il écorche le français de telle façon qu'on ne comprend rien de ce qu'il dit, et il ne connaît pas un mot de notre langue. Vous qui parlez l'anglais, expliquez-moi ce qu'il me veut ! Et comment a-t-on pu le laisser entrer ? ! Voilà une heure que j'essaie de m'expliquer avec lui, et tout cela en pure perte !

— Votre Haute Excellence, comment ne pas le laisser entrer alors qu'il est lord et a accès à votre maison ? protesta l'homme à lunettes d'une voix plaintive, répétant visiblement la même chose pour la énième fois. Comment pouvais-je savoir… ?

L'Anglais se mit à parler à son tour en s'adressant au nouveau venu et en agitant, l'air indigné, un document couvert de multiples cachets. Eraste Pétrovitch, impassible, commença à traduire :

— C'est malhonnête, on ne se comporte pas comme cela dans les pays civilisés. J'étais chez ce vieux monsieur hier, il a signé l'acte de vente de sa maison et nous nous sommes serré la main pour sceller l'accord. Et maintenant, voyez-vous, il a changé d'avis et refuse de quitter les lieux. Son petit-fils, mister Speier, m'a expliqué que le vieux gentleman devait déménager dans la Maison des vétérans des guerres napoléoniennes, qu'il y serait mieux car les soins y sont excellents, et donc que cet hôtel particulier était à vendre. Une telle inconstance est indigne, surtout quand l'argent a déjà été versé. Et pas une petite somme, cent mille roubles. Tenez, voici l'acte de vente !

— Il n'arrête pas d'agiter ce bout de papier mais ne le donne à personne, fit remarquer le vieillard chauve qui s'était tu jusqu'à cet instant.

De toute évidence, il s'agissait de Frol Grigoriévitch Védichtchev.

— Moi, le grand-père de Speier ? bredouilla le prince. Moi, à l'asile de vieillards ? !

Le fonctionnaire, qui s'était avancé à pas de loup derrière l'Anglais, se haussa sur la pointe des pieds et réussit à jeter un coup d'œil au mystérieux document.

— Effectivement, cent mille roubles, et légalisé par un notaire, confirma-t-il. Et c'est bien notre adresse : rue de Tver, résidence du prince Dolgoroukoï.

Eraste Pétrovitch demanda :

— Vladimir Andréiévitch, qui est Speier ?

Le prince essuya son front cramoisi avec son mouchoir et écarta les mains :

— Speier est un très charmant jeune homme. Avec d'excellentes recommandations. Il m'a été présenté au bal de Noël par… hum… par qui déjà ? Ah non, je me souviens ! Ce n'était pas au bal ! C'est Son Altesse le duc de Saxe-Limbourg qui me l'a recommandé par lettre. Speier est un jeune homme merveilleux, d'une grande courtoisie, un cœur d'or et en même temps un garçon si infortuné. Lors de la campagne de Kuchka, il a été blessé à la colonne vertébrale et, depuis, il a perdu l'usage de ses jambes. Il se déplace dans une chaise roulante, mais n'a pas perdu le moral. Il se voue à la bienfaisance, collecte des dons pour les orphelins et y consacre lui-même des sommes considérables. Il était ici hier matin avec cet Anglais complètement fou, qu'il m'a présenté comme étant le célèbre philanthrope britannique lord Pitsbrook. Il m'a demandé la permission de faire visiter la maison à l'Anglais, le lord étant connaisseur et féru d'architecture. Pouvais-je refuser au pauvre Speier une faveur aussi insignifiante ? Et voilà, c'est Innokenti qui les a accompagnés.

A ces mots, Dolgoroukoï pointa un doigt rageur sur le fonctionnaire, lequel leva les bras au ciel.

— Votre Haute Excellence, comment aurais-je pu... ? C'est vous-même qui m'avez ordonné de me montrer le plus aimable possible...

— Vous avez serré la main de lord P-Pitsbrook ? demanda Fandorine.

Alors qu'il prononçait ces mots, Anissi crut voir une étincelle passer dans les yeux du conseiller aulique.

— Oui, évidemment, répondit le prince en haussant les épaules. Speier lui a d'abord raconté en anglais quelque chose me concernant. Le visage de cet escogriffe s'est alors illuminé et il s'est précipité pour me serrer la main.

— Et, auparavant, vous aviez signé un p-papier quelconque ?

Le gouverneur fronça les sourcils, essayant de se souvenir.

— En effet, Speier m'a demandé de signer une lettre souhaitant plein succès à l'asile Sainte-Catherine récemment ouvert. C'est si noble de vouloir remettre les jeunes pécheresses dans le droit chemin ! Mais je n'ai signé aucun acte de vente ! Vous me connaissez, mon cher, je lis toujours attentivement tout ce que je signe.

— Et ensuite, qu'a-t-il fait de cette lettre ?

— Si je me souviens bien, il l'a montrée à l'Anglais, a dit quelque chose et l'a fourrée dans un dossier. Il avait un dossier dans sa chaise roulante. (Le visage déjà menaçant de Dolgoroukoï se fit plus sombre qu'une nuée d'orage.) *Ah, merde !* Est-il possible que...

Eraste Pétrovitch s'adressa en anglais au lord et parvint manifestement à gagner l'entière confiance du fils d'Albion, car il se vit remettre pour examen le mystérieux document.

— Tout est établi dans les règles, marmonna le conseiller aulique, parcourant l'acte du regard. Avec le sceau impérial, le cachet de l'étude notariale Moebius et la signature de... Qu'est-ce que c'est que ça ?

Sur le visage de Fandorine se refléta la plus extrême perplexité.

— Vladimir Andréiévitch, regardez ! Regardez la signature !

D'un air dégoûté, comme s'il se fût agi d'un crapaud, le prince saisit le document et l'éloigna le plus possible de ses yeux de presbyte. Puis il lut à voix haute :

— « Le Valet de Pique »... Excusez-moi, mais dans quel sens, « valet » ?

— Ti-iens donc ! prononça Védichtchev d'une voix traînante. Maintenant, tout est clair. Encore le Valet de Pique. Ça, par exemple ! Sainte Mère de Dieu, il ne nous manquait plus que ça.

— Le Valet de Pique ? répéta Son Excellence, continuant de ne pas comprendre. Mais c'est une bande d'escrocs qui s'appelle comme ça. Ceux-là mêmes qui, le mois dernier, ont vendu ses propres chevaux au banquier Poliakov et qui, à Noël, ont aidé le marchand Vinogradov à extraire de l'or d'une rivière près de Moscou. C'est Baranov qui me l'a rapporté. Nous recherchons ces scélérats, m'a-t-il dit. Et le mieux, c'est que cela m'a fait rire. Est-il possible qu'ils aient osé... moi, Dolgoroukoï ? !

D'un geste brusque, le général gouverneur défit son col brodé d'or, et son visage prit un air si terrible qu'Anissi rentra la tête dans les épaules.

Telle une poule affolée, Védichtchev s'élança vers le prince hors de lui et se mit à glousser :

— Vladimir Andréiévitch, il n'est si bon charretier qui ne verse, il n'y a pas de quoi se mettre dans un état pareil ! Tenez, je vais vous donner quelques gouttes de valériane et appeler le médecin, qu'il vous fasse une saignée ! Innokenti, vite, une chaise !

Mais Anissi fut le premier à présenter une chaise à la haute autorité. On fit asseoir le gouverneur en émoi, mais celui-ci essayait sans cesse de se relever et repoussait son valet de chambre.

— Comme un vulgaire petit marchand ! Pour qui me prennent-ils, pour un gamin ? Je vais leur en faire voir, moi, de l'asile de vieux ! criait-il de façon plus ou moins cohérente.

Pendant ce temps, Védichtchev émettait divers sons voués à calmer Son Excellence et, une fois, il alla même jusqu'à caresser ses cheveux teints, voire carrément artificiels.

Le gouverneur se tourna vers Fandorine et dit d'un ton plaintif :

— Eraste Pétrovitch, mon ami, c'est tout de même incroyable ! Ces brigands dépassent les bornes ! A travers ma personne, c'est tout Moscou qu'ils offensent, humilient, couvrent de ridicule ! Mettez en branle la police, la gendarmerie, qui vous voudrez, mais retrouvez-moi ces voyous ! Qu'on les traduise en justice ! Qu'on les expédie en Sibérie ! Je sais que vous pouvez tout, mon cher ami. A partir de maintenant, considérez cela comme votre tâche essentielle et comme une demande personnelle de ma part. Baranov seul n'en viendra pas à bout, qu'au moins il vous aide.

— Impossible de faire intervenir la police, dit le conseiller aulique, l'air préoccupé. (Aucune étincelle ne brillait plus dans les yeux bleus de monsieur Fandorine, et son visage n'exprimait désormais qu'inquiétude pour le représentant du pouvoir.) Le b-bruit va se répandre, toute la ville va se tordre de rire. Il ne faut pas permettre une chose pareille.

— Un instant, reprit le prince, s'échauffant de nouveau. Vous voulez dire qu'il faut laisser faire, baisser les bras devant ces Valets ?

— En aucun cas. Je vais m'occuper de cette affaire. Mais d-discrètement, sans publicité. (Fandorine réfléchit un instant avant de poursuivre :) Il va falloir prélever sur les finances de la ville de quoi rendre son argent à lord Pitsbrook, lui présenter des excuses et ne rien dire à propos du Valet. Il n'y a qu'à lui expliquer qu'il s'agit d'un malentendu. Que votre petit-fils a agi de manière inconsidérée.

En entendant prononcer son nom, l'Anglais, inquiet, demanda quelque chose au conseiller aulique, lequel répondit brièvement avant de se tourner de nouveau vers le gouverneur :

— Frol Grigoriévitch trouvera une explication plausible pour les domestiques. Quant à moi, je me mets en chasse.

— Vous croyez vraiment que, seul, il est possible de mettre la main sur une engeance pareille ? demanda le valet de chambre, sceptique.

— Je reconnais que ce ne sera pas facile. Mais il n'est pas souhaitable d'élargir le cercle des initiés.

Fandorine lança un regard à l'homme à lunettes que le prince appelait « Innokenti » et secoua la tête. Apparemment, le secrétaire ne lui convenait pas en tant qu'assistant. Puis Eraste Pétrovitch se tourna vers Anissi. Ce dernier se raidit, avec le sentiment aigu de sa piteuse apparence : jeunot, maigrichon, oreilles en feuilles de chou, sans parler des boutons.

— Je… je ne dirai pas un mot, bredouilla-t-il. Vous avez ma parole d'honneur.

— C'est qui, celui-là ? rugit Son Excellence, comme s'il remarquait pour la première fois la présence du pitoyable commissionnaire. Qu'est-ce qu'il fiche ici ?

— C'est Tioulpanov, expliqua Fandorine. De la Direction de la gendarmerie. Un agent expérimenté. C'est l'homme qu'il me faut p-pour m'aider.

Le prince enveloppa du regard le pauvre Anissi, tout ratatiné sur lui-même, et fronça ses sourcils menaçants.

— Fais bien attention à ce que je vais te dire, Tioulpanov. Si tu te montres utile, je ferai de toi quelqu'un. Mais si tu fais des âneries, je te réduis en poussière.

Alors qu'Eraste Pétrovitch et Anissi, complètement hébété, se dirigeaient vers l'escalier, on entendit Védichtchev qui disait :

— Vladimir Andréiévitch, comme vous voudrez, mais il n'y a pas d'argent dans les caisses. Cent mille roubles, ce n'est pas rien. L'Anglais devra se contenter d'excuses.

Dans la rue, un nouveau choc attendait Tioulpanov.

Tout en enfilant ses gants, le conseiller aulique demanda brusquement :

— Est-il exact, ainsi qu'on me l'a rapporté, que vous avez une sœur invalide à votre charge et que vous avez refusé de la placer dans une institution d'Etat ?

Anissi ne s'attendait pas que sa situation familiale fût ainsi connue mais, dans l'état de stupéfaction où il se trouvait, il s'en étonna moins qu'il n'aurait dû.

— Il est impossible de la mettre dans une institution, expliqua-t-il. Elle y dépérirait. La pauvre idiote est bien trop habituée à moi.

C'est alors que Fandorine prononça des paroles qui le bouleversèrent.

— Je vous envie, dit-il avec un soupir. Vous êtes un homme heureux, Tioulpanov. Si jeune, vous avez déjà de quoi être f-fier de vous. Le Seigneur vous a donné un pivot pour toute la vie.

Alors qu'Anissi essayait d'élucider le sens de ces étranges paroles, le conseiller aulique poursuivit :

— Ne vous faites pas de souci pour votre sœur. Engagez une garde-malade pendant la durée de l'enquête. Aux frais de l'Etat, cela va de soi. Dorénavant, et jusqu'à la conclusion de l'affaire concernant le Valet de Pique, vous serez à ma disposition. Nous travaillerons ensemble. J'espère que v-vous ne vous ennuierez pas.

La voilà donc, la joie inattendue, se souvint subitement Tioulpanov. Le voilà, le bonheur.

Chère colombe blanche !

La science vitale selon Momus

Il avait si souvent changé de nom au cours des dernières années qu'il commençait à oublier celui qu'il portait en venant au monde. Depuis longtemps déjà, il s'appelait lui-même Momus.

« Momus » était, chez les Grecs anciens, un personnage moqueur et malfaisant, le fils de Nyx, la déesse de la Nuit. Dans l'ouvrage de cartomancie *La Pythie d'Egypte*, c'est ainsi qu'est désigné le valet de pique, une carte néfaste qui annonce la rencontre avec un mauvais plaisantin ou un méchant tour du sort.

Momus aimait les cartes et même les vénérait, mais il ne croyait pas à la divination et donnait un tout autre sens au nom qu'il avait choisi.

Tout mortel, comme chacun sait, joue aux cartes avec le destin. La donne ne dépend pas de l'individu ; là, c'est la chance qui décide : l'un se verra distribuer uniquement des as, l'autre seulement des deux et des trois. A Momus, la nature avait distribué des cartes moyennes, des petites cartes médiocres, pourrait-on dire : des dix et des valets. Mais même avec ça, un bon joueur pouvait gagner.

Et, dans la hiérarchie humaine, il se plaçait plutôt au niveau du valet. Momus portait sur lui-même un jugement sain : s'il n'était pas un as, naturellement, ni même un roi, il n'était pas non plus une basse carte. Un valet, sans plus. Mais pas n'importe lequel : ni l'assommant valet de trèfle, ni le respectable valet de carreau, ni, grâce à Dieu, le valet de cœur baveux. Non, il était un valet à part : un valet de pique. Le pique n'est pas une couleur simple. Dans tous les jeux, c'est la moins forte, sauf au bridge-whist, où elle bat le trèfle, le cœur et le carreau. Conclusion : décide toi-même à quel jeu tu veux jouer avec la vie, et ta couleur sera la plus forte.

Dans sa prime enfance, Momus se demandait toujours pourquoi les gens disaient qu'il ne faut pas courir deux lièvres à la fois. Et pour quelle raison ? s'interrogeait-il, perplexe. Cela voulait-il dire qu'il fallait renoncer à l'un des deux ? Le petit Momus (qui à l'époque n'était pas encore Momus mais Mitia Savvine) était résolument en désaccord avec ce principe. Et il s'avéra qu'il avait entièrement raison. Cette formule se révéla stupide, tout juste bonne pour les crétins et les paresseux. Momus, des petites bêtes grises à fourrure épaisse et à longues oreilles, il lui arrivait d'en attraper pas seulement deux à la fois mais bien plus. Pour cela, il avait élaboré sa propre théorie psychologique.

Les gens inventaient toutes sortes de sciences dont la plupart n'étaient strictement d'aucune utilité pour l'homme normal, ce qui ne les empêchait pas d'écrire des traités, de soutenir des thèses de maîtrise et de doctorat, de devenir membres des académies. Tout petit déjà, Momus sentait dans sa chair et dans ses os que la plus importante des sciences n'était pas l'arithmétique et encore moins le latin, mais l'*aptitude à plaire*. Là était la clé capable d'ouvrir n'importe quelle porte. Le plus curieux était que cette science primordiale n'était enseignée ni par les précepteurs ni par les professeurs. Il fallait donc se débrouiller seul pour en pénétrer les lois.

Mais, tout bien réfléchi, cela l'arrangeait. Très tôt le garçon avait manifesté un don pour cette science fondamentale, et si les autres ignoraient les avantages qu'offrait cette discipline, tant mieux.

Bizarrement, les gens ordinaires montraient à l'égard de ce domaine essentiel aussi peu d'intérêt que de bon sens : je plais, très bien ; je déplais, tant pis, on ne peut pas se forcer à être aimable. Eh bien si, pensa le jeune Mitia en grandissant, c'est exactement ce que tu vas faire. Si tu parviens à plaire à quelqu'un, que tu arrives à découvrir par quel biais le prendre, c'est gagné, il est ton homme, fais-en ce que bon te semble.

Il en arriva à la conclusion qu'il était possible de plaire à tout le monde et que, pour y parvenir, il y avait besoin de peu de chose : de comprendre le genre d'individu auquel on avait affaire, ses aspirations, sa vision du monde, ses peurs. Et dès qu'on avait compris, il n'y avait plus qu'à se servir de lui comme d'un pipeau pour jouer n'importe quelle mélodie. Une sérénade aussi bien qu'une polka.

Neuf personnes sur dix sont prêtes à tout vous raconter spontanément pour peu que vous acceptiez de les écouter. Or, ce qui est ahurissant, c'est que personne n'écoute vraiment personne. Dans le meilleur des cas, s'ils sont bien élevés, les gens attendent que se présente une pause dans la conversation et, aussitôt, ils recommencent à parler de ce qui les intéresse, eux. Pourtant, c'est fou la quantité de choses importantes et intéressantes qu'on peut apprendre si l'on sait écouter !

Ecouter correctement est, à sa manière, un art. Vous devez imaginer que vous êtes une fiole vide, un récipient transparent communiquant avec votre interlocuteur au moyen d'un tuyau invisible. Laissez le contenu du partenaire s'écouler en vous goutte à goutte, jusqu'à être rempli d'un liquide de même composition, même couleur, même saveur. Jusqu'à cesser pendant un temps d'être vous-même pour devenir lui. Alors, l'individu se révélera à vous dans son essence même, et vous saurez d'avance ce qu'il va dire et faire.

Momus avait acquis progressivement sa science, n'y recourant d'abord que modérément, pour en tirer de petits avantages, et avant tout dans le but de l'expérimenter et d'en vérifier la validité. Pour avoir une bonne note au lycée quand il n'avait pas appris sa leçon ; puis, alors qu'il était déjà cadet, pour s'assurer le respect et l'affection de ses camarades ; pour emprunter de l'argent ; se faire aimer d'une demoiselle.

Plus tard, lorsqu'il intégra le régiment, l'ayant consolidée et développée, il commença à tirer de sa science des avantages plus substantiels. Par exemple, il plumait aux cartes un bonhomme plein aux as, tandis que l'autre restait paisiblement à sa place, incapable d'en vouloir à un garçon aussi brave que le cornette Mitia Savvine. Sans compter qu'on ne pouvait pas rester l'œil rivé sur les mains d'un partenaire agréable. Pas mal, non ?

Mais ce n'était encore que de la gymnastique, une mise en jambes. La science et le talent du futur Momus avaient réellement montré leur utilité six ans plus tôt, lorsque le destin lui avait offert sa première vraie Chance. A l'époque, il ignorait encore que la Chance ne se saisit pas mais se crée. Il continuait d'attendre qu'une occasion se présente d'elle-même et ne craignait qu'une chose : la laisser échapper.

Ce qu'il ne fit pas.

La situation personnelle du cornette était alors dans l'impasse. Depuis plus d'un an son régiment était stationné à Smolensk, un chef-lieu de gouvernorat, et toutes les possibilités d'exercer ses talents y étaient épuisées. Il avait plumé qui il pouvait plumer ; il avait depuis bien longtemps emprunté tout ce qu'il y avait à emprunter ; la colonelle, bien qu'aimant Mitia de toute son âme, lui donnait de l'argent avec parcimonie et, de surcroît, l'exaspérait par sa jalousie. C'est alors qu'un incident eut lieu avec l'argent de la remonte : le cornette Savvine fut envoyé à la foire aux chevaux de Torjok et, se laissant emporter par son enthousiasme, il dépensa plus que la somme autorisée.

Bref, le destin ne lui offrait que trois possibilités : passer en jugement, prendre ses jambes à son cou, épouser la fille du marchand Potchetchouiev, une gamine au visage parsemé de points noirs. La première solution était bien sûr exclue, et le talentueux jeune homme hésitait sérieusement entre la deuxième et la troisième.

C'est alors que, brusquement, la fortune lui distribua un jeu plein d'as, à l'aide duquel il devenait tout à fait possible de sauver une partie vouée à l'échec.

Sa tante, une propriétaire terrienne de Viatka, mourut en léguant son domaine à son neveu préféré. Jadis, alors qu'il était encore élève officier, il avait passé chez elle un mois d'un ennui mortel et, pour tuer le temps, en avait profité pour expérimenter un peu sa science vitale. Puis la vieille dame lui était sortie de l'esprit, mais la tante, elle, n'avait pas oublié le si calme et si charmant garçon. Ignorant tous ses autres neveux et nièces, c'était lui qu'elle avait choisi de combler dans son testament. En fait de latifundium, Mitia héritait de mille malheureux hectares, perdus au fin fond d'une obscure province, où il était déshonorant, pour tout homme convenable, de passer ne serait-ce qu'une semaine.

Comment aurait agi un jeune officier ordinaire devant pareille aubaine ? Il aurait vendu les biens hérités de sa tante, comblé le trou fait dans la caisse du régiment, remboursé une partie de ses dettes, puis recommencé à vivoter comme avant, le pauvre imbécile.

Et que faire d'autre ? demanderez-vous.

Permettez-moi de vous poser une petite colle. Vous possédez un domaine qui vaut vingt-cinq mille roubles, trente mille à tout casser. Or vous avez bien pour cinquante mille de dettes. Et, surtout, vous en avez par-dessus la tête de lésiner sur tout, vous avez envie de vivre un peu dignement : d'avoir un bon équipage, de descendre dans les meilleurs hôtels, de faire de votre existence un éternel jour de fête et, au lieu de vous laisser entretenir par une grosse colonelle, de vous choisir pour maîtresse une jolie fleur, une tubéreuse aux yeux doux, à la taille fine et au rire cristallin.

Assez de se laisser porter par la vie telle une brindille au fil de la rivière, se dit Mitia, résolu à prendre le destin par son long cou de cygne. Le moment était venu de mettre à profit sa science psychologique dans toute son ampleur.

Dans son trou perdu, il passa non pas une ni deux semaines mais trois mois entiers. Il rendit visite à ses voisins, sut plaire à chacun, à sa manière. Avec le commandant à la retraite, un vieux grincheux aux manières rustiques, il buvait du rhum et chassait l'ours (il avait eu une de ces frousses !). Avec la veuve d'un conseiller de collège, une fermière économe, il faisait de la confiture avec des pommes de Chine et notait dans un carnet de précieux conseils sur la mise bas des truies. Avec le maréchal de la noblesse, un ancien du corps des pages, il commentait les nouvelles du grand monde. Avec le juge de paix, il allait au campement des tsiganes, de l'autre côté de la rivière.

Il réussit à merveille : il se révéla être à la fois un garçon plein d'allant, une fine mouche de la capitale, un jeune homme sérieux, un cœur vaillant, un « homme nouveau », un défenseur des traditions et enfin un excellent candidat au rôle de fiancé (pour deux familles ne se connaissant pas).

Puis, lorsqu'il jugea qu'il avait suffisamment préparé le terrain, il boucla l'affaire en deux jours.

Même maintenant, après des années, alors qu'on aurait pu penser qu'il avait largement de quoi alimenter ses souvenirs et être fier, Momus prenait plaisir à se remémorer sa première véritable « opération ». Surtout l'épisode avec Euripide Kallistratovitch Kandélaki, un homme qui passait parmi les hobereaux du cru pour le pire des grigous et des chicaneurs que la terre eût connus. Il eût été possible, bien sûr, de se passer de Kandélaki mais, jeune et d'une nature fougueuse, Mitia aimait les proies coriaces.

Ce grippe-sou de Grec était un fonctionnaire des impôts à la retraite. Il n'existait qu'une manière de plaire à un individu de ce type : lui donner l'impression qu'il pouvait vous tondre la laine sur le dos.

Le brave cornette arriva chez son voisin sur un cheval écumant, les yeux remplis de larmes, rouge, les mains tremblantes.

Depuis le seuil, il hurla :

— Euripide Kallistratovitch, sauvez-moi ! Vous êtes mon seul espoir ! Me voilà devant vous comme à confesse ! Je suis convoqué devant le conseil militaire de mon régiment ! Pour gaspillage de fonds publics ! Vingt-deux mille roubles !

Il avait effectivement reçu une lettre du régiment concernant l'affaire des chevaux. Ses chefs en avaient assez d'attendre que Savvine revienne de congé.

Mitia sortit d'abord le pli portant le cachet du régiment, puis un autre document.

— Dans un mois, je dois recevoir un prêt de vingt-cinq mille roubles du Crédit foncier de la noblesse, gagés sur le domaine de ma tante. Je pensais, dit-il dans un sanglot, tout en sachant pertinemment que le Grec n'était pas homme à se laisser apitoyer, que je recevrais l'argent et que je pourrais combler le trou. Mais non, je n'aurai pas le temps ! Sortez-moi de là, Euripide Kallistratovitch, mon cher ami ! Donnez-moi vingt-deux milles roubles, et je vous établis une procuration qui vous permettra de toucher mon prêt. Je vais regagner mon régiment, me justifier, sauver mon honneur et ma vie. Et vous, dans un mois, vous recevrez vingt-cinq mille roubles. Pour vous, c'est tout bénéfice, et pour moi, c'est le salut ! Je vous en supplie !

Kandélaki chaussa ses lunettes, lut la lettre menaçante reçue du régiment, étudia attentivement le contrat d'hypothèque signé avec la banque (également authentique et établi parfaitement dans les règles), se mordilla les lèvres et proposa quinze mille roubles. On transigea à dix-neuf mille.

On peut imaginer la scène un mois plus tard quand, le jour dit, se retrouvèrent ensemble à la banque les onze porteurs de procurations délivrées par Mitia.

Il avait récolté une somme assez rondelette. Naturellement, après cela, il lui avait fallu changer radicalement d'existence. Mais après tout, il n'allait pas pleurer sur sa vie passée.

L'ancien cornette n'avait rien à craindre du côté de la police. L'empire, grâce à Dieu, était vaste, il regorgeait d'imbéciles à plumer et les villes riches n'y manquaient pas. L'homme imaginatif et audacieux y trouverait toujours un endroit où exercer ses talents. Quant au problème du nom et des papiers d'identité, cela ne valait même pas la peine d'en parler : il suffisait de choisir comment on voulait s'appeler et qui on voulait être, et le tour était joué.

Côté physique, il faut dire, Momus avait été servi par une chance exceptionnelle. Il adorait son visage et pouvait l'admirer durant des heures dans le miroir.

Ses cheveux étaient d'un admirable blond terne, comme ceux d'une écrasante majorité de la population slave. Ses traits étaient réguliers, anodins, ses yeux gris-bleu, son nez de forme indécise, son menton dénué de caractère. Bref, il n'y avait rien en lui qui pût retenir le regard. Ce n'était pas un visage, mais une feuille vierge sur laquelle on pouvait dessiner ce que l'on voulait.

Taille moyenne, signes particuliers : néant. Sa voix, il est vrai, n'était pas ordinaire : profonde, sonore. Mais Momus avait appris à maîtriser cet instrument à la perfection : il pouvait monter de la basse la plus grave au soprano le plus aigu en passant par le ténor de charme et la voix de fausset.

En effet, pour changer d'apparence jusqu'à en être méconnaissable, il ne suffit pas de se teindre les cheveux et de se coller une fausse barbe. Ce qui fait d'un homme ce qu'il est, ce sont ses mimiques, sa façon de marcher, de s'asseoir, ses gestes, ses intonations, ses tics de langage, la force de son regard. Et, cela va de soi, certains éléments annexes : vêtements, première impression donnée, nom, titre.

Si les acteurs gagnaient mieux leur vie, Momus serait à coup sûr devenu un nouveau Chtchepkine ou un nouveau Sadovski — il le sentait au fond de lui-même. Mais ses besoins excédaient de beaucoup ce que l'on payait les comédiens, y compris les vedettes des meilleurs théâtres de Moscou ou de Saint-Pétersbourg. De surcroît, plutôt que d'interpréter sur scène des pièces entrecoupées de deux entractes de quinze minutes, il était infiniment plus intéressant de jouer dans la vie, sans relâche et du soir au matin.

Combien de rôles n'avait-il pas joués au cours de ces six années ! Impossible de se les rappeler tous. Et les pièces étaient entièrement de son cru. A la manière des stratèges militaires, Momus les appelait

« opérations » et, avant le début de chaque nouvelle aventure, il aimait à s'imaginer dans la peau du maréchal de Saxe ou de Napoléon, même si, par nature, il ne s'agissait évidemment pas de batailles sanglantes mais d'aimables divertissements. Si les autres personnages n'étaient sans doute pas en mesure d'apprécier toute la subtilité du sujet, Momus, pour sa part, en tirait toujours un grand plaisir.

Il avait monté un grand nombre de spectacles : des grands, des petits, certains triomphaux, d'autres moins réussis, mais jamais jusqu'à ce jour il n'avait connu de four avec sifflets et huées.

Pendant un temps, Momus s'était occupé avec ferveur de perpétuer la mémoire des héros nationaux. Cela avait commencé le jour où, sur un bateau remontant la Volga, il avait perdu à la préférence. Descendu à Kostroma sans un sou vaillant en poche, il avait collecté des dons en vue d'ériger une statue de bronze à Ivan Soussanine. Mais les petits marchands regardaient à la dépense et les nobles avaient tendance à verser leur contribution en huile ou en seigle, si bien que la recette avait été minime : moins de huit mille roubles. En revanche, à Odessa, pour le monument à Alexandre Pouchkine, les gens s'étaient montrés généreux, en particulier les marchands juifs, et à Tobolsk, pour celui d'Iermak Timofeiévitch, ce n'est pas moins de soixante-quinze mille roubles que les négociants en fourrure et les chercheurs d'or avaient versés au persuasif « membre de la Société historique impériale ».

Deux ans plus tôt, à Nijni-Novgorod, il avait remporté un succès considérable avec la Société de crédit Butterfly. Simple et géniale, l'idée était fondée sur l'existence d'une race répandue d'individus chez qui la foi en un miracle gratuit l'emporte sur la méfiance naturelle. La société Butterfly empruntait de l'argent aux bourgeois, à un taux sans précédent. La première semaine, seules dix personnes (dont neuf prête-noms appointés par Momus lui-même) versèrent des fonds. Toutefois, quand le lundi suivant (les intérêts étaient payés hebdomadairement), chacun reçut dix kopecks par rouble investi, un vent de folie souffla sur la ville. Devant le siège de la société, se forma une file d'attente s'étirant sur trois pâtés de maisons. La semaine suivante, Momus paya de nouveau dix pour cent d'intérêt à chacun, après quoi il fallut louer deux autres locaux et embaucher douze employés supplémentaires pour recevoir les souscriptions. Le quatrième lundi, les portes de l'office restèrent closes. Le joli papillon avait à jamais quitté les rives de la Volga pour s'envoler vers d'autres cieux.

Le profit réalisé à Nijni-Novgorod aurait suffi à n'importe qui pour vivre le restant de ses jours mais, chez Momus, l'argent ne s'attardait guère. Parfois, il se faisait l'effet d'un moulin à vent dans lequel se déversaient à grands flots billets et pièces de monnaie. Le moulin actionnait sans répit ses ailes immenses, transformait l'argent en une fine poudre — en épingles de cravate serties de diamants, en pur-sang, en bringues de plusieurs jours, en extravagants bouquets pour les actrices. Mais le vent soufflait, soufflait toujours, et la farine se dispersait à travers les espaces infinis jusqu'à ce qu'il ne reste plus rien à moudre.

Eh bien, qu'elle se disperse. Du grain, Momus en avait suffisamment pour l'éternité. Le moulin merveilleux n'était pas près de s'arrêter.

Il tourna dans les grandes foires et les chefs-lieux de gouvernorats, acquit du métier. L'année passée, il avait enfin rallié la capitale. Et il avait joliment écumé la ville de Saint-Pétersbourg ; fournisseurs de la cour, habiles banquiers et conseillers de commerce se souviendraient longtemps du Valet de Pique.

L'idée de dévoiler au public son exceptionnel talent avait germé depuis peu dans l'esprit de Momus. Saisi par le démon de l'orgueil, il en avait assez de l'anonymat. Tu inventes des stratagèmes brillants et complètement inédits, se disait-il, tu y mets ton imagination, ton talent, ta ferveur, et tout cela sans la moindre reconnaissance. Tantôt c'est une bande de spéculateurs qu'on met en cause, tantôt ce sont les menées juives, tantôt les responsables locaux. Et ainsi, les braves gens ignorent que tous ces *chefs-d'œuvre*[1] d'orfèvrerie sont le fait du même artiste.

L'argent ne suffisait plus à Momus, il aspirait à la gloire. Bien sûr, travailler sous sa marque de fabrique était beaucoup plus risqué, mais la gloire n'est pas faite pour les poltrons. Et puis, allez l'attraper quand, pour chaque opération, il avait un nouveau masque prêt à servir. Attraper qui, chercher qui ? Quelqu'un avait-il déjà vu le vrai visage de Momus ? Tout était là.

Exclamez-vous, cancanez, rigolez encore un peu avant les adieux, pensait Momus s'adressant à ses

1. En français dans le texte.

compatriotes. Applaudissez le grand artiste, car il ne restera pas éternellement avec vous.

Non, il n'avait pas la moindre intention de mourir, mais il songeait de plus en plus sérieusement à quitter les grands espaces de la Russie chers à son cœur. Il ne lui restait plus qu'à écrémer l'ancienne capitale de l'empire, et il serait alors temps de montrer de quoi il était capable sur la scène internationale — d'ores et déjà, Momus sentait en lui assez de force pour cela.

Merveilleuse ville que Moscou ! Les Moscovites étaient encore plus obtus que les Pétersbourgeois, plus naïfs, moins futés, mais pas moins argentés pour autant. Momus y était installé depuis l'automne et avait déjà eu le temps d'y réussir quelques jolis coups. Encore deux ou trois opérations, et adieu la terre natale. Il faudrait tourner en Europe, aller jeter un coup d'œil en Amérique. On racontait beaucoup de choses fort intéressantes sur les Etats d'Amérique du Nord. Son flair lui disait qu'il y trouverait où s'ébattre. On pouvait entreprendre de creuser un canal, constituer une société par actions pour la construction d'un chemin de fer transaméricain ou, disons, pour la recherche de l'or des Aztèques. Par ailleurs, la demande en princes allemands était actuellement importante, en particulier dans les nouveaux pays slaves et sur le continent sud-américain. Il y avait là sujet à réflexion. Prévoyant, Momus avait déjà pris certaines dispositions.

Mais, en attendant, il y avait les petites affaires de Moscou. Il fallait continuer à secouer ce pommier. Encore un peu de temps, et ce sont des romans entiers que les auteurs moscovites écriraient sur le Valet de Pique.

Le lendemain du truc amusant avec le lord anglais et le vieux gouverneur, Momus s'était réveillé tard et avec mal à la tête. Toute la soirée et jusqu'au milieu de la nuit, ils avaient fêté ça. Mimi adorait faire la noce, c'était son véritable élément, si bien qu'ils s'étaient amusés comme des fous.

La coquine avait transformé la suite de l'hôtel *Métropole* en jardin d'Eden : plantes tropicales dans des bacs, lustre entièrement recouvert de chrysanthèmes et de lis, tapis jonché de pétales de rose et, dispersés çà et là, paniers de fruits et bouquets provenant des plus prestigieux magasins de la ville. Autour d'un palmier, tel un anneau ouvragé, s'enroulait un boa constricteur venu de la ménagerie de Morselli et figurant le serpent tentateur. Certes, il n'était guère convaincant ; l'hiver, il roupillait et n'avait pas une seule fois ouvert l'œil. En revanche, Mimi, qui représentait Eve, était en pleine forme. Au souvenir de la veille, Momus sourit et se frotta la tempe pour en chasser la douleur lancinante. Maudit Veuve-Clicquot. Après la Chute, alors qu'il se prélassait dans la vaste baignoire de porcelaine au milieu des orchidées Wanda (à quinze roubles pièce), Mimi l'avait arrosé de champagne avec d'énormes bouteilles. Pendant toute la durée de l'opération il s'était appliqué à happer la fontaine mousseuse avec un zèle manifestement excessif.

La petite Mimi elle aussi s'en était donné à cœur joie, jusqu'à épuisement. Il suffisait de la regarder : l'immeuble aurait pu s'écrouler qu'elle ne se serait pas réveillée. Elle dormait la joue posée sur ses mains jointes, comme à son habitude ; ses lèvres gonflées de sommeil étaient légèrement entrouvertes, ses épaisses boucles d'or s'éparpillaient sur l'oreiller.

Alors qu'ils réfléchissaient à l'idée de poursuivre la route ensemble, Momus lui avait dit : « Tu vois, petite, la vie de chaque homme est à son image : cruelle si l'homme est cruel, terrifiante s'il est peureux, triste s'il est taciturne. Et comme je suis d'un tempérament gai, ma vie l'est également, et la tienne le sera aussi. »

Et Mimi s'était coulée dans cette joyeuse existence comme si elle était faite spécialement pour elle. Même si l'on pouvait supposer qu'en vingt-deux ans d'existence elle avait goûté des fruits amers plus souvent qu'à son tour. Cependant Momus ne lui posait pas de questions, ce n'était pas son affaire. Quand elle le voudrait, elle lui raconterait. Mais cette petite n'était pas du genre à remâcher les mauvais souvenirs et encore moins à jouer sur la pitié.

Il l'avait ramassée au printemps précédent à Kichinev, où elle se produisait aux Variétés en qualité de danseuse éthiopienne, jouissant, parmi les bambocheurs du cru, d'une popularité folle. La peau colorée en noir, les cheveux teints et frisés, elle se démenait d'un bout à l'autre de la scène avec sur elle, en tout et pour tout, des guirlandes de fleurs et des bracelets aux poignets et aux chevilles. Les habitants de Kichinev la prenaient pour la plus authentique négrillonne qui fût. Il est vrai qu'au début certains avaient émis des doutes, mais, un négociant de Naples qui était allé plusieurs fois en Abyssinie ayant affirmé que mademoiselle Zemtchandra parlait effectivement éthiopien, tous les soupçons s'étaient dissipés.

C'est en particulier ce détail qui, initialement, avait enthousiasmé Momus car, dans l'art de la mystification, il appréciait au plus haut point le mélange d'effronterie et de rigueur. Avec ses yeux bleus couleur de campanule et son minois typiquement slave, même barbouillé de noir, se faire passer pour éthiopienne exigeait un sacré culot. Et elle avait appris l'éthiopien par-dessus le marché !

Plus tard, quand ils étaient devenus amis, Mimi lui avait raconté comment les choses s'étaient passées. Elle vivait à Saint-Pétersbourg et, s'étant retrouvée sur la paille après la faillite de l'Opéra-Comique, elle s'était fait engager comme gouvernante des jumeaux de l'ambassadeur d'Abyssinie. Le prince éthiopien, le raïs comme ils disaient, ne pouvait que se féliciter de sa trouvaille : de bonne composition, gaie, la demoiselle se contentait de modestes émoluments, et les enfants l'adoraient. Ils passaient leur temps à échanger des messes basses avec elle, à faire des cachotteries, et étaient devenus sages comme des images. Un beau jour, alors qu'il se promenait au jardin d'Hiver en compagnie du secrétaire d'Etat Morder, avec qui il s'entretenait de la dégradation des relations italo-abyssiniennes, le raïs voit soudain un attroupement. Il approche… Dieu du ciel éthiopien ! La gouvernante était en train de jouer de l'accordéon, tandis que son fils et sa fille dansaient et chantaient. Fascinés par les deux petits nègres, les badauds applaudissaient et, avec bon cœur et générosité, jetaient de l'argent dans une serviette de toilette arrangée en turban.

En résumé, Mimi n'avait plus eu qu'à prendre ses jambes à son cou et à décamper de la capitale du Nord avec la plus grande célérité : sans bagages, sans papiers d'identité. Tout cela ne serait rien sans les deux négrillons, se disait-elle en soupirant tristement.

Le pauvre petit Mariam et la pauvre petite Assef doivent drôlement s'ennuyer maintenant.

« En revanche, je ne m'ennuie pas avec toi », pensa Momus en regardant amoureusement l'épaule qui dépassait de la couverture, avec ses trois sympathiques grains de beauté formant un triangle isocèle.

Il croisa ses mains derrière la tête et examina la suite où ils s'étaient installés seulement la veille, cherchant à brouiller les pistes. C'était un luxueux appartement, avec boudoir, salon, bureau. Toutefois, il y avait un peu trop de dorures, cela sentait le parvenu. Au *Loskoutnaïa,* la suite était plus distinguée, mais il était temps de se tirer de là — de manière tout à fait officielle, bien entendu, avec généreuse distribution de pourboires et séance de pose devant le dessinateur de *L'Observateur de Moscou*. Se pavaner sur la couverture d'une respectable revue illustrée en se faisant appeler « Son Altesse » n'avait rien de gênant ; au contraire, cela pouvait fort bien servir un jour.

Momus regarda distraitement le petit amour doré et joufflu installé sous le baldaquin. Le polisson de plâtre dirigeait sa flèche droit sur le front de l'hôte. La flèche à proprement parler n'était pas visible car y pendait la culotte en dentelle couleur « cœur ardent » de Mimi. Comment était-elle arrivée ici ? Et d'où sortait-elle, alors que Mimi incarnait Eve et en avait le costume ? Mystère.

Sans qu'il sût vraiment pourquoi, la présence déconcertante de la culotte commença à intriguer Momus. En dessous, devait se trouver une flèche, c'était évident. Et si ce n'était pas une flèche mais tout autre chose ? Et si le petit Cupidon avait refermé son poing potelé en un geste obscène, l'avait recouvert du tissu de couleur vive, puis l'avait tendu à la manière d'une flèche ?

Tiens, tiens, quelque chose commençait à se dessiner.

Oubliant son mal de tête, Momus s'assit sur le lit, tout en continuant de regarder la culotte.

On s'attend qu'en dessous se trouve une flèche dans la mesure où c'est le rôle et la fonction de Cupidon que d'avoir une flèche, mais si effectivement ce n'était pas une flèche mais un poing fermé en train de vous narguer ?

— Eh, petite, réveille-toi ! dit-il en donnant une tape sur l'épaule rose de Mimi. Vite ! Un papier et un crayon ! Rédigeons une annonce à faire paraître dans le journal !

En guise de réponse, Mimi tira la couverture sur sa tête. Momus, lui, sauta du lit, heurta du pied quelque chose de rugueux et de froid, et se mit à pousser des cris d'horreur : sur le tapis, enroulé comme un tuyau d'arrosage en toile goudronnée, dormait le boa constricteur, tentateur de l'Eden évoqué précédemment.

Habile, le gredin

Ainsi pouvait-on servir dans la police de multiples façons.

Il y avait les filatures qui consistaient à rester pendant des heures sous la pluie à observer, depuis des buissons pleins d'épines, la deuxième fenêtre en partant de la gauche du troisième étage, ou bien encore à vous traîner dans les rues derrière un « objet » dont vous ne saviez ni qui il était ni ce qu'il avait bien pu fabriquer.

Il y avait les courses, qui vous obligeaient à courir, la langue pendante, à travers toute la ville, avec une besace bourrée de plis et de paquets.

Mais on pouvait également être l'assistant temporaire de Sa Haute Noblesse, monsieur le fonctionnaire chargé des missions spéciales. Il convenait d'arriver rue Malaïa Nikitskaïa vers dix heures du matin. Ce qui voulait dire qu'on pouvait s'y rendre comme un être humain, sans avoir à courir dans les rues sombres, mais en marchant tranquillement, avec dignité et en plein jour. Anissi se voyait allouer de quoi payer un cocher, si bien qu'au lieu de perdre une heure il aurait pu se faire conduire à son travail comme un seigneur. Mais il préférait tout de même aller à pied : cinquante kopecks de plus n'étaient pas à négliger.

A la porte, il était accueilli par Massa, le serviteur japonais, avec qui Anissi avait eu le temps de faire plus ample connaissance. Massa s'inclinait et disait : « Zour, Tiouli-san », ce qui signifiait « Bonjour, monsieur Tioulpanov ». Le Japonais peinait sur les mots longs, raison pour laquelle « Tioulpanov » se transformait dans sa bouche en « Tiouli ». Mais Anissi n'en tenait pas rigueur au valet de chambre de Fandorine, avec qui s'étaient établies des relations de franche cordialité, on pouvait même dire de complicité.

Avant toute chose, Massa l'informait à mi-voix des « conditions atmosphériques », ainsi qu'en son for intérieur Anissi qualifiait l'humeur qui régnait dans la maison. Si le Japonais disait : « calmo », cela signifiait que tout était calme, que la belle comtesse Addi s'était réveillée dans d'excellentes dispositions d'esprit, qu'elle fredonnait, roucoulait auprès d'Eraste Pétrovitch et qu'elle regarderait Tioulpanov d'un œil distrait mais bienveillant. Dans ce cas, il pouvait entrer sans hésiter dans le salon. Massa lui apporterait du café et un petit pain, monsieur le conseiller aulique se lancerait dans des propos légers et pleins d'esprit, tandis qu'entre ses doigts son chapelet de jade ferait entendre des petits claquements pleins de vigueur et d'énergie.

En revanche, si Massa murmurait : « gourlonder », c'est-à-dire « gronder », mieux valait se faufiler dans le bureau sur la pointe des pieds et se mettre d'emblée au travail, parce qu'il y avait de l'orage dans l'air. Une fois de plus, Addi sanglotait et criait qu'elle s'ennuyait, qu'Eraste Pétrovitch avait causé sa perte, qu'il l'avait séduite, arrachée à son mari, l'homme le plus respectable et le plus noble qui fût. « Comme si on pouvait t'arracher à qui que ce soit », pensait Anissi, qui écoutait d'une oreille craintive les roulements de tonnerre tout en feuilletant les journaux.

Car telle était désormais sa tâche matinale : éplucher la presse moscovite. Un travail bien agréable que celui qui consiste à lire les potins de la ville et à examiner d'alléchantes réclames, cela dans le doux froissement des pages et la délicieuse odeur de l'encre d'imprimerie. Sur la table, s'alignaient des crayons parfaitement taillés, un bleu pour les annotations ordinaires, un rouge pour les remarques particulières. Il n'y avait pas à dire, la vie d'Anissi avait changé du tout au tout.

En outre, pour ce travail en or, sa paye était le double de ce qu'il touchait précédemment, sans compter qu'il avait obtenu de l'avancement. Eraste Pétrovitch n'avait eu qu'à gribouiller deux lignes à l'intention de la Direction pour qu'aussitôt Tioulpanov se retrouve sur la liste des candidats au titre de fonctionnaire de quatorzième rang. Dès que se présenterait une vacance, il passerait un petit examen de rien du tout, et l'affaire serait entendue : de commissionnaire, il serait devenu monsieur le registrateur de collège.

Et voici comment tout avait commencé.

Ce jour mémorable où la colombe blanche était apparue à Anissi, sitôt quittée la maison du gouverneur, le conseiller aulique et lui-même s'étaient rendus à l'étude notariale qui avait enregistré l'acte de vente à la perfide signature. Hélas, derrière la porte sur laquelle une plaque de cuivre indiquait « Ivan Karlovitch Moebius », il n'y avait personne. Madame Kapoustina, épouse d'un conseiller titulaire, à qui appartenait la maison, avait ouvert la porte avec sa clé personnelle et déclaré que monsieur Moebius avait loué le rez-de-chaussée deux semaines plus tôt et avait payé un mois d'avance. Il s'agissait d'un homme sérieux, posé ; il avait fait paraître sur son étude une réclame dans tous les quotidiens et à l'emplacement le plus visible. Il n'avait pas reparu depuis la veille, elle était d'ailleurs la première à s'en étonner.

Fandorine écoutait, hochait la tête, posait de temps à autre de courtes questions. Il ordonna à Anissi de noter la description physique du notaire disparu. « Taille normale, écrivit soigneusement Tioulpanov en faisant grincer son crayon sur le papier. Moustaches, petite barbe taillée en pointe. Cheveux filasse. Pince-nez. Se frotte les mains et ricane en permanence. Poli. Grosse verrue brune sur la joue droite. Age apparent : au moins quarante ans. Galoches en cuir. Pardessus gris avec col châle noir. »

— Inutile de noter ce qui concerne les galoches et le pardessus, dit le conseiller aulique après avoir jeté un coup d'œil dans le carnet d'Anissi. Seulement les caractéristiques physiques.

La porte s'ouvrit sur une étude des plus ordinaires avec, dans la réception, un bureau, un coffre-fort, des étagères encombrées de dossiers. En fait de dossiers, il s'agissait de couvertures vides et, dans le coffre-fort, au beau milieu d'une étagère métallique, était posée une carte à jouer : un valet de pique.

Eraste Pétrovitch prit la carte, l'examina à la loupe, puis la jeta par terre. En guise d'explication, il dit à Anissi :

— Une carte ordinaire, comme on en vend un peu partout. Sachez, Tioulpanov, que je ne peux pas supporter les cartes, et singulièrement le v-valet de pique, qu'on appelle également Momus. Il me rappelle de fort désagréables souvenirs.

En sortant de l'étude, ils s'étaient rendus au consulat anglais pour y rencontrer lord Pitsbrook. Cette fois, le fils d'Albion était en compagnie d'un traducteur officiel, si bien qu'Anissi put prendre lui-même en note la déposition de la victime.

Le Britannique déclara au conseiller aulique que c'était mister Speier qui lui avait recommandé l'office notarial Moebius comme étant l'un des plus anciens et des plus respectables établissements juridiques de Russie. A l'appui de ses dires, mister Speier avait montré des journaux où, en bonne place, figurait une réclame pour l'étude Moebius. Le lord ne connaissait pas le russe, mais la date de fondation de la firme — mille six cent et quelques — avait produit sur lui l'impression la plus favorable.

Pitsbrook exhiba un des journaux en question, *La Gazette de Moscou*, que dans sa langue il appelait « Moscow News ». Anissi tendit le cou par-dessus l'épaule de monsieur Fandorine et vit, écrit en gros sur un quart de page :

Etude notariale

MOEBIUS

Enregistrée auprès du ministère de la Justice sous le numéro 1672.

Etablissement d'actes de vente, testaments, procurations,

garanties hypothécaires, recouvrement de créances et autres services.

On conduisit le Britannique à la malencontreuse étude. Il raconta dans tous les détails comment, après avoir reçu le papier signé par le « vieux gentleman » (à savoir Son Excellence monsieur le général gouverneur), il s'était rendu là, à l'*office*. Mister Speier n'était pas venu avec lui, car il ne se sentait pas très bien, mais il lui avait assuré que le directeur de la firme était prévenu et attendait son illustre client étranger. Le lord avait effectivement été reçu très aimablement ; on lui avait offert du thé accompagné de biscuits et un excellent cigare. Les documents avaient été établis très rapidement. Pour ce qui était de l'argent — cent mille roubles —, le notaire l'avait pris en dépôt et placé dans son coffre.

— C'est cela, en dépôt, grommela Eraste Pétrovitch, avant de demander quelque chose à l'Anglais en montrant le coffre-fort.

Ce dernier hocha la tête, entrouvrit la porte métallique et jura entre ses dents.

Le lord ne put rien ajouter d'essentiel au portrait d'Ivan Karlovitch Moebius, mais revint à maintes reprises sur la verrue. Anissi avait même retenu le mot anglais *wart*.

— Voilà un indice de taille, Votre Haute Noblesse. Une grosse verrue brune sur la joue droite. Cela peut nous permettre de retrouver ce gredin, n'est-ce pas ? osa timidement Tioulpanov.

La menace du général gouverneur était restée imprimée dans son esprit, et il tenait à démontrer son utilité.

Mais le conseiller aulique n'apprécia guère la contribution d'Anissi à l'enquête. Il dit d'un air distrait :

— Cette histoire de verrue est sans intérêt, Tioulpanov. Il s'agit d'un artifice psychologique. Imiter une verrue ou encore une tache de naissance couvrant la moitié de la joue ne présente aucune difficulté. En général, les témoins ne se rappellent que le signe p-particulier qui saute aux yeux et, par voie de conséquence, accordent moins d'attention aux autres. Occupons-nous plutôt du d-défenseur des jeunes pécheresses, mister Speier. Vous avez noté son portrait ? Montrez-moi. *De taille inconnue, puisqu'en fauteuil roulant. Cheveux blond foncé, coupés court aux tempes. Regard doux, bon.* Hum... *Yeux clairs, semble-t-il.* Cela est important, il faudra de nouveau interroger le secrétaire de Sa Haute Excellence. *Visage ouvert, agréable.* Autrement dit, rien de tangible. Il va falloir déranger Son Altesse le duc de Saxe-Limbourg. Espérons qu'il sait quelque chose à propos du « petit-fils », puisque c'est lui qui l'a recommandé au « grand-père » par lettre spéciale.

Eraste Pétrovitch, revêtu de son uniforme, se rendit seul au *Loskoutnaïa* pour y rencontrer le haut personnage. Il resta longtemps absent et revint le visage sombre. A l'hôtel, on lui avait dit que Son Altesse était partie la veille et avait pris le train pour Varsovie. Or l'illustre passager ne s'était jamais présenté à la gare de Briansk.

Le soir, afin de dresser le bilan de cette longue journée, le conseiller aulique invita Anissi à une réunion de travail, qu'il appela « analyse opérationnelle ». Pour Tioulpanov, cette procédure était inédite. Plus tard, quand il se fut habitué à ce que la journée se terminât par cette séance d'« analyse », il prit peu à peu de l'assurance mais, ce premier soir, il resta pour l'essentiel silencieux, par crainte de lâcher une bourde.

— Eh bien, essayons d'y voir plus clair, commença le conseiller aulique. Le notaire Moebius, qui n'est pas plus notaire que vous et moi, est introuvable. Volatilisé. Et d'un. (Le chapelet de jade émit un claquement sonore.) L'invalide bienfaiteur Speier, qui n'est pas le moins du monde bienfaiteur et sans doute pas non plus invalide, est également introuvable. Disparu sans laisser de traces. Et de deux. (Nouveau claquement !) Ce qui est p-particulièrement surprenant, c'est que le duc ait lui aussi disparu de façon incompréhensible, alors que, contrairement au « notaire » et à l'« invalide », il semble qu'il existe bel et bien. Evidemment, en Allemagne, les petits potentats sont légion, impossible de les avoir tous à l'oeil, mais celui-là était reçu à Moscou avec tous les honneurs, les j-journaux avaient parlé de son arrivée. Et de trois. (Claquement !) En revenant de la gare, je suis passé me renseigner à la rédaction de *La Semaine* et du *Messager russe*. Je leur ai demandé comment ils avaient été mis au courant de la prochaine visite de Son Altesse le duc de Saxe-Limbourg. Il s'avère que les journaux ont obtenu cette information de la manière habituelle, par télégrammes reçus de leurs correspondants à Saint-Pétersbourg. Qu'en pensez-vous, Tioulpanov ?

Anissi, en proie à une suée soudaine tant la tension était forte, dit d'une voix mal assurée :

— En fait, Votre Haute Noblesse, n'importe qui aurait pu les envoyer, ces télégrammes.

— C'est exactement ce que je pense, approuva le conseiller aulique, au grand soulagement de Tioulpanov. Il suffit de connaître l'identité des correspondants à Saint-Pétersbourg et, dès lors, n'importe qui peut envoyer un télégramme n'importe où… Mais, à propos, cessez de m'appeler « Votre Haute Noblesse », nous ne sommes pas dans l'armée, que diable. Le prénom et le patronyme suffiront, ou bien… ou bien appelez-moi simplement chef, c'est plus court et plus commode. (Pour une raison connue de lui seul[1], Fandorine eut un sourire triste, puis poursuivit l'« analyse opérationnelle ».) Voyons ce que cela nous donne. Un individu astucieux, après avoir simplement relevé les noms de quelques correspondants — pour cela, il n'a eu qu'à feuilleter les journaux —, adresse un télégramme aux rédactions les informant de l'arrivée d'un *Fürst* allemand, et tout s'enchaîne naturellement. Les reporters accueillent « Son Altesse » à la gare, *La Pensée russe* publie un entretien dans lequel le respectable hôte fait part de réflexions très audacieuses concernant la question des Balkans, prend résolument ses distances avec la politique conduite par Bismarck, et c'est tout : Moscou est conquise, nos patriotes accueillent le duc à bras ouverts. Ah, la presse ! Comme nous avons tort, en Russie, de sous-estimer sa force réelle… Eh bien, Tioulpanov, si nous passions aux conclusions ?

Le conseiller aulique, autrement dit le « chef », marqua une pause, et Anissi craignit que ce ne soit à lui de tirer les conclusions. Or dans l'esprit du mal-

1. Voir *Azazel*.

heureux commissionnaire régnait le plus épais brouillard.

Mais non, monsieur Fandorine se passa de la collaboration d'Anissi. Il se mit à arpenter le bureau d'un pas énergique, fit claquer son chapelet, puis croisa les mains dans son dos.

— Nous ignorons la composition de la bande appelée Valet de Pique. Ses membres sont au moins au nombre de trois : « Speier », le « notaire » et le « duc ». Et d'un. Ils ont un culot monstre, sont extrêmement ingénieux et incroyablement sûrs d'eux. Et de deux. Ils ne laissent aucune trace derrière eux. Et de t-trois... (Après un court silence, doucement, d'un ton qu'on eût pu qualifier de patelin, Eraste Pétrovitch termina :) Mais nous avons tout de même quelques débuts de pistes, et de quatre.

— Vraiment ? fit Anissi, sortant brusquement de l'abattement dans lequel l'avait plongé la perspective d'un tout autre dénouement, du genre « il n'y a plus d'espoir, Tioulpanov, retourne donc à ton travail de commissionnaire ».

— Je pense que oui. Les Valets sont f-fermement convaincus de leur impunité, ce qui veut dire qu'ils vont probablement recommencer leurs petites plaisanteries. Et d'un. Il ne faut pas oublier qu'avant ce qui vient de se passer avec lord Pitsbrook, ils ont réussi deux affaires extrêmement audacieuses. Les deux fois avec un profit non négligeable, et les deux fois en ayant le toupet de laisser leur carte de visite. Mais l'idée de quitter Moscou avec leur considérable butin ne les a même pas effleurés. Autre chose... Vous voulez un cigare ?

D'une chiquenaude, le conseiller aulique ouvrit le petit coffret d'ébène posé sur la table.

Anissi, quoiqu'il ne fît pas usage de tabac pour raisons d'économie, ne s'en priva pas cette fois et se servit — ils étaient vraiment trop appétissants, ces jolis petits cigares chocolat avec leur bague rouge et or. Imitant Eraste Pétrovitch, il tira bruyamment sur son cigare pour attiser la flamme et s'apprêta à goûter à un plaisir suprême, uniquement accessible aux riches messieurs. Il avait vu de tels cigares dans la vitrine d'un magasin de denrées coloniales — à un rouble et demi pièce.

— Point suivant, reprit Fandorine. Les Valets recourent toujours aux mêmes méthodes. Et de deux. Que ce soit dans l'affaire du « duc » ou dans l'épisode du « notaire », ils ont misé sur la confiance qu'ont les gens dans une parole dès l'instant qu'elle est imprimée. Pour ce qui est du lord, p-passe encore. Les Anglais, on le sait, sont habitués à croire tout ce que raconte leur *Times*. Quant à nos journaux, ils tiennent le pompon : ils ont informé les Moscovites de l'arrivée de « Son Altesse », ont fait du tapage, ont tourné la tête à toute la ville... Tioulpanov, on n'avale pas la fumée d'un cigare !

Trop tard. Après s'y être soigneusement préparé, Anissi venait d'aspirer une grande bouffée de fumée âpre qui lui picotait le palais. Puis le jour s'obscurcit, ce fut comme si une râpe lui déchirait les intérieurs, et le pauvre Tioulpanov se plia en deux, toussant, suffoquant, sentant sa mort imminente.

Après avoir ramené son assistant à la vie (au moyen d'une carafe d'eau et de quelques tapes énergiques sur son maigre dos), Fandorine résuma brièvement :

— Notre tâche : ouvrir l'œil et le bon.

Et voilà déjà une semaine que Tioulpanov ouvrait l'œil. Le matin, en route pour son enviable travail, il achetait la collection complète des journaux de la ville. Il y soulignait tout ce qui paraissait curieux ou inhabituel puis, au cours du déjeuner, il en référait au « chef ».

Le déjeuner en tant que tel mérite qu'on s'y arrête. Lorsque la comtesse était de bonne humeur et venait à table, on servait une nourriture raffinée composée de plats provenant du restaurant français *Ertel* : chaud-froid de bécasse aux truffes, salade romaine, macédoine en melon et autres merveilles culinaires dont Anissi n'avait même jamais entendu parler auparavant. En revanche, si Addi restait depuis le matin dans son boudoir à broyer du noir ou partait se changer les idées en allant courir les magasins de mode et les parfumeries, Massa prenait le pouvoir dans la salle à manger, et c'était alors une autre paire de manches. D'une boutique sino-japonaise, le valet de chambre de Fandorine rapportait du riz blanc insipide, du radis mariné, des algues qui craquaient sous la dent et ressemblaient à du papier, et du poisson frit au goût sucré. Le conseiller aulique mangeait toutes ces horreurs avec une délectation manifeste. A Anissi, Massa servait du thé, un petit pain frais et du saucisson. A dire vrai, Tioulpanov préférait de loin ces repas-là car, en présence de la capricieuse beauté, il se sentait mal à l'aise et n'était de toute façon pas en situation d'apprécier à leur juste valeur les délices qu'on lui servait.

Eraste Pétrovitch écoutait attentivement les résultats des investigations matinales de Tioulpanov. Il en rejetait la plus grande partie et prenait note du reste. L'après-midi, ils partaient chacun de son côté pour procéder aux vérifications : Anissi s'occupait des annonces suspectes, le chef, des hauts personnages qui arrivaient à Moscou (il faisait mine de leur rendre visite afin de leur souhaiter la bienvenue de la part du général gouverneur, mais, en réalité, il s'assurait simplement qu'il ne s'agissait pas d'imposteurs).

Pour l'instant, tout cela avait été en pure perte, mais Anissi gardait courage. Ah, si seulement il pouvait travailler comme ça éternellement !

Ce matin-là, Sonia ayant mal au ventre — sans doute avait-elle de nouveau mâchonné de la chaux prise dans le poêle —, Tioulpanov n'avait pas eu le temps de prendre un petit déjeuner. Chez le chef, on ne lui avait pas non plus servi de café — « goulonder », avait annoncé Massa. Anissi était bien tranquillement assis dans le bureau à parcourir les journaux quand soudain, comme par un fait exprès, une publicité pour de la nourriture lui sauta aux yeux.

« Chez Safatov, rue Sretenka, arrivage de viande salée, dite "entrecôte", d'une qualité exceptionnelle, lut-il inutilement. 16 kopecks la livre, viande sans os, peut remplacer le meilleur jambon. »

Bref, il eut bien du mal à tenir jusqu'au déjeuner. Là, tout en dévorant son petit pain, il rendit compte à Eraste Pétrovitch de sa pêche du jour.

Les personnalités nouvellement arrivées ce 11 février 1886 n'étaient pas nombreuses : cinq généraux, sept hauts fonctionnaires ayant rang de général. Eraste Pétrovitch nota d'aller rendre visite à deux d'entre eux : le chef des services de l'intendance de la marine de guerre, le contre-amiral von Bombe, et le conseiller privé Svinine, directeur du Trésor.

Puis Tioulpanov passa à plus intéressant : les annonces sortant de l'ordinaire.

— *Sur décision du conseil municipal,* lut-il tout haut avec des pauses expressives, *tous les commerçants possédant des boutiques dans le marché qui longe la place Rouge sont invités à l'assemblée constitutive d'une société par actions ayant pour objectif la construction, en lieu et place de l'actuel marché, d'un emporium à coupole de verre.*

— Et alors, qu'est-ce qui vous semble s-suspect ? demanda Fandorine.

— C'est idiot, pourquoi un magasin aurait-il besoin d'une coupole en verre ? fit fort justement remarquer Anissi. Et en plus, chef, vous m'avez demandé de prêter attention à toutes les annonces qui invitent à verser de l'argent, or ici il est question d'une société par actions. Ne serait-ce pas une affaire louche ?

— Il n'y a rien de louche ici, fit le conseiller aulique, refrénant les ardeurs de son assistant. La Douma municipale a effectivement pris la décision de raser le marché de la place Rouge et de le remplacer par une t-triple galerie couverte dans le style russe. Ensuite.

Sa remarque étant repoussée, Tioulpanov mit de côté *Le Bulletin municipal de Moscou* et prit *La Parole russe*.

— *TOURNOI D'ÉCHECS. Aujourd'hui, à deux heures de l'après-midi, dans les locaux de la Société moscovite des amateurs d'échecs, aura lieu un tournoi d'échecs au cours duquel M. I. Tchigorine sera opposé à dix partenaires. M. Tchigorine jouera* à l'aveugle[1], *sans regarder l'échiquier et sans noter les coups. Enjeu de chaque partie : 100 roubles. Billet d'entrée : 2 roubles. Avis aux amateurs.*

— Sans regarder l'échiquier ? s'étonna Eraste Pétrovitch avant de noter quelque chose dans son carnet. D'accord. Je vais y aller et jouer.

Encouragé, Anissi reprit sa lecture, passant cette fois au *Bulletin de la police municipale* :

— *LOTERIE IMMOBILIÈRE SANS PRÉCÉDENT. La société évangélique internationale « Les Larmes de Jésus » organise pour la première fois à Moscou une LOTERIE DE BIENFAISANCE À TIRAGE IMMÉDIAT au profit de la construction d'une chapelle du Saint-Suaire à Jérusalem. PRIX D'UNE VALEUR EXCEPTIONNELLE offerts par des donateurs de l'Europe entière : hôtels particuliers, maisons de rapport, villas dans les endroits les plus recherchés du continent. LES GAINS SONT VÉRIFIÉS SUR PLACE ! ! ! Prix du billet simple : 25 roubles. Dépêchez-vous, la loterie séjournera UNE SEULE SEMAINE à Moscou, avant de se transférer à Saint-Pétersbourg.*

Eraste Pétrovitch demanda :

— Loterie à tirage immédiat ? Voilà une riche idée. Cela va plaire au public. Connaître les résultats immédiatement, sans avoir à attendre indéfiniment le tirage. Curieux. Et ça ne ressemble pas à une escroquerie. Utiliser le *Bulletin de la police* p-pour monter une attrape est par trop osé. Quoique l'on puisse s'attendre à tout des Valets... Faites-y donc tout de même un saut, Tioulpanov. Tenez, voici

1. En français dans le texte.

vingt-cinq roubles. Achetez un billet pour moi. Ensuite.

— *NOUVEAUTÉ ! J'ai l'honneur d'informer l'honorable public que mon musée, situé face au passage Solodovnik, vient de recevoir de Londres une vive et amusante FEMELLE CHIMPANZÉ ET SON PETIT. Entrée 3 roubles. F. Patek.*

— Et alors, cette f-femelle chimpanzé, elle ne vous plaît pas ? fit le chef en haussant les épaules. Vous la soupçonnez de quelque chose ?

— Cela sort de l'ordinaire, grommela Anissi, qui, pour dire vrai, mourait simplement d'envie d'aller voir pareille merveille, « vive et amusante » par-dessus le marché.

Et l'entrée était hors de prix.

— Non, ce n'est pas du niveau du Valet de Pique, dit Fandorine en secouant la tête. Et puis on ne se déguise pas en chimpanzé. Et encore moins en bébé singe. Ensuite.

— *Le 28 janvier dernier, un CHIEN A DISPARU, un bâtard de grande taille, nommé Hector, tout noir avec une tache blanche sur le poitrail et la patte arrière gauche tordue. 50 roubles à celui qui le ramènera. Rue Bolchaïa Ordynka, maison de la comtesse Tolstoï, demander le professeur Andreiev.*

A l'écoute de cette information, le chef poussa un soupir :

— On dirait que vous êtes d'humeur guillerette aujourd'hui, Tioulpanov. Qu'avons-nous à faire d'un « bâtard de grande taille » ?

— Tout de même, cinquante roubles, Eraste Pétrovitch ! Tout ça pour un vulgaire cabot ? C'est on ne peut plus suspect !

— Ah, Tioulpanov, mais c'est justement ce genre de chiens bancals que les gens aiment plutôt que les beaux. Vous ne comprenez rien à l'amour. Ensuite.

Anissi, vexé, renifla en pensant : « Vous, en amour, on peut dire que vous vous y connaissez. C'est pour ça que les portes claquent depuis le matin et qu'on ne sert pas de café. » Puis il en termina avec sa récolte du jour :

— *Impuissance masculine, défaillances et conséquences des vices de jeunesse soignées par le docteur en médecine Emmanuel Strauss au moyen de décharges électriques et de cuvettes galvanisées.*

— Un charlatan manifeste, reconnut Eraste Pétrovitch. Mais n'est-ce pas un peu modeste pour les Valets ? Cela étant, faites-y un saut et vérifiez.

Anissi rentra de son expédition vers trois heures et demie de l'après-midi, fatigué et bredouille, mais d'excellente humeur, état qui d'ailleurs ne le quittait pas depuis une semaine. Allait suivre l'étape la plus agréable de son travail : l'examen et l'analyse des événements de la journée.

— Je vois à l'absence d'étincelle dans vos yeux que vos filets sont vides, fit en l'accueillant le perspicace Eraste Pétrovitch.

Apparemment, il venait lui aussi tout juste de rentrer, car il était encore en uniforme et portait ses décorations.

— Et vous, chef ? demanda, plein d'espoir, Tioulpanov. Ces généraux ? Ce joueur d'échecs ?

— Les généraux étaient de v-vrais généraux. Le joueur d'échecs un vrai joueur d'échecs. Il a effectivement un don phénoménal : il a joué pendant tout le temps le dos tourné à l'échiquier et sans rien noter. Sur dix parties, il en a gagné neuf et perdu seulement une. Un bon petit *business*, comme disent les hommes d'affaires de maintenant. Monsieur Tchigorine a empoché neuf cents roubles et n'en a déboursé que cent. Bénéfice net : huit cents roubles, et cela, en l'espace d'une petite heure.

— Et contre qui a-t-il perdu ? s'enquit Anissi.

— Moi, répondit le chef. Mais peu importe, j'ai tout de même dépensé du temps pour rien.

« Pour rien, tu parles, pensa Tioulpanov. Cent roubles ! »

Plein de considération, il demanda :

— Vous jouez bien aux échecs ?

— Affreusement mal. C'est un pur coup de chance, expliqua Fandorine en rajustant devant le miroir les pointes pourtant impeccables de son col empesé. Voyez-vous, T-Tioulpanov, à ma façon, je suis également un phénomène. La passion du jeu m'est étrangère, tous les jeux quels qu'ils soient m'insupportent et pourtant j'y ai toujours une chance absolument fantastique. J'y suis habitué et voilà b-bien longtemps que je ne m'en étonne plus. Tenez, par exemple, cette partie d'échecs. Monsieur Tchigorine s'est trompé de case, il a fait avancer sa reine non pas en *f5*, mais en *f6*, juste sous ma tour, et après il était tellement perturbé qu'il n'a pas voulu continuer. Mais tout de même, jouer dix parties sans regarder l'échiquier est excessivement difficile. Et maintenant, à vous de raconter.

Anissi rassembla toutes ses capacités, car dans ces instants il avait l'impression de passer un examen. Sinon que cet examen-là était agréable, pas du tout comme au collège. Ici, on ne mettait pas de mauvaises notes, et il n'était pas rare de se voir attribuer des louanges pour son sens de l'observation et sa perspicacité.

Aujourd'hui, néanmoins, il n'y avait vraiment pas de quoi pavoiser. Tout d'abord, Tioulpanov n'avait pas la conscience nette : il était tout de même allé au musée de Patek, avait payé trois roubles, pris sur la caisse, et était resté une demi-heure à contempler la femelle chimpanzé et son petit (tous deux étonnamment vifs et amusants, la publicité ne mentait pas), bien que ce ne fût strictement d'aucune utilité pour l'affaire. Il avait également fait un saut rue Bolchaïa Ordynka, par conscience professionnelle, cette fois. Il avait discuté avec le binoclard propriétaire du chien à la patte tordue, écouté patiemment une histoire déchirante qui s'était terminée par des sanglots difficilement contenus.

Concernant le médecin et son traitement électrique, Anissi n'avait guère envie de s'étendre sur le sujet. Il commença juste puis, gêné, abrégea son récit. Au nom du devoir, il lui avait fallu se soumettre à un traitement dégradant et assez douloureux, dont il ressentait encore les effets : comme des aiguilles lui picotant le bas-ventre.

— Ce docteur Strauss est un type ignoble, résuma Anissi. Très suspect. Il pose toutes sortes de questions dégoûtantes. (Et, vengeur, il conclut :) Voilà de qui la police devrait s'occuper.

Eraste Pétrovitch, homme délicat, n'exigea aucun détail. Il dit de l'air le plus sérieux :

— C'est méritoire de votre part de vous être soumis volontairement à ce traitement électrique, d'autant que, dans votre cas, je doute que vous soyez concerné par les « conséquences des vices de jeunesse ». Votre abnégation au nom de l'affaire mérite tous les encouragements, mais il eût été amplement suffisant de vous limiter à quelques questions. Par exemple, celle de savoir combien ce drôle de médecin fait payer la séance.

— Cinq roubles. Tenez, j'ai même la quittance.

Anissi fouilla dans la poche où il conservait ses justificatifs de dépenses.

— Ce n'est pas la peine, dit le conseiller aulique en balayant l'air d'un geste de la main. Les Valets de Pique n'iraient pas se salir les mains pour cinq roubles.

Anissi accusa le coup. Les maudites aiguilles parcouraient de telle manière son corps torturé par l'électricité qu'il n'arrêtait pas de se trémousser sur sa chaise et, afin d'effacer au plus vite la fâcheuse impression laissée par sa bêtise, il embraya sur la loterie de bienfaisance à tirage immédiat.

— C'est une institution sérieuse. En un mot : l'Europe. Elle loue tout le premier étage de l'immeuble du Conseil de l'assistance publique. L'escalier est envahi par une longue file d'attente composée de gens de toutes conditions, y compris bon nombre de nobles. Personnellement, Eraste Pétrovitch, j'ai fait quarante minutes de queue avant d'arriver au comptoir. Les Russes sont tout de même très réceptifs à la philanthropie.

Fandorine fronça très vaguement ses sourcils épais et soyeux.

— Ainsi, selon vous, tout est limpide, n'est-ce pas ? Pas le m-moindre relent d'escroquerie ?

— Mais non, qu'allez-vous donc chercher là ? Un sergent de ville est posté devant la porte, avec son ceinturon et son sabre. Il fait le salut militaire et témoigne un grand respect à chacun. A l'intérieur, quand on entre, se trouve un bureau derrière lequel est assise une demoiselle simple et charmante avec un pince-nez, toute vêtue de noir avec un fichu blanc et une petite croix sur la poitrine. Une religieuse, une novice ou peut-être simplement une bénévole — avec ces étrangers, on a du mal à s'y retrouver. Elle reçoit le don et vous invite à faire tourner le tambour. Elle parle très correctement notre langue, avec seulement un léger accent. C'est vous-même qui faites tourner l'appareil, c'est vous qui tirez le billet, tout est parfaitement honnête. Le tambour est en verre et, à l'intérieur, se trouvent des petits cartons roulés : des bleus à vingt-cinq roubles et des roses à cinquante roubles — ceux-là pour les gens qui veulent donner plus. J'avoue qu'en ma présence personne n'a pris de rose. On ouvre le billet sur-le-champ, devant tout le monde. Si on n'a pas eu de chance, il est écrit : « Dieu vous bénisse. » Tenez. (Anissi montra un joli billet bleu écrit en caractères gothiques.) En revanche, celui qui gagne est invité à passer derrière une cloison. Là, on a dressé une table à laquelle est assis le président de la loterie, un homme d'un certain âge et de belle prestance, un ecclésiastique. Il établit les actes officiels relatifs au prix gagné. Celui qui a perdu est chaudement remercié par la demoiselle, qui lui accroche une jolie petite rose à la poitrine en signe de remerciement pour son geste charitable.

Anissi sortit de sa poche la petite rose qu'il avait soigneusement gardée. Il pensait la rapporter à Sonia pour lui faire plaisir.

Eraste Pétrovitch examina la rose avec attention et alla même jusqu'à la humer.

— Cela sent Violette de Parme, fit-il remarquer. Un p-parfum de grand prix. Très simple, la demoiselle, disiez-vous ?

— Tout à fait charmante, confirma Tioulpanov. Avec un petit sourire timide.

— Je vois, je vois. Et donc, il y a des gens qui gagnent ?

— Et comment ! fit Anissi, tout excité. Alors que j'étais encore à attendre dans l'escalier, un heureux gagnant est sorti, un professeur apparemment. Il était tout rouge et agitait un papier avec des tampons : il avait gagné une propriété en Bohême. Cinq cents hectares ! Et le matin, paraît-il, une dame avait gagné une maison de rapport à Paris. Un immeuble de six étages ! Vous parlez d'une chance ! A ce qu'on dit, elle a eu un malaise, il a fallu lui faire respirer des sels. Et après ce professeur qui a gagné la propriété, beaucoup se sont mis à prendre les billets par deux ou même par trois. Pour des prix pareils, vingt-cinq roubles, ça vaut le coup ! Je n'avais pas d'argent à moi, sinon j'aurais aussi tenté ma chance.

Anissi, les yeux plissés, fixa rêveusement le plafond, s'imaginant en train de dérouler un billet et d'y voir écrit... Quoi, par exemple ? Eh bien, disons un château sur les bords du lac de Genève (il avait vu ce célèbre lac sur une image, et qu'est-ce que c'était beau !).

— Six étages ? demanda le conseiller aulique à contretemps. A Paris ? Et une propriété en Bohême ? Voyez-vous ça ! Vous savez quoi, Tioulpanov, nous allons nous y rendre ensemble, je veux moi aussi y jouer, à votre loterie. Vous croyez que nous avons le temps avant la fermeture ?

« Le voilà bien avec son sang-froid et son calme olympien. Et lui qui disait que la passion du jeu lui était étrangère. »

Ils arrivèrent juste à temps. Dans l'escalier, la file d'attente n'avait pas diminué. La loterie fonctionnait jusqu'à cinq heures et demie, et cinq heures avaient déjà sonné. Les gens s'énervaient. Fandorine gravit lentement les marches et, à la porte, déclara d'un ton poli :

— Si vous le permettez, messieurs, je veux seulement regarder, comme ça, p-par curiosité.

Et qu'est-ce que vous croyez ? On le laissa entrer sans protester. « Moi, il est probable qu'on m'aurait envoyé promener, pensa Anissi, plein d'admiration, mais avec un type comme lui, ça ne viendrait à l'idée de personne. »

Le sergent de ville posté à la porte, un gaillard à l'air sérieux et à la fière moustache rousse, en pointe, fit le salut militaire en portant la main à sa chapka d'astrakan. Eraste Pétrovitch traversa la vaste salle, divisée en deux par un comptoir. Anissi, ayant eu précédemment tout loisir d'examiner la façon dont était disposée la loterie, braqua aussitôt ses regards envieux sur le tambour qui tournait, lançant de temps à autre des coups d'œil à la mignonne demoiselle, laquelle était justement en train d'accrocher une petite fleur au revers d'un étudiant à l'air peiné, tout en le réconfortant par quelque parole.

Le conseiller aulique étudia le tambour sous toutes les coutures puis porta son attention sur le président, un homme au visage glabre et à l'air digne, vêtu d'une tunique à col montant blanc. Le président s'ennuyait de façon évidente et il eut même un bâillement qu'il dissimula délicatement derrière sa main.

Tapotant d'un doigt ganté de blanc un écriteau indiquant LES PERSONNES DÉSIRANT ACQUÉRIR UN BILLET ROSE SONT DISPENSÉES DE FAIRE LA QUEUE, Eraste Pétrovitch demanda :

— Mademoiselle, serait-il possible d'avoir un billet rose ?

— Oh oui, bien sûr, monsieur est un vrai chrétien.

La demoiselle gratifia le généreux donateur d'un sourire radieux, remit en place une mèche dorée échappée de son fichu et prit des mains de Fandorine un billet de cinquante roubles aux couleurs chatoyantes.

Retenant son souffle, Anissi regarda le chef qui, d'un geste négligent, avec deux doigts, tirait du tambour le premier billet rose qui se présentait, puis le déroulait.

— Est-il possible que vous n'ayez rien ? fit la demoiselle, désolée. Pourtant j'étais vraiment persuadée que vous alliez gagner ! Le dernier monsieur qui a pris un billet rose s'est vu attribuer un authentique palais à Venise ! Avec son quai privé pour les gondoles et une entrée pour les calèches ! Peut-être, monsieur, tenterez-vous votre chance une nouvelle fois ?

— Même une entrée pour les calèches, voyez-vous ça ! dit Fandorine en faisant claquer sa langue et en examinant l'image figurant sur le billet : un ange ailé les mains pieusement jointes et recouvertes d'un bout de tissu, apparemment censé représenter le saint suaire.

Eraste Pétrovitch se tourna vers le public, souleva respectueusement son haut-de-forme et, d'une voix forte et résolue, déclara :

— Mesdames et messieurs, je suis Eraste Pétrovitch Fandorine, fonctionnaire pour les missions spéciales auprès de Son Excellence le général gouverneur. La présente loterie est mise sous contrôle de la loi pour suspicion d'escroquerie. Sergent, veuillez faire immédiatement évacuer les lieux et ne plus laisser entrer personne.

— A vos ordres, Votre Haute Noblesse ! vociféra le policier à la moustache rousse sans songer un instant à mettre en doute l'autorité de l'énergique fonctionnaire.

Le sergent de ville se révéla être un gars expéditif. Il se mit à agiter les mains comme pour chasser un troupeau d'oies et eut vite fait de renvoyer vers la sortie la foule houleuse des clients. A peine avait-il prononcé d'une voix sourde « S'il vous plaît, s'il vous plaît, vous voyez bien qu'il y a un problème » que l'endroit était déjà évacué et que le gardien de l'ordre s'était remis au garde-à-vous à l'entrée, prêt à exécuter l'instruction suivante.

Le conseiller aulique hocha la tête d'un air satisfait et se tourna vers Anissi, qui, face à la tournure inattendue prise par les événements, s'était immobilisé, la mâchoire pendante.

Le monsieur d'un certain âge — un pasteur ou un curé, allez savoir — paraissait lui aussi complètement déboussolé : il s'était levé et restait figé derrière le comptoir, l'air ahuri.

La timide jeune fille, en revanche, se conduisit de façon pour le moins étonnante.

Brusquement, de sous son pince-nez, elle adressa un clin d'œil à Anissi, traversa d'un bond la pièce et, au cri de « hop là ! », elle bondit sur le large rebord de la fenêtre. Elle fit sauter l'espagnolette, poussa la croisée, et, de la rue, parvint une bouffée d'air glacé.

— Retenez-la ! cria Eraste Pétrovitch d'une voix désespérée.

Anissi se précipita à la suite de l'agile demoiselle. Il tendit la main pour l'attraper par le pan de sa robe, mais ses doigts glissèrent sur la soie épaisse. La jeune fille s'esquiva par la fenêtre, et Tioulpanov, à plat ventre sur le rebord, vit ses jupes se gonfler gracieusement tandis qu'elle descendait en chute libre.

Bien que le premier étage fût haut, l'audacieuse acrobate atterrit dans la neige avec l'adresse d'un chat, sans même tomber. Elle se retourna, fit un signe de la main à Anissi et, après avoir ramassé le bas de sa robe (la remontant assez haut pour découvrir des bottines et des jambes fuselées, gainées de noir), elle s'élança le long du trottoir. Un instant plus tard, sortant du cercle éclairé par le lampadaire, la fugitive alla se dissoudre dans les ténèbres qui s'épaississaient rapidement.

— Oh, sapristi ! s'écria Anissi.

Puis, se signant, il grimpa sur le rebord de la fenêtre. Il savait fort bien qu'il allait se rompre les os, et encore heureux s'il ne se cassait qu'une jambe car il pouvait tout aussi bien se briser également la colonne vertébrale. Ils seraient dans de beaux draps, Sonia et lui. Le frère paralysé et la sœur demeurée, ils feraient vraiment la paire.

Il ferma les yeux, prêt à sauter, quand la main vigoureuse du chef l'attrapa par le pan de sa veste.

— Laissez-la filer, dit Fandorine, suivant du regard la fougueuse demoiselle avec une perplexité amusée. Nous tenons le personnage p-principal.

Le conseiller aulique s'approcha du président de la loterie. Ce dernier leva les mains en l'air, comme s'il était prêt à se rendre, et, sans attendre les questions, se mit à parler à toute vitesse :

— Votre... Votre Haute... Je faisais ça pour gagner un petit quelque chose... Je ne les connais ni d'Eve ni d'Adam, j'ai fait ce qu'ils me disaient... Tenez, demandez donc à ce monsieur... Celui qui se fait passer pour sergent de ville.

Eraste Pétrovitch et Tioulpanov se retournèrent dans la direction qu'indiquait le doigt tremblant de l'homme, mais ne virent pas trace du sergent de ville. Seule, pendue à un crochet, sa chapka d'uniforme se balançait légèrement.

Le chef s'élança vers la porte, Anissi sur ses talons. Dans l'escalier, se bousculait une foule compacte et tumultueuse — essayez donc de vous frayer un chemin à travers ça.

Fandorine grimaça, se frappa le front du poing puis referma la porte avec fracas.

De son côté, Anissi examina la chapka d'astrakan, curieusement abandonnée par le faux policier. Une chapka tout ce qu'il y avait de plus ordinaire, sinon qu'à l'intérieur une carte à jouer était fixée à la doublure : un page à chapeau à plume qui souriait avec coquetterie et le symbole du pique.

— Mais comment... ? A quoi... ? bredouilla Anissi en regardant, abasourdi, un Fandorine écumant de rage. Comment avez-vous deviné ? Chef, vous êtes un vrai génie !

— Je ne suis pas un génie mais un crétin ! rétorqua Eraste Pétrovitch avec fureur. Je me suis fait avoir comme un débutant ! J'ai m-mordu à leur appât et j'ai laissé filer le meneur. Habile, le gredin, drôlement habile... Vous vouliez savoir comment j'avais deviné ? Mais il n'y avait rien à deviner. Je vous ai dit que je ne p-perdais jamais à aucun jeu, en particulier ceux fondés sur la chance. Quand mon billet s'est révélé perdant, j'ai tout de suite compris qu'il s'agissait d'une affaire douteuse. Et, en plus, ajouta-t-il après une courte pause, a-t-on jamais vu une entrée pour c-calèches dans un palais vénitien ? A Venise, il n'y a pas de calèches, seulement des barques...

Anissi voulut demander au chef comment il avait compris que c'était précisément au Valet de Pique qu'ils avaient affaire, mais n'en eut pas le temps. En proie à un accès de rage, le conseiller aulique s'écria :

— Mais qu'est-ce que vous avez à examiner sous tous les angles cette maudite chapka ? Qu'est-ce qu'elle a donc de si intéressant ?

À beau jeu, beau retour

S'il y avait une chose qu'il ne supportait pas, c'étaient bien les énigmes et les phénomènes inexplicables. Tout événement, même un bouton sur le nez, avait sa cause et ses prémisses. Rien en ce bas monde ne se produisait simplement comme ça, sans rime ni raison.

Or voilà — *s'il vous plaît*[1] — qu'une belle opération, fort bien montée et, en toute modestie, *géniale*, venait d'échouer lamentablement, cela sans aucune raison apparente !

La porte du bureau s'entrouvrit dans un grincement désagréable et, dans l'entrebâillement, se profila la frimousse de Mimi. Momus ôta sa pantoufle de cuir et la lança avec fureur en direction de la frange dorée, manière de dire « laisse-moi tranquille, j'ai besoin de réfléchir », mais le battant s'était déjà refermé avec bruit. Il s'ébouriffa rageusement les cheveux (des papillotes volèrent de tous côtés) et, tout en rongeant sa chibouque, se mit à écrire, sa plume de cuivre crissant sur le papier.

1. En français dans le texte.

Le bilan comptable était lamentable.

D'après un calcul approximatif, à l'issue de la première journée la recette de la loterie atteignait entre sept et huit mille roubles. La caisse ayant été confisquée, la perte sèche était d'autant.

En une semaine, une fois bien lancée, elle devait rapporter dans les soixante mille, selon les estimations les plus prudentes. Il était impossible de la prolonger davantage pour le cas où l'heureux gagnant d'un hôtel particulier à Paris, impatient d'aller admirer son prix, découvrirait que, sous la culotte couleur « cœur ardent », autrement dit sous le saint suaire, se trouvait tout autre chose que ce qu'il pensait. Cela étant, en une semaine, on pouvait ramasser un joli petit paquet.

Résultat : le manque à gagner était, *minimum minimorum*, de soixante mille roubles.

Et que dire de la perte que représentaient les frais de préparation ? Ce n'était pas énorme, bien sûr : la location de l'appartement, l'impression des billets, l'équipement. Mais c'était une question de principe et, cette fois, Momus était perdant !

Sans compter qu'ils avaient arrêté l'autre andouille. D'accord, le type n'était au courant de rien, mais tout de même, c'était du travail négligé. Et puis, cela faisait de la peine pour ce vieil ivrogne, minable comédien du théâtre Maly, qui, pour trente roubles d'avance, allait croupir en taule et engraisser la vermine.

Mais, avant tout, cela faisait de la peine pour cette idée grandiose. Une loterie instantanée, en voilà, une chose formidable ! Par quoi péchaient ces escroqueries assommantes, appelées loteries ? Le client commençait par payer et, ensuite, il devait attendre le tirage. Tirage auquel, notez bien, il n'assistait pas. Pourquoi devait-il croire sur parole que tout se passait honnêtement et dans les règles ? En plus, qui aime attendre ? Les gens, c'est bien connu, sont impatients.

Or, ici, il vous suffisait de tirer de votre propre main un joli billet. Un petit ange vous faisait signe, l'air tentateur : vas-y, gros bêta, semblait-il dire. Que pouvait-il bien y avoir sous cette image attrayante sinon de quoi vous combler de bonheur ? Perdu ? Qu'importe, essaye une nouvelle fois.

Quant aux détails, ils étaient bien sûr très importants. Il ne devait pas s'agir d'une simple loterie de bienfaisance, il fallait qu'elle soit européenne et évangélique. Si les orthodoxes n'ont guère d'estime pour les croyants des autres religions, en revanche, dans les questions d'argent, ils font plus volontiers confiance aux étrangers qu'à eux-mêmes — ce fait est notoire. La loterie ne devait pas être installée n'importe où, mais dans les locaux du Conseil de l'assistance publique. Ensuite, la publicité devait paraître dans le journal de la police. Primo, les Moscovites l'aimaient bien et le lisaient volontiers ; secundo, qui, dans ce contexte, irait soupçonner une arnaque ? Enfin, pour compléter le tableau, il n'y avait plus qu'à poster un sergent de ville devant la porte.

Momus arracha une papillote, tira une boucle de devant jusqu'à ses yeux : le roux avait pratiquement disparu. Encore un lavage et ce serait parfait. Dommage, à cause des fréquentes colorations, ses cheveux devenaient décolorés et fourchus. Rien à faire, c'étaient les inconvénients du métier.

La porte émit un nouveau grincement, et Mimi prononça d'un seul jet :

— Chaton, ne te fâche pas. On t'apporte ce que tu as demandé.

Momus dressa l'oreille.

— Qui ça ? Sliounkov ?

— Je ne sais pas, un type affreux avec une drôle de mèche sur le crâne. Tu sais, celui que tu as plumé à la préférence, le jour de Noël.

— Dis-lui de venir !

La première chose que faisait Momus lorsqu'il s'apprêtait à conquérir un nouveau territoire était de s'assurer le concours de gens utiles. C'était comme à la chasse. Une fois arrivé dans un coin giboyeux, il fallait regarder autour de soi, explorer les petits sentiers, repérer les abris confortables, étudier les habitudes de l'animal. Eh bien, de la même façon, à Moscou, Momus avait ses informateurs dans différents lieux stratégiques. Prenez Sliounkov, par exemple. Il travaillait comme simple employé aux écritures à la section secrète de la chancellerie du gouverneur, et pourtant il était d'une aide précieuse. Déjà, dans l'histoire avec l'Anglais, il s'était montré très utile, et maintenant voilà qu'il tombait à pic. Circonvenir le modeste scribouillard avait été un jeu d'enfant : perdant aux cartes, Sliounkov avait dû signer pour trois mille cinq cents roubles de reconnaissance de dette, si bien que maintenant il suait sang et eau pour récupérer ses billets.

Tenue léchée et pieds plats, l'homme entra dans la pièce, un dossier sous le bras. Il se mit à parler tout bas en se retournant sans cesse vers la porte :

— Antoine Bonifaciévitch (il connaissait Momus comme étant citoyen français), c'est un coup à se faire expédier au bagne. Pour l'amour du ciel, faites vite, ne causez pas ma perte. Je suis mort de frousse !

Sans dire un mot, Momus lui fit signe de poser le dossier sur la table et, toujours silencieux, lui ordonna d'un geste de sortir et d'attendre derrière la porte.

Le dossier portait l'intitulé suivant :

Fonctionnaire pour les missions spéciales

ERASTE PÉTROVITCH FANDORINE

En haut à gauche figurait un tampon :

Cabinet du général gouverneur
de Moscou.
Affaires secrètes

Et en plus était ajouté à la main : ***Strictement confidentiel***.

A l'intérieur de la couverture cartonnée était collée la liste des documents contenus dans le dossier :

Etats de service
Appréciations confidentielles
Informations à caractère personnel

« Eh bien, voyons qui est ce Fandorine qui nous cherche des noises. »

Une demi-heure plus tard, le gratte-papier repartait sur la pointe des pieds avec son dossier secret et sa dette allégée de cinq cents roubles. Pour un pareil service, ce Judas aurait mérité de récupérer tous ses billets à ordre, mais il pouvait encore servir.

Momus se mit à arpenter le bureau, l'air songeur, jouant distraitement avec le gland de sa ceinture de robe de chambre. Voyez-moi ça ! L'homme qui déjoue les complots, le grand maître des enquêtes secrètes... Il a autant de médailles et de décorations qu'une bouteille de champagne. Chevalier des Ordres des Chrysanthèmes, rien que ça ! Il s'est distingué en Turquie et au Japon, a voyagé en Europe pour des missions spéciales. Bref, un type sérieux.

Que disait-on de lui ? « Capacités exceptionnelles dans la conduite d'affaires délicates et secrètes, en particulier d'affaires nécessitant un grand esprit de déduction. » Hum. « Il serait intéressant de savoir par quel cheminement monsieur le conseiller aulique a, dès le premier jour de la loterie, conclu à une arnaque. Mais peu importe, nous verrons bien qui de nous deux va coincer l'autre », menaça Momus, s'adressant à son adversaire invisible.

Toutefois il ne fallait pas se fier aux seuls documents officiels, fussent-ils cent fois secrets. Il convenait de compléter les informations concernant monsieur Fandorine, de les compléter et de leur « donner vie ».

Cette dernière tâche prit encore trois jours.

Durant ce délai, Momus mena toute une série d'actions.

Se métamorphosant en laquais cherchant du travail, il se lia d'amitié avec Prokop Kouzmitch, le concierge de la demeure dont Fandorine occupait une annexe. Ensemble, ils vidèrent quelques verres de vodka accompagnés de champignons marinés, bavardèrent de choses et d'autres.

Il alla au théâtre, observa la loge où avaient pris place le fonctionnaire des missions spéciales et sa dame de cœur. Epouse du comte Opraksine, un chambellan de Saint-Pétersbourg, elle avait déserté le foyer conjugal. Il n'avait pas regardé la scène où, comme par un fait exprès, on jouait une comédie de monsieur Nikolaiev intitulée *Mission spéciale*, mais exclusivement le conseiller aulique et sa dulcinée. Ses jumelles Zeiss, apparemment de théâtre mais qui en fait grossissaient dix fois, lui avaient été d'une grande utilité. La comtesse était certes une beauté, mais pas de son goût. Momus connaissait bien ce genre de femmes et préférait les admirer de loin.

Mimi avait également apporté sa contribution. Sous l'apparence d'une modiste, elle avait fait la connaissance de Natacha, la femme de chambre de la comtesse, à qui elle avait vendu une robe de serge à un prix très avantageux. Elles avaient bu le café, mangé des biscuits, échangé propos de bonnes femmes et commérages.

Au terme du troisième jour, le plan de la riposte était au point. Celle-ci promettait d'être fine, élégante — exactement ce qu'il fallait.

La date de l'attaque avait été fixée au samedi 15 février.

Les opérations se déroulèrent conformément au plan établi. A onze heures moins le quart du matin, lorsqu'on tira les doubles rideaux aux fenêtres de la maison occupée par Fandorine, le facteur apporta un télégramme urgent destiné à la comtesse Opraksina.

Momus attendait dans une berline, légèrement de biais par rapport à la demeure, et suivait l'heure à sa montre. Derrière les fenêtres de l'annexe, il crut percevoir un mouvement et même des cris de femme. Treize minutes après la remise de la dépêche, monsieur Fandorine et la comtesse sortaient à la hâte de la maison. Derrière, nouant son fichu, trottinait une fille aux joues roses de paysanne : Natacha, la femme de chambre susmentionnée. Madame Opraksina était en proie à une agitation évidente ; le conseiller aulique lui disait quelque chose pour tenter de la calmer, ce dont la comtesse n'avait manifestement pas le moindre désir. Remarquez, on pouvait la comprendre. Le télégramme reçu disait : « Addi, j'arriverai à Moscou par le train de onze heures et irai directement vous voir. Cela ne peut plus durer. Ou bien vous repartez avec moi ou bien je me tire une balle dans la tête, sous vos yeux. Votre Tony, qui a perdu la tête. »

C'était ainsi, d'après les informations reçues de sa femme de chambre, qu'Ariadna Arkadievna appelait son époux abandonné mais néanmoins légitime, conseiller privé et chambellan, le comte Anton Apollonovitch. Il était parfaitement naturel que monsieur Fandorine veuille éviter à la dame une scène déplaisante. Il allait de soi qu'il l'accompagnerait lors de son évacuation, vu qu'Ariadna Arkadievna avait les nerfs à fleur de peau et qu'il faudrait beaucoup de temps pour la consoler.

Quand le traîneau de Fandorine, reconnaissable entre tous avec son épaisse couverture en peau de grizzli, eut disparu au coin de la rue, Momus termina tranquillement son cigare, vérifia son déguisement dans le miroir et, à onze heures vingt précises, bondit hors de la voiture. Il portait un uniforme de chambellan avec ruban, étoile, épée et, sur la tête, un tricorne à plumage. Pour un homme qui venait de descendre du train, un tel accoutrement était bien sûr étrange, mais il fallait impressionner le serviteur asiatique. L'important était de frapper vite et fort. Sans lui laisser le temps de se ressaisir.

Momus franchit résolument le portail, traversa la cour d'un pas rapide et se mit à tambouriner à la porte de l'annexe, bien qu'il vît parfaitement la sonnette.

Ce fut le valet de chambre de Fandorine qui ouvrit. Citoyen japonais, dénommé Massa, dévoué corps et âme à son maître. Ces renseignements, ainsi que la lecture attentive faite la veille de l'ouvrage de monsieur Gochkevitch sur les mœurs et coutumes japonaises, avaient aidé Momus à définir sa ligne de conduite.

— Ah, ah, monsieur Fandorine ! brailla Momus à l'Asiate court sur pattes, tout en roulant des yeux furieux. Ravisseur des femmes d'autrui ! Où est-elle ? Où est mon Addi adorée ? Qu'avez-vous fait d'elle ? !

A en croire monsieur Gochkevitch (et pourquoi douterait-on de ce respectable savant ?), rien n'est pis, pour un Japonais, que la honte et le scandale public. Par ailleurs, chez les fils du mikado, le sentiment de responsabilité envers le suzerain est très développé ; or, pour cette face de lune, le conseiller aulique était un suzerain.

Le valet de chambre s'alarma effectivement. Il se courba jusqu'à la ceinture et bredouilla :

— Excusez, excusez. Je êtle coupable. Moi avoil volé femme, pas possible lendle.

Momus ne saisit pas grand-chose au charabia de l'Asiate, mais un point était clair : comme il convenait à un vassal japonais, le valet de chambre était prêt à prendre sur lui la faute de son maître.

— Tuez-moi, je êtle coupable, insista le fidèle serviteur.

Il recula vers l'intérieur de la maison en faisant signe au redoutable visiteur de le suivre.

C'est ça, il ne veut pas que les voisins entendent, devina Momus. Mais après tout, cela s'accordait parfaitement avec ses plans personnels.

Entrant dans le vestibule, Momus joua celui qui, après y avoir mieux regardé, vient de mesurer sa bévue.

— Mais vous n'êtes pas Fandorine ! Où est-il ? Et où se trouve ma bien-aimée ?

Le Japonais recula jusqu'à la porte du salon, sans cesser ses courbettes. Comprenant qu'il n'arriverait pas à se faire passer pour son maître, il se redressa, croisa les mains sur sa poitrine et dit en détachant bien chaque mot :

— Monsieur pas ici. Palti. Tout à fait.

— Tu mens, misérable, dit Momus d'une voix gémissante avant de se ruer en avant, repoussant le vassal de Fandorine.

Dans le salon, l'air apeuré et la tête enfoncée dans les épaules, était assis un gringalet en redingote usée, au visage boutonneux et aux oreilles en feuilles de chou. Sa présence ne fut pas une surprise pour Momus. Nom : Anissi Tioulpanov, petit employé de la Direction de la gendarmerie. Il venait ici tous les matins et était présent à la loterie.

— Ah, ah, prononça Momus d'un ton féroce. Vous voilà donc, monsieur le débauché.

Le boutonneux se leva d'un bond, avala convulsivement sa salive et balbutia :

— Votre Alt... Votre Excellence... En fait, je...

Tiens donc, déduisit Momus, le gamin est au courant des affaires personnelles de son patron, il a tout de suite compris qui venait lui rendre visite.

— Comment, mais comment l'avez-vous attirée ? gémit Momus. Mon Dieu, Addi !!! cria-t-il à tue-tête en promenant ses regards autour de lui. Avec quoi cet avorton a-t-il pu te séduire ?

Au mot d'« avorton », le gringalet devint tout rouge et se renfrogna, si bien qu'il fallut changer de tactique en cours de route.

— Aurais-tu succombé à ce regard pervers et à ces lèvres sensuelles ? hurla Momus, s'adressant à une Addi invisible. Ce satyre lubrique, ce « chevalier des Chrysanthèmes », c'est uniquement ton corps qui l'intéresse, alors que c'est ton âme que je chéris ! Où es-tu ?

Le blanc-bec se redressa.

— Monsieur, Votre Excellence... Un pur hasard a voulu que je sois au courant de certaines circonstances délicates de cette histoire. Je ne suis nullement Eraste Pétrovitch Fandorine, comme vous semblez le croire. Sa Haute Noblesse n'est pas ici. Ariadna Arkadievna non plus. Si bien que vous n'avez pas lieu de...

— Comment cela, pas ici ? l'interrompit Momus d'une voix teintée de découragement en se laissant choir, sans force, sur une chaise. Mais où est-elle donc, ma petite chatte ?

La réponse ne venant pas, il s'écria :

— Non, je ne le crois pas ! Je sais pertinemment qu'elle est ici !

Tel un tourbillon, il se répandit à travers la maison en ouvrant les portes à la volée, les unes après les autres. Ce faisant, il ne put s'empêcher de penser : bel intérieur, et arrangé avec goût. Entrant dans la chambre où trônait une coiffeuse encombrée de pots et de flacons de cristal, il s'immobilisa.

— Mon Dieu, mais c'est son coffret ! dit-il dans un sanglot. Et son éventail.

Il enfouit son visage dans ses mains.

— Et moi qui espérais encore, qui continuais de croire qu'il ne pouvait pas en être ainsi…

Le truc suivant était destiné au Japonais, qu'il entendait derrière lui souffler comme un phoque. En principe, ça allait lui plaire.

Momus dégaina son épée et, le visage décomposé, il prononça :

— Non, plutôt la mort. Je ne supporterai pas un tel affront.

Le boutonneux répondant au nom de Tioulpanov poussa un cri d'horreur, alors que, pour sa part, le valet de chambre lançait au mari déshonoré un regard empreint d'un respect non dissimulé.

— Le suicide est un péché mortel, dit le petit fonctionnaire en pressant ses mains sur sa poitrine, l'air très inquiet. Vous y perdrez votre âme et condamnerez Ariadna Arkadievna à une souffrance éternelle. C'est l'amour, Votre Excellence, on n'y peut rien. Il faut pardonner. En bon chrétien.

— Pardonner ? bredouilla le malheureux chambellan, désemparé. En bon chrétien ?

— Oui ! s'écria avec ferveur le gamin. Je sais que cela est difficile mais, après, vous vous sentirez délivré d'un fardeau, vous verrez !

Momus écrasa une larme d'émotion.

— C'est vrai, il faut pardonner, tout oublier... Qu'on se gausse, qu'on me méprise ! Le mariage est œuvre sacrée. Je vais l'emmener avec moi, ma tendre aimée. Je la sauverai !

Il leva vers le plafond des yeux pleins de piété, le long de ses joues roulèrent de belles et grosses larmes — Momus possédait ce don merveilleux.

Le valet de chambre s'anima brusquement :

— Oui, oui, emmener, emmener à maison, poul toujouls, acquiesça-t-il. Tlès beau, tlès noble. Poulquoi hala-kiri, pas besoin hala-kiri, pas chlétien !

Momus se tenait debout, les paupières closes, les sourcils froncés comme s'il souffrait. Les deux autres, retenant leur souffle, attendaient de savoir quel sentiment l'emporterait : l'orgueil bafoué ou la grandeur d'âme.

Ce fut la grandeur d'âme qui l'emporta.

Après avoir secoué la tête d'un air résolu, Momus déclara :

— Eh bien, soit. Le Seigneur vient de me préserver d'un péché mortel, dit-il en rengainant son épée et en se signant plusieurs fois avec de grands gestes. Merci à toi, brave homme, d'avoir sauvé une âme chrétienne.

Momus tendit sa main au gringalet, qui, des larmes plein les yeux, la prit dans la sienne et la serra longuement.

Le Japonais demanda fébrilement :

— Emmener madame à maison ? A maison poul toujouls ?

— Oui, oui, mon ami, acquiesça Momus avec une tristesse empreinte de noblesse. Je suis en carrosse. Portes-y ses affaires, ses robes, ses... ses... colifichets.

Sa voix tremblait, ses épaules étaient secouées de sanglots.

Promptement, comme s'il craignait que l'époux offensé ne change d'avis, le valet de chambre s'empressa de remplir coffres et valises. Le boutonneux, haletant, traînait les bagages dans la cour. Momus fit une nouvelle fois le tour des appartements, admira les estampes japonaises. Certaines, libertines, étaient très amusantes. Il glissa les deux plus piquantes dans son sein, ça amuserait Mimi. Dans le bureau du maître de maison, il prit sur la table un chapelet de jade. En souvenir. A la place, il laissa quelque chose. Egalement en souvenir.

L'ensemble de l'opération de chargement ne prit même pas dix minutes.

Les deux larbins — le valet de chambre et le petit fonctionnaire — accompagnèrent le « comte » jusqu'à son carrosse et allèrent même jusqu'à l'aider à monter sur le marchepied. La voiture s'était passablement affaissée sous le poids des bagages d'Addi.

— Allez, fouette ! lança Momus au cocher avec une pointe de mélancolie dans la voix avant de quitter le champ de bataille.

Il tenait entre ses mains le coffret à bijoux de la comtesse et, les unes après les autres, il caressait tendrement les petites pierres qui scintillaient de mille feux. Le butin, soit dit en passant, se révélait tout à fait honnête. L'utile et l'agréable s'étaient mariés de la façon la plus heureuse. A lui seul, le diadème en saphir — celui-là même qu'il avait remarqué au théâtre — lui rapporterait dans les trente mille roubles. A moins qu'il ne l'offre à Mimi pour aller avec ses yeux bleus ?

Alors qu'il longeait la rue de Tver, il avait croisé le traîneau bien connu de lui. Le conseiller aulique s'y trouvait seul, sa pelisse ouverte, le visage blême et résolu. Il allait s'expliquer avec le terrible mari. Bravo, c'était courageux de sa part. Seulement voilà, mon cher ami, c'est avec madame Addi que tu vas devoir t'expliquer. Or, d'après les informations dont disposait Momus en plus de son impression personnelle, l'explication ne serait pas des plus faciles. L'addition risque d'être salée, pensa Momus. Ravi de son jeu de mots, pourtant assez médiocre, il éclata d'un gros rire.

« Vous allez apprendre, monsieur Fandorine, ce qu'il en coûte de chercher des noises à Momus. A beau jeu, beau retour ! »

La chasse au petit tétras

Pour débattre de l'affaire « Valet de Pique », un cercle restreint était réuni : Son Altesse le prince Dolgoroukoï, Frol Grigoriévitch Védichtchev, Eraste Pétrovitch et, telle une petite souris dans son coin, l'humble serviteur de Dieu Anissi.

L'heure était vespérale, sous son abat-jour de soie verte la lampe éclairait uniquement la table de travail du gouverneur et son environnement immédiat, de telle façon que le candidat au titre de registrateur de collège, Anissi Tioulpanov, était invisible, dissimulé dans la douce obscurité qui avait envahi les coins du bureau.

La voix tempérée et sèche du rapporteur était monotone, et Sa Haute Excellence commençait apparemment à somnoler : ses paupières ridées étaient baissées tandis que ses longues moustaches frémissaient au rythme de sa respiration.

L'exposé en arrivait maintenant au plus intéressant : les déductions.

— On p-pourrait raisonnablement supposer, expliquait Fandorine, que la composition de la bande est la suivante : le « duc », « Speier », le « notaire », le

« sergent de ville », la fille adepte de la voltige, le « comte Opraksine » et son cocher.

Aux mots de « comte Opraksine », un coin de la bouche du conseiller aulique se tordit comme sous l'effet d'une douleur, et un silence gêné plana sur le bureau. En fait, observant plus attentivement les présents, Anissi remarqua qu'il était le seul à être vraiment gêné, car, s'ils se taisaient, les autres ne faisaient preuve d'aucune délicatesse : Védichtchev affichait ouvertement un sourire venimeux et Son Altesse, entrouvrant un œil, émit un gloussement expressif.

Pourtant, la soirée de la veille avait été tout sauf drôle. Après la découverte du valet de pique (dans le cabinet de travail, sur le presse-papiers en malachite où précédemment reposait le chapelet de jade), le chef s'était départi de son flegme habituel. S'il est vrai qu'il n'avait fait aucun reproche à Anissi, il avait en revanche agoni son valet de chambre en japonais. Le pauvre Massa était si profondément chagriné qu'il avait menacé d'en finir avec la vie et s'était même précipité à la cuisine pour y prendre le couteau à pain. Eraste Pétrovitch avait eu tout le mal du monde à calmer le malheureux.

Mais tout cela n'était encore qu'un avant-goût de l'apocalypse, qui se déclencha véritablement au retour d'Addi.

Au souvenir de la veille, Anissi eut un frisson. Le chef s'était vu adresser un ultimatum implacable : tant qu'il ne lui rendrait pas ses toilettes, parfums et bijoux, Ariadna Arkadievna se montrerait dans la même robe et la même étole de zibeline, ne se parfumerait pas, porterait les mêmes perles aux oreilles. Et si elle tombait malade à cause de ça, Eraste Pétrovitch en serait entièrement responsable. Tioulpanov n'avait pas entendu la suite car, faisant preuve d'une certaine lâcheté, il avait préféré battre en retraite, mais, à en juger par le teint blafard et les cernes bleus qu'il affichait depuis le matin, le conseiller aulique n'avait guère eu le loisir de dormir.

— Je vous avais pourtant prévenu, mon cher, que cette escapade finirait mal, prononça le prince d'un ton sentencieux. Vraiment, ce sont des choses qui ne se font pas. Une dame comme il faut, de la haute société, avec un mari jouissant d'une position considérable... J'ai déjà reçu des plaintes de la chancellerie vous concernant. Comme s'il n'y avait pas assez de femmes célibataires ou, au moins, de rang un peu plus modeste.

Eraste Pétrovitch devint tout rouge, et Anissi craignit qu'il n'assène au grand chef une réplique inadmissible, mais le conseiller aulique se retint et poursuivit sur l'enquête comme s'il n'avait rien entendu :

— C'est ainsi qu'hier encore j'imaginais la composition de la bande. Toutefois, en analysant le récit de m-mon assistant relatif à... l'incident d'hier, j'ai changé d'avis. Et tout cela grâce à monsieur Tioulpanov, dont la contribution à l'enquête est réellement inestimable.

Cette déclaration étonna énormément Anissi, mais Védichtchev, vieillard perfide, intervint avec fiel :

— Sa contribution, parlons-en ! Raconte donc, Anissi, la façon dont tu as trimballé les valises et aidé le Valet à monter dans son carrosse en lui tenant le coude pour qu'il n'aille surtout pas trébucher.

Disparaître sous terre et y rester à jamais, telle fut la pensée qui, à cet instant, vint à l'esprit de Tioulpanov, rouge jusqu'aux oreilles.

— Frol Grigoriévitch, dit le chef, prenant la défense d'Anissi, votre méchanceté est déplacée. Ici, chacun à sa façon, nous nous sommes tous fait rouler… Veuillez me p-pardonner, Votre Haute Excellence.

Le gouverneur, qui avait de nouveau piqué du nez, ne répondit rien, et Fandorine continua :

— Aussi je suggère que l'on fasse preuve d'indulgence les uns envers les autres. Nous sommes face à un adversaire d'une force et d'une audace rares.

— Pas un mais *des* adversaires. C'est toute une bande, rectifia Védichtchev.

— Voilà précisément ce dont le récit de Tioulpanov m'a conduit à douter.

Le chef plongea la main dans sa poche et l'en sortit aussi vite, comme s'il s'était brûlé.

Il cherche son chapelet, se dit Anissi, mais, de chapelet, il n'a plus.

— Mon assistant a pu me décrire en détail le carrosse du comte et s'est en particulier souvenu du monogramme ZG figurant sur la portière. C'est la marque de la compagnie Zinovy Goder, un loueur de carrosses, traîneaux et fiacres avec ou sans cocher. Ce matin, je me suis présenté au bureau de la compagnie et n'ai eu aucun mal à retrouver l'équipage en question : éraflure sur la p-portière gauche, sièges de cuir framboise, jante neuve à la roue arrière droite. Quelle ne fut pas ma surprise en apprenant que le « monsieur important » venu la veille en grand uniforme avait loué une voiture avec cocher !

— Ah oui, et pourquoi ? demanda Védichtchev.

— Comment cela, pourquoi ? Cela voulait dire que le cocher n'était pas un complice, qu'il ne faisait pas partie de la bande des Valets, qu'il était un personnage complètement étranger à l'affaire ! J'ai retrouvé ce cocher. Il est vrai que je n'en ai pas tiré grand-chose : à part une d-description physique du « comte », dont nous disposions déjà, il ne nous a pas fourni d'informations utiles, sinon que les bagages avaient été amenés à la gare Nikolaievski et déposés à la consigne. Après quoi le cocher avait été libéré.

— Et alors, la consigne ? demanda le prince, sortant de sa torpeur.

— Rien. Une heure plus tard, un autre cocher muni du reçu est venu tout récupérer puis est parti pour une destination inconnue.

— Ah ça, vous pouvez dire qu'Anissi a été d'une grande aide, déclara Frol Grigoriévitch avec un geste méprisant de la main. Un coup d'épée dans l'eau, oui.

— Nullement. (Sur le point de plonger la main dans sa poche pour y prendre son chapelet, Eraste Pétrovitch grimaça d'un air contrarié.) Que ressort-il donc de tout cela ? Hier, le « comte » est venu seul, sans complice, alors qu'il dispose d'une bande d'acolytes aux capacités de travestissement remarquables. Jouer les cochers était à la p-portée de n'importe lequel d'entre eux. Pourtant, le comte choisit la difficulté en faisant appel à un étranger. Et d'un. Si le « duc » a recommandé Speier à Vladimir Andréiévitch, il ne l'a toutefois pas fait de vive voix mais par lettre. Ce qui veut dire que le « duc » et son protégé ne se sont jamais montrés ensemble.

Et l'on est en droit de se d-demander pourquoi. N'aurait-il pas été plus simple qu'un des membres de la bande présente l'autre ? Et de deux. Maintenant expliquez-moi, messieurs, pourquoi l'Anglais s'est présenté chez le « notaire » sans Speier. Il eût été en effet plus logique de réaliser la transaction en présence des deux parties. Et de trois. Poursuivons. Dans l'épisode de la loterie, le Valet de Pique utilise un faux président qui, de nouveau, se révèle ne pas faire partie de la bande. Il s'agit d'un p-pitoyable ivrogne ignorant de tout et recruté pour une misère. Et de quatre. Ainsi, dans chacun de ces épisodes, nous nous retrouvons face à un seul membre de la bande : soit le « duc », soit l'« invalide », soit le « notaire », soit le « sergent de ville », soit le « comte ». D'où j'en arrive à la conclusion que la bande des Valets de Pique se limite en fait à un seul et même individu. Il est probable que son unique complice permanente est la jeune fille qui a sauté par la fenêtre.

— C'est absolument impossible, prononça d'une voix tonnante le général gouverneur, qui avait cette curieuse façon de somnoler sans jamais rien laisser passer d'important. Je n'ai vu ni le « notaire », ni le « sergent de ville », ni le « comte », mais j'affirme en revanche que le « duc » et « Speier » ne peuvent en aucun cas être un seul et même homme. Jugez vous-même, Eraste Pétrovitch. Mon soi-disant petit-fils était pâle, malingre, il avait une voix fluette, des épaules étroites, le dos rond, des cheveux noirs clairsemés et un nez en pied de marmite très caractéristique. Le duc de Saxe-Limbourg, lui, était au contraire un très beau jeune homme : belle carrure, port militaire, voix bien timbrée de l'homme habitué au commandement. Nez aquilin, épais favoris châtain clair, rire sonore. Rien de commun avec « Speier » !

— Et de quelle t-taille était-il ?

— Une demi-tête de moins que moi. Donc, de taille moyenne.

— Or, d'après lord Pitsbrook, qui est très grand, le « notaire » lui arrivait « juste au-dessus de l'épaule », ce qui signifie là aussi que l'homme était de taille moyenne. De même pour le sergent de ville. Et qu'en est-il du « comte », Tioulpanov ?

L'hypothèse de Fandorine était tellement audacieuse qu'Anissi avait senti le sang affluer à son visage :

— On peut dire qu'il était également de taille moyenne, Eraste Pétrovitch ! Plus grand que moi d'environ six ou sept centimètres.

— La taille est la seule chose qu'il soit d-difficile de modifier, continua le conseiller aulique. A moins de recourir à des talons hauts, mais cela se remarque trop facilement. Il est vrai qu'au Japon j'ai rencontré un bonhomme qui appartenait à une société secrète de tueurs professionnels et qui s'était spécialement amputé des deux jambes afin de pouvoir changer de taille à volonté. Il c-cavalait sur ses jambes de bois mieux que sur des vraies. Il possédait trois jeux de prothèses — pour paraître grand, moyen ou petit selon les cas. Toutefois, une telle abnégation dans l'exercice de son métier n'est concevable qu'au Japon. Pour ce qui concerne notre Valet de Pique, je pense être maintenant en mesure de le décrire physiquement et de dresser son p-portrait psychologique approximatif. Son apparence physique est d'ailleurs sans importance dans la mesure où l'individu en change très facilement. C'est un homme sans visage, qui revêt tel ou tel masque au gré des circonstances. Mais j'essaierai t-tout de même de le dépeindre.

Fandorine se leva et se mit à arpenter le bureau, les mains dans le dos.

— Donc la taille de cet homme est de... (le chef jeta un regard à Anissi, toujours debout)... d'un mètre soixante-dix. Il est naturellement blond. Des cheveux noirs se prêtent plus difficilement au camouflage. Par ailleurs ses cheveux sont sans doute abîmés et ternes aux pointes, du fait des colorations répétées. Yeux gris-bleu, assez rapprochés. Nez de taille moyenne. Visage commun, parfaitement insignifiant, de ces visages dont on a du mal à retenir les traits et qu'il est difficile de distinguer dans une foule. Cet homme doit être fréquemment confondu avec d'autres ou p-pris pour un autre. Maintenant, la voix... Un organe que le Valet de Pique maîtrise avec virtuosité. A en juger par la facilité avec laquelle il passe de la basse au ténor avec toutes les modulations intermédiaires, sa voix naturelle est un baryton léger. Il est difficile de deviner son âge. Il est peu probable qu'il soit très jeune, car on décèle chez lui une certaine expérience de la vie, mais il n'est pas non plus âgé ; notre « sergent de ville » s'est f-fondu dans la foule avec une agilité remarquable. Détail important : les oreilles. Ainsi que l'a établi la science criminelle, elles sont uniques chez chaque individu et il est impossible d'en modifier la forme. Malheureusement, je n'ai pu observer le Valet que sous l'apparence de « sergent de ville », or ce dernier était coiffé d'une chapka. Dites-nous, Tioulpanov, le « comte » a-t-il retiré son tricorne ?

— Non, répondit laconiquement Anissi, que toute référence aux oreilles, et en particulier à leur caractère unique, mettait à la torture.

— Et vous, Votre Haute Excellence, n'auriez-vous pas prêté attention aux particularités des oreilles du « duc » et de « Speier » ?

Dolgoroukoï prononça avec solennité :

— Eraste Pétrovitch, je suis général gouverneur de Moscou et j'ai suffisamment à faire pour ne pas perdre mon temps à examiner les oreilles des gens.

Le conseiller aulique poussa un soupir :

— Dommage. Cela veut dire que nous ne tirerons pas grand-chose de son aspect physique... Maintenant, la personnalité du criminel. Issu d'une bonne famille, connaît même l'anglais. Fin psychologue et acteur de talent, c'est évident. Doué d'un charme rare, il sait d'emblée gagner la c-confiance des gens. Rapidité de réaction phénoménale. Grande ingéniosité. Singulier sens de l'humour. (Eraste Pétrovitch regarda Védichtchev avec sévérité, comme s'il s'attendait à le voir pouffer de rire.) Bref, sans conteste un homme sortant de l'ordinaire et plein de talent.

— Des gens talentueux comme ça, je les enverrais volontiers peupler la Sibérie, grommela le prince. Tenez-vous-en strictement à l'affaire, mon cher, et faites-nous grâce de ces panégyriques. Nous ne sommes pas là pour accorder une médaille à monsieur le Valet. Est-il possible de mettre la main sur lui, telle est la seule chose qui importe.

— Pourquoi cela ne serait-il pas possible ? Tout est possible, prononça Fandorine, songeur. Eh bien, voyons voir. Quels sont les points vulnérables de notre héros ? Que ce soit par excès de cupidité ou du fait d'une extrême prodigalité, une chose est sûre : ce qu'il gagne ne lui suffit jamais. Et d'un. Vaniteux, il cherche à susciter l'admiration. Et de deux. Trois, point le plus précieux pour nous, trop sûr de lui, il a tendance à sous-estimer ses adversaires. Voilà notre base de départ. Il y a également un quatrième point. Si brillantes que soient ses entreprises, il n'en commet pas moins des erreurs de temps à autre.

— Quelles erreurs ? interrogea aussitôt le gouverneur. D'après moi, il est comme une anguille, impossible à saisir.

— Ses erreurs sont au moins au nombre de deux. Comment se fait-il que le « comte » ait évoqué le « chevalier des Chrysanthèmes » hier devant Anissi ? Si je suis effectivement chevalier des ordres japonais du Grand et du Petit Chrysanthème, je ne porte pas ces décorations en Russie, ne m'en vante jamais devant p-personne, et mon serviteur quant à lui refuserait d'en faire état même pour tout l'or du monde. Certes, homme d'Etat ayant ses entrées dans les hautes sphères, le vrai comte Opraksine aurait pu à la rigueur connaître de tels détails, mais le Valet de Pique ? D'où peut-il sortir cela ? Uniquement de mon dossier personnel et de mes états de service, où sont énumérées mes décorations. J'aurais besoin, Votre Haute Excellence, de la liste de tous les fonctionnaires appartenant au service secret de votre cabinet, en p-particulier de ceux qui ont accès aux dossiers personnels. Ils ne sont pas si nombreux, n'est-ce pas ? L'un d'entre eux est de connivence avec le Valet. Je pense que pour l'affaire du lord également il était impossible de se passer d'un informateur interne.

— Inconcevable ! s'indigna le prince. Comme si quelqu'un de mon entourage pouvait me jouer un pareil tour de cochon !

— Rien de bien étonnant, Vladimir Andréiévitch, intervint Védichtchev. Combien de fois ne vous ai-je pas dit que vous entreteniez toutes sortes de pique-assiette et de bons à rien ?

N'y tenant plus, Anissi demanda tout doucement :

— Et quelle est la seconde erreur, chef ?

Eraste Pétrovitch répondit d'un ton plein de hargne :

— Celle de m'avoir mis en rage. En plus de la raison professionnelle, j'ai maintenant un motif personnel.

Comme mû par un ressort, il se mit à aller et venir devant la table d'une façon qui brusquement rappela à Tioulpanov le léopard africain enfermé dans sa cage non loin de l'inoubliable femelle chimpanzé.

Mais soudain Fandorine s'immobilisa et, se tenant les coudes, prononça d'un ton tout différent, pensif, et même légèrement rêveur :

— Et si nous p-prenions monsieur le Valet de Pique, alias Momus, à son propre jeu ?

— Pourquoi pas ? fit remarquer Frol Grigoriévitch. Mais encore faudrait-il savoir où le trouver. A moins que vous n'ayez une idée sur la question ?

— Aucune, répondit le chef d'un ton tranchant. Et je n'ai pas l'intention de le chercher. Que lui me trouve. Ce sera comme une sorte de chasse à l'épouvantail. On plante une belle poule de bruyère en papier mâché quelque part en évidence, le coq approche, pif, paf, et le t-tour est joué.

— Et qui tiendra le rôle de la poule ? demanda Dolgoroukoï en entrouvrant un œil plein de vivacité. Ne serait-ce pas mon fonctionnaire pour les missions spéciales préféré ? Pour autant que je sache, vous êtes également maître dans l'art du déguisement, Eraste Pétrovitch.

Tioulpanov se rendit soudain compte que les rares répliques du prince étaient presque toujours aussi judicieuses que parfaitement à propos. Toutefois, la sagacité de Dolgoroukoï ne sembla aucunement étonner Eraste Pétrovitch.

— A qui de jouer les leurres sinon à moi, Votre Haute Excellence ? Après ce qui s'est p-passé hier, je ne laisserai cet honneur à personne.

— Et lui, comment trouvera-t-il la poule ? demanda Védichtchev avec la plus vive curiosité.

— Comme cela se fait à la chasse au petit tétras : il répondra à l'appel du pipeau. Et, pour faire le pipeau, nous utiliserons également un moyen cher à Momus.

— Un homme habitué à rouler tout le monde peut lui-même se laisser avoir assez facilement, expliqua le chef à Anissi lorsque, de retour ruc Malaïa Nikitskaïa, ils se retrouvèrent dans le cabinet de travail pour l'« analyse ». Le roublard n'imagine pas une seconde que quelqu'un puisse avoir assez de c-culot pour le rouler, pour voler le voleur. En particulier, il ne peut concevoir une telle perfidie de la part d'une p-personnalité officielle, a fortiori de rang très élevé.

Anissi, qui avait écouté pieusement, crut comprendre qu'en évoquant une « personnalité officielle de rang très élevé » le conseiller aulique voulait parler de lui-même, mais, ainsi que le montra la suite des événements, Eraste Pétrovitch visait beaucoup plus haut.

Après avoir exposé le fondement théorique de son action, Fandorine se tut quelques instants. Anissi demeurait immobile, car il ne voulait surtout pas troubler le processus de réflexion de son chef.

— Il faut trouver un appât qui fasse s-saliver notre Momus, et, chose essentielle, qui attise son ambition. De sorte qu'il ne soit pas seulement alléché par la perspective d'un gain important mais également par celle d'une gloire retentissante. Il n'est pas insensible à la gloire.

A ces mots, le chef observa une nouvelle pause, réfléchissant au maillon suivant de sa chaîne logique. Sept minutes et demie plus tard (Anissi suivait l'heure à l'énorme pendule, manifestement très ancienne, représentant Big Ben de Londres), Eraste Pétrovitch déclara :

— Une gigantesque pierre précieuse... Disons une pierre provenant de l'héritage du Rajah d'Emeraude[1]. Vous n'avez jamais entendu p-parler de cet homme ?

Anissi secoua négativement la tête, tout en fixant le chef avec une extrême attention.

Le conseiller aulique en parut chagriné :

— Curieux. Evidemment, cette histoire a été gardée secrète et n'est pas connue du grand public, mais certains bruits ont tout de même filtré à travers la presse européenne. Est-il possible qu'ils ne soient pas parvenus jusqu'en Russie ? Mais bien

1. Voir *Léviathan*.

sûr, que dis-je ? Lorsque j'ai effectué mon m-mémorable voyage à bord du *Léviathan*, vous n'étiez encore qu'un enfant.

— Un voyage, sur le *Léviathan* ? s'exclama Anissi, n'en croyant pas ses oreilles et s'imaginant Eraste Pétrovitch voguant sur une mer déchaînée, juché sur le large dos d'un monstre fantastique mi-poisson, mi-baleine.

— C'est sans importance, fit Fandorine avec un geste désabusé. C'est une vieille affaire à laquelle j'ai été plus ou moins mêlé. Ce qui compte ici, c'est l'idée : un rajah indien et un énorme diamant. Ou bien un saphir, ou encore une émeraude. Peu importe. Cela dépendra de la collection de minéralogie, marmonna-t-il de façon complètement obscure.

Devant le regard ahuri d'Anissi, le chef jugea bon d'ajouter (sans être plus clair pour autant) :

— Certes, c'est un peu grossier, mais pour notre Valet, je crois que c'est exactement ce qu'il faut. Il devrait m-mordre à l'hameçon. Et maintenant, Tioulpanov, assez de me regarder avec ces yeux écarquillés. Au travail !

Eraste Pétrovitch déplia le numéro du jour de *La Parole russe*, trouva immédiatement ce qu'il y cherchait et se mit à lire à haute voix :

HÔTE INDIEN

Effectivement, « les grottes caillouteuses regorgent de diamants[1] », *surtout quand ces grottes sont la pro-*

1. Début d'un air célèbre de l'opéra *Sadko*, de Rimski-Korsakov.

priété d'Akhmad-khan, héritier de l'un des plus riches rajahs du Bengale. Le prince est arrivé dans notre mère Moscou, étape entre Téhéran et Saint-Pétersbourg. Il sera l'hôte de la ville aux coupoles d'or pendant au moins une semaine. Le prince Vladimir Andréiévitch Dolgoroukoï a accueilli le prestigieux invité avec tous les honneurs qui lui sont dus. Le prince indien s'est installé dans la villa du général gouverneur, sur la Colline aux Moineaux, et, demain soir, l'Assemblée de la noblesse organise un bal en l'honneur d'Akhmad-khan. On y attend la fine fleur de la société moscovite, qui brûle de voir le prince oriental et plus encore la célèbre émeraude « Chah-Sultan » qui orne son turban. On raconte que cette pierre gigantesque a jadis appartenu à Alexandre de Macédoine. Selon nos informations, le prince voyage à titre privé et presque incognito, sans suite ni pompe. Seuls l'accompagnent sa vieille et dévouée nourrice Zoukhra et son secrétaire particulier Tarik-bey.

Le conseiller aulique fit un signe de tête approbateur et repoussa le journal.

— Vladimir Andréiévitch est tellement furieux contre le Valet de Pique qu'il a donné son aval à l'organisation du bal et participera p-personnellement au spectacle. Et non sans un certain plaisir, selon moi. Pour figurer le « Chah-Sultan », l'université de Moscou nous a prêté un béryl facetté de sa collection de minéraux. Sans une loupe spéciale, il est impossible de le différencier d'une émeraude, et il est peu probable que nous laissions quiconque examiner notre turban avec une loupe spéciale, pas vrai, Tioulpanov ?

D'une boîte à chapeau, Eraste Pétrovitch sortit un turban de brocart blanc orné d'une pierre verte de taille colossale, le tourna dans un sens et dans l'autre, de telle manière que les facettes se mirent à étinceler de reflets éblouissants.

Anissi eut un claquement de lèvres admiratif : ce turban était effectivement une pure merveille.

— Et où trouverons-nous Zoukhra ? demanda-t-il. Et le secrétaire, ce... Tarik-bey, qui jouera son rôle ?

Le chef regarda son assistant avec un air de reproche, à moins que ce ne fût de commisération, et brusquement Anissi comprit.

— Impossible ! cria-t-il. Pitié, Eraste Pétrovitch ! Moi, faire un Indien ! Pour rien au monde, tuez-moi plutôt !

— Vous, Tioulpanov, vous allez sûrement accepter, dit Fandorine avec un soupir. C'est avec Massa que je vais avoir du fil à retordre. Je doute que le rôle de la vieille nourrice soit à son goût...

Le soir du 18 février, le Tout-Moscou se retrouva donc à l'Assemblée de la noblesse. C'était une période gaie et insouciante, la semaine du carnaval. Dans la ville éprouvée par un long hiver, on festoyait presque quotidiennement mais, ce jour-là, les organisateurs avaient particulièrement bien fait les choses. L'escalier blanc de neige était décoré de fleurs sur toute sa hauteur, des laquais poudrés en pourpoint couleur pistache se précipitaient pour attraper à la volée les manteaux, étoles et capes de fourrure jetés d'un geste négligent, de la salle de bal parvenaient les sons enchanteurs d'une mazurka et dans la salle à manger, où l'on dressait les tables pour le banquet, le cristal et l'argenterie faisaient entendre des cliquetis qui mettaient l'eau à la bouche.

Le maître de Moscou, le prince Vladimir Andréiévitch, tenait le rôle du maître de maison. Tiré à quatre épingles et la mine florissante, il savait se montrer cordial avec les messieurs et galant avec les dames. Toutefois, ce soir-là, dans la salle de marbre, le centre d'attraction n'était pas le général gouverneur mais son hôte indien.

Akhmad-khan avait d'emblée charmé tout le monde, en particulier les demoiselles et les dames. Tranchant avec son frac noir et sa cravate blanche, sa tête de nabab était couronnée d'un turban blanc orné d'une gigantesque émeraude. Sa barbe noire comme du jais de prince oriental était coupée à la dernière mode de Paris, ses sourcils formaient deux arcs brisés, mais le plus impressionnant était ses yeux bleu clair qui contrastaient avec son visage basané (tout le monde savait déjà que la mère de Son Altesse était française).

Près de lui, quelque peu en retrait, se tenait timidement le secrétaire du prince, lequel attirait également sur lui une certaine attention. Si Tarik-bey n'était pas aussi joli ni bien fait que son maître, en revanche, contrairement à Akhmad-khan, il était venu au bal en authentique costume oriental : cafetan orné de broderies, pantalon bouffant blanc et mules dorées à bout recourbé. Il était cependant dommage que le secrétaire ne parlât aucune langue civilisée. Lorsqu'on s'adressait à lui ou qu'on lui posait une question, il se limitait à poser la main sur son cœur ou sur son front en s'inclinant bien bas.

Bref, ces deux Indiens étaient absolument charmants.

Anissi, qui jusque-là n'avait guère joui de l'attention du beau sexe, était médusé de voir autour de lui un tel parterre de jolies fleurs. Les demoiselles gazouillaient, détaillant sa mise sans aucune gêne, et l'une d'entre elles, l'adorable princesse Sofiko Tchkhartichvili, qualifia même Tioulpanov de « mignon petit nègre ». Le mot « pauvret » revenait également souvent, ce qui faisait affreusement rougir Anissi (grâce à Dieu, sous le brou de noix, cela ne se voyait pas).

Mais pour que l'on comprenne l'histoire du brou de noix et du « pauvret », il convient de revenir quelques heures en arrière, alors qu'Akhmad-khan et son fidèle secrétaire se préparaient à leur première sortie dans le monde.

Eraste Pétrovitch, sa barbe noire déjà posée mais encore en robe de chambre, grima lui-même Anissi. Il prit d'abord une fiole contenant un liquide chocolat. Il expliqua qu'il s'agissait d'une liqueur à base de noix du Brésil. Il lui enduisit le visage, les oreilles et les paupières du liquide épais et odorant. Puis il lui colla une barbe, qu'il arracha. Il lui en accrocha une autre, un genre de barbichette, qu'il écarta également.

— Non, décidément, Tioulpanov, le style musulman ne vous réussit pas, constata le chef. Je me suis un peu p-précipité en parlant de Tarik-bey. J'aurais mieux fait de vous présenter comme hindou. Un Chandragupta quelconque.

— Et si on me mettait simplement une moustache, et pas de barbe ? demanda Anissi, qui rêvait depuis longtemps de belles bacchantes à la place des poils ridicules qui lui poussaient en touffes au-dessus de la lèvre.

— Ce serait contraire à l'usage. Au regard de l'étiquette orientale, cela paraîtrait bien trop recherché pour un secrétaire.

Fandorine tourna la tête d'Anissi vers la droite puis la gauche et déclara :

— Je ne vois pas d'autre solution que de faire de vous un eunuque.

Il ajouta de la pommade jaune, l'étala sur les joues et sous le menton, afin de « ramollir la peau et de la friper ». Il examina le résultat et, cette fois, fut satisfait :

— Un authentique eunuque. Parfait.

Mais les épreuves de Tioulpanov n'étaient pas pour autant terminées.

— Et puisque vous êtes musulman, on supprime les cheveux, décréta le conseiller aulique.

Anissi, terrassé à l'idée d'être transformé en eunuque, se soumit sans broncher à la torture suivante. Ce fut Massa qui lui rasa la tête, avec habileté, au moyen d'une dague japonaise aiguisée comme un rasoir. Après avoir enduit de sa cochonnerie marron le crâne nu d'Anissi, Eraste Pétrovitch déclara :

— Cela brille comme un b-boulet de canon.

Il se livra à quelque nouveau maléfice sur ses sourcils. En revanche, il ne trouva rien à redire à ses yeux : marron, légèrement bridés, juste ce qu'il fallait.

Il lui fit revêtir de larges pantalons de soie, une sorte de caraco à ramages puis un cafetan. Enfin, sur son crâne chauve et ses maudites oreilles, il enfonça un turban.

Lentement, les jambes raides, Anissi s'approcha du miroir, s'attendant à une vision monstrueuse. Or il fut heureusement surpris : au milieu du cadre de bronze, le regardait un pittoresque maure. Plus un seul bouton ; disparues, les oreilles en feuilles de chou. Dommage qu'il ne soit pas possible de rester toujours comme ça pour se balader dans Moscou.

— Terminé, annonça Fandorine. Il ne vous reste plus qu'à vous enduire les mains et le cou de liqueur de noix. Et les chevilles également, n'oubliez pas que vous portez des mules.

Faute d'habitude, ces chaussures en maroquin doré, qu'Eraste Pétrovitch appelait vulgairement des mules, étaient source de bien des soucis. C'était à cause d'elles qu'Anissi restait figé comme une statue alors que le bal battait son plein. Il craignait d'en perdre une au premier pas, comme cela avait été le cas dans l'escalier. Quand la jolie petite Géorgienne demanda en français à Tarik-bey si celui-ci accepterait de faire un tour de valse avec elle, Anissi fut pris de panique et, au lieu de rester muet et de répondre par un profond salut à l'orientale, conformément aux instructions, il laissa bêtement échapper à voix basse :

— Non', merci, jio né dan'se pas.

Grâce à Dieu, les autres jeunes filles n'avaient apparemment pas compris son balbutiement, sans quoi la situation se serait compliquée, Tarik-bey étant censé ne comprendre aucun langage civilisé.

Anissi, inquiet, se tourna vers le chef. Depuis plusieurs minutes déjà, ce dernier conversait avec un dangereux invité, l'indianiste britannique lord Marvell, un assommant gentleman portant des lunettes à verres épais. Un peu plus tôt, en haut de l'escalier, alors qu'Akhmad-khan échangeait force saluts avec le général gouverneur, celui-ci, l'air troublé, avait chuchoté (Anissi n'avait distingué que des bribes) : « Que diable avait-il besoin de venir... ? Un indianiste, comme par un fait exprès... On ne peut tout de même pas mettre à la porte un baronet... Et s'il vous démasquait ? »

Cependant, à en juger par la sérénité apparente de la discussion entre le prince et le baronet, Fandorine n'était pas menacé. Bien qu'il ne connût pas l'anglais, Anissi entendit répéter à plusieurs reprises *« Gladstone » et « Her Britannic Majesty »*. Quand, après s'être mouché bruyamment dans un mouchoir à carreaux, l'indianiste se fut éloigné, le prince, impérieux — d'un geste bref de sa main bistrée, couverte de bagues —, fit signe à son secrétaire d'approcher. Il lui dit entre ses dents :

— Reprenez-vous, Tioulpanov. Et soyez un peu plus aimable avec elle, ne lui faites pas une tête pareille. Mais ne tombez pas non plus dans l'excès inverse.

— Un peu plus aimable avec qui ? murmura Anissi, étonné.

— Eh bien, voyons, avec cette petite Géorgienne. C'est elle, ne voyez-vous pas ? Elle, la voltigeuse.

Tioulpanov se retourna et manqua défaillir. Tout juste ! Comment avait-il pu ne pas comprendre immédiatement ! Certes, la demoiselle de la loterie avait troqué sa peau blanche pour un teint olivâtre, au lieu d'être dorés ses cheveux étaient noirs et séparés en deux tresses, la ligne de ses sourcils s'étirait vers les tempes et, sur sa joue, était mystérieusement apparu un grain de beauté. Mais c'était elle, et bien elle ! Et la petite flamme qui brillait dans ses yeux était exactement la même que celle qui était apparue à travers son pince-nez alors que, juchée sur le rebord de la fenêtre, elle s'apprêtait à sauter dans le vide.

Le piège avait marché ! Le coq de bruyère tournait autour de la fausse poule !

« Doucement, Anissi, doucement, prends garde d'effaroucher le gibier. »

Il appliqua la main sur son front puis sur son cœur et, avec une solennité tout orientale, il s'inclina devant l'enchanteresse au regard étoilé.

Amour platonique

N'était-ce pas un charlatan ? Voilà ce qu'il fallait vérifier en priorité. Il n'aurait plus manqué qu'il tombe sur un collègue en tournée, venu lui aussi plumer les oies grasses de Moscou. Le rajah indien, l'émeraude « Chah-Sultan », tout ce rahat-loukoum sentait un peu trop l'opérette.

Il vérifia donc. Résultat : Son Altesse bengalie avait l'air de tout sauf d'un aventurier. Premièrement, on voyait tout de suite qu'il était de sang royal : par sa prestance, ses manières, cette bienveillance mêlée d'indolence qui habitait son regard. Deuxièmement, avec « lord Marvell », indianiste de renom si opportunément de passage à Moscou, Akhmad-khan avait engagé une discussion d'une telle hauteur sur la politique intérieure et les croyances religieuses de l'empire indien que Momus avait craint de se dévoiler. En réponse au prince, qui venait poliment de demander au distingué professeur ce qu'il pensait de la coutume du *sati* et de sa conformité avec l'esprit véritable de l'hindouisme, il avait dû faire dévier la conversation sur la santé de la reine Victoria, feindre un rhume subit et une crise d'éternuements, avant de battre en retraite définitivement.

Mais surtout, l'émeraude brillait d'un éclat si convaincant et si tentant que les derniers doutes de Momus avaient été balayés. Oter le merveilleux caillou vert du turban du noble Akhmad-khan, en tirer huit pierres de taille respectable qu'il fourguerait pour environ vingt-cinq mille roubles pièce, ça, ce serait une affaire !

Pendant ce temps, Mimi s'était occupée du secrétaire. A ce qu'elle disait, bien qu'eunuque, Tarik-bey n'avait pas les yeux dans sa poche quand il s'agissait de plonger dans le décolleté des dames et, de façon plus générale, il n'était, de toute évidence, pas insensible au beau sexe. Sur ce chapitre on pouvait faire confiance à Mimi, elle n'était pas du genre à se laisser berner. Et d'ailleurs, qu'est-ce qu'on connaissait aux eunuques ? Les désirs naturels demeuraient peut-être alors même que les capacités n'étaient plus là.

Le plan de cette nouvelle campagne, que dans son for intérieur Momus avait baptisée « bataille pour l'Emeraude », s'était imposé de lui-même.

Le turban était en permanence sur la tête du rajah. Néanmoins, on pouvait supposer qu'il l'enlevait pour la nuit.

Où dormait le rajah ? Dans l'hôtel particulier de la Colline aux Moineaux. Autrement dit, c'était là-bas que devait aller Momus.

La maison du général gouverneur était réservée aux hôtes de marque. Au sommet de la colline, la vue sur Moscou était splendide et on était moins qu'ailleurs gêné par les curieux. Le fait que la maison fût située à l'écart était un bon point. Mais elle était par ailleurs gardée par un poste de gendarmes, et ça, c'était un mauvais point. Escalader la grille en pleine nuit pour ensuite décamper sous les coups de sifflet de la police, voilà qui manquait de classe et n'était guère le genre de Momus.

Ah, si seulement le secrétaire n'avait pas été eunuque, tout aurait été tellement plus simple ! Amoureuse et téméraire, la princesse géorgienne aurait rendu une visite nocturne à Tarik-bey et, une fois dans les lieux, elle aurait bien trouvé le moyen d'aller voir dans la chambre du rajah si par hasard l'émeraude n'en aurait pas assez de rester plantée sur son turban. La suite était une question strictement technique et, cette technique-là, Mimi la maîtrisait parfaitement.

Bien que purement théorique, le tour pris par ses pensées donna à Momus l'impression qu'un chat noir lui griffait le cœur dans un grincement odieux. L'espace d'un instant, il se représenta Mimi dans les bras d'un beau gaillard à larges épaules et luxuriantes moustaches, qui, bien loin d'être un eunuque, était plutôt le contraire. Et cette image déplut à Momus. C'était absurde, bien sûr, bêtement sentimental, mais n'empêche qu'il comprit alors qu'il n'aurait pas recouru à ce moyen, pourtant le plus simple et le plus naturel, quand bien même le secrétaire eût joui de capacités à la hauteur de ses désirs.

Stop ! Momus sauta du bureau sur lequel il était jusque-là assis en balançant ses jambes (cela l'aidait à réfléchir) et s'approcha de la fenêtre. Stop, stop, stop…

Un flot continu d'équipages s'écoulait le long de la rue de Tver, traîneaux et carrosses à roues cloutées pour la neige. Bientôt viendraient le printemps, la fonte des neiges, la boue, le grand carême mais, pour l'heure, brillait un soleil radieux, même s'il ne chauffait pas encore, et l'artère principale de Moscou était pimpante et joyeuse. Cela faisait maintenant quatre jours que Momus et Mimi avaient quitté le *Métropole* pour s'installer au *Dresde*. La suite était moins vaste mais possédait en revanche l'électricité et le téléphone. Il leur était devenu impossible de prolonger le séjour au *Métropole*. Sliounkov y faisait de fréquentes apparitions, et cela était dangereux. Ce type n'inspirait pas du tout confiance. Alors qu'il occupait un poste important, secret, pourrait-on dire, il jouait aux cartes de manière immodérée. Que se passerait-il si ce finaud de monsieur Fandorine ou qui que ce soit d'autre de la Direction l'attrapait par le pan de sa veste et le secouait sérieusement ? Non, mieux valait être trop prudent que pas assez.

Après tout, le *Dresde* était un hôtel charmant et bien tenu, situé face au palais du gouverneur, palais que, depuis l'histoire avec l'Anglais, Momus considérait un peu comme sa propre maison. Sa seule vue lui réchauffait le cœur.

La veille, il avait croisé Sliounkov dans la rue. Il s'était volontairement approché tout près de lui, l'avait même effleuré de l'épaule : mais non, en ce gandin à cheveux longs et moustaches teintes, le gratte-papier n'avait pas reconnu le commerçant marseillais Antoine Bonifaciévitch Daru. Sliounkov avait marmonné « pardon » et s'était éloigné en trottinant, le dos courbé sous la neige fine qui s'était mise à tomber.

Stop, stop, stop, se répéta Momus. Et pourquoi ne pas tirer deux lièvres à la fois, comme d'habitude ?

Telle était l'idée qui venait de s'imposer à son esprit. C'est-à-dire, pour être plus précis, tirer sur le lièvre de l'autre, sans mettre le sien en danger. Ou, en d'autres termes, avoir le beurre et l'argent du beurre. Non, il serait encore plus exact de dire : garder son innocence et rafler le magot.

Mais oui, ça pouvait très bien marcher ! D'ailleurs, les choses se présentaient au mieux. Mimi avait dit que Tarik-bey comprenait un peu le français. « Un peu », c'était tout juste ce qu'il fallait.

A partir de cet instant, l'opération changea de nom. Désormais elle s'appellerait « amour platonique ».

On savait par les journaux que Son Altesse indienne aimait à se promener le long des remparts du couvent des Vierges, où avaient lieu des attractions hivernales. Patinoire, montagnes russes et spectacles forains : de quoi étonner un hôte étranger.

Comme on l'a déjà dit, c'était une vraie journée de carnaval : radieuse, avec un petit froid sec. C'est pourquoi, se promenant depuis bientôt une heure autour de l'étang gelé, Momus et Mimi étaient passablement transis. Pour Mimi, ça allait encore. Jouant le rôle d'une princesse, elle portait un manteau de vair, une toque de martre et un manchon, si bien que seules ses joues étaient rougies par le froid, mais Momus, lui, grelottait jusqu'à la moelle des os. Pour le bien de la cause, il s'était habillé en vieille duègne caucasienne : il s'était collé d'épais sourcils partant de la racine du nez ; sur sa lèvre supérieure, il avait volontairement laissé quelques poils, qu'il avait teints en noir, et s'était planté sur le nez un appendice qui faisait penser au beaupré d'une frégate. Le fichu, sous lequel pendaient de fausses nattes grisonnantes, la veste sans manches en poil de lapin qu'il portait par-dessus un long manteau en laine de castor laissaient passer le froid et, dans ses chaussures de feutre, ses pieds étaient gelés. Et ce diable de rajah ne se montrait toujours pas. Pour distraire Mimi et tromper son ennui, il psalmodiait de temps à autre d'une voix de contralto teintée d'un fort accent géorgien « Sofiko, mon oiseau chéri, ta vieille nounou est toute transie » et autres choses du même genre. Mimi pouffait de rire, frappait le sol avec ses pieds gelés dans leurs bottes vermeilles.

Enfin, Son Altesse daigna arriver. Momus remarqua de loin le traîneau couvert, tendu de velours bleu. Devant, à côté du cocher, était assis un gendarme en capote et casque à plumes.

Emmitouflé dans un long manteau de zibeline et coiffé de son haut turban blanc, le prince se promenait tranquillement le long de la patinoire et observait d'un œil curieux ces divertissements de Nordiques. Derrière Son Altesse, trottinait une petite silhouette trapue, revêtue d'une pelisse de mouton descendant jusqu'aux pieds, d'un bonnet à longs poils et d'un voile : la fidèle nourrice Zoukhra, sans doute. Le secrétaire Tarik-bey, en manteau de gros drap sous lequel apparaissaient ses larges pantalons blancs, était continuellement à la traîne, s'arrêtant tantôt pour admirer un tsigane montreur d'ours, tantôt devant un vendeur de *sbitène*, une infusion à base de miel et d'épices. Derrière, en guise de garde d'honneur, suivait un imposant gendarme à moustache grise. Celui-là tombait bien : qu'il regarde attentivement ses futures visiteuses du soir.

Le public manifestait le plus grand intérêt envers cette pittoresque procession. Les gens les plus simples, bouche bée et yeux écarquillés, regardaient le drôle d'étranger, pointaient du doigt son turban, l'émeraude, le visage impénétrable de la vieille nourrice. Les gens distingués, s'ils faisaient preuve de plus de tact, ne se montraient pas moins curieux. Ayant attendu que les Moscovites, rassasiés de la vue des « Indiens », retournent à leurs divertissements précédents, Momus poussa légèrement du coude Mimi : le moment était venu.

Ils se dirigèrent à leur rencontre. Mimi fit une légère révérence au prince, lequel répondit par un affable hochement de tête. Elle gratifia le secrétaire d'un sourire radieux et laissa tomber son manchon. L'eunuque, comme prévu, se précipita pour le ramasser, Mimi s'accroupit au même moment et, de manière fort charmante, son front heurta celui de l'Asiate. Après ce petit incident bien innocent, la procession s'allongea tout naturellement : dans une solitude impériale, le prince continuait de marcher en tête, suivaient le secrétaire et la princesse, puis les deux vieilles Orientales ; enfin, le nez rouge et reniflant sans cesse, le gendarme fermait la marche.

La princesse jacassait en français et glissait constamment, ce qui lui donnait à chaque fois l'occasion de saisir la main du secrétaire. Momus essaya de lier amitié avec la respectable Zoukhra et entreprit de lui manifester sa sympathie par gestes et onomatopées. En fin de compte, elles avaient beaucoup de choses en commun : vieilles toutes les deux, elles avaient l'expérience de la vie et avaient élevé les enfants des autres. Or Zoukhra se révéla être une vraie furie. Refusant tout rapprochement, elle se contentait d'émettre des gloussements courroucés de sous son voile et, en plus, la garce, elle agitait ses petits doigts courts, façon de dire : va-t'en, je n'ai besoin de personne. En un mot, une sauvage.

Du côté de Mimi et de l'eunuque, en revanche, tout allait pour le mieux. Après avoir attendu que l'Asiate se relâche et se décide enfin à offrir à la demoiselle un appui permanent sous la forme de son bras plié, Momus considéra que cela suffisait pour une première fois. Il rejoignit sa protégée et prononça d'une voix chantante et sévère à la fois :

— Sofiko-o, ma petite colombe, il est temps de rentrer boire le thé et manger les galettes.

Le lendemain, « Sofiko » était déjà en train d'apprendre à Tarik-bey à faire du patin à glace (exercice pour lequel le secrétaire manifestait des prédispositions exceptionnelles). Plus généralement, l'eunuque se montrait très conciliant : lorsque Mimi l'entraîna derrière un sapin et comme par inadvertance approcha ses lèvres charnues de son nez brun, loin de faire un bond en arrière, il y plaqua docilement un baiser sonore. Plus tard, elle raconta :

— Tu sais, mon petit Momus, il me fait vraiment de la peine. Quand je l'ai pris par le cou, il était tout tremblant, le pauvret. C'est tout de même cruel de mutiler les gens de cette façon.

— Courroux est vain sans forte main, répondit avec désinvolture l'insensible Momus.

Il fut décidé que l'opération aurait lieu dans la nuit du lendemain.

Dans la journée, tout alla comme sur des roulettes : follement amoureuse, la princesse égarée par la passion promit à son adorateur platonique de lui rendre visite la nuit même. Elle n'hésita pas à en rajouter sur la noblesse des sentiments et la communion des cœurs aimants au sens le plus élevé, sans turpitude ni vulgarité. S'il est difficile de savoir ce que l'Asiate comprit exactement à ce discours, il est en revanche évident que la perspective de cette visite le réjouit. Il expliqua dans son français approximatif qu'à minuit tapant il ouvrirait la petite porte du jardin. « Seulement, je viendrai avec ma gouvernante, prévint Mimi. Sinon, je vous connais, vous, les hommes. »

A ces derniers mots, Tarik-bey prit un air profondément attristé et poussa un soupir plein d'amertume. Mimi faillit en verser des larmes de compassion.

La nuit du samedi au dimanche était étoilée, l'idéal pour une aventure platonique au clair de lune. Arrivé au portail de la maison de plaisance du gouverneur, Momus renvoya le cocher et observa les alentours. Devant, au-delà de l'hôtel particulier, une pente raide descendait jusqu'à la Moskova ; derrière, se trouvait la sapinière du parc aux Moineaux ; à droite et à gauche, se profilaient les silhouettes sombres des riches villas. Plus tard, il faudrait repartir à pied : traverser le jardin d'Acclimatation pour rejoindre le premier faubourg. Là, sur la route de Kalouga, se trouvait une auberge où l'on pouvait prendre une troïka à toute heure du jour et de la nuit. Ah, filer dans la nuit au son des grelots !

Qu'importe s'il avait froid, l'émeraude lui réchaufferait la poitrine.

Ils frappèrent le nombre convenu de coups à la porte du jardin, qui s'ouvrit aussitôt. Visiblement, l'impatient secrétaire était déjà là à attendre depuis un certain temps. Il fit un profond salut et, d'un geste, les invita à le suivre. Ils traversèrent le jardin enneigé et rejoignirent le perron. Dans le vestibule, trois gendarmes étaient en faction : ils buvaient du thé accompagné de craquelins. Ils jetèrent un regard curieux au secrétaire et à ses hôtes nocturnes ; un maréchal des logis à moustaches grisonnantes poussa un petit cri et secoua la tête, mais ne dit rien. Après tout, qu'est-ce que ça pouvait bien lui faire ?

Dans le couloir sombre, Tarik-bey posa un doigt sur sa bouche et indiqua un endroit situé au-dessus, puis il pressa ses deux mains jointes contre sa joue et ferma les yeux. Ah, ah, Son Altesse dormait donc déjà, parfait.

Dans le salon brûlait une bougie et flottait une odeur de parfum oriental. Le secrétaire fit asseoir la duègne dans un fauteuil, approcha une coupe remplie de fruits et de douceurs, s'inclina plusieurs fois et marmonna des paroles incompréhensibles, mais, en gros, on pouvait deviner le sens de la requête.

— Ah, les enfants, les enfants, chantonna Momus d'un ton bienveillant en montrant le doigt. Mais on ne fait pas de bêtises.

Se prenant par la main, les amoureux disparurent derrière la porte qui menait à la chambre du secrétaire, afin de s'abandonner à la passion sublime et platonique. « Il va complètement la couvrir de bave, cette espèce de hongre indien », se dit Momus en grimaçant. Puis il resta assis le temps que l'eunuque soit suffisamment enflammé. Il mangea une poire juteuse à souhait, goûta le halva. Bien, il était maintenant temps d'y aller.

On pouvait supposer que les appartements seigneuriaux étaient là-bas, derrière la porte blanche ornée de moulures. Momus s'avança dans le couloir, plissa les yeux et s'immobilisa une minute, le temps que ses yeux s'habituent à l'obscurité. Dès que ce fut le cas, en revanche, il s'élança à pas rapides et feutrés.

Il entrouvrit une porte : le salon de musique. Une autre : la salle à manger. Une troisième : toujours pas ce qu'il cherchait.

Il se souvint que Tarik-bey avait pointé le doigt vers le haut. Moralité, il fallait monter à l'étage.

Il traversa furtivement le vestibule, gravit à toute vitesse mais sans bruit l'escalier recouvert d'un tapis : les gendarmes ne se retournèrent pas. De nouveau un long couloir, de nouveau toute une série de portes.

La troisième sur la gauche se révéla être la chambre à coucher. La lune brillait à travers la fenêtre, si bien que Momus n'eut aucun mal à distinguer le lit, la silhouette immobile sous la couverture et... hourra ! le monticule blanc sur la table de nuit. La lueur de la lune effleura le turban, et la pierre projeta dans les yeux de Momus un rayon scintillant.

Avançant sur la pointe des pieds, Momus s'approcha du lit. Akhmad-khan dormait sur le dos, le visage dissimulé par l'extrémité de la couverture ; seuls apparaissaient ses cheveux noirs coupés en brosse.

— Dodo, l'enfant do, murmura tendrement Momus en déposant un valet de pique sur le ventre de Son Altesse.

Il tendit la main avec précaution vers la pierre. Alors qu'il atteignait la surface lisse, infiniment douce de l'émeraude, une main aux doigts courts, étrangement familière, surgit soudain de la couverture et le saisit par le poignet.

Poussant un cri de surprise, il fit un mouvement pour se dégager, mais en vain : la main le tenait dans un étau. Emergeant de sous la couverture et le regardant fixement, apparut la physionomie aux joues rondes et aux yeux bridés du valet de chambre de Fandorine.

— Je rêvais depuis longtemps de cette rencontre, monsieur Momus, entendit-il prononcer dans son dos, d'une voix douce et moqueuse. Eraste Pétrovitch Fandorine, pour vous servir.

Aux abois, Momus se retourna et, dans un coin obscur de la pièce, il distingua le haut dossier d'un voltaire et un homme assis les jambes croisées.

Le chef s'amuse

Dzzzzzz !

De loin, très loin, le tintement strident et irréel de la sonnette électrique parvint à la conscience liquéfiée d'Anissi. Il se demanda même pendant un instant quel était ce phénomène qui soudain venait compléter le tableau déjà incroyablement enrichi de ce monde. Mais un chuchotement inquiet dans l'obscurité ramena à lui le bienheureux agent :

— *On sonne ! Qu'est-ce que c'est* ?[1]

Anissi eut un sursaut, d'un coup tout lui revint à l'esprit, et il s'arracha à l'étreinte à la fois douce et étonnamment tenace.

« Le signal convenu ! La souricière s'est refermée ! » Oh, comme c'était mal ! Comment pouvait-on manquer ainsi à son devoir ! »

— Pardon', bredouilla-t-il, jé révien' tout dé souite.

Il tâtonna dans l'obscurité pour trouver son cafetan et ses chaussures, et s'élança vers la porte, sans se retourner au son de la voix insistante qui n'arrêtait pas de poser des questions.

1. En français dans le texte.

Sitôt dans le couloir, il ferma la porte à double tour. Voilà, comme ça elle ne risquait plus de s'envoler. Cette pièce avait une particularité : ses fenêtres étaient pourvues de barreaux d'acier. Le grincement de la clé dans la serrure lui déchira le cœur, mais le devoir était le devoir.

Anissi s'éloigna résolument en traînant ses babouches le long du couloir. Sur le palier du premier étage, la lune, qui pénétrait par la fenêtre du couloir, éclaira brusquement une silhouette blanche se pressant à sa rencontre. Un miroir !

L'espace d'un court instant, Tioulpanov s'immobilisa, essayant de distinguer son visage dans le noir. Non, ce ne pouvait pas être lui, Anissi, fils d'un diacre et frère d'une simple d'esprit ! A en juger par l'éclat du bonheur qui se reflétait dans ses yeux (d'ailleurs, c'était tout ce qu'on voyait), ce ne pouvait être que quelqu'un d'autre, un homme inconnu d'Anissi.

Ouvrant la porte de la chambre d'« Akhmad-khan », il entendit la voix d'Eraste Pétrovitch :

— ... vous devrez payer pour toutes vos frasques, monsieur le plaisantin. Pour les chevaux du banquier Poliakov, pour la « rivière d'or » du marchand Patrikéiev, pour le lord anglais et pour la loterie. Egalement pour votre conduite scandaleuse à mon égard et pour m'avoir obligé depuis cinq jours à m'enduire de brou de noix et à porter un stupide turban.

Tioulpanov savait déjà une chose : le fait que le conseiller aulique cessât de bégayer était mauvais signe. De deux choses l'une : soit monsieur Fandorine se trouvait dans un état d'extrême tension, soit il était dans une colère noire. Pour l'heure, il s'agissait à l'évidence de la seconde hypothèse.

Dans la chambre, le tableau se présentait de la manière suivante : la vieille Géorgienne était assise par terre à côté du lit, son nez monumental bizarrement déplacé. Derrière, fronçant ses rares sourcils d'un air féroce et ses mains appuyées sur les hanches en une posture guerrière, se tenait Massa, vêtu d'une longue chemise de nuit. Eraste Pétrovitch quant à lui était dans un coin de la pièce, assis dans un fauteuil dont il tapotait l'accoudoir avec un cigare éteint. Son visage était impassible, sa voix faussement nonchalante, mais on y percevait une telle rage contenue qu'Anissi en frissonna.

Se tournant vers son assistant, le chef demanda :

— Alors ? L'oisillon ?

— Dans la cage, annonça crânement Tioulpanov en brandissant la clé à double panneton.

La « duègne » regarda la main triomphalement levée de l'agent et secoua la tête d'un air sceptique.

— Ah, ah, monsieur l'eunuque, tonna la vieille femme au nez tordu, d'une voix de baryton si sonore et si puissante qu'Anissi en tressaillit. La tête chauve vous va très bien.

Sur quoi, l'infâme mégère tira une large langue rouge.

— Et, quant à vous, c'est la tenue de femme qui vous va parfaitement, rétorqua Anissi, mortifié, en portant instinctivement la main à son crâne nu.

— B-bravo, dit Fandorine, appréciant l'esprit de repartie de son assistant. Et vous, monsieur le Valet, je vous conseillerais de ne pas jouer les matamores. Vous êtes en mauvaise posture car, cette fois, vous avez été pris la main dans le sac.

L'avant-veille, quand la « princesse Tchkhartichvili » était apparue à la promenade en compagnie de sa duègne, Anissi avait manifesté son trouble :

« Vous disiez, chef, qu'ils n'étaient que deux, le Valet de Pique et la fille, or maintenant voilà qu'il y a aussi cette vieille femme.

— Vieille femme vous-même, Tioulpanov, avait murmuré le " prince " entre ses dents, tout en saluant cérémonieusement une dame venant d'en face. C'est lui, voyons, notre Momus. Un virtuose du déguisement, on ne peut pas dire le contraire. Sinon que ses pieds sont un peu grands pour une femme et son regard beaucoup trop dur. Mais c'est bien lui, mon cher. Lui et personne d'autre.

— On l'arrête ? avait discrètement demandé Anissi, tout émoustillé, en faisant mine d'enlever de la neige sur l'épaule de son maître.

— Sous quel prétexte ? D'accord, la fille était à la loterie, et des témoins peuvent le confirmer. Mais lui, personne ne connaît son visage. Pour quel motif l'arrêter ? Parce qu'il se déguise en vieille femme ? Non, je l'ai suffisamment attendu pour vouloir agir dans les règles de l'art. Je le prendrai sur le fait, la main dans le sac. »

Pour être franc, Tioulpanov avait alors pensé que le conseiller aulique jouait un peu trop au plus malin. Mais, comme toujours, Fandorine avait eu raison : le coq de bruyère était tombé dans le panneau et avait été pris dans les règles de l'art. Désormais il ne pouvait plus nier.

Eraste Pétrovitch craqua une allumette, alluma son cigare, puis dit d'un ton sec et impitoyable :

— Votre principale erreur, cher monsieur, est de vous être permis de faire des blagues à des gens qui ne pardonnent pas qu'on se paye leur tête.

Dans la mesure où le prévenu se taisait et semblait ne s'intéresser qu'à son nez, qu'il essayait de remettre en place, Fandorine jugea nécessaire de préciser :

— Je veux parler, d'abord, du prince Dolgoroukoï, ensuite, de moi-même. Jamais personne n'avait encore osé se railler de ma vie personnelle avec une telle impudence. Et avec des conséquences aussi fâcheuses pour moi.

Le chef eut une grimace de souffrance. Anissi hochait la tête d'un air compatissant, se rappelant ce qu'avait enduré Eraste Pétrovitch jusqu'à ce que se présente l'occasion de quitter la rue Malaïa Nikitskaïa pour la Colline aux Moineaux.

— Cela étant, le coup était habilement monté, je ne le conteste pas, continua Fandorine après s'être ressaisi. Il va de soi que vous allez rendre les affaires de la comtesse, et sans délai de surcroît, avant même le début du procès. Je retirerai ma plainte sur ce point. Afin que le nom d'Ariadna Arkadievna n'ait pas à être cité dans l'enceinte d'un tribunal.

Le conseiller aulique resta un instant pensif, puis hocha la tête comme s'il venait de prendre une décision difficile et se tourna vers Anissi.

— Tioulpanov, si cela ne vous ennuie pas, j'aimerais ensuite que vous vérifiiez ces affaires d'après la liste établie par Ariadna Arkadievna et que... vous les expédiiez à Saint-Pétersbourg. L'adresse est : Fontanka, résidence du comte et de la comtesse Opraksine.

Anissi se contenta de pousser un soupir, n'osant exprimer ses sentiments de façon plus directe. Mais Eraste Pétrovitch, visiblement furieux de la décision qu'il avait pourtant été le seul à prendre, se tourna de nouveau vers le prévenu :

— Eh bien, vous vous êtes passablement diverti à mes frais. Or, comme chacun sait, tout plaisir a son prix. Au cours des cinq prochaines années, que vous passerez au bagne, vous aurez tout loisir de tirer de la vie de précieux enseignements. A l'avenir, vous saurez avec qui plaisanter et comment le faire.

A son ton morne, Anissi comprit que le chef était au comble de la fureur.

— Permettez, cher Eraste Pétrovitch, prononça avec désinvolture la vieille Géorgienne (ou plutôt le vieux Géorgien) sans se départir de son inimitable accent. Merci de vous être présenté au moment de m'arrêter, sinon j'aurais continué à vous prendre pour un prince indien. Mais d'où vous viennent tout à coup, je vous le demande, ces cinq années de bagne ? Tenez, comparons nos calculs. Des chevaux, une rivière d'or, un lord, une loterie... je ne comprends rien à ces énigmes. En quoi tout cela me concerne-t-il ? Ensuite, de quelles affaires de comtesse voulez-vous parler ? Si elles appartiennent au comte Opraksine, comment se fait-il qu'elles se trouvent chez vous ? Est-ce à dire que vous vivez avec la femme d'un autre ? Ce n'est pas bien, cher monsieur. Quoique, bien sûr, cela ne me regarde pas. Mais si l'on m'accuse de quelque chose, j'exige d'être confronté avec les témoins ainsi que des preuves. Les preuves, surtout, sont absolument nécessaires.

Face à un tel culot, Anissi poussa un ah ! et se tourna d'un air inquiet vers le chef. Celui-ci eut un rire mauvais :

— Dans ce cas, j'aimerais savoir ce que vous faites ici. Dans cet étrange accoutrement et à cette heure indue.

— C'est vrai, je me suis conduit comme un imbécile, répondit le Valet avec un reniflement plaintif. Je me suis laissé tenter par l'émeraude. Cela étant, messieurs, cela s'appelle une provocation. Il n'y a qu'à voir les gendarmes qui sont en bas. Nous avons ici tout un complot monté par la police.

— Les gendarmes ne savent pas qui nous sommes, dit fièrement Anissi. Et ils ne font partie d'aucun complot. Pour eux, nous sommes des Asiates.

— Peu importe, répliqua le filou avec un geste négligent de la main. Voyez combien de serviteurs de l'Etat sont rassemblés ici. Et tous contre un malheureux et pauvre homme que vous avez sciemment induit en tentation. Au tribunal, n'importe quel bon avocat pourrait vous faire passer un sale quart d'heure dont vous vous souviendriez longtemps. D'autant que, si j'ai bien compris, votre caillou ne vaut pas un rotin. Un mois de prison, à tout casser. Or vous, Eraste Pétrovitch, vous parlez de cinq ans de bagne. Mes calculs sont plus justes.

— Et ce valet de pique posé sur le lit en présence de deux témoins ? interrogea le conseiller aulique en écrasant rageusement dans le cendrier son cigare à demi consumé.

— C'est vrai, ce n'est pas joli de ma part, reconnut le Valet en baissant la tête d'un air contrit. On peut dire que j'ai fait preuve de cynisme. Je voulais attirer les soupçons sur la bande des Valets de Pique.

Tout Moscou ne parle que d'eux. En plus d'un mois sous les verrous, je serai condamné à faire pénitence. Mais ce n'est pas grave, je prierai pour le rachat de mes péchés.

Il se signa pieusement plusieurs fois et adressa un clin d'œil à Anissi.

Eraste Pétrovitch tira son menton en avant comme si son col l'étranglait, alors que sa vaste chemise blanche brodée de motifs orientaux était largement ouverte.

— Vous oubliez votre complice. On l'a bel et bien prise sur le fait, à la loterie. Je ne pense pas qu'elle accepterait d'aller en prison sans vous.

— C'est vrai, Mimi aime la compagnie, admit le prévenu. Seulement, je doute fort qu'elle reste tranquillement à attendre dans votre cage. Permettez-moi, monsieur l'eunuque, de jeter encore un coup d'œil à cette petite clé.

Anissi, après un regard au chef, serra plus fort la clé et la montra de loin au Valet.

— En effet, je ne me suis pas trompé, dit-il avec un hochement de tête. Une serrure antédiluvienne, genre « coffre de grand-mère ». Avec une épingle à cheveux, ma petite Mimi vous ouvre ça en une seconde.

Le conseiller aulique et son assistant s'élancèrent simultanément. Fandorine cria quelque chose à Massa en japonais : « Ne le quitte pas des yeux » ou quelque chose d'équivalent. Le Japonais saisit fermement le Valet par les épaules. Tioulpanov ne vit pas ce qui se passa ensuite, car il était déjà dans le couloir.

Ils dévalèrent l'escalier, traversèrent le vestibule en passant devant les gendarmes ébahis.

Hélas, la porte de la chambre de « Tarik-bey » était grande ouverte. L'oiseau s'était envolé !

Gémissant comme en proie à une rage de dents, Eraste Pétrovitch se précipita dans le vestibule, Anissi sur ses talons.

— Où est-elle ? rugit le conseiller aulique, s'adressant au maréchal des logis.

Ce dernier resta bouche bée, ahuri d'entendre le prince indien s'exprimer tout à coup dans le russe le plus pur.

— Réponds et plus vite que ça ! cria Fandorine au soldat. Où est la fille ?

— C'est que... (A tout hasard, l'homme enfonça son casque sur sa tête et se mit au garde-à-vous.) Elle est sortie il y a environ cinq minutes. Elle a dit que la femme qui l'accompagnait restait encore un peu.

— Cinq minutes ! répéta nerveusement Eraste Pétrovitch. Tioulpanov, on part à sa poursuite ! Et vous, ouvrez l'œil !

Ils dévalèrent les marches du perron, traversèrent à toutes jambes le jardin et franchirent d'un bond le portail.

— Je vais à droite, vous à gauche ! ordonna le chef.

Anissi partit en clopinant. Une de ses babouches resta plantée dans la neige, et il dut continuer en sautant sur un pied. A l'extrémité de la grille, il vit devant lui le ruban blanc de la route, des arbres noirs et des bosquets. Pas âme qui vive. Tioulpanov se mit à tourner sur lui-même comme une poule à qui on vient de couper la tête. Où chercher ? Dans quelle direction courir ?

En bas du ravin, sur la rive opposée du fleuve gelé, dans son énorme calice noir, s'étendait la ville gigantesque. On la voyait à peine ; seule, çà et là, une rue égrenait son chapelet de réverbères. Cependant, pour être noire, la nuit n'était pas vide, mais animée d'un souffle évident : en bas, dans le lointain, quelque chose respirait, soupirait, gémissait. Un coup de vent balaya une poussière blanche à ras du sol, et, sous son cafetan léger, Anissi sentit le froid qui le pénétrait jusqu'aux os.

Il fallait rentrer. Peut-être Eraste Pétrovitch avait-il eu plus de chance que lui.

Ils se retrouvèrent devant le portail. Le chef, hélas, revenait lui aussi bredouille.

Tremblant de froid, les deux « Indiens » coururent se réfugier dans la maison.

Curieusement, les gendarmes n'étaient plus à leur poste. Du premier étage, en revanche, parvenaient des bruits violents, des injures et des cris.

— Qu'est-ce que c'est que ce charivari ! s'exclama le chef.

Sans avoir eu le temps de reprendre leur souffle après leur course folle, Fandorine et Anissi se ruèrent dans l'escalier.

Dans la chambre, tout était sens dessus dessous. Les deux gendarmes étaient cramponnés aux épaules d'un Massa tout débraillé et glapissant de rage, tandis que, tout en essuyant sa bouche ensanglantée, le maréchal des logis pointait son revolver sur le Japonais.

— Où est-il ? demanda Eraste Pétrovitch en regardant de tous côtés.

— Qui ça ? répondit le maréchal des logis, éberlué, avant de cracher une dent.

— Le Valet ! cria Anissi. Enfin, je veux dire la vieille femme !

Massa baragouina quelque chose dans son sabir, mais le gendarme à moustaches grises lui planta le canon de son arme dans le ventre :

— La ferme, mécréant ! Eh bien voilà, votre... (Le soldat s'interrompit, ne sachant pas comment s'adresser à ce curieux chef.) Eh bien voilà, Votre Indianité : on est en bas, on ouvre les yeux, conformément aux ordres. Tout à coup, en haut, on entend crier la bonne femme. « Gardes, gardes, qu'elle crie, on m'assassine ! A l'aide ! » Nous, on monte. On regarde, et qu'est-ce qu'on voit ? Ce type avec ses yeux bridés avait renversé par terre la vieille femme qu'on avait vue plus tôt avec la demoiselle et il la tenait par le cou. Elle, la pauvre : « A l'aide, qu'elle crie. Cet affreux Chinois est entré subrepticement et s'est jeté sur moi ! » L'autre marmonne dans sa langue : « Om-om ! » C'est qu'il est costaud, le démon. Regardez, il m'a arraché une dent, et Terechenko, il lui a défoncé la pommette.

— Où est-elle, où est la vieille femme ? questionna le conseiller aulique en saisissant le maréchal des logis par les épaules, et avec force apparemment, car l'homme devint blanc comme un linge.

— Eh ben, elle est là, prononça-t-il d'une voix sifflante. Elle n'a pas pu s'envoler. Elle a pris peur et s'est tapie dans un coin. On va la trouver. Mais vous ne voudriez pas... Oh, vous me faites mal !

Eraste Pétrovitch et Anissi échangèrent un regard silencieux.

— On essaie à son tour de le rattraper ? demanda avec empressement Tioulpanov en enfonçant ses pieds dans ses babouches.

— Non, nous avons assez couru comme cela et suffisamment amusé monsieur Momus, répondit le conseiller aulique d'une voix éteinte.

Il lâcha le gendarme, s'assit dans le fauteuil et laissa tomber ses bras de chaque côté dans un geste d'impuissance. Le visage du chef subit d'étranges modifications. Sur son front lisse apparut un pli transversal, les commissures de sa bouche s'affaissèrent progressivement, ses paupières se plissèrent. Puis ses épaules furent agitées de soubresauts, au point qu'Anissi craignit sérieusement de voir Eraste Pétrovitch éclater en sanglots.

C'est alors que Fandorine s'asséna une grande tape sur le genou et partit d'un rire silencieux, irrépressible et totalement inconsidéré.

La « Grande Opération »

Ayant ramassé le pan de sa robe, Momus partit à toutes jambes, longea la grille, passa devant des villas désertes et continua en direction de la chaussée de Kalouga. Il se retournait de temps à autre pour s'assurer qu'il n'était pas poursuivi, auquel cas il aurait plongé dans les buissons qui, le Seigneur en soit loué, poussaient en abondance de chaque côté du chemin.

Alors qu'il venait de dépasser une sapinière enneigée, une petite voix plaintive le héla :

— Momus, te voilà enfin ! Je suis complètement gelée.

De sous les larges branches d'un sapin, surgit Mimi, qui se frottait frileusement les mains. Soulagé, Momus se laissa choir sur le bas-côté et ramassa une poignée de neige, qu'il appliqua sur son front ruisselant de sueur. Son maudit nez avait définitivement glissé de côté. Momus arracha le faux appendice et le lança avec force sur une congère, où il s'enfouit.

— Ouf, dit-il. Il y a longtemps que je n'avais pas couru comme ça.

Mimi, l'air coupable, s'assit à côté de lui et appuya la tête sur son épaule.

— Mon petit Momus, je dois t'avouer…

— Avouer quoi ? demanda-t-il, sur ses gardes.

— Ce n'est pas ma faute, parole d'honneur… C'est que… Enfin, bref, ce n'était pas un eunuque.

— Je le sais, grommela Momus. (Et, d'un geste rageur, il fit tomber les aiguilles de pin qui s'étaient accrochées à la manche de Mimi.) C'était notre cher monsieur Fandorine et son Leporello de la gendarmerie. Ils m'ont eu, et dans les grandes largeurs.

— Tu vas te venger ? demanda timidement Mimi, le regardant avec vénération.

Momus se frotta le menton.

— Qu'ils aillent au diable. Il faut quitter Moscou. Décamper d'ici au plus vite.

Mais la décision de déguerpir de cette ville si peu accueillante ne fut pas suivie d'effet car, le lendemain, dans l'esprit de Momus surgit un plan grandiose, qu'il baptisa sur-le-champ la « Grande Opération ».

Fruit d'un pur hasard, l'idée lui vint par un très étonnant concours de circonstances.

Donc, résolus à quitter Moscou, ils se replièrent en bon ordre, avec toutes les précautions possibles et imaginables. Au lever du jour, Momus fit un saut au marché aux puces, où il acheta tout un équipement pour une somme totale de trois roubles et soixante-treize kopecks et demi. Il débarrassa son visage de tout grimage, mit une casquette, une veste matelassée, des bottes et des galoches, se métamorphosant ainsi en un bourgeois des plus quelconques. Avec Mimi, les choses étaient plus compliquées car la police disposait de sa description physique. Après réflexion, il décida d'en faire un galopin. Avec sa chapka en mouton, sa courte pelisse crasseuse et ses énormes bottes de feutre, il était impossible de la différencier de ces gamins dégourdis qui hantaient la Soukharevka (gare à ses poches !).

D'ailleurs, Mimi était effectivement capable de faire les poches à ses semblables aussi bien qu'un authentique pickpocket. Une fois, à Samara, alors qu'ils étaient sur la paille, elle avait habilement fauché à un marchand sa montre de gousset. En tant que tel, l'oignon ne valait pas un clou, mais Momus savait que le bonhomme y tenait pour l'avoir héritée de son aïeul. Inconsolable, Tit Tititch offrit une récompense de mille roubles à qui lui rapporterait ce trésor de famille et remercia longuement le petit étudiant qui avait retrouvé la montre dans un fossé, le long de la route. Par la suite, avec ces mille roubles, Momus avait ouvert dans la paisible cité une apothicairerie chinoise et s'était fait pas mal d'argent en vendant aux marchands des herbes et racines miraculeuses contre toutes sortes de maladies.

Mais à quoi bon revenir sur les succès d'antan ? Ils fuyaient Moscou comme les Français en 1812 : en proie à un profond abattement. Momus supposait que les gares seraient surveillées et prit des mesures en conséquence.

Cependant, en premier lieu, afin d'amadouer le dangereux monsieur Fandorine, il expédia à Saint-Pétersbourg toutes les affaires de la comtesse Addi. Il est vrai qu'il ne put s'empêcher d'inscrire sur le bordereau d'expédition : « A la dame de pique, de la part du valet de pique ». Par la poste municipale, il renvoya rue Malaïa Nikitskaïa le chapelet de jade et les gravures rigolotes, mais là, il se garda bien d'ajouter quoi que ce soit.

Ayant décidé de ne pas se montrer dans un lieu jugé dangereux, il fit porter ses valises à la gare de Briansk afin qu'elles soient chargées sur le train du lendemain. Mimi et lui partirent à pied. Une fois passée la porte Dorogomilov, Momus avait l'intention de louer les services d'un cocher, de rejoindre en traîneau la première station de chemin de fer où, le lendemain matin, il récupérerait ses bagages.

L'humeur était à l'amertume, alors que, dans le même temps, Moscou fêtait le dimanche du Pardon, dernier jour d'une semaine grasse, pleine d'insouciance. Le lendemain, dès l'aube, commenceraient les prières et les dévotions, on ôterait aux réverbères leur globe de couleur, on démonterait les baraques bariolées des forains, le nombre d'individus ivres diminuerait considérablement. En attendant, pour une journée encore, les gens pouvaient faire la fête, boire et manger tout leur content.

Près du marché de Smolensk, une attraction consistait à descendre, dans des « diligences », une énorme butte en bois, avec force rires, sifflets et hurlements. On vendait un peu partout des blinis chauds : à la tête de hareng, à la kacha, au miel, au caviar. Un prestidigitateur turc portant un fez rouge enfonçait des yatagans dans son énorme gueule aux dents blanches. Un saltimbanque marchait sur les mains et remuait les jambes de manière comique. Un type tout barbouillé de noir, au poitrail nu et au tablier de cuir, crachait des langues de feu.

Mimi tournait la tête de tous côtés : un vrai garnement prêt à jouer un mauvais tour. Se mettant dans la peau de son personnage, elle avait demandé qu'on lui achète une grande sucette rouge vif en forme de coq et, de sa petite langue rose et pointue, elle léchait avec délectation l'ignoble friandise, alors qu'en temps ordinaire sa préférence allait au chocolat suisse, dont elle était capable d'engloutir jusqu'à cinq tablettes par jour.

Toutefois, sur la place bigarrée, on ne faisait pas que s'amuser et se goinfrer de crêpes. Devant la riche église Notre-Dame-de-Smolensk, des mendiants, assis en une longue file, s'inclinaient jusqu'à terre, demandaient aux chrétiens leur pardon et accordaient le leur. Pour les pauvres, c'était une journée importante et lucrative. Beaucoup leur apportaient des offrandes : qui une crêpe, qui une petite fiole de vodka, qui une pièce.

Sortant de l'église, un homme apparut sur le parvis. Pas lourd, pelisse d'hermine grande ouverte, tête chauve dénudée : une huile. Il fit plusieurs fois le signe de croix devant sa face boursouflée et cria d'une voix de stentor :

— Pardonne, peuple orthodoxe, si Samson Eropkine est coupable de quoi que ce soit !

Les mendiants s'animèrent et répondirent dans un brouhaha discordant :

— Et toi, notre cher bienfaiteur, accorde-nous ton pardon !

Ils espéraient sans doute quelque aumône, mais aucun d'eux n'avança. Ils s'empressèrent de s'aligner sur deux rangs afin de libérer le passage vers la place, où un luxueux traîneau laqué et débordant de fourrures attendait le richard.

Momus s'arrêta pour regarder comment le gros joufflu allait s'y prendre pour gagner sa place au royaume des cieux. A sa sale tête, on voyait que c'était le pire rapace et suceur de sang que la terre eût connu, mais qu'en même temps il aspirait au paradis. Il pouvait être intéressant de savoir à combien il estimait le billet d'entrée.

Derrière le bienfaiteur pansu, le dépassant d'une tête et demie, avançait un grand costaud à barbe noire et à la mine de bourreau. Enroulé autour de son bras droit, le gaillard avait un long fouet à lanière de cuir, tandis que, dans la main gauche, il tenait une bourse de toile. De temps à autre, le maître se tournait vers son larbin, puisait dans la bourse de la monnaie, qu'il distribuait aux mendiants : une petite pièce à chacun. Lorsqu'un vieux cul-de-jatte, trop impatient pour attendre son tour, s'avança pour demander l'aumône, le barbu se mit à beugler, déroula son fouet en un éclair et, de l'extrémité de la lanière, frappa la tête chenue du malheureux grand-père, qui ne put que pousser un cri de douleur.

Quant à l'homme au manteau d'hermine, à chaque fois qu'il mettait une pièce dans une main tendue, il ajoutait ces paroles :

— Ce n'est pas pour vous, ce n'est pas pour vous, bande d'ivrognes, mais pour Notre Seigneur tout-puissant et miséricordieux, afin qu'Il pardonne ses péchés à Son humble serviteur Samson.

Une observation plus attentive permit à Momus de satisfaire sa curiosité ; comme on pouvait s'y attendre, pour échapper au feu de l'enfer l'affreux personnage ne payait pas cher : un kopeck de cuivre par mendiant.

— Apparemment, les péchés de l'humble serviteur Samson ne sont pas si grands, marmonna tout haut Momus, s'apprêtant à continuer son chemin.

Une voix rauque et avinée résonna alors à son oreille :

— Oh si, mon gars, qu'ils sont grands. T'es donc pas de Moscou que tu connais pas Eropkine ?

A côté se tenait un loqueteux squelettique au visage terreux parcouru de tics nerveux. Le pauvre bougre puait l'alcool frelaté, et son regard, rivé sur le parcimonieux donateur, brûlait d'une haine féroce.

— Y doit bien sucer le sang à la moitié de Moscou, expliqua l'homme. Il a des asiles de nuit, des tavernes un peu partout ; à la Khitrovka presque tout est à lui. Y rachète des trucs volés à des « actifs », y prête de l'argent à des taux monstrueux. En un mot : un vampire, un monstre.

Momus regarda avec un intérêt renouvelé le gros lard si peu sympathique qui venait de prendre place dans son traîneau. Tiens donc, se dit-il, il y a des types drôlement pittoresques à Moscou.

— Et la police, il s'en fiche ?

Le miséreux lança un crachat :

— Quelle police ? Il est toujours fourré chez le gouverneur, le prince Dolgoroukoï. C'est qu'il a le titre de général, maintenant, Eropkine ! Quand on a construit la fameuse cathédrale, c'est pas pour rien qu'il a balancé un million. Pour ça, il a reçu du tsar un ruban avec une étoile et un poste dans une société de bienfaisance. C'est comme ça que Samson le vampire est devenu « Son Excellence ». Mais c'est un voleur, un bourreau, un assassin !

— Assassin, c'est peut-être exagéré, quand même, dit Momus, sceptique.

— Exagéré ?! s'insurgea l'ivrogne en regardant pour la première fois son interlocuteur. Samson

Kharitonovitch lui-même, c'est sûr, y va pas se salir les mains. Mais t'as vu Kouzma ? Le muet avec son knout ? Celui-là, c'est pas un homme, c'est une bête sauvage, un chien féroce. Il est pas seulement capable de tuer, il peut te dépecer vivant. Et d'ailleurs il l'a déjà fait ! Tu sais, mon gars, je peux t'en dire sur eux !

— Eh bien, allons-y, tu vas me raconter tout ça. On va s'asseoir quelque part, je t'offre un coup à boire, proposa Momus. (Il n'avait rien d'urgent à faire, et ce petit bonhomme avait l'air drôlement intéressant. On pouvait apprendre des tas de choses utiles de ce genre d'individu.) Attends juste que je donne vingt kopecks au gamin, pour les chevaux de bois.

Ils s'installèrent dans une taverne. Momus demanda du thé avec des biscuits et, pour le poivrot, prit une bouteille de genièvre et de la brème salée.

Lentement, l'air digne, le narrateur vida un verre, suça un morceau de queue de poisson. Puis il commença en remontant loin en arrière.

— Si tu connais pas Moscou, t'as sûrement jamais entendu parler des bains Sandounovski.

— Comment ça, bien sûr que si, ces bains sont célèbres, répondit Momus tout en remplissant le verre de son interlocuteur.

— Pour sûr qu'y sont célèbres. Là-bas, dans la partie réservée aux grands messieurs, c'était moi l'homme le plus important. Tout le monde connaissait Igor Tichkine. Je faisais les saignées, j'enlevais les cors, je rasais comme personne, je savais tout faire. Mais j'étais surtout renommé comme masseur. Mes mains étaient intelligentes. J'avais une telle façon de faire circuler le sang dans les veines, de dérouiller les articulations qu'avec moi les comtes et les généraux ronronnaient comme des chatons. Et je soignais plein de maladies — avec des tisanes et toutes sortes de coctions. Y avait des mois où j'amassais jusqu'à cent cinquante roubles ! J'avais une maison, un jardin. Et une veuve qui venait de temps en temps me voir, une femme de pope.

Igor Tichkine vida son deuxième verre, cette fois sans faire de manières, d'une seule traite, sans sentir ce qu'il buvait.

— Eropkine, cette charogne, m'appréciait. Tout le temps y réclamait Tichkine. Je compte plus les fois où y m'a fait venir chez lui. C'était comme si je faisais partie de la maison. Je lui rasais sa trogne toute grêlée, je lui perçais ses pustules, je traitais son impuissance. Et qui l'a sauvé des hémorroïdes, ce gros lard ? Qui lui a rentré sa hernie ? C'est qu'il avait de l'or dans les doigts, Igor Tichkine. Et maintenant, la misère, plus de toit, plus de rien. Et tout ça à cause de lui, à cause d'Eropkine ! Tiens, mon gars, reprends-moi donc un peu de gnôle. A parler de ça, je suis tout retourné.

Quelque peu calmé, l'homme poursuivit :

— C'est fou ce qu'il est superstitieux, Eropkine. Pire qu'une bonne femme de la campagne. Y croit à tous les présages : au chat noir, au cri du coq, à la nouvelle lune. Et faut que je te dise, mon brave gars, qu'au milieu de sa barbe, juste au creux de la fossette, Samson avait une drôle de verrue. Toute noire avec trois poils roux qui poussaient dessus. Il fallait voir comme il la bichonnait, y disait que c'était son signe particulier. Y faisait exprès de laisser pousser sa barbe sur les joues et de raser son menton pour que sa verrue se voie mieux. Et voilà-t-il pas que je lui coupe son fameux signe particulier... Cette fois-là j'étais pas dans mon assiette : la veille au soir, j'avais bu comme un trou. Je me le permettais rarement, seulement les jours de fête, mais c'était le jour où ma pauvre mère avait rendu l'âme, alors je me suis consolé comme je pouvais. Bref, ma main a tremblé et, comme mon rasoir avec sa lame en acier damassé coupait bien, j'ai envoyé promener la verrue. Eropkine pissait le sang et gueulait : « C'est ma chance que tu viens de détruire, espèce de démon à doigts crochus ! » Et voilà qu'il se met à sangloter, qu'il essaie de recoller la verrue, mais elle tient pas, elle se redétache. Furieux comme une bête sauvage, il appelle Kouzma. Celui-là commence par me fouetter avec son knout, mais pour Eropkine ça suffit pas. « Tes mains, qu'y dit, je veux qu'on te les arrache, qu'on réduise en bouillie tes sales doigts maladroits. » Kouzma m'attrape la main droite, la met dans l'ouverture de la porte et la claque de toutes ses forces. On entend simplement un craquement... Je crie : « Je t'en prie, ne me laisse pas mourir de faim, épargne au moins ma main gauche ! » Je t'en fous, y me bousille la main gauche...

L'ivrogne fit un geste de la main, et c'est alors seulement que Momus remarqua ses doigts : anormalement écartés, raides.

Momus remplit de nouveau le verre du pauvre diable et lui tapota l'épaule :

— Un sacré personnage, cet Eropkine, dit-il en se rappelant le visage bouffi du bienfaiteur. (Il n'aimait pas du tout ce genre d'individus. S'il ne lui avait pas fallu quitter Moscou, il aurait volontiers donné une bonne leçon à cette ordure.) Et, dis-moi, ses tavernes et ses refuges lui rapportent gros ?

— Disons dans les trois cent mille par mois, répondit Igor Tichkine en essuyant ses larmes d'un geste coléreux.

— Là, mon frère, c'est toi qui pousses.

L'ivrogne s'emporta :

— Comme si je le savais pas ! Puisque je te dis que chez lui j'étais comme chez moi ! Tous les jours que Dieu fait, son Kouzma fait la tournée des tavernes et autres débits de boissons où c'qu'Eropkine est le patron. Jusqu'à cinq mille par jour, qu'y ramasse. Les samedis, on lui apporte la recette des refuges. Y en a un qui à lui seul abrite quatre cents familles. Et les filles qu'il a sur le trottoir, tu crois que ça lui rapporte rien ? Et le recel de marchandises volées ? Tu sais, Samson Kharitonovitch, y fourre tout son fric dans un simple sac de jute qu'il garde sous son lit. C'est une habitude qu'il a. Autrefois, il est arrivé à Moscou avec ce sac pour vendre des chaussures en paille tressée et y croit que c'est grâce à lui qu'il a fait fortune. Je te dis, il est comme une vieille bonne femme, y croit à toutes sortes d'âneries. Le premier de chaque mois, y sort la recette de dessous son lit et va la porter à la banque. Faut voir les airs qu'y prend quand il roule dans son carrosse avec son sac de chanvre tout dégueulasse. Pour lui, c'est le jour qui compte le plus. Et comme ce blé il est secret et qu'y provient d'affaires illégales, la veille y a les comptables qui restent la journée à trafiquer des faux papiers. Y a des fois où y porte trois cent mille roubles à la banque, et y a des fois où c'est plus — ça dépend combien y a de jours dans le mois.

— Il garde des sommes pareilles chez lui, et personne ne l'a jamais volé ! s'étonna Momus, écoutant d'une oreille de plus en plus attentive.

— Va donc essayer de le voler avec le grand mur en pierre qu'y a autour de la maison, les chiens de garde en liberté dans la cour, les larbins et puis le maudit Kouzma. Celui-là, son fouet, c'est pis qu'un rivolver. Je parie qu'il est capable de couper en deux une souris en train de courir. Des « actifs », pas un seul oserait pénétrer chez Eropkine. Mais une fois, y a de ça cinq ans, un type qu'était pas d'ici a essayé. Plus tard, on l'a retrouvé à l'écorcherie. Avec son knout, Kouzma lui avait arraché toute la peau lambeau après lambeau. Et ni vu ni connu, motus et bouche cousue. Eropkine, probable qu'il engraisse toute la police, il a tellement de fric. Seulement, cet Hérode, sa fortune lui servira pas à grand-chose, y va crever de ses calculs. Il a les reins malades et, à part Tichkine, y a personne pour le soigner. Si tu crois que c'est les docteurs qui vont lui dissoudre son caillou... L'autre jour, on est venu me chercher de la part de Samson Kharitonovitch. « Viens, Igor, qu'y m'ont dit, il te pardonne. Et il te donnera de l'argent, mais pour ça faut que tu reviennes et que tu le soignes. » Eh ben, j'y suis pas allé ! Si lui me pardonne, moi je lui pardonnerai jamais !

— Et, dis-moi, c'est souvent qu'il fait l'aumône aux pauvres ? demanda Momus, sentant sa circulation sanguine s'accélérer sous l'effet de l'excitation.

Mimi, lassée d'attendre, jeta un coup d'œil à l'intérieur de la taverne. Il lui fit un signe qui voulait dire : laisse-moi tranquille, je suis en plein travail.

Tichkine appuya son visage sombre sur sa main ; son coude mal assuré glissa sur la nappe sale.

— Oh oui, souvent. A partir de demain, quand le grand carême aura débuté, il viendra tous les jours à la Smolenka. C'est qu'il a un bureau pas loin, cette vermine. En chemin, y saute de son traîneau, distribue un rouble en petite monnaie et fonce à son bureau en ramasser mille.

— Tu sais, Igor Tichkine, dit Momus, tu me fais vraiment de la peine. Viens avec moi. Je vais te trouver un endroit pour dormir et te donner de quoi te payer à boire. Raconte-moi plus en détail ta pauvre vie. Comme ça, tu dis qu'il est très superstitieux, cet Eropkine ?

« C'est vraiment la guigne, pensa Momus en conduisant le pauvre martyr vers la sortie. C'est fou cette malchance qui me poursuit, ces derniers temps ! Février est justement le mois le plus court ! Vingt-huit jours ! Dans le sac, il y aura à peu près trente mille roubles de moins que, disons, en janvier ou en mars. Encore heureux qu'on soit le 23. Jusqu'à la fin du mois, ça ne fait pas long à attendre, et, en même temps, ça laisse assez de jours pour bien se préparer. »

L'opération s'annonçait grandiose : d'un coup, il se rattraperait de toutes ses déconvenues moscovites.

Le lendemain, premier jour de la semaine d'Oculi, la Smolenka était méconnaissable. Comme si, pendant la nuit, le sorcier Tchernomor était passé sur la place en secouant ses larges manches et avait balayé de la face de la terre tous les pécheurs, les ivrognes, les braillards et les gueulards, chassé les vendeurs de sbitène, de pâtés farcis et de crêpes, enlevé les fanions multicolores, les guirlandes de papier et les ballons, pour ne laisser que les baraques vides, les corbeaux noirs sur la neige rendue luisante par le soleil et les mendiants sur le parvis de Notre-Dame-de-Smolensk.

Dans l'église, on avait dit les matines avant le lever du jour, et avait alors commencé l'austère période de pénitence qui devait durer sept semaines. Le bedeau était déjà passé trois fois parmi les dévots pour récolter les offrandes, et il venait, pour la troisième fois, de rapporter à l'autel un plateau croulant sous les pièces de cuivre et d'argent quand était arrivé le plus important des paroissiens, Son Excellence Samson Kharitonovitch Eropkine en personne. Il était particulièrement soigné pour l'occasion : visage large et flasque bien lavé, cheveux clairsemés soigneusement séparés par une raie, longs favoris huilés.

Depuis un quart d'heure, Samson Kharitonovitch se tenait devant les portes de l'iconostase, se prosternant jusqu'à terre et se signant à grands gestes. Le pope sortit, un cierge à la main, agita son encensoir en direction d'Eropkine et murmura : « Seigneur, Maître de ma vie, purifie-moi, pauvre pécheur… » Le bedeau, quant à lui, rappliqua aussitôt, muni d'un plateau vide. Le dévot se releva, secoua la poussière des pans de sa pelisse en drap et posa sur le plateau trois billets de cent roubles — telle était l'habitude de Samson Kharitonovitch les lundis d'Oculi.

Lorsque le généreux donateur sortit de l'église, sur la place, les mendiants l'attendaient déjà, les mains tendues, bêlant, se bousculant. Mais Kouzma agita à peine son knout, et aussitôt la bousculade cessa. Les pauvres s'alignèrent sur deux rangs, tels des soldats à la revue. Tout n'était que bure grise et loques, à l'exception d'une tache blanche sur la gauche, se détachant au milieu du troupeau.

Samson Kharitonovitch plissa ses yeux boursouflés : debout parmi les mendiants, se tenait un ravissant jouvenceau. Aux yeux immenses, d'un bleu d'azur. Au visage fin et pur. Aux cheveux d'or taillés au bol (oh, il y en avait eu, des cris, car Mimi refusait obstinément de couper ses boucles). Le merveilleux adolescent était vêtu d'une simple chemise à la blancheur neigeuse, et pourtant il n'avait pas froid (pour sûr : sous sa chemise, Mimi avait un fin maillot en angora de première qualité et sa tendre poitrine était étroitement serrée par une bande de chaude flanelle). Il portait des pantalons en velours de coton, des chaussures de tille tressée par-dessus d'épaisses chaussettes claires, immaculées.

Tout en distribuant les kopecks, Eropkine jetait sans cesse des regards au surprenant mendiant et, s'en approchant, il tendit au jouvenceau non pas une pièce mais deux, et ordonna :

— Tiens, prie pour moi.

Le garçon aux cheveux d'or refusa l'argent. Il leva au ciel ses yeux limpides et dit d'une petite voix sonore :

— Tu donnes trop peu, serviteur de Dieu. Tu veux te racheter à vil prix auprès de Notre Mère de Douleur.

Il regarda Samson Kharitonovitch droit dans les yeux, et l'imposant personnage se sentit mal à l'aise, tant ce regard était fixe et sévère.

— Je vois ton âme pécheresse, reprit-il. Tu as sur le cœur une tache de sang et en toi la pourriture. Tu dois te purifier, te purifier, chantonna le bienheureux. Sinon tu ne seras plus que décomposition et puanteur. Ta panse te fait mal, Samson, tes reins te tourmentent, pas vrai ? C'est à cause de la saleté, tu dois te purifier.

Eropkine se pétrifia. Et il y avait de quoi ! Ses reins ne valaient effectivement plus rien, et sur son sein gauche il avait une grande tache de vin. Les informations étaient fiables, elles provenaient d'Igor Tichkine.

— Qui es-tu ? lâcha Son Excellence avec effroi.

L'adolescent ne répondit pas. Il leva de nouveau les yeux au ciel, se mit à bouger précipitamment les lèvres.

— C'est un fol en Christ, un bienfaiteur, souffla-t-on à Eropkine de droite et de gauche. C'est la première fois qu'il vient ici. On ne sait pas d'où il sort. Il divague. Il s'appelle Païssi. Tout à l'heure, le haut mal l'a pris, de l'écume est sortie de sa bouche, mais son souffle était divin. C'est un homme de Dieu.

— Tiens, voilà un rouble, puisque tu es un homme de Dieu. Prie pour la rédemption de mes lourds péchés.

Eropkine sortit un billet de son porte-monnaie, mais, de nouveau, le bienheureux refusa. Il dit d'une voix douce et pénétrante :

— Ce n'est pas à moi qu'il faut le donner. Je n'en ai pas besoin, la Mère de Dieu veille à ma subsistance. Donne-le à lui. (Il indiqua un vieux mendiant, Zoska, un cul-de-jatte connu de tout le marché.) Hier, ton esclave l'a offensé. Donne au malheureux, et je prierai Notre Sainte Mère pour qu'elle t'accorde sa grâce.

Zoska s'empressa d'approcher sur son petit chariot et tendit une énorme patte noueuse. Eropkine y fourra le billet d'un air dégoûté.

— Que la Très Sainte Mère de Dieu te bénisse, proféra l'adolescent d'une voix stridente en pointant sa fine main vers Eropkine.

C'est alors que se produisit un miracle dont Moscou se souviendrait longtemps.

Venu d'on ne sait où, un énorme corbeau vint se poser sur l'épaule du fol en Christ. Un cri de stupeur jaillit de la foule des mendiants. Mais quand on distingua un anneau d'or dans la patte de l'oiseau noir, un calme absolu s'abattit sur la place.

Eropkine était plus mort que vif : ses lèvres épaisses tremblaient, les yeux lui sortaient de la tête. Il leva la main pour se signer, mais ne termina pas son geste.

Des yeux du bienheureux, des larmes se mirent à couler.

— J'ai pitié de toi, Samson, dit-il, retirant l'anneau de la patte de l'oiseau et le tendant à Eropkine. Prends, c'est à toi. La Sainte Mère de Dieu n'accepte pas ton rouble, elle te le retourne sous forme de ce cadeau. Et si elle t'a envoyé un corbeau, c'est parce que ton âme est noire.

L'homme de Dieu tourna les talons et s'éloigna d'un pas lent.

— Arrête-toi ! cria Samson Kharitonovitch, regardant d'un air désemparé l'anneau étincelant. Eh, attends ! Kouzma, fais-le monter dans notre traîneau ! On l'emmène avec nous !

Le géant à barbe noire rattrapa le gamin et le prit par l'épaule.

— Tu vas venir chez moi, hein… comment déjà, ah oui, Païssi ! lança Eropkine. Reste un peu chez moi, tu y seras au chaud.

— Je n'ai rien à faire dans un palais de pierre, répondit sévèrement l'adolescent en se retournant. L'âme y devient aveugle. Quant à toi, Samson, écoute-moi bien. Demain, après les matines, viens à la Vierge des Ibères. J'y serai. Apporte une bourse avec des pièces d'or, et qu'elle soit pleine. Je veux de nouveau intercéder pour toi auprès de la Mère de Dieu.

Et il partit sous les regards de la foule. Sur l'épaule du fol en Christ, le corbeau noir picotait quelque chose en poussant des croassements rauques.

(Le corbeau avait pour nom Balthazar. Apprivoisé, il avait été acheté la veille au marché aux oiseaux. L'intelligent animal avait vite compris la supercherie somme toute assez simple : Mimi glissait des grains de millet dans la couture de son épaule, Momus — posté d'abord à cinq mètres d'elle, puis à quinze, puis à trente — lâchait Balthazar, lequel allait directement se poser sur la chemise blanche.)

La sangsue vint au rendez-vous. Bien sagement. Avec sa bourse. En fait de bourse, il s'agissait d'un sac de cuir, pesant, que Kouzma portait en suivant son maître.

Durant la nuit, comme on pouvait s'y attendre, des doutes avaient assailli le général philanthrope. Il n'avait pas manqué de vérifier si la bague de la Sainte Mère de Dieu était bien en or, avec les dents et même à l'acide. Soyez sans crainte, Votre Sangsullence, c'est du vrai, du beau travail ancien.

Le bienheureux Païssi se tenait à l'écart de la chapelle. Il attendait paisiblement. A son cou pendait une coupe pour les offrandes. Dès qu'elle était remplie, il allait distribuer les pièces aux infirmes. Autour de l'adolescent, mais à distance respectable, était massée une foule assoiffée de prodiges. Après les événements de la veille, une rumeur s'était répandue à travers les églises et les parvis, faisant état d'une apparition miraculeuse, d'un corbeau tenant dans son bec un anneau d'or orné de pierres précieuses (le bouche-à-oreille avait ainsi transformé les faits).

La journée s'annonçait maussade et l'atmosphère s'était rafraîchie, mais le fol en Christ était vêtu de nouveau de sa seule chemise blanche, à ceci près toutefois qu'il avait enroulé un morceau d'épais tissu autour de sa gorge. Il ne jeta même pas un regard à Eropkine qui avançait vers lui, ne le salua pas.

De l'endroit où il se tenait, Momus ne put évidemment pas entendre ce que la sangsue dit à l'adolescent, vraisemblablement exprimait-il quelque réticence. Mimi avait pour mission d'entraîner le monstre dans un lieu désert. Désormais la présence du public n'était plus nécessaire.

Brusquement, l'homme de Dieu se retourna, fit signe au gros lard de le suivre et, traversant la place, se dirigea droit sur Momus. Après un instant d'hésitation, Eropkine entreprit de suivre le bienheureux. Les curieux voulurent leur emboîter le pas, mais le janissaire à barbe noire fit claquer son fouet deux ou trois fois, et les badauds reculèrent.

— Non, pas à celui-ci, il n'y a pas de grâce en lui, dit Mimi de sa voix cristalline en s'arrêtant un instant devant un jeune soldat estropié.

Passant près d'un bossu, le fol en Christ déclara :

— Pas non plus à celui-là, son âme est morte.

En revanche, devant Momus, posté à l'écart des autres quémandeurs, l'adolescent s'arrêta, se signa, s'inclina jusqu'au sol. Il ordonna à Eropkine :

— Voilà, donne ta bourse à cette misérable. Son mari a été rappelé à Dieu, ses enfants sont petits et réclament à manger. Vas-y, donne-lui. La Mère de Dieu a pitié des gens comme elle.

De sous son fichu qui lui couvrait le bas du visage, du menton pratiquement jusqu'au nez, Momus demanda d'une voix haut perchée :

— Donne-lui quoi ? Donne-lui quoi ? Tu viens d'où, petit ? Comment tu sais pour moi ?

— Qui es-tu ? demanda Eropkine en se penchant vers la veuve.

— Je m'appelle Ziouzina, mon bon, Marthe de mon prénom, chantonna Momus d'une voix suave. Une pauvre veuve estropiée. Mon mari et protecteur a rendu l'âme, en me laissant avec sept marmots plus petiots les uns que les autres. Si tu me donnais une petite pièce, je leur achèterais un peu de pain.

Samson Kharitonovitch renifla bruyamment et regarda la femme d'un air soupçonneux.

— C'est bon, Kouzma, tu peux lui donner. Et surtout veille à ce que Païssi ne prenne pas la poudre d'escampette.

L'affreux barbu lança négligemment la bourse à Momus — pas si lourde que ça, finalement.

— Qu'est-ce que c'est, mon bon ? demanda la jeune veuve, l'air apeurée.

Sans daigner lui répondre, Eropkine se tourna vers le bienheureux :

— Alors, et maintenant ?

L'adolescent se mit à bredouiller des paroles inintelligibles, se laissa choir à genoux et se frappa par trois fois le front contre le pavé. Puis il colla son oreille à un bloc de pierre, comme pour écouter quelque chose, et se releva.

— La Mère de Dieu te dit de venir demain à l'aube au jardin Neskoutchni. Creuse la terre au pied du vieux chêne qui se trouve derrière le kiosque de pierre. Creuse à l'endroit où le chêne est recouvert de mousse. Là, tu auras la réponse à ta question, esclave de Dieu. (Puis le fol en Christ ajouta doucement :) Sois-y, Samson. J'y viendrai moi aussi.

— Ah non ! se rebiffa Eropkine. Pas question ! Toi, mon bonhomme, tu viens avec moi. Emmène-le, Kouzma. Tu n'en mourras pas de passer une nuit dans le « palais de pierre ». Mais si tu m'as roulé, tu vas le regretter. Mes pièces, crois-moi, je te les ferai recracher.

Momus, toujours à genoux, recula peu à peu puis, se redressant, disparut dans le dédale des ruelles du marché au gibier.

Il dénoua le cordon de la bourse, y plongea la main. Elle ne contenait pas grand-chose : une trentaine d'impériales en tout et pour tout. Un vrai pingre, ce Samson Kharitonovitch. La Mère de Dieu devait le trouver mesquin. Mais peu importait, la Vierge Marie, elle, ne lésinerait pas avec son fidèle serviteur.

Il faisait encore nuit quand, chaudement vêtu et muni d'un flacon de cognac, Momus s'installa à un endroit repéré à l'avance : dans les buissons, avec vue imprenable sur le vieux chêne. Dans l'obscurité, se dessinaient vaguement les silhouettes blanches des colonnes de l'élégante gloriette. A cette heure matinale, il n'y avait pas un chat dans le jardin Neskoutchni.

Le théâtre des hostilités était préparé et aménagé comme il convenait. Momus mangea un sandwich au jambon (au diable le carême) et, alors qu'il venait d'avaler une gorgée de cognac dans le bouchon de sa fiole, il vit déboucher dans l'allée le traîneau d'Eropkine.

Kouzma fut le premier à descendre. Sur ses gardes, le muet observa les environs (Momus se baissa), contourna plusieurs fois le chêne et fit un geste de la main. Samson Kharitonovitch approcha, tenant fermement le bienheureux Païssi. Les deux hommes assis sur le siège du cocher restaient à leur place.

L'adolescent se dirigea vers le chêne, s'inclina très bas devant lui et pointa son doigt à l'endroit convenu.

— Creusez ici.

— Prenez les pelles ! cria Eropkine en se tournant vers le traîneau.

Les deux gaillards rappliquèrent et, après avoir craché dans leurs mains, se mirent à frapper le sol gelé. Curieusement, la terre céda facilement et, très vite, un tintement se fit entendre (Momus avait eu la flemme de creuser profond).

— Ça y est, Samson Kharitonovitch !

— Ça y est quoi ?

— Un récipient métallique.

Eropkine se laissa tomber à genoux et se mit à dégager les mottes avec ses mains.

Avec peine, en gémissant, il extirpa de la terre un récipient en cuivre vert-de-grisé par le temps (il s'agissait d'une vieille casserole datant sans doute d'avant l'incendie de 1812 et achetée cinquante kopecks chez un brocanteur). Dans la pénombre, reflétant la lanterne du traîneau, une pâle lueur vacilla.

— De l'or ! s'écria Eropkine. Plein d'or !

Il déversa dans sa paume une poignée de lourdes pièces rondes, l'approcha de ses yeux.

— Ce ne sont pas mes impériales ! Kouzma, gratte une allumette !

Puis il déchiffra à voix haute :

— « An-na im-pé-ra-tri-ce tou-te-puis-san-te... » Un trésor antique ! Il y a bien mille pièces d'or là-dedans !

Momus aurait préféré quelque chose d'un peu plus original, avec des caractères hébraïques ou au moins arabes, mais ça finissait par faire très cher. Il avait donc acheté des pièces de deux roubles en or datant de l'époque de l'impératrice Anna Ivanovna et des demi-impériales à l'effigie de la Grande Catherine, au prix de vingt roubles chaque. Bon, mille, c'était exagéré, mais il en avait tout de même acheté beaucoup ; par bonheur, les magasins d'antiquités de Soukharevka regorgeaient de ce genre d'articles. Plus tard, Samson Kharitonovitch compterait les pièces, on pouvait en être sûr, or leur nombre n'était pas fortuit. Choisi à dessein, il jouerait son rôle le moment venu.

— Tu es fichu, Samson, fit le jeune garçon dans un sanglot. La Mère de Dieu ne te pardonne pas, elle s'affranchit de toute dette à ton égard.

— Hein ? demanda Eropkine, abêti par tout cet éclat.

Une grande quantité de pièces d'or réunie en une seule fois produit un effet formidable. En billets, la somme n'est pas si astronomique que ça, mais en monnaie sonnante et trébuchante, elle fascine. Tout être avide en perd totalement la raison. Ce n'était pas la première fois que Momus usait de cet étrange pouvoir de l'or. Pour l'heure, l'essentiel était de ne pas laisser souffler Eropkine. Que la tête lui tourne, à ce vautour, qu'il en perde la boussole. Allez, Mimi, à toi de jouer !

— Soit, cette fois encore, tu as donné trop peu, soit il n'y a pas de pardon pour toi, prononça le fol en Christ d'un ton compatissant. Tu es voué à pourrir vivant, pauvre orphelin.

— Comment ça, pas de pardon ? s'alarma Eropkine.

Depuis les buissons, à cinq bonnes toises de là, on pouvait voir les gouttes de sueur qui perlaient à son front.

— Si ce n'est pas assez, je donnerai plus. J'ai tout l'argent qu'il faut. Combien, dis !

Païssi ne répondait pas. Il se balançait d'un côté et de l'autre.

— Je vois. Je vois une sombre chambre. Des icônes aux murs, une veilleuse qui brûle. Je vois un édredon, des oreillers en duvet de cygne, beaucoup d'oreillers... Sous le lit, c'est le noir, les ténèbres d'Egypte. Là, se trouve le veau d'or... Un sac de jute, entièrement rempli de billets. C'est de lui que vient tout le mal !

L'affreux muet et les deux types munis de pelles s'approchèrent tout près, l'air hébété, tandis que le menton d'Eropkine se mettait à trembler.

— La Mè-ère de Dieu n'a pa-as besoin de ton aargent, entonna le fol en Christ d'une curieuse voix entrecoupée de vociférations (la voilà qui nous fait les modulations de *La Bayadère*, se dit Momus). Ce qu'Elle veut, c'est que tu te pu-u-rifies. Que ton argent se purifie. Car il est sale, Samson, c'est pour ça qu'il ne t'apporte pas le bonheur. Il faut qu'un juste le sanctifie, que de sa main immaculée il le bénisse, et alors il sera purifié. Le plus juste des justes, un saint homme qui n'a qu'une seule jambe pour marcher, qu'un seul œil pour voir, qu'une seule main pour bénir.

— Et où trouverai-je un tel homme ? demanda plaintivement Eropkine en prenant Païssi par les épaules et en le secouant. Où se trouve ce juste ?

L'adolescent pencha la tête, tendit l'oreille et prononça doucement :

— Une voix… Une voix va te parler… venant de la terre… Ecoute-la.

C'est alors que Mimi se livra à une fantaisie : brusquement elle retrouva son soprano habituel et entonna une chansonnette française tirée de l'opérette *Le Secret de Joujou*. Momus se prit la tête entre les mains : la diablesse s'était laissé emporter par le jeu, elle venait de tout gâcher !

— Il chante avec une voix d'ange ! s'exclama un des deux types, s'empressant de se signer. Il chante dans une langue céleste, le langage des anges !

— En français, crétin, grogna Eropkine. J'ai entendu dire que les bienheureux peuvent se mettre à parler des langues étrangères sans jamais les avoir apprises.

Et, à son tour, il se signa.

Soudain, Païssi tomba à terre. Son corps était agité de convulsions, tandis que de sa bouche s'échappait une abondante écume.

— Eh ! s'alarma Samson Kharitonovitch en se penchant. Attends avant de tourner de l'œil ! C'est quoi, cette voix ? Et dans quel sens ce saint homme va « purifier » mon argent ? Je vais le perdre, cet argent ? Ou je vais de nouveau le récupérer avec un supplément ?

Mais l'adolescent se contenta de se cabrer, de battre des pieds sur la terre gelée et de crier :

— Une voix... venant de la terre... une voix !

Eropkine se tourna vers ses acolytes et, troublé, déclara :

— C'est vrai qu'il émane de lui un arôme merveilleux, un parfum de paradis !

« Encore heureux qu'elle sente bon, se dit Momus en riant, quand on sait qu'elle se lave avec L'Arôme du Paradis, un savon parisien à un rouble et demi la minuscule savonnette. »

Toutefois, il ne fallait pas trop prolonger la pause. Il était temps de passer à l'attraction qu'il avait soigneusement préparée. Ce n'était tout de même pas pour rien que, la veille au soir, il avait passé une heure à cacher sous les feuilles mortes un tuyau de jardin, qu'il avait ensuite recouvert de terre. Une des extrémités, terminée par une sorte d'entonnoir, se trouvait dans la main de Momus, l'autre, pourvue également d'un pavillon, mais plus large, avait été judicieusement coincée entre les racines du chêne. Pour parfaire le camouflage, Momus avait placé un filet sur l'orifice, qu'il avait recouvert de mousse. Le système était fiable, testé empiriquement, le tout étant simplement de remplir le plus possible ses poumons.

Et Momus fit de son mieux ; il prit son souffle, pressa l'orifice du tuyau contre ses lèvres et prononça d'une voix d'outre-tombe :

— A minuit... Viens... A la chapelle Saint-Varsonofi-i-i...

Le résultat était convaincant, impressionnant, même trop. Au point qu'il eut un effet pervers. Quand, des entrailles de la terre, monta une voix sourde, Eropkine poussa un cri et sursauta, ses hommes de main firent un bond de côté, si bien qu'aucun n'entendit le plus important : où apporter l'argent.

— ... Près du monastère de Novopimenovski-i-i, précisa Momus.

De nouveau, complètement ahuri et sourd comme un pot, Eropkine n'entendit que la moitié du message.

— Hein ? Quel monastère ? demanda-t-il craintivement en s'adressant à la terre.

Il regarda tout autour, alla même jusqu'à fourrer son nez dans le creux de l'arbre, d'où venait la voix.

Bon, mais quoi faire ? La Force suprême n'allait tout de même pas lui répéter dix fois la même chose sous prétexte qu'il était sourd comme une bécasse. Ça risquait de tourner à la farce. Momus était en difficulté.

Mimi le tira d'affaire. Elle se releva de terre et dit doucement :

— La chapelle Saint-Varsonofi, près du couvent de Novopimenovski. Là se trouve un saint ermite. C'est à lui que tu dois apporter le sac. Ce soir à minuit.

La chapelle Saint-Varsonofi avait mauvaise réputation dans Moscou. Sept ans plus tôt, la foudre était tombée sur la petite église située à l'entrée du monastère de Novopimenovski. La sainte croix avait été renversée, la cloche fendue. Les gens s'étaient alors interrogés : comment un bâtiment frappé par la foudre pouvait-il prétendre être la maison de Dieu ?

La chapelle avait été condamnée et, dès lors, tous s'étaient mis à l'éviter : moines et pèlerins aussi bien que simples gens. La nuit, derrière les murs épais, se faisaient entendre des cris et des gémissements terrifiants, inhumains. Etaient-ce des chats en train de copuler et dont les glapissements sous la voûte de pierre étaient amplifiés par l'écho, ou bien se passait-il des choses bien pires dans la chapelle ? Le supérieur du monastère avait eu beau dire une prière solennelle d'intercession et asperger les murs et le sol d'eau bénite, rien n'avait changé, sinon qu'on avait plus peur encore.

Dès avant la Noël, Momus avait repéré ce délicieux endroit et se disait tout le temps qu'il pourrait peut-être un jour lui servir. Eh bien, justement, le moment était venu.

Il avait soigneusement élaboré le décor, préparé des effets scéniques. La Grande Opération approchait du dénouement, lequel promettait d'être renversant.

« Le Valet de Pique se surpasse ! » auraient titré tous les journaux du lendemain s'il y avait eu en Russie une authentique transparence et une réelle liberté de parole.

Quand la petite cloche du monastère tinta sourdement pour annoncer minuit, des pas prudents résonnèrent derrière la porte de la chapelle.

Momus imagina Eropkine en train de se signer puis de tendre la main d'un geste hésitant vers la porte condamnée. Les clous des planches avaient été sortis, de sorte qu'il suffisait de tirer pour que la porte s'ouvre dans un grincement à vous déchirer l'âme.

La voilà justement qui venait de s'ouvrir, mais ce ne fut pas Samson Kharitonovitch qui passa la tête à l'intérieur, mais Kouzma. Froussarde, la sangsue avait envoyé son âme damnée en éclaireur.

Le barbu resta bouche bée, tandis que son fouet enroulé glissait de son épaule tel un serpent crevé.

Mais, soit dit en toute modestie, il y avait vraiment de quoi rester baba.

Au centre d'un espace rectangulaire, se dressait une grossière table en planches. A chacun des coins, brûlait une bougie à la flamme à peine vacillante. Sur une chaise, penché au-dessus d'un antique ouvrage à l'épaisse reliure de cuir (*Travels Into Several Remote Nations Of The World. In Four Parts. By Lemuel Gulliver, First A Surgeon, And Then A Captain Of Several Ships*[1], dans une édition de Bristol datée de 1726 et achetée chez un bouquiniste pour son épaisseur et son aspect imposant), était assis un vieux sage en tunique blanche, pourvu d'une longue barbe grisonnante et de soyeux cheveux blancs retenus par un chapelet de corde noué autour du front. Un œil de l'ermite était couvert d'un bandeau noir, son bras gauche était en écharpe. Le saint homme parut ne pas avoir remarqué l'entrée du visiteur.

Kouzma poussa un mugissement en se retournant, et derrière sa large épaule se profila la face blême d'Eropkine.

1. *Les voyages dans différents pays lointains du monde. En quatre parties. Par Samuel Gulliver, d'abord chirurgien, puis capitaine de divers vaisseaux.*

Alors, sans lever les yeux de son livre, le saint homme dit d'une voix claire et sonore :

— Approche, Samson. Je t'attendais. On parle de toi dans le livre secret.

Et il pointa son doigt sur une gravure représentant Gulliver entouré de Houyhnhnms.

Avançant d'un pas prudent, l'honorable compagnie pénétra dans la chapelle : le respectable Samson Kharitonovitch tenant fermement par la main le jeune Païssi, Kouzma, et les deux autres lascars traînant un sac de jute pansu.

L'ermite transperça Eropkine d'un regard menaçant de son unique œil surmonté de sourcils broussailleux et leva sa dextre. Soudain, obéissant à son geste, une des bougies s'éteignit dans un sifflement. La sangsue poussa un cri de stupeur et lâcha la main de l'adolescent — ce qui était précisément le but recherché.

Le truc de la bougie était simple comme bonjour, mais très impressionnant. Momus l'avait lui-même inventé pour les cas où il se trouvait en mauvaise posture dans une partie de cartes. Les bougies étaient d'apparence ordinaire, à ceci près que leur mèche circulait librement à l'intérieur de la cire. Une mèche inhabituelle, très longue, qui traversait complètement la bougie et passait dans une fente de la table. Il suffisait de la tirer discrètement de la main gauche pour que la bougie s'éteigne (on aura compris que l'écharpe de Momus soutenait en fait un bras de chiffon).

— Je sais, je sais qui tu es et ce que tu es, dit l'ermite avec un mauvais sourire. Approche ton sac, ton sac rempli de sang et de larmes, pose-le... Non, pas sur la table, pas sur le livre magique ! cria-t-il aux deux gars. Jetez-le sous la table, afin que je le foule de mon pied infirme.

Il poussa tout doucement le sac avec son pied : sapristi, il était lourd. Il devait être bourré de billets d'un et de trois roubles. Vingt-cinq kilos au bas mot. Mais on n'allait pas s'en plaindre, bien au contraire.

Superstitieux et loin d'être une lumière, Eropkine n'allait cependant pas céder son sac pour des prunes. Seuls, les miracles ne suffiraient pas. Il fallait de la psychologie : énergie, rapidité, revirements inattendus. Ne pas lui laisser le temps de reprendre ses sens, de réfléchir, d'y regarder de trop près. Et maintenant, à l'attaque !

Le vieillard menaça Eropkine du doigt, et aussitôt la seconde bougie s'éteignit.

Samson Kharitonovitch se signa.

— Pas de signe de croix ici ! tonna Momus d'une voix terrible. Tes mains vont se dessécher ! Ignores-tu donc qui tu es venu voir, imbécile ?

— Je... je le sais, mon père, prononça Eropkine d'une voix sifflante. Un saint ermite.

Momus, rejetant la tête en arrière, partit d'un rire sinistre, tel Méphistophélès dans l'interprétation de Giuseppe Bardini.

— Tu es un vrai crétin, Samson Eropkine. As-tu compté les pièces qui constituaient le trésor ?

— Oui...

— Et alors, il y en avait combien ?

— Six cent soixante-six.

— Et la voix, d'où venait-elle ?

— De sous la terre...

— Et qui parle de sous la terre, hein ? Tu ne le sais pas ?

En proie à la terreur, Eropkine s'accroupit, les jambes comme sciées. Il voulut faire son signe de croix mais n'osa pas et, à la hâte, cacha sa main dans son dos. Puis il se tourna vers ses acolytes pour vérifier qu'ils ne se signaient pas. Mais non, ils tremblaient de peur eux aussi.

— J'ai besoin de toi, Samson, fit Momus, adoptant un ton affectueux tout en rapprochant légèrement le sac avec son pied. Tu seras à moi. Tu me serviras.

Il fit claquer ses doigts, la troisième bougie s'éteignit et immédiatement, sous les voûtes sombres, les ténèbres s'épaissirent.

Eropkine recula.

— Où vas-tu ? ! Je vais te changer en pierre ! rugit Momus. (Puis, jouant sur les contrastes, il se fit patelin.) Voyons, Samson, n'aie pas peur de moi. J'ai besoin de gens tels quc toi. Veux-tu de l'argent, une fortune colossale auprès de laquelle ton pitoyable sac fera l'effet d'une poignée de cendres ? (Il donna un coup de pied méprisant dans le jute.) Tu garderas ton sac, n'aie crainte. Et je t'en donnerai une centaine d'autres pareils, ça te va ? Ou bien n'est-ce pas suffisant ? Tu veux plus ? Tu veux le pouvoir sur les hommes ?

Eropkine avala sa salive, mais ne dit rien.

— Récite les paroles du Grand Serment, et tu seras à moi pour toujours ! D'accord ?

Momus avait prononcé le dernier mot suffisamment fort pour qu'il se répercute comme il le fallait entre les murs antiques. Eropkine enfonça la tête dans ses épaules et acquiesça.

— Toi, Azael, mets-toi à ma gauche, ordonna l'ermite à l'adolescent.

Ce dernier contourna rapidement la table et se posta tout près.

— Lorsque s'éteindra la quatrième bougie, répétez ce que je dirai, mot pour mot, intima le mystérieux vieillard. Et plutôt que de me fixer comme ça, regardez en l'air !

S'étant assuré que les quatre futurs serviteurs du Malin avaient bien sagement levé la tête, Momus éteignit le dernier cierge, plissa les yeux et donna une tape de côté à Mimi en lui faisant signe de ne pas regarder.

Une nouvelle fois, il cria dans l'obscurité :

— En l'air ! En l'air !

D'une main, il tira le sac à lui, de l'autre, il s'apprêta à appuyer sur un bouton.

En haut, là où la lumière des cierges ne parvenait pas même lorsqu'ils étaient tous allumés, Momus avait fixé un *Blitzlicht* au magnésium, une toute nouvelle invention allemande utilisée en photographie. Quand il déchirerait les ténèbres de son éclat blanc insoutenable, Eropkine et ses coupe-jarrets seraient aveuglés et resteraient sans rien voir pendant cinq bonnes minutes. Pendant ce temps, la joyeuse trinité — le gentil Momus, la gentille Mimi et le gentil petit sac — se faufilerait par la porte de derrière, soigneusement graissée à l'avance.

Non loin, un traîneau américain attendait, avec un fringant petit cheval qui devait commencer à s'impatienter. Ils partiraient en trombe et, dès lors, Samson Kharitonovitch pourrait toujours courir pour les rattraper !

Ce n'était plus une opération, c'était une œuvre d'art !

A l'action !

Momus pressa le bouton. Quelque chose grésilla, mais, à travers ses paupières fermées, il ne perçut aucun éclat.

Comme par un fait exprès, il fallait que ça rate juste à ce moment-là ! Ah, il était beau, le fameux progrès technique ! Lors de la répétition, tout s'était déroulé à la perfection, et voilà que, pour la première, c'était le fiasco complet !

Tout en se traitant mentalement de tous les noms, Momus ramassa le sac et tira Mimi par la manche. S'efforçant de ne pas faire de bruit, ils reculèrent en direction de la sortie.

Et là, le maudit *Blitzlicht* se réveilla : il se mit à siffler, flamboya vaguement, laissa échapper un nuage de fumée blanche, si bien que l'intérieur de la chapelle se trouva éclairé par une lumière faible et vacillante. On pouvait nettement distinguer quatre silhouettes figées d'un côté de la table, tandis que, du côté opposé, deux autres essayaient de filer en catimini.

— Arrêtez ! Où allez-vous ? brailla Eropkine de sa voix de fausset. Rends-moi mon sac ! Attrapez-les, les gars, ce sont des imposteurs ! Ah, les fripouilles !

Profitant de ce que la lumière s'était obscurcie, Momus se rua sur la porte, mais à cet instant quelque chose siffla dans l'air et un nœud étroit enserra sa gorge. Ce diable de Kouzma avec son fouet de malheur ! Momus laissa tomber le sac et porta les mains à son cou en poussant des râles.

S'agrippant à lui sans rien comprendre, Mimi demanda :

— Momus, mon petit Momus, qu'est-ce que tu as ? Vite, sauvons-nous !

Trop tard. De grosses mains surgies de la nuit l'attrapèrent par le col et le jetèrent par terre. Terrifié, incapable d'aspirer l'air, Momus perdit connaissance.

Quand il reprit ses sens, la première chose qu'il vit furent des ombres pourpres s'agitant sur le plafond noir, le long des fresques ternies par la fumée. Sur le sol, brillant d'une lueur vacillante, était posée une lanterne, celle du traîneau sans doute.

Momus comprit qu'il était allongé par terre, les mains attachées dans le dos. Il tourna la tête d'un côté et de l'autre, évalua la situation. Et ladite situation était désastreuse, pis que tout ce qu'on pouvait imaginer.

Toute recroquevillée sur elle-même, Mimi était accroupie et, au-dessus d'elle, telle une montagne, se dressait Kouzma, le monstre muet, caressant amoureusement son fouet, dont la seule vue donna à Momus un haut-le-cœur. Sa gorge à la peau écorchée lui cuisait.

Pour sa part, Eropkine était assis sur une chaise, en sueur, le visage cramoisi. Son Excellence avait dû se déchaîner pendant que Momus se trouvait dans une bienheureuse inconscience. Les deux hommes de main étaient grimpés sur la table et, se hissant sur la pointe des pieds, ils étaient en train de fixer quelque chose au-dessus d'eux. Regardant mieux, Momus distingua deux cordes qui pendaient, et ce dispositif lui déplut souverainement.

— Alors, comme ça, mes mignons, dit affectueusement Samson Kharitonovitch en voyant que Momus revenait à lui, on avait l'intention de plumer Eropkine ? Rusés, les gredins, rusés. Seulement voilà,

Eropkine est encore plus malin. Vous vouliez faire de moi la risée de tout Moscou, c'est ça ? Bon-on... dit-il d'une voix traînante, comme pour faire durer le plaisir. Mais en attendant, c'est vous qui allez rigoler. Qui se paye la tête d'Eropkine est promis à un sort cruel, terrible. Pour faire passer l'envie aux autres.

— A quoi bon ce mélodrame, Votre Excellence ? tenta de plaisanter Momus, jouant les bravaches. Cela convient mal à votre personnage. Un conseiller d'Etat actuel, un pilier de la religion. Et puis il y a la justice, la police. Qu'ils châtient, pourquoi vous salir les mains ? Sans compter, cher ami, que vous n'êtes pas perdant. L'antique anneau d'or ne vous est-il pas acquis ? Si, il l'est. Il y a également le trésor. Gardez-le en guise, disons, de dommages-intérêts pour l'affront subi.

— C'est moi qui vais t'en donner, des dommages-intérêts, fit Samson Kharitonovitch en souriant uniquement avec ses lèvres, tandis que ses yeux brillaient d'un éclat mort, effrayant. Bon, alors, c'est prêt ? cria-t-il à ses deux sbires.

Ces derniers sautèrent de la table.

— C'est prêt, Samson Kharitonovitch.

— Dans ce cas, allez-y, accrochez-le.

— Excusez-moi, mais qu'entendez-vous par « accrocher » ? s'alarma Momus quand on le souleva par les pieds. Ça dépasse toutes les... A moi ! Au secours ! Police !

— Vas-y, crie, ne te gêne pas, consentit Eropkine. De toute façon, si jamais quelqu'un venait à passer par ici en pleine nuit, il s'empresserait de faire son signe de croix et de prendre ses jambes à son cou.

Brusquement, Mimi se mit à crier d'une voix stridente :

— Au feu ! A l'incendie ! Bonnes gens, au secours !

Voilà qui était judicieusement pensé : ce cri-là ne risquait pas d'effrayer un éventuel passant. Au contraire, il accourrait pour leur venir en aide et se précipiterait au monastère pour faire sonner le tocsin. Momus se joignit donc à elle :

— Au feu ! A l'incendie ! Au feu !

Mais ils n'eurent pas le loisir de crier bien longtemps. De son poing monstrueux, l'infâme barbu frappa légèrement Mimi à la tête, et elle, pauvre petite hirondelle, s'affaissa et bascula face contre terre. Momus, quant à lui, sentit le fouet, tel un serpent brûlant, s'enrouler de nouveau autour de son cou, et son cri se mua en râle.

Les tortionnaires soulevèrent le captif et le hissèrent sur la table. Ils lui accrochèrent une corde à chacune des chevilles, tirèrent et, une minute plus tard, Momus se balançait, tel un grand Y, au-dessus des planches tout juste dégauchies. Sa barbe grise, en retombant, lui chatouillait le visage, sa tunique pendait à l'envers, découvrant ses jambes serrées dans une culotte de cavalier et des bottes à éperons. L'intention de Momus était d'enlever sa perruque grise dès qu'il aurait été dehors, de se débarrasser de ses haillons et de se faire passer pour un vaillant hussard. On aurait toujours pu courir pour reconnaître le « saint ermite ».

Ah, si seulement, à cet instant, il avait pu être dans la troïka avec Mimi d'un côté et le sac plein d'argent de l'autre... Mais au lieu de cela, trahi par cette fichue invention allemande, il se balançait, tête en bas, le visage tourné vers la porte toute proche, mais hélas inaccessible, derrière laquelle se trouvaient la nuit neigeuse, le traîneau salvateur, la fortune et la vie.

Derrière lui retentit la voix d'Eropkine :

— Dis-moi un peu, Kouzma, combien il te faut de coups pour le fendre en deux ?

Momus se tortilla au bout de sa corde, car la réponse à cette question l'intéressait également. Il parvint à se retourner et vit le muet montrer quatre doigts, puis, après réflexion, en ajouter un cinquième.

— Même cinq, c'est trop peu, jugea Samson Kharitonovitch. Rien ne presse. Mieux vaut prendre son temps, y aller à petites doses.

— Franchement, Votre Excellence, s'empressa de dire Momus, j'ai d'ores et déjà compris la leçon et, croyez-moi, j'ai eu bien peur. J'ai quelques économies. Vingt-neuf mille roubles. Je me ferais un plaisir de vous les verser à titre d'amende. Vous êtes un homme d'affaires. Pourquoi vous laisser emporter par vos émotions ?

— Quant au gamin, je déciderai de son sort plus tard, prononça Eropkine, l'air pensif et avec un plaisir évident, comme s'il se parlait à lui-même.

Momus tressaillit en comprenant que le sort de Mimi serait plus horrible encore que le sien.

— Soixante-quatorze mille ! cria-t-il, car c'était en fait la somme exacte qui lui restait de ses précédentes opérations moscovites. Quant au gamin, il n'y est pour rien, il est un peu fêlé.

— Allez, l'artiste, vas-y, montre ce que tu sais faire, ordonna Nabuchodonosor.

Le fouet émit un sifflement sauvage. Momus brailla comme un forcené, car entre ses jambes écartées quelque chose avait éclaté et craqué. Cependant, il n'éprouvait aucune douleur.

— Habile, la façon dont tu as déchiré sa culotte, approuva Eropkine. Maintenant, va un peu plus profond. De deux petits centimètres. Qu'on l'entende hurler. Ensuite continue au même rythme, jusqu'à ce que ses deux moitiés se balancent chacune au bout d'une corde.

Sentant le froid sur la partie la plus tendre et la plus vulnérable de sa personne, Momus comprit que le premier coup de Kouzma avait, avec une incontestable virtuosité, fendu sa culotte de cavalier en suivant la couture et sans toucher la peau.

« Seigneur Dieu, si Tu existes, dit, priant pour la première fois de sa vie, l'homme qu'on avait jadis appelé Mitia Savvine, envoie-moi un archange ou ne serait-ce qu'un petit ange de rien du tout. Sauve-moi, Seigneur. Je te jure que, désormais, je n'étriperai plus que des serpents venimeux tels qu'Eropkine, et personne d'autre. Parole d'honneur, Seigneur. »

Et là, la petite porte s'ouvrit. Dans l'embrasure, Momus vit tout d'abord la nuit striée par la neige mouillée qui tombait à l'oblique. Puis la nuit s'écarta pour ne plus servir que de toile de fond à une silhouette svelte portant une longue pelisse serrée à la taille, un haut-de-forme et une canne.

Selon la loi ou selon la justice ?

Anissi avait eu beau se frotter le visage au savon, à la pierre ponce et même au sable, son teint bistré ne s'était pas totalement effacé. Il en était de même pour Eraste Pétrovitch, mais lui, beau comme il était, cela lui allait bien, on eût dit un hâle intense. Alors que chez Tioulpanov, le brou de noix avait décoloré par plaques si bien que, maintenant, il ressemblait à une girafe africaine : pareillement tacheté, cou maigre, seulement un peu plus petit. Toutefois, comme à quelque chose malheur est bon, ses boutons avaient complètement disparu. Comme s'ils n'eussent jamais existé. Et puis après tout, dans deux à trois semaines sa peau s'éclaircirait, le chef l'avait promis. Quant à ses cheveux rasés, ils repousseraient, qu'auraient-ils pu faire d'autre ?

Le matin, après qu'ils eurent pris en flagrant délit et laissé filer le Valet et sa complice (à laquelle Anissi ne pouvait songer qu'en soupirant et en ressentant un doux émoi dans diverses parties de son âme et de son corps), il avait eu avec le conseiller une courte mais importante discussion.

« Eh bien, avait dit Fandorine avec un soupir, nous nous sommes couverts de honte, vous et moi, Tioulpanov, mais l'on peut supposer que la t-tournée moscovite du Valet de Pique va s'arrêter là. Que comptez-vous faire maintenant ? Vous souhaitez retourner à la Direction ? »

Anissi ne répondit rien, se contentant de blêmir mortellement, même si, sous son hâle, cela ne se remarqua pas. La perspective de reprendre son minable travail de commissionnaire après toutes les aventures étonnantes des deux dernières semaines s'étalait devant lui dans tout ce qu'elle avait d'insupportable.

« Il va de soi que je parlerai de vous au grand maître de la police et à Svertchinski dans les termes les plus élogieux. Ce n'est tout de même pas votre faute si je ne me suis pas m-montré à la hauteur. Je recommanderai que l'on vous affecte au service des enquêtes ou à un groupe opérationnel, selon ce que vous souhaiterez. Cependant, Tioulpanov, j'ai une autre proposition... »

Le chef observa une pause, et Anissi se fit tout ouïe, d'un côté exalté par la brillante perspective d'un retour triomphal à la Direction de la gendarmerie et, de l'autre, pressentant dans ce qui allait être dit quelque chose de plus vertigineux encore.

« ... Si, bien entendu, vous n'avez rien contre le fait de t-travailler avec moi de manière durable, je peux vous proposer de devenir mon adjoint. Bien que ma fonction me donne droit à un assistant permanent, je n'ai pas usé de cette prérogative jusqu'à ce jour, préférant me débrouiller seul. Mais je pense que vous me conviendriez dans ce rôle. Vous connaissez insuffisamment les gens, vous avez tendance à trop peser le pour et le contre et vous sous-estimez vos forces. Cependant, ces caractéristiques peuvent se révéler extrêmement utiles dans notre métier pour peu qu'on les oriente dans la b-bonne direction. La méconnaissance des gens protège des jugements stéréotypés et, de toute façon, nous comblerons cette lacune. Hésiter avant de prendre une décision est également utile. Le tout étant, une fois prise la décision, d'agir sans tarder. Quant au fait de sous-estimer ses forces, il évite les attitudes fanfaronnes et les négligences, et peut évoluer vers une p-prudence salutaire. Mais votre principale qualité, Tioulpanov, tient au fait que votre crainte de vous retrouver dans une situation honteuse est plus forte chez vous que la peur physique, ce qui veut dire que, dans toute situation, vous vous efforcerez de vous conduire d-dignement. Cela me convient. De plus, vous ne raisonnez pas mal du tout pour quelqu'un qui n'a que cinq ans de lycée technique. Que répondez-vous ? »

Anissi se taisait, comme s'il avait perdu l'usage de la parole, et redoutait de faire le moindre geste. Le merveilleux rêve allait se terminer, il se frotterait les yeux et découvrirait sa misérable chambrette : Sonia, mouillée, pleurnicherait ; derrière la fenêtre tomberait de la neige mêlée de pluie, et il serait l'heure de courir au travail et d'aller porter des paperasses à droite et à gauche.

Comme s'il avait oublié quelque chose, le conseiller aulique ajouta d'un air coupable :

« Ah oui, je n'ai pas mentionné les conditions, je vous prie humblement de m'en excuser. Vous recevrez immédiatement le titre de registrateur de collège. Votre fonction aura une appellation bien longue : « assistant personnel du fonctionnaire pour les missions spéciales auprès du général gouverneur de Moscou ». Salaire : cinquante roubles par mois, plus une gratification trimestrielle, dont j'ai oublié le m-montant exact. Vous recevrez une indemnité de transfert et un appartement de fonction, car j'ai besoin que vous habitiez près d'ici. Evidemment, ce d-déménagement peut vous paraître inopportun, mais je vous promets que l'appartement sera confortable et bien adapté à vos conditions familiales. »

Il fait allusion à Sonia, devina Anissi, à juste titre.

« Etant donné que je... hum... reprends la vie de célibataire (le chef fit un geste imprécis), j'ai ordonné à Massa de trouver de nouvelles domestiques : une cuisinière et une femme de ménage. Dans la mesure où vous habiterez tout près, elles pourront également travailler pour vous. »

Il ne faut surtout pas fondre en larmes, pensa Tioulpanov, en proie à la panique, je ne saurais définitivement plus où me mettre.

Fandorine écarta les bras :

« Eh bien, je ne sais pas quoi ajouter pour vous appâter. Voulez-vous... ?

— Non, Votre Haute Noblesse ! hurla Anissi, sortant de son hébétude. Je ne veux rien de plus ! C'est déjà bien assez comme ça pour moi ! Si je me taisais, ce n'était pas dans l'idée de... »

Il s'arrêta, ne sachant comment terminer.

« Parfait, acquiesça Eraste Pétrovitch. Ainsi, nous sommes d'accord. Aide-toi, le ciel t'aidera, dit le proverbe. Votre première tâche sera donc la suivante : à tout hasard, vous éplucherez les journaux pendant encore une semaine ou deux. Par ailleurs, je vais donner des ordres pour que l'on vous adresse quotidiennement pour examen le *Bulletin policier des événements urbains*. Prêtez attention à tout fait curieux, inhabituel, suspect et faites-m'en part. Et si, finalement, ce Momus était plus culotté encore qu'il ne le p-paraît ? »

Deux jours après cette discussion historique qui avait marqué un tournant décisif dans son existence, Tioulpanov était assis à sa table de travail dans le bureau de son supérieur et, en prévision de son rapport, relisait les annotations qu'il avait faites dans les journaux et le *Bulletin policier*. Bien qu'il fût onze heures passées, Eraste Pétrovitch n'était toujours pas sorti de sa chambre. De toute façon, ces derniers temps, il avait le cafard, parlait peu et ne manifestait aucun intérêt envers les trouvailles de Tioulpanov. Il l'écoutait en silence, balayait ses remarques d'un geste de la main et disait : « Allez, Tioulpanov. Pour aujourd'hui, votre p-présence n'est plus nécessaire. »

Massa vint rendre visite à Anissi et lui glissa à l'oreille :

« Tlès mauvais. Nuit, pas dolmil, zour, pas manzer, et ne pas faire zazen et rensiu.

— Il ne fait pas quoi ? demanda Anissi, murmurant à son tour.

— Rensiu, c'est… »

Le Japonais dessina avec ses mains des mouvements rapides et hachés, et, d'un seul élan, lança sa jambe plus haut que l'épaule.

« Ah, la gymnastique japonaise, réalisa Tioulpanov, se rappelant qu'avant, le matin, pendant qu'il lisait les journaux dans le bureau, le conseiller aulique et son valet de chambre se retiraient dans le salon, écartaient chaises et tables, puis, pendant un bon moment, tapaient des pieds et faisaient du vacarme en poussant à tout bout de champ des cris perçants d'aigles en furie.

— Zazen, c'est ça, continua d'expliquer Massa.

Il se laissa choir par terre, ramena ses jambes sous lui, fixa le pied d'une chaise et prit un air stupide.

« Comlris, Tiouli-san ? »

Anissi secoua négativement la tête, et le Japonais renonça à poursuivre ses explications. Il dit d'un air préoccupé :

« Il avoil besoin femme. Avec femme, pas bien, sans femme, encole pile. Je pense, falloir tlouver bon boldel, discoter avec madame. »

Tioulpanov avait lui aussi l'impression que la mélancolie d'Eraste Pétrovitch était liée au départ de la comtesse Addi, mais aller jusqu'à demander l'aide d'une tenancière de bordel était, selon lui, une mesure radicale dont il était préférable de s'abstenir.

Tels des médecins au chevet d'un malade, Massa et Anissi étaient en plein conciliabule quand Fandorine entra dans le bureau, en peignoir, un cigare allumé entre les dents. Il envoya Massa chercher du café et, d'un air las, demanda à Anissi :

« Alors, Tioulpanov, qu'avez-vous trouvé de beau ? Allez-vous de nouveau me lire quelque réclame concernant de nouvelles merveilles de la technique ? Ou bien me reparler de cette histoire de vol d'une lyre de bronze sur la tombe du comte Khvostov ? »

Anissi se fit tout petit car la veille, en effet, il avait souligné dans *La Semaine* une réclame suspecte vantant les mérites d'un « prodigieux vélocipède automobile », pourvu d'un fabuleux « moteur à combustion interne ».

« Mais non, voyons, Eraste Pétrovitch, répliqua-t-il dignement, essayant de trouver quelque chose d'un peu plus sérieux. Tenez, dans le *Bulletin* daté d'hier, il y a une information surprenante. On rapporte que d'étranges bruits courent dans Moscou à propos d'un oiseau noir fantastique qui, descendu des cieux, s'est approché du conseiller d'Etat actuel Eropkine, lui a remis un anneau d'or et lui a parlé avec une voix humaine. Par ailleurs, on évoque un homme de Dieu, un prodigieux adolescent, appelé tantôt Païsi, tantôt Pafnouti. Il y a ici une annotation du chef de la police : « Informer le Consistoire, afin que les prêtres de la paroisse expliquent à leurs ouailles la nocivité des croyances superstitieuses. »

— Eropkine ? Un oiseau n-noir ? s'étonna le chef. Le fameux Samson Kharitonovich ? Etrange. Très étrange. Et il s'agit d'une rumeur persistante ?

— Oui, il est écrit que tout le monde mentionne le marché de Smolensk.

— Eropkine est un homme très riche et très superstitieux, prononça Eraste Pétrovitch, songeur. Je serais tenté de soupçonner ici quelque arnaque, mais Eropkine a une telle réputation que pas un seul Moscovite n'oserait s'en prendre à lui. C'est un scélérat, la pire c-canaille que la terre ait jamais portée. Voilà bien longtemps que j'ai une dent contre lui mais, hélas, Vladimir Andréiévitch m'interdit d'y toucher. Il dit qu'il y a beaucoup de malfaiteurs, qu'on ne peut pas tous les mettre sous les verrous et que celui-là est généreux avec les caisses de la ville et les œuvres de bienfaisance. Ainsi, cet oiseau lui a parlé avec une voix humaine ? Et il avait un anneau d'or dans le bec ? Faites-moi voir. »

Il prit à Tioulpanov le *Bulletin policier des événements urbains* et se mit à lire le passage souligné.

« Hum. "Toutes les rumeurs font mention d'un 'jeune innocent au visage pur, aux cheveux d'or, vêtu d'une chemise plus blanche que neige.' Où a-t-on jamais vu un fol en Christ avec un visage pur et une chemise plus b-blanche que neige ? Et regardez un peu ce qui est écrit plus loin : "L'étonnante précision des témoignages, qui d'ordinaire n'est guère le propre des fabulations oiseuses, empêche de considérer cette rumeur comme une pure invention." Tenez, Tioulpanov, prenez donc à Svertchinski deux ou trois de ses agents et mettez sous surveillance secrète la maison d'Eropkine. Ne donnez aucune explication, dites qu'il s'agit d'un ordre de Son Excellence. Valet ou pas Valet, je devine ici quelque subtile manigance. Nous allons voir ce qui se cache derrière ces miracles. »

Le conseiller aulique prononça la dernière phrase avec un enjouement certain. L'information concernant l'oiseau noir enchanté avait eu sur Eraste Pétrovitch un effet magique. Il éteignit son cigare, s'étira énergiquement, et lorsque Massa revint, portant sur un plateau de quoi servir le café, il dit :

« Sers le café à Tioulpanov. Quant à nous deux, je t-trouve qu'il y a un peu trop longtemps que nous ne nous sommes pas entraînés au glaive. »

Le Japonais s'illumina, posa brutalement le plateau sur la table, faisant jaillir des éclaboussures noires, puis sortit précipitamment du bureau.

Cinq minutes plus tard, Anissi se tenait à la fenêtre et, serrant frileusement ses bras autour de lui, il observait dans la cour, foulant la neige, les jambes légèrement fléchies, deux personnages à l'air de prédateurs, vêtus en tout et pour tout de pagnes. Le conseiller aulique était svelte et musclé, Massa, petit et râblé, mais sans une once de graisse. Les deux combattants tenaient dans leur main une solide tige de bambou pourvue d'une garde ronde. S'il était bien sûr exclu de tuer qui que ce fût avec cet engin, on pouvait en revanche se faire mal, et même très mal.

Massa tendit les bras, le « glaive » dirigé vers le haut, hurla comme un forcené et fit un bond en avant. On entendit le claquement sonore du bois contre le bois, et les adversaires se mirent à tourner face à face dans la neige.

« Br-r-r », fit Anissi avec une grimace avant d'avaler une gorgée de café brûlant.

Le chef se jeta sur le petit homme trapu, et le choc des deux cannes se mua en crépitement ininterrompu, tandis que les mouvements étaient si rapides que Tioulpanov en voyait trouble.

Cependant, l'assaut fut de courte durée. Massa tomba lourdement sur le postérieur en se tenant la tête, alors que Fandorine, debout au-dessus de lui, frottait son épaule meurtrie.

« Hé, Tioulpanov ! cria-t-il joyeusement, se tournant vers la maison. Vous ne voulez pas vous j-joindre à nous ? Je vous apprendrai l'escrime japonaise ! »

Non merci, pensa Anissi, se cachant derrière le rideau. Ce sera pour une autre fois.

« Cela ne vous tente pas ? »

Eraste Pétrovitch ramassa une poignée de neige et, avec une évidente délectation, entreprit d'en frictionner son ventre plat et musclé.

« Dans ce cas, ne restez pas là, mettez-vous à la tâche. Assez flemmardé ! »

Ça, c'était la meilleure ! Comme si c'était Tioulpanov qui était resté deux jours durant à traîner en robe de chambre !

A Sa Haute Noblesse
Monsieur Fandorine

26 février, 2e jour de surveillance

Je vous prie d'excuser ces pattes de mouche — j'écris avec un crayon et ma feuille est posée sur le dos de l'agent Fiodorov. C'est l'agent Sidortchouk qui portera cette note, quant au troisième agent, Latsis, je l'ai posté dans un traîneau pour le cas où l'objet partirait à l'improviste.

Avec l'objet, il se passe quelque chose d'incompréhensible.

Il n'est allé au bureau ni aujourd'hui ni hier. On sait par son cuisinier que le jeune innocent Païssi vit chez lui depuis hier. Il mange beaucoup de chocolat, il dit qu'on peut, que ce n'est pas interdit pendant le carême. Ce matin tôt, avant même le lever du jour, l'objet est allé quelque part en traîneau en compagnie de Païssi et de trois serviteurs. Rue Iakimanka, il nous a semés et s'est éloigné en direction de la porte de Kalouga — il faut dire qu'il a une sacrée bonne troïka. On ignore où il est allé. Il est rentré peu après sept heures avec une vieille casserole en cuivre, qu'il portait lui-même sur ses bras. Apparemment, cela pesait son poids. L'objet avait l'air inquiet et même effrayé. D'après les informations reçues du cuisinier, il n'a pas pris de petit déjeuner et s'est enfermé dans sa chambre, où il est resté longuement à faire tinter quelque chose. Dans la maison, on parle à mots couverts d'un « colossal trésor » qu'aurait trouvé le maître. Et on raconte des histoires à dormir debout, comme quoi la Sainte Vierge en personne serait apparue à E., ou encore que le Buisson ardent aurait discuté avec lui.

Depuis midi l'objet est ici, à l'église Notre-Dame-de-Smolensk. Il prie avec ferveur, se prosterne jusqu'à terre devant la Très Sainte Icône. Le jeune Païssi est avec lui. L'innocent est exactement comme décrit dans le Bulletin. *J'ajouterai seulement que son regard est vif et acéré, pas du tout celui d'un fol en Christ. Venez, chef, il se trame ici des choses louches. Je vous expédie Sidortchouk et je retourne dans l'église faire mes dévotions.*

Ecrit à cinq heures quarante-six minutes et demie de l'après-midi.

A. T.

Eraste Pétrovitch fit son apparition dans l'église peu après sept heures, alors que l'interminable office touchait à sa fin. Un Tsigane au teint bistre — cheveux bouclés, manteau de fourrure cintré, boucle d'oreille — effleura l'épaule d'un Tioulpanov épuisé par son pénible travail de surveillance (il portait des lunettes bleu foncé et une perruque rousse, afin qu'on ne le prît pas pour un Tatare avec son crâne rasé).

« Tiens, l'ami, passe le feu divin », dit le Tsigane.

Et quand, froissé par tant de familiarité, Anissi lui prit le cierge des mains, l'homme murmura avec la voix de Fandorine :

« Je vois Eropkine, mais où se trouve le garçon ? »

Tioulpanov battit des paupières, reprit ses esprits et pointa discrètement le doigt.

L'objet était à genoux et bredouillait des prières tout en s'inclinant et se relevant inlassablement. Derrière lui, également à genoux, se tenait un homme à la barbe noire et à l'allure de brigand qui, lui, ne faisait pas de signe de croix et avait seulement l'air de s'ennuyer. Il avait même bâillé une ou deux fois si largement qu'on avait vu étinceler deux rangées de solides dents blanches. A droite d'Eropkine, les mains en croix et les yeux au ciel, le gracieux adolescent fredonnait quelque chose. Il portait effectivement une chemise blanche, quoique loin d'être aussi immaculée que l'affirmait la rumeur — visiblement, il ne l'avait pas changée depuis longtemps. A un moment, Anissi avait surpris l'innocent en train de fourrer rapidement un morceau de chocolat sous sa joue alors qu'il venait de se jeter face contre terre comme dans un accès d'extase mystique. Tioulpanov était lui-même mort de faim, mais le service était le service. Même lorsqu'il s'était absenté pour écrire son rapport, il ne s'était même pas autorisé à acheter un petit pâté farci. Pourtant, ce n'était pas l'envie qui lui en manquait.

« Pourquoi en Tsigane ? murmura-t-il au chef.

— Et en quoi, selon vous, pouvais-je me déguiser quand le brou de noix n'est toujours pas p-parti de ma figure ? En nègre ? Un nègre n'a rien à faire à Notre-Dame-de-Smolensk. »

Eraste Pétrovitch le regarda d'un air réprobateur et, brusquement, sans le moindre bégaiement, dit quelque chose qui frappa de stupeur le malheureux Anissi :

« J'avais oublié votre défaut essentiel, qui, celui-là, est difficile à transformer en qualité. Vous souffrez d'une mauvaise mémoire visuelle. Enfin, ne voyez-vous pas que ce bienheureux innocent n'est autre que votre vieille et même, peut-on dire, intime connaissance ?

— Non ! s'exclama Anissi en portant la main à son cœur. C'est impossible !

— Si, regardez donc son oreille. Je vous ai pourtant appris que chaque homme possède des oreilles uniques. Voyez, même lobe rose et court, même forme générale — un ovale parfait, ce qui est rare —, et détail le plus caractéristique : antitragus légèrement saillant. C'est elle, Tioulpanov, elle, et bien elle. La princesse géorgienne. Ce qui veut dire que le Valet est effectivement encore plus culotté que je ne le pensais. »

Le conseiller aulique secoua la tête, comme s'il s'étonnait des mystères de la nature humaine. Puis il se mit à parler de façon hachée :

« Les meilleurs agents. Mikhéiev, Soubbotine, Seïfouline absolument, plus sept autres. Six traîneaux, et des chevaux qui ne risquent pas de se faire distancer par la troïka d'Eropkine. Discrétion la plus absolue, selon le principe "l'ennemi est partout", de façon que non seulement l'objet mais également les personnes étrangères ne remarquent pas la filature. Il est plus que vraisemblable que le Valet en personne se balade quelque part dans le coin. Mais nous ignorons à quoi il ressemble, et il ne nous a pas montré ses oreilles. Et maintenant, filez à Nikitskaïa. Et plus vite que ça ! »

Anissi, comme ensorcelé, regardait le cou frêle de l'« adolescent », son oreille à l'ovale parfait et à l'« antitragus » spécial, et, dans l'esprit du candidat au rang de registrateur de collège, s'insinuèrent des pensées tout à fait inadmissibles dans l'enceinte d'une église, à plus forte raison en période de grand carême.

Il s'ébroua, se signa et prit la direction de la sortie.

Eropkine fit ses dévotions jusque tard le soir et ne rentra chez lui qu'après dix heures. Depuis le toit de la maison voisine, où il se gelait, l'agent Latsis vit qu'on était en train d'atteler un traîneau fermé. Apparemment, en dépit de l'heure tardive, Samson Kharitonovitch n'avait pas l'intention de dormir.

Mais Fandorine et Anissi étaient d'ores et déjà prêts à toute éventualité. En quittant la maison d'Eropkine, on avait le choix entre trois directions et à chaque embranchement étaient postés deux équipages dépourvus de tout signe distinctif.

Le traîneau du conseiller d'Etat actuel — trapu, tapissé de drap sombre — passa la lourde porte de chêne à onze heures un quart et prit la direction de Pretchistenka. Sur le siège du cocher étaient assis deux solides gaillards vêtus de courtes pelisses, tandis qu'à l'arrière se tenait le barbu.

Le premier des deux traîneaux qui faisaient le guet au début de la rue Pretchistenka s'ébranla tranquillement à sa suite. Derrière, les cinq autres partirent les uns derrière les autres en ayant soin de rester à distance respectable du « numéro un », ainsi que, dans leur jargon, les policiers appelaient le premier degré de surveillance visuelle. A l'arrière du « numéro un » brillait une lanterne rouge, visible de loin par les véhicules qui suivaient.

Eraste Pétrovitch et Anissi se trouvaient dans un traîneau léger, à une centaine de mètres de la lanterne rouge. Les autres « numéros » s'étiraient derrière, en file indienne. Il y avait parmi eux un traîneau de paysan, une troïka de postillon, un attelage d'ecclésiastique, mais même la guimbarde la plus minable d'apparence était solidement construite, avec des patins doublés d'acier, et les petits chevaux, bien assortis les uns aux autres, s'ils ne payaient pas de mine, étaient rapides et résistants.

Au second tournant (sur le quai de la Moskova), conformément aux instructions, le « numéro un » ralentit et, au signal de Fandorine, le « numéro deux » passa en tête, tandis que le « un » prenait la queue. Pendant dix minutes, montre en main, le « deux » resta derrière l'objet, puis il tourna à gauche, laissant sa place au « numéro trois ».

Cette stricte observation des instructions ne fut pas, en l'occurrence, superflue, car, installé à l'arrière, le bandit à barbe noire était loin de dormir. Il fumait un petit cigare et, coriace comme il était, les intempéries le laissaient indifférent ; il n'avait même pas pris soin de couvrir sa tête hirsute d'une chapka, alors que le vent s'était levé et que le ciel déversait de gros flocons mouillés.

Après la rivière Iaouza, le traîneau d'Eropkine tourna à gauche, et le « numéro trois » continua tout droit, laissant sa place au « quatre ». L'équipage du conseiller aulique ne prenait pas part à l'alternance des « numéros » et demeurait en permanence en seconde position.

Ainsi accompagnèrent-ils l'objet jusqu'à destination : le monastère de Novopimenovski, dont les tours massives se dessinaient, blanches, dans la nuit noire.

De loin, on vit se détacher du traîneau d'Eropkine une, deux, trois, quatre, cinq silhouettes. Les deux dernières portaient quelque chose : un sac ou un corps humain.

« Un cadavre ! s'exclama Anissi. Il est peut-être temps de procéder à l'arrestation ?

— Pas si vite, répondit le chef. Il faut d'abord y voir clair. »

Il disposa les traîneaux avec les agents à tous les points stratégiques et après seulement fit signe à Tioulpanov de le suivre.

Ils s'approchèrent prudemment de la chapelle abandonnée, en firent le tour. A l'arrière, près d'une porte rouillée à peine visible, ils découvrirent un traîneau et un cheval attaché à un arbre. L'animal tendit son chanfrein velu en direction d'Anissi et émit un hennissement plaintif : il en avait visiblement assez d'attendre et s'ennuyait.

Eraste Pétrovitch plaqua son oreille contre la porte puis, à tout hasard, tira la poignée métallique. Contre toute attente, le battant s'entrouvrit, sans émettre le moindre son. A travers l'étroite fente filtra une pâle lumière, et une voix sonore prononça d'étranges paroles :

« Où vas-tu ? Je vais te changer en pierre !

— Curieux, murmura le chef, s'empressant de refermer la porte. Les gonds sont rouillés, mais ils ont été récemment graissés. Bon, attendons la suite. »

Environ cinq minutes plus tard, un fracas se fit entendre à l'intérieur, mais presque aussitôt tout redevint calme. Fandorine posa la main sur l'épaule d'Anissi : pas tout de suite, c'est encore trop tôt.

Il s'écoula une dizaine de minutes et, soudain, une voix de femme se mit à hurler désespérément :

« Au feu ! A l'incendie ! Bonnes gens, au secours ! »

Puis une voix d'homme reprit :

« Au feu ! A l'incendie ! Au feu ! »

Anissi se rua comme un fou sur la porte, mais des doigts d'acier l'attrapèrent par la martingale de sa capote et le tirèrent en arrière.

« Selon moi, pour le moment, c'est de la mise en scène, l'essentiel reste à venir, dit le chef à voix basse. Il faut attendre le dénouement. La porte n'a pas été graissée pour rien, et le cheval n'est pas là à se languir par hasard. Nous occupons la position clé, Tioulpanov. Mais il ne faut se hâter que dans les cas où il n'est absolument plus possible de différer l'action. »

Eraste Pétrovitch leva un doigt doctoral, et Anissi ne put s'empêcher d'admirer le gant de velours à boutons d'argent.

Pour cette opération nocturne, le conseiller aulique s'était habillé en dandy : longue pelisse de drap garnie de castor, écharpe blanche, haut-de-forme de soie, à la main canne à pommeau d'ivoire. Bien qu'en perruque rousse, Anissi avait revêtu pour la première fois sa capote de fonctionnaire, avec boutons ornés du blason impérial, sa nouvelle casquette à visière vernie. Ce qui n'empêchait que, comparé à Fandorine, il se faisait l'effet d'un vilain petit canard à côté d'un beau cygne.

Le chef allait ajouter un propos non moins édifiant quand, derrière la porte, retentit un hurlement si déchirant et si plein d'une authentique douleur que Tioulpanov, surpris, poussa lui aussi un cri.

Le visage d'Eraste Pétrovitch se contracta. Apparemment, il se demandait s'il convenait d'attendre encore et s'il se trouvait dans un de ces cas où il n'est plus possible de différer l'action. Un coin de sa bouche s'étira en un tic nerveux et il pencha la tête sur le côté, comme pour prêter attention à une voix qu'Anissi ne pouvait entendre. De toute évidence, la voix intima au chef l'ordre d'agir, car Fandorine ouvrit en grand la porte, d'un geste résolu, et entra.

Le tableau qui s'offrit au regard d'Anissi était véritablement stupéfiant.

Au-dessus d'une table en bois, jambes écartées, se balançait au bout de deux cordes un vieillard à barbe blanche, vêtu d'un uniforme de hussard sous une grande tunique blanche qui pendait à l'envers. Derrière lui, brandissant un long fouet enroulé, se tenait le coupe-jarret d'Eropkine. Ce dernier, pour sa part, était assis un peu à l'écart, sur une chaise. A ses pieds était posé un sac plein à craquer et, contre le mur, accroupis, les deux gaillards qui avaient fait la route sur le siège du cocher étaient tranquillement en train de fumer.

Tioulpanov nota tous ces détails fugitivement, du coin de l'œil, car, immédiatement, une frêle silhouette allongée sans vie, face contre terre, s'imposa à son regard. Anissi contourna la table en trois bonds. Il trébucha contre un volumineux in-folio, mais parvint à se rattraper et s'agenouilla près de la femme qui gisait sur le sol.

Quand, les mains tremblantes, il la retourna sur le dos, les yeux bleu foncé au milieu d'un minois blême s'ouvrirent, et les lèvres roses articulèrent faiblement :

— Quels cheveux roux...

Grâce à Dieu, elle était vivante !

De derrière parvint la voix calme d'Eraste Pétrovitch :

— C'est quoi, cette salle de torture ?

Anissi se redressa, se rappelant son devoir.

Le regard déconcerté d'Eropkine passait alternativement du preste fonctionnaire au dandy en haut-de-forme.

— Vous êtes qui, vous ? demanda-t-il d'une voix menaçante. Leurs complices ? A toi, Kouzma.

L'homme à barbe noire fit un geste imperceptible de la main, et, fendant l'air, une ombre fusa en direction de la gorge du conseiller aulique. Fandorine leva sa canne, et, dans un mouvement d'une rapidité diabolique, l'extrémité du fouet s'enroula autour du bois verni. Un mouvement bref, et le fouet, arraché à la patte d'ours de Kouzma, se retrouva en possession d'Eraste Pétrovitch. Celui-ci, sans se presser, déroula la lanière de cuir serrée à l'extrême, lança sa canne sur la table et, sans effort apparent, de ses seuls doigts, entreprit de briser le knout en menus morceaux. A mesure que volaient par terre de nouveaux fragments, Kouzma semblait se dégonfler comme une baudruche. Il enfonça la tête dans ses épaules monstrueuses et recula en direction du mur.

— La chapelle est encerclée par la police, dit Fandorine, qui venait d'en terminer définitivement avec le fouet. Cette fois, Eropkine, vous devrez répondre de votre despotisme.

Mais cette déclaration n'effraya pas l'homme assis sur la chaise.

— Nullement, répliqua-t-il en ricanant. Ma bourse répondra pour moi.

Le conseiller aulique poussa un soupir et souffla dans un sifflet en argent. Un trille strident à déchirer les tympans retentit et, au même instant, les agents firent irruption dans la chapelle, à grands bruits de bottes.

— Ceux-là, au poste, ordonna le chef en indiquant Eropkine et ses hommes de main. Dressez le procès-verbal. Qu'y a-t-il dans le sac ?

— Mon petit sac, prononça rapidement Samson Kharitonovitch.

— Qu'est-ce qu'il contient ?

— De l'argent, deux cent quatre-vingt-trois mille cinq cents roubles. Mes sous, le revenu de mon commerce.

— Une si grosse somme dans un sac ? interrogea froidement Eraste Pétrovitch. Avez-vous les documents financiers y afférents ? Quelle est l'origine de ces recettes ? Les taxes ont-elles été acquittées ?

— Voyons, monsieur, attendez... Discutons un instant en privé... (Eropkine bondit de sa chaise et se dirigea prestement vers le conseiller aulique.) Vous croyez que je n'ai pas compris... (Puis il ajouta tout bas :) Disons qu'il y a deux cent mille tout rond, et le reste est à votre discrétion.

— Emmenez-le, ordonna Fandorine en faisant volte-face. Dressez le procès-verbal. Comptez l'argent et consignez la somme comme il convient. Et que le fisc se débrouille avec.

Quand on eut emmené les quatre prévenus, retentit brusquement une voix énergique à peine un peu éraillée.

— C'est, bien sûr, très noble de refuser un pot-de-vin, mais est-ce que je dois encore longtemps rester pendu comme un jambon ? Je commence à avoir la vue qui se brouille.

Anissi et Eraste Pétrovitch saisirent le pendu par les épaules, tandis que, définitivement ressuscitée, la demoiselle — « Mimi », puisque tel était son nom — grimpait sur la table et dénouait les cordes.

On fit asseoir par terre le martyr. Fandorine lui arracha sa fausse barbe, sa perruque grise et découvrit le visage le plus commun qui fût : yeux gris-bleu assez rapprochés ; cheveux clairs décolorés aux pointes ; nez inexpressif ; menton légèrement fuyant — tout comme l'avait décrit Eraste Pétrovitch. Son visage était rouge à cause de l'afflux de sang, mais très vite ses lèvres s'élargirent en un sourire.

— On se présente ? demanda gaiement le Valet de Pique. Je ne crois pas avoir eu l'honneur...

— Ainsi, ce n'est pas vous qui étiez à la Colline aux Moineaux ? fit le chef avec un hochement de tête entendu. Tiens, tiens.

— La colline à quoi ? s'étonna le gredin avec impertinence. Personnellement, je suis Kouritsine, cornette des hussards en retraite. Dois-je vous montrer mon permis de séjour ?

— P-plus tard, fit le conseiller aulique en secouant la tête. Et puisqu'il le faut, je me présente à nouveau. Eraste Pétrovitch Fandorine, fonctionnaire pour les missions spéciales auprès du général gouverneur de Moscou, et assez peu amateur de mauvaises plaisanteries. Et ce monsieur est m-mon assistant, Anissi Tioulpanov.

Du bégaiement qui venait de réapparaître dans le discours du chef, Anissi tira la conclusion que le gros de la tension était passée, et il s'autorisa à se relâcher en jetant à la dérobée un regard à Mimi.

Il s'avéra qu'elle aussi le regardait. Elle poussa un léger soupir et répéta d'un air rêveur :

— Anissi Tioulpanov. C'est joli. Un vrai nom de théâtre.

Subitement, le Valet — car, nonobstant son habile subterfuge, c'était évidemment lui —, avec la plus impertinente désinvolture, fit un clin d'œil à Anissi et tira une langue aussi large qu'une pelle et étonnamment rouge.

— Eh bien, monsieur Momus, comment vais-je agir avec vous ? demanda Eraste Pétrovitch tout en observant Mimi qui épongeait le front couvert de gouttelettes de sueur de son complice. Selon la loi ou selon la j-justice ?

Le Valet réfléchit un instant et dit :

— Si vous et moi, monsieur Fandorine, ne nous rencontrions pas pour la première fois, mais que nous nous connaissions déjà quelque peu, je me serais, bien évidemment, entièrement et sans réserve fié à votre clémence, car on reconnaît immédiatement en vous un homme sensible et noble. Vous auriez sans nul doute tenu compte des tortures physiques et mentales qui m'ont été infligées, ainsi que de la personnalité repoussante de l'individu dont je me suis joué de façon si malheureuse. Mais les circonstances sont telles que je n'aurai pas à abuser de votre humanité. Mon impression est que je n'ai pas à craindre les rigueurs de la loi. Il est en effet peu probable que, tout Excellence qu'il soit, ce porc de Samson Kharitonovitch me traîne en justice pour cette innocente polissonnerie. Cela n'est pas dans son intérêt.

Adoptant le même ton, Eraste Pétrovitch répondit à l'insolent :

— A Moscou, la loi est représentée par le prince Dolgoroukoï. A moins, monsieur le Valet, que vous ne croyiez sérieusement à l'indépendance des instances judiciaires. P-permettez-moi de vous rappeler que vous avez cruellement offensé le général gouverneur. Et comment faire avec l'Anglais ? La ville doit lui rendre ses cent mille roubles.

— Je ne vois vraiment pas, cher Eraste Pétrovitch, de quel Anglais vous parlez, fit le rescapé en écartant les mains. Quant à Son Excellence, j'ai pour Elle une estime sincère. Et le plus profond respect pour ses cheveux blancs et teints. Si Moscou a besoin d'argent, vous avez là ce que j'ai gagné pour les caisses de la ville : un sac entier. C'est par avidité qu'Eropkine a dit que cet argent était à lui, mais quand il sera un peu calmé, il reviendra sur ses paroles. Il dira qu'il ne sait rien de rien, que cette fortune tombe du ciel. Et la somme d'origine inconnue ira aux besoins de la ville. Pour bien faire, il devrait me revenir un petit pourcentage.

— Après tout, c'est sensé, prononça le conseiller aulique, songeur. Sans compter que vous avez restitué ses affaires à Ariadna Arkadievna. Et que vous n'avez pas oublié mon chapelet… D'accord. Puisque vous préférez la loi, va pour la loi. Vous ne regrettez pas d'avoir dédaigné ma justice ?

Sur le visage insignifiant de l'individu se refléta une certaine hésitation.

— Je vous remercie très humblement mais, vous savez, j'ai plutôt pour habitude de compter sur moi-même.

— Eh bien, comme vous voudrez, dit Fandorine en haussant les épaules avant d'ajouter sans la moindre pause : Vous pouvez aller au d-diable.

Anissi resta cloué sur place, tandis que le Valet de Pique bondissait sur ses jambes, craignant apparemment que le fonctionnaire ne se ravise.

— Merci ! Je jure de ne plus remettre les pieds dans cette ville. D'ailleurs, j'en ai plus qu'assez de ma patrie orthodoxe. Allons-y, Mimi, n'importunons pas plus longtemps monsieur Fandorine.

Eraste Pétrovitch ouvrit les bras :

— Oui, mais, hélas, je ne peux pas laisser partir votre compagne. Vous avez choisi la loi, il faut appliquer la loi. Elle a contre elle l'affaire de la loterie. Il y a des victimes et il y a des témoins. Là, impossible d'éviter la confrontation avec le juge.

— Oh ! s'écria la demoiselle aux cheveux ras, d'une voix si plaintive que le cœur d'Anissi se serra. Mon petit Momus, je ne veux pas aller en prison.

— Que faire, fillette, la loi est la loi, répondit avec désinvolture l'impitoyable gredin tout en reculant progressivement en direction de la porte. N'aie pas peur, je m'occuperai de toi. Je t'enverrai le meilleur avocat, tu verras. Alors, je peux partir, Eraste Pétrovitch ?

— Salaud ! geignit Mimi. Arrête ! Où vas-tu ?

— Je pense partir au Guatemala, déclara le « petit Momus » d'un ton enjoué. J'ai lu dans les journaux qu'il y avait là-bas une nouvelle révolution. Les Guatémaltèques en ont assez de la république, ils recherchent un prince allemand à installer sur leur trône. Qui sait, je pourrai peut-être faire l'affaire ?

Et, avec un geste d'adieu de la main, il disparut derrière la porte.

Le procès de la demoiselle Maria Nikolaievna Maslennikova, ancienne actrice des théâtres pétersbourgeois, accusée d'escroquerie, d'association de malfaiteurs et de délit de fuite, eut lieu à la fin du mois d'avril, en cette période bienheureuse d'après Pâques où les branches se gonflent de bourgeons gorgés de sève, où le long des bordures encore imprécises des chemins qui commencent à s'assécher pointe çà et là une petite herbe fraîche.

L'événement n'avait pas suscité d'intérêt parmi le grand public, car l'affaire était d'ampleur modeste, mais dans la salle d'audience avaient néanmoins pris place une demi-douzaine de reporters. Une vague mais persistante rumeur affirmant que l'affaire manquée de la fausse loterie était plus ou moins liée aux fameux Valets de Pique, les rédactions avaient, à tout hasard, dépêché leurs représentants.

Anissi arriva parmi les premiers et s'assit le plus près possible du banc des accusés. Il était passablement agité car, durant les deux derniers mois, il avait bien des fois pensé à la joyeuse Mimi et à son triste destin. Or voici que l'heure du dénouement était venue.

Entre-temps, la vie de l'ex-commissionnaire avait connu pas mal de bouleversements. Après qu'Eraste Pétrovitch eut laissé le Valet de Pique prendre la clé des champs, une bien désagréable explication avait eu lieu dans le bureau du gouverneur. Le prince était entré dans une rage indescriptible et, ne voulant rien entendre, avait même invectivé le conseiller aulique en le traitant de « sale gosse qui n'en fait qu'à sa tête ». Le chef avait immédiatement rédigé sa lettre de démission, mais celle-ci avait été refusée, car, une fois sa colère retombée, Vladimir Andréiévitch avait compris de quel désastre l'avait sauvé la prévoyance de son fonctionnaire pour les missions spéciales. La déposition du Valet de Pique concernant l'affaire de lord Pitsbrook aurait mis le prince dans une position scabreuse non seulement vis-à-vis des Moscovites mais également des hautes sphères, parmi lesquelles le gouverneur rebelle comptait un bon nombre d'ennemis n'attendant qu'un faux pas de sa part. Or se retrouver dans une position ridicule est encore pis qu'un faux pas, surtout quand vous êtes dans votre soixante-seizième année et que les volontaires se bousculent pour prendre votre place.

Bref, le gouverneur était venu rue Malaïa Nikitskaïa, avait demandé pardon à Eraste Pétrovitch et l'avait même présenté pour l'ordre de Saint-Vladimir — pas pour le Valet de Pique, bien entendu, mais pour « ses excellents services et son zèle exceptionnel ». Les largesses du prince eurent également des retombées sur Anissi, qui reçut une gratification conséquente. De quoi s'installer dans un nouvel appartement, gâter Sonia et s'équiper de pied en cap. De simple Anissi qu'il était, il devint Sa Noblesse le registrateur de collège Anissi Pitirimovitch Tioulpanov.

C'est ainsi que, ce jour-là, il était arrivé au procès dans un uniforme d'été tout neuf, qu'il portait pour la première fois. L'été était encore loin, mais Anissi faisait vraiment beaucoup d'effet dans sa tunique blanche aux pattes de parement rehaussées d'un liseré doré.

Lorsqu'on l'introduisit dans la salle, l'accusée eut immédiatement l'attention attirée par l'uniforme blanc ; elle sourit tristement comme à un vieil ami et s'assit, tête basse. Les cheveux de la petite Mimi (« Mimotchka », ainsi qu'Anissi l'appelait pour lui-même) n'avaient pas encore bien repoussé et étaient retenus sur sa nuque par un petit nœud rudimentaire. L'accusée était vêtue d'une robe marron toute simple et ressemblait à une jeune lycéenne convoquée devant le conseil de discipline.

Remarquant que les jurés regardaient la timide jeune fille avec compassion, Anissi reprit quelque peu confiance. Le verdict ne serait peut-être pas aussi sévère que ça...

Mais le réquisitoire du procureur le plongea dans la consternation. L'accusateur public — un ambitieux aux joues roses, un impitoyable carriériste — dépeignit la personnalité de Mimotchka sous les couleurs les plus sombres, décrivant tout le cynisme et l'abomination de la « loterie de bienfaisance », et requérant pour la demoiselle Maslennikova trois ans de travaux forcés assortis de cinq ans de relégation en Sibérie.

Sa faute ayant été jugée mineure, l'acteur minable et ivrogne qui avait joué le rôle de président de la loterie avait été relaxé et comparaissait en tant que témoin de l'accusation. Tout portait à croire que Mimotchka était vouée à payer pour tout le monde. Elle laissa tomber sa petite tête aux cheveux d'or sur ses mains croisées et se mit à pleurer en silence.

Anissi prit alors une décision. Il la suivrait en Sibérie, trouverait là-bas une place quelconque et, par sa fidélité et son amour, soutiendrait moralement la pauvre petite. Ensuite, lorsqu'on l'aurait libérée par anticipation, ils se marieraient, et alors... Et alors tout serait très bien.

Et Sonia ? interrogea la conscience d'Anissi. Allait-il mettre à l'assistance publique sa sœur, une invalide dont personne n'avait que faire ?

Non, répondit Anissi à sa conscience. Je me jetterai aux pieds d'Eraste Pétrovitch, c'est un homme au cœur noble, il comprendra.

Concernant Sonia, justement, les choses s'étaient plutôt bien arrangées. La plantureuse Palacha, nouvelle femme de ménage de Fandorine, s'était attachée à la malheureuse. Elle prenait soin d'elle, la surveillait, lui faisait des tresses. Sonia avait même commencé à prononcer des mots : « ruban », « peigne ». Avec un peu de chance, le chef ne laisserait pas tomber l'orpheline, et après, Anissi la reprendrait avec lui, quand il s'installerait...

C'est alors que le juge donna la parole à la défense. Tioulpanov abandonna momentanément ses sombres pensées et fixa avec espoir l'avocat.

Celui-ci, à dire vrai, ne payait pas de mine. Noiraud, tout voûté, il avait un long nez et ne cessait de renifler. A ce qu'on disait, un inconnu avait loué ses services auprès du célèbre cabinet de Saint-Pétersbourg, Rubinstein et Rubinstein, et l'homme aurait même été considéré comme un as du barreau. Toutefois, l'aspect extérieur du défenseur ne plaidait guère en sa faveur. Quand il s'avança, éternua bruyamment dans un mouchoir rose, puis eut un hoquet, Anissi fut saisi d'un mauvais pressentiment. Cette crapule de Momus avait lésiné sur la dépense et envoyé un avocat miteux, juif pur jus de surcroît. A la façon dont ces antisémites de jurés le regardaient de travers, il était évident qu'ils ne croiraient pas un mot de ce qu'il allait dire.

Le voisin de gauche de Tioulpanov, un homme de type kalmouk à la barbe touffue et aux lunettes cerclées d'or, secoua la tête après avoir bien examiné l'avocat et, avec un air de conspirateur, murmura à Anissi :

— Celui-là va tout faire capoter, vous allez voir.

Le défenseur se tourna vers les jurés, mit les mains sur ses hanches et, d'une voix chantante, commença.

— Eh bien, monsieur le juge et messieurs les jurés, pouvez-vous m'expliquer ce que cet homme vient de nous raconter pendant une bonne heure ? dit-il en pointant son gros doigt en direction du procureur. J'aimerais savoir ce qui a mis le feu aux poudres ! Et à quoi est dépensé l'argent des honnêtes contribuables comme vous et moi !

Les « honnêtes contribuables » regardèrent avec un dégoût manifeste le phraseur aux manières pour le moins désinvoltes, mais l'avocat ne s'en troubla nullement.

— De quoi dispose l'accusation ? interrogea-t-il, sceptique. Un escroc, qu'entre nous soit dit notre brillante police n'a pas trouvé, a monté un coup. Il a embauché cette charmante et timide demoiselle pour vendre des billets de loterie en lui disant que l'argent était destiné à une bonne œuvre. De grâce, regardez cette jeune fille, messieurs les jurés. Peut-on vraiment soupçonner de malfaisance un être aussi innocent ?

Les jurés regardèrent l'accusée. Anissi également... et soupira. L'affaire était fichue d'avance. Quelqu'un d'autre, peut-être, aurait pu attendrir le tribunal, mais sûrement pas ce bavard à gros pif.

— Non, bien sûr, fit le défenseur en balayant l'air d'un geste de la main. Elle est une victime au même titre que les autres. Je dirais même qu'elle a pâti plus que les autres, dans la mesure où la caisse de la prétendue loterie a été confisquée et que tous ceux qui ont présenté leurs billets ont été remboursés. Ne gâchez pas l'avenir de cette jeune créature, messieurs les jurés, ne la condamnez pas à vivre parmi les criminels.

L'avocat éternua de nouveau et sortit de son porte-documents une liasse de papiers.

— C'est plutôt faible, commenta froidement le barbu assis à côté d'Anissi. Ils vont condamner la gamine. Vous voulez parier ?

Et il lui fit un clin d'œil derrière ses lunettes.

Il trouvait ça drôle ! Furieux, Anissi se détourna, s'attendant au pire.

Mais le défenseur n'en avait pas terminé. Il tirailla sa barbichette à la comte de Beaconsfield, et, d'un air débonnaire, porta la main à sa chemise défraîchie :

— C'est à peu près une telle plaidoirie que j'aurais prononcée devant vous, messieurs les jurés, s'il y avait eu effectivement quelque chose à dire. Mais il n'y a rien à dire, parce que j'ai ici (il agita ses papiers) une déclaration écrite de chacune des parties civiles. Elles retirent leurs plaintes. Vous pouvez clore le procès, monsieur le juge. Il n'y a plus rien à juger.

L'avocat s'approcha du juge et fit claquer la liasse de papiers sur la table, juste sous son nez.

— Ça, par contre, c'est habile, murmura le voisin, tout excité. Et maintenant, que va faire le procureur ?

Ce dernier bondit de sa chaise et se mit à crier d'une voix brisée par une juste indignation :

— C'est de la subornation pure et simple ! Je le prouverai ! Il ne faut surtout pas clore le procès ! C'est une affaire d'importance nationale !

L'avocat se tourna vers le procureur et dit en le singeant :

— « Subornation pure et simple » ! Voyez ce Caton que nous avons là ! Cela aurait coûté moins cher de vous acheter, monsieur l'accusateur. Chacun sait que vos tarifs sont modestes. J'ai d'ailleurs ici un reçu signé de votre main. Où est-il ? Ah, le voilà ! (Il sortit de sa serviette un autre papier, qu'il fourra sous le nez du juge.) Pour seulement mille cinq cents roubles, notre procureur a modifié la mesure de coercition à l'égard de l'escroc Broutian, lequel, comme de juste, s'est empressé de fuir.

Le procureur porta la main à son cœur et se tassa sur sa chaise. Dans la salle, tout le monde voulut parler en même temps, et les correspondants des journaux, qui jusque-là s'ennuyaient ostensiblement, s'animèrent et se mirent à écrire fébrilement dans leurs calepins.

Le juge fit retentir sa clochette, regardant d'un air désemparé le reçu compromettant. De son côté, le déplaisant avocat se contorsionna maladroitement, et, de son inépuisable porte-documents, une série de photographies se déversa sur la table.

Anissi n'était pas en mesure de distinguer ce qu'il y avait sur les clichés, mais le juge devint brusquement blanc comme la mort et fixa les photographies avec de grands yeux remplis d'horreur.

— Je m'excuse vraiment, dit le défenseur sans pour autant s'empresser de ramasser les photographies. Cela n'a absolument aucun rapport avec le cas qui nous occupe aujourd'hui. Cela concerne une autre affaire, une affaire de détournement de petits garçons.

Il avait semblé à Anissi que l'avocat avait appuyé d'une drôle de façon sur les mots « aujourd'hui » et « autre », mais comme par ailleurs il avait une manière bien à lui de s'exprimer, il était possible que ce fût seulement une impression.

— Alors, on clôt le procès ? demanda l'avocat en regardant le juge droit dans les yeux et en rassemblant lentement les photographies. Pour absence de fait délictueux, non ?

Et, une minute plus tard, le procès était déclaré terminé.

En proie à une terrible agitation, Anissi se tenait sur le perron et attendait que le merveilleux avocat fasse sortir celle qui venait d'être disculpée.

Les voici qui arrivaient : Mimotchka distribuait les sourires à droite et à gauche, et n'avait plus du tout l'air malheureuse ni pitoyable. L'avocat, penché, la conduisait par le bras, tandis que, de la main qui tenait le porte-documents, il faisait de grands gestes pour repousser les reporters.

— Oh, j'en ai assez de vous ! s'écria-t-il, courroucé, en installant sa cliente dans un phaéton.

Anissi voulut s'approcher de Mimotchka, mais l'homme qui, un peu plus tôt, avait commenté avec tant d'intérêt le procès passa devant lui.

— Vous irez loin, cher confrère, dit-il au sauveur de Mimotchka en lui tapant sur l'épaule d'un geste protecteur.

Après quoi il s'éloigna en martelant le sol avec sa canne.

— Qui était-ce ? demanda Anissi à l'appariteur.

— Mais voyons, répondit ce dernier avec un infini respect, c'est monsieur Plévako[1], Fiodor Nikiforovitch en personne.

A cet instant, Mimi, qui s'était laissée choir sur son siège moelleux, se tourna et, de la main, envoya un baiser à Anissi. L'avocat se retourna à son tour. Il lança un regard sévère au jeune fonctionnaire en tunique blanche et aux oreilles en feuilles de chou puis, brusquement, fit une chose extravagante : il tordit sa figure en une affreuse grimace et tira une large langue d'un rouge vif.

La voiture s'élança dans le grondement joyeux de ses roues sur la chaussée pavée.

— Arrêtez ! Arrêtez ! cria Anissi.

Il se mit à courir derrière le phaéton, mais pouvait-il espérer la rattraper ?

Et, d'ailleurs, à quoi bon ?

1. Célèbre avocat russe de la fin du XIXe siècle.

Le Décorateur

Un sale commencement

4 avril, Mardi saint, au matin

Eraste Pétrovitch Fandorine, fonctionnaire chargé des missions spéciales auprès du général gouverneur de la ville de Moscou, personnage de sixième classe, chevalier de différents ordres, tant russes qu'étrangers, vomissait ses boyaux.

Le visage délicat, d'une pâleur presque bleutée, du conseiller de collège, était tordu par une grimace de souffrance ; l'une de ses mains habillées de gants glacés à boutons d'argent était crispée sur sa poitrine, tandis que l'autre battait l'air de manière quasi convulsive. Par cette peu convaincante gesticulation, Eraste Pétrovitch cherchait à rassurer son subordonné : ce n'est rien, une babiole, cela va passer. Cependant, à en juger par le caractère prolongé et douloureux des spasmes, il semblait bien que son malaise fût loin d'être anodin.

L'adjoint de Fandorine, le secrétaire de gouvernement Anissi Pitirimovitch Tioulpanov, malingre jeune homme de vingt-trois ans à la figure ingrate, n'avait encore jamais eu l'occasion de voir son chef en si piteux état. Tioulpanov lui-même, cela dit, était un peu verdâtre, mais il avait résisté à l'émétique tentation et en éprouvait à présent un secret orgueil. Toutefois, ce sentiment indigne n'était que fugitif et ne méritait donc pas qu'on s'y arrêtât, alors que la surprenante sensibilité que manifestait son chef adoré, d'ordinaire toujours si maître de lui et si peu enclin à livrer ses émotions, donnait à Anissi de sérieuses alarmes.

— At-tendez... articula enfin Eraste Pétrovitch, toujours grimaçant, en essuyant de son gant ses lèvres violettes.

Le léger bégaiement, souvenir d'un lointain traumatisme, s'était notablement accentué.

— V-venez i-ici... P-rocès-v-v-verbal, dét-taillé... P-prises de vue ph-photographiques, sous tous les angles. Et qu'on ne p-pié... pié... piétine pas les empreintes...

Il se plia à nouveau en deux, mais cette fois-ci sa main tendue ne trembla pas : son doigt désignait, inflexible, la porte déglinguée de la méchante cabane en planches d'où, quelques instants plus tôt, le conseiller de collège était ressorti, tout pâle et la jambe flageolante.

Anissi n'avait guère envie de retourner sur ses pas, dans la pénombre grise imprégnée d'une tenace odeur de sang et de tripaille. Mais le service est le service.

Il s'emplit la poitrine d'une ample provision de cet air humide que le mois d'avril avait apporté (eh ! il n'eût plus manqué qu'il succombe lui aussi à la nausée !), se signa et se jeta résolument à l'eau.

Dans la baraque, qui servait ordinairement à entreposer du bois de chauffage et qui était à présent presque vide du fait que la saison froide touchait à sa fin, se trouvait rassemblée une belle quantité de monde : juge d'instruction, agents de la Sûreté, commissaire d'arrondissement, inspecteur de quartier, médecin légiste, photographe, sergents de ville et encore le concierge Klimouk, qui était le premier arrivé sur les lieux du monstrueux forfait : au matin il s'était glissé là pour prendre quelques bûches, avait vu la chose, puis hurlé autant qu'il se doit, avant de courir chercher la police.

Deux lanternes à huile éclairaient le local, des ombres lentes vacillaient sur le plafond bas. L'atmosphère était silencieuse, on entendait juste dans un coin un tout jeune sergent de ville sangloter et renifler sur une note aiguë.

— Eh bien messieurs, qu'est-ce que nous avons là ? fredonna l'expert en médecine légale, Igor Willemovitch Zakharov, en ramassant par terre de sa main gantée de caoutchouc un curieux objet spongieux d'un rouge sombre tirant sur le bleu. Apparemment une rate. Mais oui, te voilà, ma jolie. Parfait, messieurs. Dans l'enveloppe, mettez-la dans l'enveloppe. Encore l'utérus, le rein gauche, et notre collection sera complète, à quelques menus détails près... Qu'avez-vous là, m'sieur Tioulpanov, sous votre botte ? Ne serait-ce pas un mésentère ?

Anissi regarda à ses pieds, recula brutalement, saisi d'horreur, et manqua trébucher contre le corps, étendu bras en croix, de la demoiselle Andréitchkina, Stépanida Ivanovna, trente-neuf ans. Ces renseignements, ainsi que l'indication du métier exercé par la défunte, étaient tirés de la carte jaune[1] soigneusement posée sur la poitrine béante du cadavre. C'était

1. Carte attribuée par la police tsariste à chaque prostituée recensée. *(N.d.T.)*

d'ailleurs tout ce que la physionomie posthume de la demoiselle Andréitchkina présentait de soigné.

Son visage, qui déjà de son vivant n'était sans doute pas des plus gracieux, était devenu dans la mort un cauchemar : cyanosé, taché de grumeaux de poudre, les yeux exorbités, la bouche figée en un muet hurlement. Le spectacle plus bas était encore plus terrible. Quelqu'un avait éventré d'un coup de lame le pauvre corps de la péripatéticienne, l'avait vidé de ses entrailles puis avait disposé celles-ci sur le sol selon un plan bizarre. Certes, Igor Willemovitch avait eu le temps déjà de rassembler presque tous les éléments de cet étalage et de les répartir dans des enveloppes numérotées. Ne subsistaient que la tache noire formée par le sang qui avait eu tout loisir de se répandre, et de menus lambeaux de vêtements dont on ne savait s'ils avaient été déchirés ou lacérés.

Léonti Andréiévitch Ijitsyne, juge d'instruction en charge des affaires sensibles auprès du tribunal du ressort, s'accroupit à côté du médecin et lui demanda d'un ton pratique :

— Des traces de coït ?

— Ça, mon cher, je vous en dresserai un tableau plus tard. Je vous rédigerai un joli petit rapport où je peindrai toutes les choses comme elles sont. Ici, vous le voyez vous-même, ce ne sont que ténèbres d'Egypte et gémissements intolérables.

Comme tout étranger possédant le russe à la perfection, Igor Willemovitch aimait à placer dans son discours diverses tournures compliquées. En dépit de son nom de famille parfaitement ordinaire, l'expert était de sang britannique. Son grand-père, lui aussi médecin, était arrivé en Russie sous le règne du défunt souverain, il s'y était acclimaté, et son nom de Zacharies rebutant les oreilles russes, il l'avait adapté aux normes locales. Igor Willemovitch l'avait lui-même raconté en chemin, dans le fiacre qu'ils avaient pris pour venir. A son allure, on voyait bien, du reste, que l'animal était d'espèce étrangère : long et dégingandé, ossu, le cheveu couleur sable, la bouche large, les lèvres minces et remuantes entre lesquelles se déplaçait constamment, d'une commissure à l'autre, une mauvaise pipe d'écume.

Affectant de n'être nullement incommodé, le juge Ijitsyne regarda avec un ostensible intérêt l'expert tourner et retourner entre ses doigts nerveux un nouveau lambeau de chair meurtrie, et s'enquit d'un ton acerbe :

— Eh bien, monsieur Tioulpanov, votre chef n'a pas fini de prendre l'air ? Quand je disais que nous pouvions parfaitement nous passer des bons offices du gouverneur... Ce n'est pas là un spectacle pour des yeux raffinés, alors que nous autres, nous sommes accoutumés à tout.

L'affaire était entendue : Léonti Andréiévitch était mécontent, et jaloux. Il y avait de quoi : on lui collait sur le dos Fandorine en personne pour surveiller l'enquête. Quel juge d'instruction en eût été ravi ?

— Et qu'as-tu, Linkov, à pleurnicher comme une fille ! éructa Ijitsyne en se tournant vers le sergent de ville qui sanglotait toujours. Mieux vaudrait t'y habituer. Tu n'es pas destiné aux missions spéciales, par conséquent, il faut t'attendre à en voir d'autres.

— Dieu nous garde de jamais nous habituer à chose pareille, grommela le brigadier Pribloudko, vieux briscard blanchi sous le harnais, qu'Anissi connaissait pour l'avoir déjà côtoyé lors d'une affaire trois ans plus tôt.

Au reste, ce n'était pas non plus la première fois qu'il devait travailler avec Léonti Andréiévitch. Un déplaisant monsieur, raide et difficile, qui ricanait sans arrêt et vous toisait d'un œil ironique. Toujours tiré à quatre épingles, faux cols d'une blancheur d'albâtre, manchettes plus blanches encore, sans cesse à chasser d'une chiquenaude quelque grain de poussière tombé sur son épaule. C'était un ambitieux promis à une grande carrière. Seulement voilà, au début du mois de janvier passé, il avait quelque peu piétiné dans son enquête sur le testament du marchand Sitnikov. L'affaire faisait grand bruit, elle touchait même en partie aux intérêts de certains personnages influents et, par là même, réclamait d'être réglée au plus vite. Sa Haute Excellence le prince Dolgoroukoï avait alors demandé à Eraste Pétrovitch de collaborer avec le Parquet. Or on sait quelle sorte de collaboration on pouvait attendre du chef : il avait pris les choses en main et dénoué toute l'affaire en l'espace d'une journée. Ijitsyne avait donc quelque raison d'être furieux. Il pressentait qu'encore une fois les lauriers allaient lui échapper.

— Je crois que c'est tout, déclara le juge d'instruction. Par conséquent, procédons ainsi. Le cadavre à la morgue, à la Maison-Dieu. La remise sous scellés, avec un sergent de ville en sentinelle. Les agents devront interroger tous les habitants des environs, et sans plaisanter. N'a-t-on rien vu, rien entendu de suspect ? Toi, Klimouk, c'est vers onze heures que tu es entré ici la dernière fois pour prendre du bois, c'est bien ça ? demanda Léonti Andréiévitch au concierge. Et la mort n'est pas survenue après deux heures ? (Il s'adressait cette fois-ci à l'expert Zakharov.) Par conséquent, il convient de se concentrer sur l'intervalle entre onze heures du soir et deux heures du matin. (Et de nouveau à l'intention du concierge :) Peut-être as-tu déjà bavardé avec quelqu'un d'ici ? On ne t'a rien raconté ?

Campé au garde-à-vous, le concierge (« barbe en éventail poivre et sel, sourcils fournis, crâne bosselé, taille : quatre pieds, onze pouces, signe particulier : verrue au milieu du front », énumérait à part lui Anissi, s'exerçant de la sorte à établir un signalement) pétrissait entre ses mains une casquette déjà extraordinairement chiffonnée.

— Rien du tout, Votre Haute Noblesse. On sait bien ce que c'est, allez. J'ai barré la porte de la remise et j'ai couru trouver monsieur Pribloudko. Et on ne m'a pas relâché du poste avant que les autorités supérieures soient arrivées. Les habitants d'ici, ils ne savent rien de rien, c'est sûr. C'est-à-dire... évidemment qu'ils ont bien vu les flics rappliquer... ces messieurs de la police se présenter, je veux dire. Mais en ce qui concerne toute cette horreur... (le concierge lorgna d'un œil craintif en direction du cadavre) personne ici n'est au courant.

— C'est ce que nous allons vérifier, ricana Ijitsyne. Ainsi, messieurs les agents, au travail ! Quant à vous, monsieur Zakharov, vous pouvez remporter vos trésors. Et qu'à midi je dispose d'un rapport complet, en bonne et due forme.

— Je p-prierais messieurs les agents de rester à leur place, fit derrière lui la voix posée d'Eraste Pétrovitch.

Tous se retournèrent.

Comment le fonctionnaire était-il entré, et à quel moment ? La porte n'avait même pas grincé. Même dans la pénombre, on voyait que le chef était pâle et défait ; cependant sa voix était ferme et sa manière de s'exprimer toujours identique à elle-même : pleine de retenue et de courtoisie, mais vous privant en même temps de toute envie de répliquer.

— Monsieur Ijitsyne, même le concierge a compris qu'il ne c-convenait pas de trop b-bavarder sur ce qui s'est produit, déclara Eraste Pétrovitch d'un ton sec. Si j'ai été dépêché ici, c'est précisément pour garantir le secret le plus rigoureux. Il n'y aura aucun interrogatoire. Mieux encore, je demande à toutes les personnes présentes, et même je leur ordonne, de conserver une absolue discrétion sur les circonstances de l'affaire. On n'aura qu'à expliquer aux habitants que... qu'une prostituée s'est pendue, qu'elle s'est suicidée, l'histoire courante. Si des rumeurs venaient à se répandre dans Moscou sur ce qui s'est passé, chacun d'entre vous ferait l'objet d'une enquête de service, et quiconque serait reconnu coupable d'avoir divulgué les faits devrait s'attendre à être sévèrement puni. Excusez-moi, messieurs, mais t-telles sont les instructions que j'ai reçues, et c-croyez qu'elles sont motivées par de solides raisons.

Les sergents de ville, sur un signe du médecin, allaient empoigner la civière déposée contre un mur, afin d'y allonger le cadavre, quand le fonctionnaire leva la main :

— At-tendez !

Il s'accroupit auprès de la morte.

— Qu'a-t-elle là, sur la joue ?

Ijitsyne, piqué au vif par la réprimande, haussa ses étroites épaules :

— Une tache de sang. Comme vous avez pu le remarquer, il y a partout du sang en abondance ici.

— Mais pas sur le visage.

Eraste Pétrovitch essuya la tache ovale d'un doigt précautionneux : une trace subsista sur le cuir glacé de son gant blanc. Saisi d'un trouble qu'Anissi fut tenté de qualifier d'extrême, le conseiller de collège (et pour Tioulpanov simplement le « chef ») marmonna :

— Ni coupure, ni morsure...

Le juge d'instruction observait les manipulations du fonctionnaire avec perplexité, le docteur Zakharov avec intérêt.

Ayant tiré une loupe de sa poche, Fandorine colla son nez contre le visage de la morte, l'examina attentivement puis soudain s'exclama :

— Une empreinte de lèvres ! Seigneur, c'est la trace d'un baiser ! Il ne peut y avoir aucun doute !

— Et pourquoi en faire un tel drame ? releva Léonti Andréiévitch d'un ton caustique. Il y a ici des marques autrement plus atroces. (Il agita le bout de son soulier en direction de la cage thoracique mise à nu et du ventre béant.) Peut-on savoir tout ce qui passe par la tête d'un détraqué ?

— Ah, quelle sale histoire... murmura Fandorine sans paraître s'adresser à personne.

D'un geste vif, il arracha son gant souillé et le jeta. Il se redressa, ferma les yeux et prononça tout bas :

— Mon Dieu, serait-ce le tour de Moscou à présent ?...

What a piece of work is man! how noble in reason! how infinite in faculty! in form and

moving how express and admirable ! in action how like an angel ! in apprehension how like a god ! the beauty of the world ! the paragon of animals ! And yet, to me, what is this quintessence of dust[1] ! *Libre. Libre au prince du Danemark, être oisif et blasé, de n'avoir rien à faire des hommes, mais moi non ! Le barde a raison pour moitié : les actions des hommes ne sont guère angéliques, et c'est un blasphème que de comparer l'entendement humain à celui de Dieu, néanmoins il n'est rien de plus beau que l'homme sur la terre. Mais que sont actes et entendement ? Duperie, chimère, vanité, en vérité quintessence de poussière ! L'homme, ce n'est pas un acte, mais un Corps. Même les plantes qui flattent le regard, les fleurs les plus somptueuses et les plus compliquées ne soutiennent aucune comparaison avec la superbe structure du corps humain. Les fleurs sont simples, primitives, identiques au-dedans et au-dehors : qu'on retourne un pétale, il est le même à l'envers. On s'ennuie à observer les fleurs. Comme il y a loin de leurs maigres tiges avares, de l'indigente géométrie de leurs inflorescences et de leurs pitoyables étamines, à la pourpre et à la souplesse d'un muscle, à l'élasticité d'une peau soyeuse, à la nacre argentée d'un estomac, aux gracieux méandres d'un intestin et à la mystérieuse asymétrie d'un rein !*

Peut-on en vérité comparer l'uniformité de teinte d'un pavot en fleur avec toute la variété de nuances

1. Quel chef-d'œuvre que l'homme ! quelle noblesse de jugement ! quelle infinité de talents ! dans la forme et le mouvement, si expressif et admirable ! dans l'action, si pareil à un ange ! dans la réflexion, si pareil à un dieu ! l'ornement du monde ! le parangon de tous les animaux ! Et cependant, pour moi, que vaut cette quintessence de poussière ?

que prend le sang humain, depuis le strident écarlate du flux artériel au violet majestueux dont se gonflent les veines ? Le bleu vulgaire d'une campanule saurait-il lutter avec le tendre azur d'un réseau de capillaires, ou même la coloration automnale d'un érable avec le grenat des menstrues ! Le corps de la femme est plus raffiné et cent fois plus intéressant que celui de l'homme. Il n'est pas fait pour la grossière besogne, et encore moins pour détruire, mais pour créer et soigner. La souple matrice est semblable à la précieuse méléagrine. Une idée ! Il faudra un jour ouvrir un ventre fécondé, afin de découvrir à l'intérieur du coquillage la perle mûrissante. Oui, oui, il le faudra absolument ! Dès demain !

J'ai été trop longtemps dans l'obligation de jeûner, depuis le lendemain du mardi gras. Mes lèvres sont sèches à force de répéter : « Redonne vie à mon cœur de réprouvé par le jeûne meurtrier des passions ! » Le Seigneur est bon et miséricordieux, Il ne m'en voudra pas d'avoir échoué à tenir six jours encore avant la Radieuse Résurrection. Finalement, le 3 avril n'est pas seulement le jour, mais aussi l'anniversaire de l'Illumination. C'était alors aussi un 3 avril. Peu importe que ce fût selon un autre calendrier. Ce qui importe, c'est la musique des mots : le trois avril.

J'ai mon carême, j'ai ma Pâque. Puisque le jeûne est rompu, mangeons ! Non, je ne vais pas attendre demain. Aujourd'hui ! Oui, oui, organiser un festin ! Non pas me rassasier, mais me repaître. Non pour mon plaisir, mais pour la gloire de Dieu.

C'est Lui, après tout, qui m'a dessillé les yeux, qui m'a appris à voir et à comprendre la vraie beauté. Mieux encore : à la découvrir et à la révéler au monde.

Or découvrir, c'est tout comme créer. Je suis l'apprenti du Créateur.

Comme il est doux de goûter à la chair après une longue abstinence. Je me rappelle chaque instant voluptueux, je sais que ma mémoire conservera toujours tout, jusqu'aux plus infimes détails, sans perdre une seule sensation visuelle, gustative, auditive, olfactive ou tactile.

Je ferme les yeux, et je vois.

La nuit est tombée depuis longtemps. Je n'ai pas sommeil. L'émotion et l'enthousiasme m'entraînent par des rues crasseuses, des terrains vagues, entre méchantes bicoques et palissades effondrées. Voici plusieurs nuits d'affilée que je ne dors plus. J'ai la poitrine serrée, et les tempes dans un étau. Durant la journée, je m'assoupis une demi-heure, une heure, et suis réveillé par d'affreuses visions qui m'échappent sitôt que j'ai rouvert les yeux.

Je marche et je rêve de la mort, de ma rencontre avec le Seigneur, mais je sais que je ne dois pas mourir, qu'il est encore trop tôt, que ma mission n'est pas achevée.

Une voix sortant des ténèbres : « S'i-il vous plaît, de quoi acheter une bouteille. » Elle tremble, imbibée d'alcool. Je me retourne et vois devant moi la plus sordide, la plus hideuse des créatures humaines : une putain de bas étage, ivre, déguenillée, mais avec ça grotesquement peinturlurée de blanc et de rouge.

Je m'écarte avec dégoût, quand soudain un familier sentiment de poignante pitié me transperce le cœur. Malheureux être, qu'as-tu fait de toi ? Et il s'agit d'une femme, chef-d'œuvre de l'art divin ! Se tourner de la sorte en dérision, profaner et pervertir ainsi le don de Dieu, avilir à tel point son précieux système reproductif !

Bien sûr, tu n'es pas coupable. C'est la société, cruelle et impitoyable, qui t'a culbutée dans la fange. Mais je saurai te purifier et te sauver. Mon âme est emplie de lumière et d'allégresse.

Qui pouvait prévoir qu'il en serait ainsi ? Je n'avais pas l'intention de rompre le jeûne, autrement mon chemin ne serait pas passé par ces misérables taudis, mais par les ruelles nauséabondes du marché Khitrov ou du quartier de la Gratchovka, où nichent la turpitude et le vice. Mais je déborde de générosité et de grandeur d'âme, très légèrement teintées, il est vrai, de soif et d'impatience.

« Je vais te contenter, ma jolie. Suis-moi. »

Je porte un vêtement d'homme, et la sorcière se dit qu'elle a trouvé acheteur pour sa marchandise faisandée. Elle éclate d'un rire rauque et hausse les épaules : « Et où c'est qu'on va ? Ecoute, tu as bien un peu d'artiche ? File-moi au moins à briffer, ou mieux, donne-moi de quoi. » Pauvre brebis égarée.

Je l'entraîne à travers une cour plongée dans l'obscurité, jusqu'aux baraques qui s'alignent au fond. Je secoue une porte avec impatience, puis une autre, la troisième n'est pas verrouillée.

La bienheureuse me souffle sur la nuque une haleine empestée de mauvais alcool. Elle glousse : « Voyez-vous ça, il me conduit dans la remise. Voyez-vous ça, faut croire que ça presse ! »

Un coup de scalpel, et j'ouvre à son âme les portes de la liberté.

La délivrance ne s'obtient pas sans douleurs, c'est comme un accouchement. Celle qu'à ce moment j'aime de tout mon cœur souffre énormément, elle geint et mord dans son bâillon, mais je lui caresse la tête et la console : « C'est bientôt fini. » Mes mains exécutent proprement et avantageusement leur besogne. Je n'ai pas besoin de lumière, mes yeux voient la nuit aussi bien que le jour.

J'ouvre l'enveloppe crasseuse et souillée du corps, l'âme de ma sœur bien-aimée prend son envol, et moi, je tombe en adoration devant la perfection du divin mécanisme.

Quand, avec un doux sourire, j'approche de mon visage le petit pain encore tout chaud de son cœur, celui-ci palpite et se débat toujours, tel le petit poisson d'or pris aux mailles du filet, magique créature que j'embrasse avec tendresse, collant ma bouche aux lèvres béantes de l'aorte.

L'endroit est heureusement choisi, personne ne vient me déranger, et cette fois-ci l'hymne à la Beauté est chanté jusqu'au bout et parachevé par le dépôt d'un baiser sur la joue. Dors, sœur, ta vie fut atroce et abjecte, ta figure offensait les regards, mais grâce à moi tu es devenue belle.

Prenons la même fleur. Sa vraie beauté n'éclate ni sur la pelouse ni au milieu du parterre, oh non ! La rose règne agrafée sur un corsage, l'œillet, passé à une boutonnière, la violette, piquée dans la chevelure d'une ravissante. Le triomphe de la fleur advient quand elle est déjà coupée, sa vie véritable est le prolongement de sa mort. Il en est de même du corps humain. Tant qu'il vit, il est empêché de se montrer dans toute la splendeur de son admirable structure. J'aide le corps à régner. Je suis un jardinier.

Quoique non, le jardinier ne fait que couper les fleurs, alors que moi, à partir des organes du corps, je compose en outre un tableau d'une enivrante beauté, un sublime décor. En Angleterre, une profession naguère ignorée est en train de devenir à la mode : celle de décorateur, de spécialiste dans la décoration des maisons, des vitrines, des rues en fête.

Je ne suis pas un jardinier, je suis le décorateur.

De mal en pis

4 avril, Mardi saint, à midi

Au conseil extraordinaire réuni chez le général gouverneur de Moscou, le prince Vladimir Andréiévitch Dolgoroukoï, étaient présents :

• le grand maître de la police, major général de la suite de Sa Majesté impériale, Iourovski ;

• le procureur général près la chambre des mises en accusation de la ville de Moscou, le chambellan, conseiller d'Etat actuel, Kozliatnikov ;

• le directeur de la police de sûreté, le conseiller d'Etat Eichmann ;

• le fonctionnaire chargé des missions spéciales auprès du général gouverneur, le conseiller de collège Fandorine ;

• le juge d'instruction en charge des affaires sensibles auprès du Parquet de Moscou, le conseiller aulique Ijitsyne.

— Ce temps ! Mais quel temps ! Une abomination !

Tels furent les mots par lesquels Vladimir Andréiévitch ouvrit la réunion secrète.

— C'est une vraie cochonnerie, messieurs. Le ciel gris, le vent, la pluie, la boue et, pire que tout, la

Moscova qui déborde encore plus que d'habitude ! Je suis allé faire un tour à Zamoskvoretchié : horreur et cauchemar ! L'eau est montée de trois toises et demie ! Tout est inondé jusqu'à la rue Piatnitskaïa. Et la rive gauche ne vaut guère mieux. Le passage Neglinny est impraticable Oh ! nous allons nous couvrir de honte, messieurs. Il est dit que le prince Dolgoroukoï connaîtra le déshonneur sur ses vieux jours !

Toutes les personnes présentes se mirent à soupirer d'un air soucieux ; seul le visage du juge d'instruction en charge des affaires sensibles reflétait quelque surprise, et le prince, qui se distinguait par un rare talent d'observation, jugea utile de s'expliquer :

— Je vois, jeune homme... euh !... Glagolev, c'est ça ? Non, Boukine...

— Ijitsyne, Votre Haute Excellence, lui souffla le procureur, mais pas assez fort malheureusement, car en sa soixante-dix-neuvième année d'existence, le vice-roi de Moscou (on donnait aussi ce nom au tout-puissant Vladimir Andréiévitch) devenait un peu dur d'oreille.

— Pardonnez à un vieillard, se reprit le gouverneur avec bonhomie. Ainsi donc, monsieur Goujitsyne, je vois que vous n'êtes pas au courant... Sans doute, compte tenu de votre charge, n'êtes-vous d'ailleurs pas censé l'être. Mais puisque aussi bien nous sommes en conseil... Ainsi, disais-je (le long visage du prince, qu'ornaient de pendantes moustaches châtaines, s'empreignit de solennité), durant la sainte semaine de Pâques, notre ancienne capitale aura le bonheur de recevoir la visite de Sa Majesté l'empereur. Le souverain viendra sans pompe ni cérémonie se recueillir dans les lieux saints de Moscou. Il est donné ordre de ne point en informer à l'avance la population moscovite, car cette visite est conçue comme *impromptue*. Ce qui, cependant, ne nous décharge pas de notre responsabilité quant à la qualité de l'accueil et l'état général de la ville. Tenez, messieurs, par exemple : je reçois ce matin une lettre de Son Eminence Ioanniki, métropolite de Moscou. Il se plaint, le saint homme ! Il écrit que les boutiques de confiseries sont, avant la sainte Pâque, le lieu d'un pur scandale : vitrines et étals se trouvent garnis de boîtes de chocolats et de bonbonnières ornées de représentations de la Cène, du chemin de croix, du Golgotha, *et caetera*. Mais c'est là un sacrilège, messieurs ! Vous voudrez donc bien, monsieur (le prince s'était tourné vers le grand maître de la police), publier aujourd'hui même un arrêté, de manière à mettre un terme définitif à pareil dévoiement. Les boîtes seront détruites, et leur contenu remis à l'Assistance publique. Puissent les orphelins se régaler un peu à l'occasion des fêtes ! Et les boutiquiers fautifs se verront en outre coller une amende pour m'avoir joué ce vilain tour à la veille de l'arrivée de l'empereur.

Le général gouverneur redressa d'une main inquiète la discrète perruque bouclée qui avait légèrement glissé sur son crâne. Il voulut poursuivre mais une violente quinte de toux l'en empêcha.

Une porte dérobée, donnant sur les appartements privés du gouverneur, s'ouvrit aussitôt et, trottinant sans bruit sur ses jambes arquées chaussées de bottillons de feutre, déboula dans la pièce un vieillard aux allures de squelette, dont les exubérants favoris n'atténuaient en rien le lustre aveuglant du crâne chauve : Frol Grigoriévitch Védichtchev, valet de chambre attitré de Sa Haute Excellence. Cette soudaine apparition ne parut étonner personne. Chacun jugea au contraire nécessaire de gratifier le nouveau venu d'un salut ou au moins d'un signe de tête, car Frol Grigoriévitch, en dépit de sa modeste position, passait dans l'antique cité pour un influent et même, dans un certain sens, tout-puissant personnage.

Védichtchev versa très rapidement quelques gouttes d'un flacon de potion dans un gobelet en argent, donna celui-ci à boire au prince, puis s'éclipsa tout aussi prestement par la même porte dérobée, sans avoir adressé un regard à personne.

— Merchi, Frol, merchi, mon ami, marmonna le général gouverneur à l'intention de son domestique et confident.

Il haussa légèrement le menton pour remettre son dentier en place, et reprit, cette fois-ci sans plus chuinter du tout :

— Par conséquent, j'aimerais qu'Eraste Pétrovitch daigne nous expliquer ce qui motive l'urgence du présent conseil. Vous savez pourtant fort bien, mon petit, qu'aujourd'hui pour moi chaque minute est comptée. Eh bien, quelle tuile vous est tombée dessus ? Avez-vous veillé à ce que cette écœurante histoire d'éviscération ne s'ébruite pas parmi la population ? Il ne manquait plus que ça, à la veille de la visite de l'empereur !...

Eraste Pétrovitch se leva, et les regards de tous les hauts défenseurs de l'ordre public moscovite se tournèrent vers le visage pâle mais résolu du conseiller de collège.

— Les mesures ont été prises pour que le secret soit conservé, Votre Haute Excellence, déclara Fandorine, entamant son rapport. Toutes les personnes ayant participé à l'examen du lieu du crime ont été averties qu'elles étaient tenues pour responsables, et ont signé une déclaration où elles s'engagent à ne rien divulguer. Le concierge, auteur de la découverte du corps, étant enclin à une consommation immodérée de boissons alcoolisées et ne se portant pas garant de sa conduite, a été provisoirement logé dans une cellule individuelle à la Direction de la gendarmerie[1].

— Bien, approuva le gouverneur. Mais alors quelle est donc l'utilité de ce conseil ? Pourquoi m'avez-vous demandé de réunir les chefs des services de police et de sûreté ? Vous auriez pu régler tout ceci en tête à tête avec Goujitsyne.

Eraste Pétrovitch lança malgré lui un coup d'œil au juge d'instruction auquel le nom inventé par le prince seyait étonnamment bien. Toutefois, en l'instant présent, il n'avait guère le cœur à rire.

— Votre Haute Excellence, je n'avais p-pas demandé de convoquer monsieur le directeur de la police de sûreté. L'affaire est si alarmante qu'il convient de la ranger dans la catégorie des crimes touchant à l'intégrité de l'Etat, et d'en confier le traitement, en dehors du ministère public, à un groupe d'intervention de la gendarmerie placé sous le contrôle personnel de monsieur le grand maître de

1. Le corps de gendarmerie créé en Russie en 1827 n'avait qu'un très lointain rapport avec celui qui en France veille sur l'ordre public, puisqu'il servait principalement de police politique.

la police. J'éviterais quant à moi d'y mêler la Sûreté, celle-ci employant beaucoup trop d'auxiliaires occasionnels. Premier point.

Fandorine observa une pause éloquente. Le conseiller d'Etat Eichmann esquissa un mouvement pour protester, mais le prince Dolgoroukoï, d'un geste, lui intima l'ordre de se taire.

— Apparemment, je vous ai dérangé pour rien, mon ami, lui dit-il d'un ton affectueux. Allez donc, et serrez bien la vis à vos pickpockets et autres monte-en-l'air, pour que le dimanche de Pâques ils restent chez eux, dans la Khitrovka, à fêter la fin du carême, et que Dieu les garde de montrer le bout de leur nez. Je compte beaucoup sur vous, Piotr Reinhardovitch.

Eichmann se leva, salua sans rien dire, adressa un sourire crispé à Eraste Pétrovitch, puis se retira.

Le fonctionnaire poussa un soupir, bien conscient de s'être acquis désormais un ennemi mortel en la personne du directeur de la Sûreté de Moscou, mais l'affaire était pour de bon redoutable et réclamait qu'on ne prît aucun risque inutile.

— Je vous connais, dit le gouverneur en considérant avec inquiétude son homme de confiance. Si vous avez dit « premier point », c'est qu'un deuxième doit suivre. Parlez donc, ne nous faites pas languir.

— Je suis absolument désolé, Vladimir Andréiévitch, mais il va falloir ajourner la visite du souverain, répondit Fandorine à voix très basse.

Néanmoins, le prince cette fois-ci n'eut aucune peine à l'entendre.

— Comment : « ajourner » ? s'écria-t-il.

Les autres réagirent beaucoup plus violemment à l'énormité que le fonctionnaire, passant décidément toute mesure, venait de prononcer.

— Mais vous avez perdu l'esprit ! s'exclama le grand maître de la police Iourovski.

— C'est inouï ! bêla le procureur.

Quant au juge d'instruction en charge des affaires sensibles, il n'osa rien exprimer tout haut, n'ayant pas un grade suffisant pour se permettre pareille liberté, mais au moins serra-t-il ses lèvres charnues pour montrer combien la folle extravagance de Fandorine l'indignait.

— Comment : « ajourner » ? répéta Dolgoroukoï d'une voix blanche.

La porte donnant sur les appartements privés s'entrouvrit, laissant à moitié paraître la physionomie du valet de chambre campé derrière le vantail.

Le gouverneur, en proie à une émotion extrême, reprit la parole, avec un débit si précipité qu'il en avalait des syllabes et même des mots entiers :

— ErasPétrovitch, n'êtes pas un novice... vous n'avez pas... des paroles en l'air... Mais ajourner le souverain ? Ce serait un scandale sans précédent ! Vous savez bien pourtant combien je me suis battu pour... Ce serait pour moi, pour vous tous...

Une ombre altéra le haut front pur de Fandorine. Il n'ignorait rien des longues et adroites intrigues auxquelles Vladimir Andréiévitch avait dû se livrer pour obtenir enfin la visite du tsar. Rien non plus des nombreuses cabales montées contre lui à Saint-Pétersbourg par la camarilla hostile qui depuis vingt ans s'efforçait de chasser le vieux renard du poste envié qu'il occupait ! L'impromptu pascal de Sa Majesté devait être le triomphe du prince, la preuve certaine de l'absolue solidité de sa position. La semaine suivante, Sa Haute Excellence fêterait un fameux jubilé : soixante années de service sous l'uniforme d'officier. Pour une telle occasion il pouvait espérer jusqu'à la croix de Saint-André ! Et voilà qu'on venait lui réclamer de prendre lui-même la décision de tout annuler !

— Je c-comprends très bien, Votre Haute Excellence, mais si l'on n'ajourne pas, ce sera pire encore. Ce crime atroce n'est pas le dernier. (Le visage du fonctionnaire s'assombrissait davantage à chaque mot.) J'ai peur que Moscou ne soit devenu le refuge de Jack l'Eventreur.

Et de nouveau, comme quelques instants plus tôt, les paroles d'Eraste Pétrovitch soulevèrent un chœur de protestations.

— Comment cela, pas le dernier ? s'indigna le général gouverneur.

Le grand maître de la police et le procureur répétèrent presque d'une seule voix :

— Jack l'Eventreur ?

Tandis qu'Ijitsyne, s'enhardissant, pouffait :

— N'importe quoi !

— De quel éventreur parlez-vous ? grinça Frol Grigoriévitch Védichtchev depuis sa porte, quand le silence fut naturellement retombé.

— Oui, oui, qu'est-ce encore que ce Jack ? (Le prince fixait ses subordonnés avec un mécontentement manifeste.) Tout le monde est au courant, moi seul ne suis pas informé. Et il en est éternellement ainsi avec vous !

— Il s'agit, Votre Haute Excellence, d'un célèbre assassin anglais qui, à Londres, égorge les filles de mauvaise vie, expliqua le juge d'instruction.

— Si vous le permettez, Vladimir Andréiévitch, je vais vous exposer les faits en détail.

Eraste Pétrovitch tira de sa poche un bloc-notes dont il feuilleta quelques pages.

Le prince porta la main en cornet à son oreille, Védichtchev chaussa des lunettes à verres épais, et Ijitsyne afficha un sourire ironique.

— Ainsi que Votre Haute Excellence s'en souvient sûrement, j'ai passé l'année dernière plusieurs semaines en Angleterre, pour les besoins de l'enquête que vous savez, concernant la correspondance disparue de Catherine II. Vous aviez même exprimé, Vladimir Andréiévitch, quelque déplaisir à voir mon absence se prolonger autant. J'étais resté à Londres plus longtemps, en effet, que nécessaire, car je suivais alors avec attention les efforts déployés par la police locale pour mettre la main sur le monstrueux criminel qui, en l'espace de huit mois, entre avril et décembre de l'an passé, commit huit meurtres particulièrement atroces dans le seul quartier de l'East End. L'assassin manifestait la plus grande arrogance. Il envoyait à la police des lettres où il se dénommait lui-même *Jack the Ripper*, autrement dit Jack l'Eventreur, et une fois même il fit parvenir au commissaire chargé de l'enquête la moitié d'un rein prélevé sur une de ses victimes.

— Prélevé ? Mais pour quoi faire ? demanda le prince, surpris.

— Si les crimes de l'Eventreur ont p-produit sur le public une si pénible impression, ce n'est pas à cause des meurtres en eux-mêmes. Dans une ville aussi grande et aussi sordide que Londres, les homicides, y compris ceux avec effusion de sang, ne manquent pas, bien entendu. Mais le sort qu'il réservait à ses victimes était véritablement monstrueux. Habituellement il égorgeait les pauvres femmes, puis il les vidait comme des volailles et disposait leurs entrailles à la manière d'une cauchemardesque nature morte.

— Sainte Mère de Dieu ! s'exclama Védichtchev en esquissant un signe de croix.

— Quelles abominations nous racontez-vous là ? gronda le gouverneur d'un ton de reproche. Et alors, on n'a jamais pu mettre la main sur cette canaille ?

— Non, mais à partir de décembre les meurtres de ce type ont pris fin. La police en est arrivée à la conclusion que le criminel ou bien s'était suicidé, ou bien… avait quitté le territoire de l'Angleterre.

— Et il n'aurait rien trouvé de mieux à faire que de venir chez nous, à Moscou ? objecta le grand maître de la police en secouant la tête d'un air sceptique. Mais en admettant même que ce soit vrai, dépister ce bandit anglais et le capturer ne serait qu'un jeu d'enfant.

— Où avez-vous pris qu'il était anglais ? dit Fandorine en se tournant vers le général. Tous les crimes ont été commis dans les bas-fonds de Londres, où vivent quantité de gens originaires du continent européen, y compris des Russes. Du reste, les soupçons de la police britannique se portaient en premier lieu sur les médecins immigrés.

— Pourquoi donc forcément médecins ? s'enquit Ijitsyne avec intérêt.

— Parce que l'évulsion des organes viscéraux des victimes était chaque fois le f-fait d'une main experte, armée qui plus est très probablement d'un scalpel, et trahissait une excellente connaissance de l'anatomie. La police londonienne était absolument convaincue que Jack l'Eventreur était soit un médecin, soit un étudiant en médecine.

Le procureur Kozliatnikov leva le doigt — un doigt blanc et soigné où scintillait le diamant d'un bague :

— Mais où avez-vous pris que la demoiselle Andréitchkina avait été tuée et dépecée à coup sûr par votre Eventreur de Londres ? Comme si nous n'avions pas assez de nos propres criminels ! Quelque salopard se sera torché au point d'être pris de délire alcoolique et aura imaginé qu'il combattait le dragon vert. Je vous en fiche mon billet, messieurs.

Fandorine soupira et répondit avec patience :

— Fiodor Kallistratovitch, vous avez bien lu le rapport du médecin légiste. Ce n'est pas sous l'empire du d-delirium tremens qu'on procède à une dissection aussi soignée, et encore moins en usant d'un « objet tranchant de précision chirurgicale ». Et d'un. Tout comme dans l'East End, on relève l'absence de tout indice de violence sexuelle ordinaire à ce genre de meurtre. Et de deux. Enfin, élément le plus sinistre : la trace d'un baiser sanglant sur une des joues de la morte. Et de trois. Toutes les victimes de l'Eventreur présentaient immanquablement une empreinte de cette sorte, sur le front, sur la joue, une fois sur la tempe. L'inspecteur Gilson, de qui je tiens ce détail, n'était guère enclin à lui p-prêter beaucoup d'attention, car, à ses yeux, l'Eventreur manifestait bien assez de lubies autrement moins innocentes. Cependant, grâce aux quelques renseignements dont dispose la criminologie sur les maniaques meurtriers, on sait quelle importance ces misérables accordent au rituel. A la base des meurtres en série à caractère obsessionnel réside toujours une certaine « idée » qui pousse le monstre à réitérer son geste en massacrant des inconnus. Déjà à Londres, j'avais t-tenté de suggérer aux responsables de l'enquête que l'essentiel de leur problème était de déchiffrer l'« idée » du tueur, le reste n'étant qu'affaire de technique policière. Le fait que les éléments caractéristiques des rituels observés par Jack l'Eventreur et notre assassin moscovite coïncident entièrement ne soulève pas l'ombre d'un doute.

— Et cependant ce serait tout de même rudement bizarre, intervint le général Iourovski en hochant la tête. Que Jack l'Eventreur, s'étant éclipsé de Londres, aille resurgir dans une remise à bois du quartier du Samotiok... Et puis, convenez-en, annuler la visite du souverain à cause de la mort d'on ne sait quelle prostituée...

La patience d'Eraste Pétrovitch était visiblement à bout, car il rétorqua d'un ton plutôt sec :

— Je rappelle à Votre Excellence que l'affaire de Jack l'Eventreur a coûté leur place au directeur de la police londonienne et au ministre de l'Intérieur lui-même, qui t-trop longtemps s'étaient refusés à accorder l'importance qui se devait aux meurtres « d'on ne savait quelles prostituées ». A supposer même que nous ayons aujourd'hui notre propre Ivan l'Eventreur indigène, la situation ne s'en trouverait nullement améliorée. Dès lors qu'il a goûté au sang, il ne s'arrêtera plus. Imaginez-vous ce qui se passera si durant la visite de Sa Majesté l'assassin vient à nous fourguer un nouveau petit cadeau du même genre que celui d'aujourd'hui ? Et s'il apparaît par-dessus le marché que ce crime n'est pas le premier ? L'ancienne capitale risque de connaître un joli dimanche de Pâques...

Le prince se signa d'un air effrayé, et le général lui-même fit le geste de déboutonner son col brodé d'or.

— C'est un véritable miracle que d'avoir réussi aujourd'hui à étouffer pareille histoire. (Fandorine passa une main soucieuse sur ses élégantes moustaches noires.) Mais avons-nous vraiment réussi ?

Un silence de tombe s'installa.

— Libre à vous, Vladim Andréitch, fit la voix de Védichtchev toujours dissimulé derrière le battant de porte, mais il a raison. Ecrivez à notre père le tsar. Je ne sais pas, moi, dites que nous sommes infiniment confus. La mort dans l'âme, pour la tranquillité de Votre Souveraineté, nous vous prions très humblement ne pas venir nous rendre visite à Moscou.

— Oh, Seigneur !

La voix du gouverneur avait vibré d'un accent plaintif.

Ijitsyne se leva et, posant un regard dévoué sur son haut supérieur hiérarchique, émit une idée salvatrice.

— Votre Haute Excellence, ne pourrait-on invoquer la violence inhabituelle de la montée des eaux ? Comme on dit, n'est-ce pas ? contre Dieu nul ne peut !

Le visage du prince s'éclaira.

— Bravo, Goujitsyne, bravo ! Voilà une tête bien pleine. C'est exactement ce que j'écrirai. Puissent seulement les journalistes ne pas flairer l'odeur du sang !

Le juge d'instruction adressa un coup d'œil condescendant à Eraste Pétrovitch puis se rassit, non point comme auparavant, cependant — la moitié d'une fesse sur un quart de chaise —, mais bien confortablement, tel un égal parmi ses égaux.

Toutefois le soulagement qui se peignait déjà sur la face de Sa Haute Excellence se mua presque aussitôt en un nouvel et profond accablement.

— Ce ne sera d'aucun secours ! La vérité finira de toute manière par faire surface. Du moment qu'Eraste Pétrovitch a dit que ce crime n'était pas le dernier, c'est qu'il y en aura d'autres. Il est bien rare qu'il se trompe.

Haussant un sourcil de zibeline, Fandorine lança au gouverneur un regard appuyé et perplexe : ah ! tiens donc, ainsi il arrive que je me trompe malgré tout ?

A ce moment le grand maître de la police renifla, baissa la tête d'un air coupable et prononça d'une voix de basse :

— Je ne sais si c'est le dernier ou pas, mais en tout cas, il est bien possible que ce ne soit pas non plus le premier. C'est ma faute, Vladimir Andréiévitch, je n'y ai pas attaché d'importance, je ne voulais pas vous inquiéter pour des bêtises. Le meurtre d'aujourd'hui avait quelque chose de trop provocant, c'est pourquoi je me suis décidé à vous en informer, rapport à la visite du souverain. Cependant il me revient que ces derniers temps les cas d'assassinats sauvages de filles ou de galvaudeuses ont l'air d'être devenus plus fréquents. Le jour du mardi gras, par exemple, je me souviens d'avoir reçu un rapport comme quoi on avait ramassé rue des Trois-Saints une mendiante dont la panse n'était plus qu'une charpie. Et avant ça, passage Svinine, on avait découvert une pierreuse, le ventre déchiré, la matrice extirpée. Pour la mendiante, on n'a même pas ouvert d'enquête, c'était inutile ; quant à la fille, on a pensé que c'était son « maquereau » qui, pris de boisson, avait dû la charcuter. On a coffré le gaillard, mais jusqu'à présent il n'a toujours pas avoué, il persiste à nier.

— Ah, Anton Dmitriévitch, comment est-ce possible ? ! s'exclama le gouverneur en levant les mains au ciel. Si on avait tout de suite ordonné une enquête et lancé Eraste Pétrovitch sur la piste, peut-être aurait-on déjà attrapé cette canaille ? Et on n'aurait pas besoin d'ajourner la visite du souverain !

— Mais qui pouvait savoir, Votre Haute Excellence ? Je ne pensais pas à mal, je vous assure. Cette ville, vous la connaissez comme moi, et toute cette populace, cette racaille, chaque jour que Dieu fait, croyez qu'elle en invente ! Alors quoi, il faudrait déranger Votre Excellence pour la moindre broutille ! répondit le général d'une voix presque sanglotante, dans l'espoir de se justifier.

Il tourna la tête vers le juge et le procureur, à la recherche d'un soutien, mais Kozliatnikov considérait le grand maître de la police d'un œil sévère, tandis qu'Ijitsyne hochait la tête d'un air réprobateur : « Sale histoire, mon ami. »

Fandorine interrompit les lamentations du général par une brève question :

— Où sont les cadavres ?

— Où pourraient-ils être ? A la Maison-Dieu. C'est là qu'on ensevelit tous les dévoyés, les traîne-semelles et les sans-papiers. D'abord, s'il y a des signes de violence, on les embarque à la morgue, chez Igor Willemovitch, et ensuite seulement on les transporte au cimetière. Tel est le règlement.

— Il faut procéder à une exhumation, déclara Fandorine avec une grimace de répugnance. Et sur-le-champ. Déterminer d'après les registres de la morgue qui, parmi les individus de sexe féminin entrés là récemment — m-mettons depuis le Nouvel An —, présentait des traces de mort violente. Et exhumer. Vérifier la similitude de schéma du crime. Rechercher s'il n'y a pas eu d'autres cas semblables. La terre n'a pas encore dégelé, les c-corps doivent être en parfait état de conservation.

Le procureur acquiesça de la tête :

— Je vais donner des ordres. Occupez-vous de cela, Léonti Andréiévitch. (Puis il s'enquit avec déférence :) Et vous, Eraste Pétrovitch, nous ferez-vous l'honneur d'être présent ? Votre concours serait également très souhaitable.

La figure d'Ijitsyne s'allongea : visiblement, le concours du conseiller de collège ne lui paraissait nullement si souhaitable que cela.

Mais Fandorine, brusquement, devint blême : il venait de se rappeler le honteux malaise qui l'avait pris tantôt. Il tenta bien un instant de lutter contre lui-même mais, incapable de prendre le dessus, il se résigna à dévoiler sa faiblesse :

— J'enverrai, pour seconder Léonti Andréiévitch, m-mon assistant Tioulpanov. Je pense que ce sera suffisant.

Il était cinq heures du soir. La pénible besogne s'achevait à la lueur des flambeaux.

Pour couronner le tout, du ciel d'une noirceur d'encre exsudait à présent une petite pluie froide et poisseuse. Le paysage du cimetière, déjà suffisamment lugubre, avait pris un aspect si désolé qu'il ne restait plus, semblait-il, qu'à se laisser choir tête la première dans l'une des tombes retournées et à s'enfouir sous la terre protectrice pour ne plus seulement voir ces mares de boue, ces tertres affaissés, ces croix plantées de guingois.

Ijitsyne avait pris la direction des opérations. Ils étaient six à creuser : les deux sergents de ville de tantôt, maintenus à la disposition de l'enquête pour ne pas élargir le cercle des initiés, deux gendarmes rompus au service, et deux fossoyeurs de la Maison-Dieu, sans lesquels la tâche, de toute façon, n'aurait pu être menée à bien. On ôtait d'abord à la pelle la boue visqueuse, puis, quand le métal venait à heurter la terre encore gelée, on empoignait les pioches. C'était le gardien du cimetière qui indiquait les tombes à ouvrir.

D'après le registre, depuis le mois de janvier de l'année en cours 1889, quatorze cadavres de femmes étaient entrés à la morgue avec la mention : « mort provoquée par instruments tranchants ou perforants ». On était à présent en train de tirer les défuntes de leurs pauvres sépultures pour les ramener à l'intérieur du bâtiment où les examinaient le professeur Zakharov et son assistant, Groumov, un jeune homme à la mine souffreteuse, dont la voix grêle et bêlante se mariait parfaitement à la maigre barbiche qui lui paraissait collée au menton.

Anissi Tioulpanov était allé là-bas jeter un coup d'œil et avait décidé de n'y plus retourner. Mieux valait encore rester en plein vent, sous la grise brouillasse d'avril. Cependant, après une heure ou deux, une fois bien gelé et trempé, et les sens du même coup quelque peu émoussés, il revint s'abriter dans la salle de dissection et s'assit dans un coin sur un tabouret. C'est là que le trouva le gardien Pakhomenko, qui le prit en pitié et l'emmena chez lui pour lui faire boire du thé.

C'était un excellent type que ce gardien. Un bon visage glabre, des yeux clairs et naïfs d'où rayonnaient vers les tempes des rides de gaieté. Pakhomenko s'exprimait dans un savoureux parler populaire — on ne se lassait pas de l'écouter —, à cette réserve près qu'il émaillait son discours de mots petit-russiens.

— Pour trimer au charnier, faut avoir le cœur bien calleux, disait-il d'une voix égale en posant un regard plein de compassion sur la figure exténuée de Tioulpanov. N'importe quel paroissien finirait par se frapper si on lui montrait chaque jour ce qui l'attend ici-bas : regarde, esclave du Seigneur, toi aussi tu t'en iras chandir de la sorte ! Mais Dieu est miséricordieux à qui manie la pelle, il lui met de la corne sur les mains, pour point que la chair s'use jusqu'à l'os, et à qui côtoie les misères des hommes, il lui colle de la corne sur le cœur. Pour que ce cœur-là ne s'use point non plus. Et toi, *panytch*, tu t'y feras toi aussi, tu verras. Au début, tiens, je m'areuillais, fallait voir !... j'en étais vert comme une bardane, et maintenant me voilà à boire du thé et becqueter de la tourte. C'est rien, tu prendras l'accoutumance. Mange, allez, mange donc...

Pakhomenko avait roulé un peu partout sa bosse et en avait vu de toutes les couleurs au cours de sa vie. Anissi resta un moment en sa compagnie à l'écouter débiter posément ses histoires — de pèlerinage dans les lieux saints, de bonnes et de mauvaises gens — et se sentit l'âme comme réchauffée et la volonté raffermie. Prêt même à retourner là-bas, aux trous béants, aux cercueils en sapin, aux linceuls trop gris.

Grâce au gardien loquace, philosophe à ses heures, Anissi eut une révélation qui paya largement son inutile présence au cimetière.

Et voici comment la chose advint.

Vers sept heures, comme la nuit tombait, le dernier des quatorze cadavres fut porté à la morgue. Le vaillant Ijitsyne, qui avait eu la précaution de s'équiper de bottes de chasse et d'un surtout caoutchouté à capuchon, fit appeler Anissi, cette fois trempé comme une soupe, pour entendre le résultat de l'exhumation.

Dans la salle de dissection, Tioulpanov serra les dents, se barda le cœur d'une bonne épaisseur de corne, et tout se passa bien : il put aller de table en table, regarder les corps vilainement amochés et écouter le résumé de l'expert.

— Qu'on me rapporte ces trois beautés-là où on les a prises : numéros deux, huit, dix, disait Zakharov en pointant un doigt dédaigneux sur les intéressées. Il y a eu confusion, les gars. Adressez vos griefs à qui de droit. Pour ma part, je n'anatomise que les corps faisant l'objet d'un contrôle particulier, autrement c'est Groumov qui s'en charge. Il s'est remis à taquiner la bouteille, le saligaud. Et quand il est pompette, il rédige ses conclusions selon l'inspiration du moment.

— Que dites-vous là, Igor Willemovitch ? bêla d'un ton outragé l'assistant à barbe de bouc. Si je me permets de consommer quelquefois des boissons spiritueuses, c'est toujours en très petites quantités, pour me fortifier la santé et me détendre les nerfs. Parole, ce n'est pas très honnête de votre part !

— Ah, taisez-vous, allez ! coupa le médecin d'un ton rude. (Et, se désintéressant de son adjoint, il poursuivit son rapport.) Les numéros un, trois, sept, douze et treize ne sont pas non plus de votre rayon. Figures classiques : « coup de lingue dans le gésier » ou bien « coup de rasif sur la gargane ». Travail soigné, aucune trace de sauvagerie. Par conséquent, emportez-les d'ici. (Igor Willemovitch tira de sa pipe une âcre bouffée de tabac et appliqua une tape affectueuse sur l'atroce cadavre violacé d'une grosse femme à la panse tailladée.) Mais cette Vassilissa la Très Belle[1], je la garde, ainsi que les cinq autres. Il faut vérifier si on les a trucidées bien soigneusement, si l'arme était très affilée, *et caetera*. A première vue, je puis me risquer à supposer que les numéros quatre et quatorze sont l'œuvre de notre ami. Seulement, il se sera dépêché, ou bien quelqu'un l'aura effrayé, l'aura empêché de mener à bout sa besogne favorite.

Le praticien esquissa un rictus, les dents serrées sur le tuyau de sa pipe.

Anissi se reporta au registre. Tout collait parfaitement : la numéro quatre, c'était la mendiante, Maria la Bigle, ramassée passage des Trois-Saints ; la quatorze, c'était la prostituée Zotova trouvée rue Svinine. Celles-là mêmes dont le grand maître de la police avait parlé.

Ijitsyne, en homme intrépide qu'il était, ne voulut pas se contenter des dires de l'expert, et, pour une raison mystérieuse, entreprit de revérifier par lui-

1. Héroïne d'un conte populaire russe.

même. Plongeant le nez, ou peu s'en faut, dans les plaies béantes des cadavres, il se lança dans une série de questions tatillonnes. Anissi, jaloux d'un tel sang-froid, se sentit honteux de sa propre inutilité, mais fut incapable de trouver de quoi s'occuper.

Il ressortit au grand air et tomba sur les fossoyeurs qui attendaient dehors en fumant une cigarette.

— Eh quoi, *panytch*, on n'a pas creusé pour rien, au moins ? demanda Pakhomenko. Ou bien va-t-il falloir s'y remettre ?

— Et où encore ? répondit Anissi sans se faire prier. On les a déjà toutes exhumées. C'est même bizarre. Dans tout Moscou, et en l'espace de trois mois, on n'a pas assassiné plus d'une dizaine de filles. Et les journaux qui écrivent que la ville est dangereuse !

— Peuh, une dizaine ! s'esclaffa le gardien. Tu parles ! Seulement celles-là que sont point anodines. Les autres qu'on nous amène, les anodines, celles qu'ont point de nom, on les entasse dans les tranchées.

Anissi tressaillit, brusquement ranimé :

— Quelles tranchées ?

— Mais comment ? s'étonna Pakhomenko. C'est-il que monsieur le docteur t'a pas montré ? Viens-t'en donc avec moi, tu vas mirer la chose.

Il entraîna Anissi tout au fond du cimetière et lui désigna une longue fosse saupoudrée d'une légère couche de terre.

— Celle-ci, c'est celle d'avril. On n'en est qu'au début. Et voilà celle de mars, qu'est déjà recouverte. (Il indiquait un monticule de forme oblongue.) Et là-bas, tiens, celles de février, et puis de janvier. Avant ça, je peux pas dire, vu que je bourrinais point encore ici. J'ai pris mon service que le jour des Rois, juste comme je revenais de pèlerinage au monastère d'Optino. Avant moi, c'était un certain Kouzma qu'était là. Pour lors, un gars que j'ai point connu. Le Kouzma en question, au jour de la Noël, il a rompu le jeûne en lichant une ou deux fillettes, l'est allé bourdir dans une tombe qu'était ouverte et s'y a cassé le cou. Voilà bien la mort que le Seigneur lui a servie. Créature de Dieu, tu gardais les tombes, de la tombe reçois ton trépas ! Il aime à nous jouer des niches, à nous autres, gens des charniers, le Seigneur, je veux dire. C'est que nous sommes un peu comme Ses concierges, pour ainsi dire. Tiens, notre Tichka, le fossoyeur, au jour de la mi-carême...

Oubliant d'un coup le froid, et l'humidité qui lui transperçait les bottes, Anissi interrompit le bavard :

— Eh quoi, on en enterre beaucoup, des anonymes, dans ces tranchées ?

— Dame, oui ! Rien que le mois dernier, quasiment une douzaine, peut-être même davantage. Des gens sans nom, il en court bien autant que de chiens sans collier. On les mènerait à l'équarrissage que personne s'en soucierait autrement. Quand on a perdu son nom, on n'est, comme qui dirait, plus guère un être humain.

— Et est-il arrivé qu'il s'en trouve parmi ceux-là qui soient fortement amochés ?

Le bon visage du gardien esquissa une grimace chagrine :

— Qui irait les examiner, les malheureux ? Encore bien beau si le sacristain de Saint-Jean-le-Guerrier rabâche une prière, quand ce n'est pas moi, pécheur que je suis, qui leur chante un psaume. Oh, les gens, les gens...

« Attrape ça, juge d'instruction en charge des affaires sensibles, attrape ça, vétilleux personnage ! pensa Anissi avec une joie mauvaise. Pareil détail t'a échappé ! »

Il ébaucha un geste à l'adresse du gardien, comme pour dire : « Excuse-moi, l'ami, le devoir m'appelle », et s'en fut au pas de course vers le bâtiment d'administration du cimetière.

— Eh, les gars, cria-t-il de loin, il y a encore du boulot ! Empoignez pelles et pioches, et rappliquez tous ici !

Seul le jeune Linkov bondit sur ses pieds. Le brigadier Pribloudko resta assis, et les gendarmes ne se retournèrent même pas. Ils étaient fourbus, éreintés par la besogne peu familière autant qu'incongrue qu'ils avaient dû abattre ; l'individu qui courait vers eux était encore une fois étranger à leur hiérarchie, et qui plus est n'en imposait guère. Mais Tioulpanov se sentait investi d'une mission, et il força les policiers à se remuer.

Et ainsi que devait le prouver la suite, il fit bien.

Fort tard dans la soirée, et même fort tard dans la nuit, pourrait-on dire, puisqu'il était déjà près de minuit, Tioulpanov était chez son chef, rue Malaïa Nikitskaïa (un épatant pavillon de six pièces, avec poêles de faïence hollandais, éclairage électrique et téléphone), occupé à dîner et à se réchauffer d'un bon grog.

Le grog en question était un singulier mélange d'alcool japonais appelé saké, de vin rouge et de jus de pruneau, préparé selon une recette de Massahiro Shibata, ou plus brièvement Massa, le domestique oriental de Fandorine. Au demeurant, le Japonais n'avait d'un domestique ni le langage ni les manières. Il se comportait avec Eraste Pétrovitch sans aucune cérémonie et ne semblait nullement tenir Anissi pour une personne importante. Celui-ci prenait régulièrement auprès de lui des cours de gymnastique et essuyait de la part de ce maître sévère maintes vexations, railleries et même dérouillées déguisées en leçons de boxe nipponne. Anissi avait eu beau déployer des trésors d'ingéniosité pour tenter de se soustraire à l'enseignement de l'odieuse philosophie métèque, on ne discutait pas avec le chef. Dès lors qu'Eraste Pétrovitch avait donné l'ordre de maîtriser les rudiments du jiu-jitsu, il y avait intérêt à se décarcasser pour y parvenir. Malheureusement, Tioulpanov se révélait un bien piètre *sportsman*, et semblait beaucoup mieux réussir dans le domaine du décarcassage.

— To fais cent flessions saque matin ? demanda Massa d'un air terrible, quand Anissi se fut quelque peu restauré et réconforté d'une tasse de grog. To flappes pom dé ma sur balle fel ? Monté lé pom dé ma !

Tioulpanov cacha ses mains derrière son dos, car en frapper les paumes jusqu'à mille fois par jour sur une canne de fer spécialement destinée à cet usage était décidément au-dessus ses forces, et qui plus est, savez-vous, beaucoup trop douloureux. Aucune callosité ne s'était encore formée dessus, et Massa en ressentait une vive irritation contre son élève, qu'il accablait régulièrement d'injures.

— Vous avez terminé de manger ? Alors vous pouvez à présent rendre compte de votre affaire à Eraste Pétrovitch, déclara Angelina avant de débarrasser la table, pour n'y laisser que les tasses et le pot en argent rempli de grog.

Angelina était belle, un vrai régal pour les yeux : une chevelure châtain clair nouée en une tresse opulente qui, rassemblée sur la nuque, formait un appétissant craquelin ; un teint blanc et pur ; de grands yeux gris au regard sérieux, qui semblaient répandre une sorte de lumière sur le monde alentour. Une femme singulière ; il était bien rare d'en croiser de semblable. Ce n'était pas un Tioulpanov, un maigrichon aux oreilles en feuilles de chou, qui risquait un jour d'attirer le regard d'une aussi céleste créature. Eraste Pétrovitch était un cavalier merveilleux sous tous rapports, et les femmes l'aimaient. Depuis trois ans que Tioulpanov lui servait d'assistant, plusieurs objets de passion, plus ravissants les uns que les autres, avaient régné quelque temps dans le pavillon de la rue Malaïa Nikitskaïa puis s'étaient évaporés, mais d'aussi simple, d'aussi limpide, d'aussi lumineux qu'Angelina, on n'en avait encore jamais vu. Comme il eût été bon qu'elle restât ici un peu plus longtemps ! Et meilleur encore : qu'elle s'y établît pour toujours.

— Je vous remercie, Angelina Samsonovna, dit Anissi en accompagnant du regard sa haute silhouette faite au tour.

Une reine ! parole, une reine ! même si elle n'était que de simple condition bourgeoise. D'ailleurs on ne rencontrait jamais chez le chef que des reines ou des princesses. A quoi bon s'étonner : l'homme était ainsi.

Angelina Kracheninnikova avait fait son apparition rue Malaïa Nikitskaïa un an plus tôt. Eraste Pétrovitch l'avait aidée, la pauvrette, à se tirer de certaine affaire difficile, et elle s'était attachée à lui. Sans doute avait-elle voulu le remercier à la mesure de ses moyens, or elle n'avait rien à offrir que son amour. A présent on ne concevait même plus très bien comment on s'était passé d'elle jusque-là. La garçonnière du conseiller de collège était devenue un logis confortable, douillet, chaleureux. Anissi aimait déjà y venir auparavant, alors vous parlez maintenant ! Et le chef, en présence d'Angelina, se faisait, pour ainsi dire, plus débonnaire, plus simple. Pour son assistant, c'était tout bénéfice.

— Bien, Tioulpanov. Vous voilà repu, et même un peu gris, à p-présent racontez-moi ce que vous avez déterré là-bas avec Ijitsyne.

Eraste Pétrovitch, contrairement à son habitude, affichait un air gêné. « Il a mauvaise conscience, comprit Tioulpanov, il se sent honteux de ne pas être allé à l'exhumation, de m'y avoir envoyé à sa place. » Eh quoi ! Anissi n'éprouvait, lui, que de la joie d'avoir su pour une fois se rendre utile et d'avoir épargné à son chef adoré d'inutiles émotions.

Car, il faut bien le dire, le chef l'avait comblé de bienfaits. Il se trouvait grâce à lui pourvu d'un appartement de fonction, d'un traitement honorable et d'un travail passionnant. La plus grande dette dont il lui était redevable, dont jamais il ne pourrait s'acquitter, se rapportait à sa sœur Sonia, une malheureuse idiote. Anissi avait désormais l'âme quiète pour tout ce qui la concernait, car lorsque lui-même allait prendre son service, Sonia était encore soignée, cajolée et nourrie. Palacha, la femme de chambre de Fandorine, l'avait prise en affection et la choyait. Elle vivait désormais chez les Tioulpanov. Elle passait chaque jour aider Angelina au ménage durant une heure ou deux, puis s'en retournait aussitôt retrouver Sonia, Tioulpanov ayant pris ses quartiers littéralement à deux pas, rue des Grenades.

Anissi entama ainsi son rapport, d'un ton tranquille, en commençant par les faits les plus éloignés :

— Igor Willemovitch a relevé sur deux défuntes des signes évidents de mutilations post mortem. La mendiante Maria la Bigle, décédée le 11 février dans des circonstances non éclaircies, a eu la gorge tranchée, la cavité abdominale incisée, et il manque un rein. Alexandra Zotova, demoiselle de mœurs légères, assassinée le 5 février — selon toute hypothèse par son souteneur, un certain Dzapoev —, a elle aussi été égorgée ; la matrice a été extirpée. Une autre encore, une Tsigane nommée Marfa Jemtchoujnikova, tuée le 10 mars on ne sait toujours pas par qui, pose problème : la gorge est intacte, le ventre a été fendu en croix, mais tous les organes sont en place.

A ce moment Anissi détourna machinalement la tête et se sentit envahi d'une immense confusion. Angelina se tenait dans l'encadrement de la porte, une main serrée contre sa haute poitrine, et le regardait, les yeux écarquillés d'effroi.

— Seigneur ! s'exclama-t-elle en se signant. Que dites-vous là, Anissi Pitirimovitch, quelles horreurs nous racontez-vous ?

Le chef se retourna, mécontent :

— Angelina, va dans ta chambre. Ceci n'est pas destiné à t-tes oreilles. Nous travaillons, Tioulpanov et moi.

La belle créature se retira sans protester, mais Anissi, quant à lui, posa sur son chef un regard lourd de reproches. « Sans doute, vous avez raison, Eraste Pétrovitch, mais un peu plus de délicatesse n'aurait pas nui. Angelina Samsonovna, bien sûr, n'est pas de sang bleu, n'est pas de même condition que vous, mais, sapristi, elle damerait le pion à n'importe quelle comtesse de haut lignage. Un autre épouserait sur-le-champ une telle perle, il ne ferait pas tant le difficile, allez. Que dis-je, il s'estimerait bien heureux ! »

Il n'exprima cependant rien de tout cela à haute voix, il n'en eut pas l'audace.

— Des indices de rapports sexuels ? demanda le chef d'un air concentré, sans accorder d'attention aux mimiques de Tioulpanov.

— Igor Willemovitch a rencontré des difficultés à éclaircir ce point. La terre a beau être encore gelée, il s'est passé tout de même du temps. Mais l'important est ailleurs !

Anissi ménagea une pause pour assurer son effet, puis passa à l'essentiel.

Il raconta comment, sur ses instructions, on avait ouvert ce qu'on nommait les « tranchées », les fosses communes destinées aux trépassés dont l'identité n'avait pu être établie. Plus de soixante-dix corps avaient ainsi été examinés. Neuf d'entre eux, dont un de sexe masculin, présentaient des marques indubitables de mutilation. Tableau semblable à celui d'aujourd'hui : quelqu'un possédant de bonnes connaissances d'anatomie et disposant d'un instrument chirurgical s'était passablement diverti sur les cadavres.

— Mais le plus curieux, chef, c'est que trois de ces corps mutilés ont été extraits de tranchées remontant à l'an passé ! déclara Anissi avant d'ajouter modestement : C'est moi qui ai donné l'ordre à tout hasard d'ouvrir celles de novembre et de décembre.

Eraste Pétrovitch avait écouté jusqu'à présent son assistant avec beaucoup d'attention, mais là il bondit de sa chaise :

— Comment : de décembre ? Comment : de novembre ? C'est invraisemblable !

— N'est-ce pas ? Moi aussi, j'étais indigné. Quelle police avons-nous, hein ? Voici des mois qu'une espèce de bête fauve rôde dans Moscou, et on n'en a jamais eu vent ! Dès lors que c'est la lie de la société qu'on égorge, la police ne s'en occupe pas : elle enterre les victimes et au revoir ! Vous faites comme vous l'entendez, chef, mais moi, à votre place, je passerais un sacré savon à Iourovski et à Eichmann.

Mais le chef semblait soudain en proie au plus vif désarroi. Arpentant la pièce de long en large, il finit par bredouiller :

— C'est impossible... impossible en d-décembre, et encore plus en n-novembre !... A cette époque il était encore à Londres !

Tioulpanov ouvrit de grands yeux, incapable de comprendre ce que Londres venait faire dans l'histoire : Eraste Pétrovitch n'avait pas eu le temps encore de lui exposer sa théorie concernant Jack l'Eventreur.

Le rouge aux joues, Fandorine se rappela le regard outragé qu'il avait lancé quelques heures plus tôt au prince Dolgoroukoï quand celui-ci avait osé dire que le fonctionnaire chargé des missions spéciales se trompait rarement.

Il ressort aujourd'hui que vous vous trompez parfois, Eraste Pétrovitch, et que vous vous trompez même rudement.

J'ai exécuté la décision que j'avais prise. Il faut croire que la providence divine m'a prêté main-forte pour la mettre en œuvre si vite.

Toute la journée, j'ai été la proie d'un sentiment d'enthousiasme et d'invulnérabilité, qui succédait à l'extase d'hier.

Pluie et boue... J'ai eu beaucoup de travail durant le jour, mais je n'éprouve pas une ombre de fatigue. Mon cœur chante, il aspire à la liberté, il vagabonde par les rues et les terrains vagues des environs.

C'est de nouveau le soir. Je remonte la rue Protopopov en direction de la place Kalantchevskaïa. Une femme se tient là, une paysanne, occupée à marchander avec un cocher. Le marché ne se conclut pas, la voiture s'éloigne, et elle demeure désemparée, à piétiner sur place. Je la regarde mieux : elle montre un ventre énorme, enflé à l'extrême. Elle est enceinte, et d'au moins sept mois, sinon davantage. J'ai senti comme un coup au cœur : la voilà, l'occasion, elle te tombe toute seule dans les mains.

Je m'approche : tout colle à merveille. Elle est exactement comme il faut. Crasseuse, mafflue. Cils et sourcils absents — syphilis, à n'en pas douter. Difficile d'imaginer créature plus éloignée du concept de beauté.

J'entame la conversation. Elle arrive de la campagne. Elle vient rendre visite à son mari, ouvrier à l'Arsenal.

Tout s'arrange de manière ridiculement simple. Je lui dis que l'Arsenal est tout proche, je lui promets de l'y accompagner. Elle n'a pas peur, parce que aujourd'hui je suis femme. Je la conduis par les terrains vagues jusqu'à l'étang du domaine horticole Immerov. L'endroit est désert et plongé dans l'obscurité. Tandis que nous marchons, la bonne femme se plaint à moi de la pénible existence qu'elle mène dans son village. Je compatis.

Je l'entraîne sur la berge, je lui dis de ne pas avoir peur, qu'une grande joie l'attend. Elle me regarde d'un air bête. Elle meurt en silence, seuls s'échappent de sa gorge un sifflement d'air et un gargouillement de sang.

Je brûle d'ouvrir le précieux coquillage, et je n'attends pas que les spasmes aient pris fin.

Hélas, une cruelle déception m'attend. Quand, les mains tremblantes de voluptueuse impatience, j'écarte les bords de l'incision pratiquée sur l'utérus, je me sens saisi de dégoût. Le fœtus vivant est d'une laideur monstrueuse, il ne ressemble en rien à une perle. Il est une copie conforme des avortons baignant dans les bocaux d'alcool de la collection du professeur Linz : un même petit vampire. Il remue, ouvre toute grande sa minuscule bouche de souriceau. Je le rejette avec horreur.

Conclusion : l'être humain, tout comme la fleur, doit mûrir pour acquérir sa beauté. Je comprends à présent pourquoi aucun enfant ne m'a jamais paru beau : ce ne sont que des nains à la tête disproportionnée et au système reproductif incomplètement développé.

Les policiers moscovites se sont mis en mouvement. Ma décoration d'hier les a enfin avertis de ma présence. J'en ris d'avance. J'ai plus d'habileté et de ruse qu'eux, jamais ils ne pourront me démasquer. « Quel grand artiste va périr », a dit Néron. C'est de moi qu'il parlait.

Mais je m'en vais noyer dans l'étang le cadavre de la bonne femme et de son souriceau. Il ne sert à rien d'exciter les chiens, et puis je n'ai pas lieu de me vanter, il n'est résulté de tout cela aucune décoration digne de ce nom.

« Coliposta »

5 avril, Mercredi saint, au matin

Dès la première heure de l'aube, Eraste Pétrovitch était allé s'enfermer dans son bureau pour méditer, tandis que Tioulpanov s'en retournait à la Maison-Dieu faire ouvrir les tranchées d'octobre et de septembre. Il en avait fait lui-même la proposition. Il fallait bien, n'est-ce pas, déterminer à quelle date le tueur moscovite avait commencé ses frasques. Le chef n'avait élevé aucune objection. « Très bien, avait-il répondu, allez-y et revenez », mais lui-même, en pensée, était déjà ailleurs, très loin, perdu dans ses déductions.

La besogne se révéla excessivement éprouvante, bien pire encore que la veille. Les cadavres inhumés avant les grands froids étaient fortement décomposés déjà, il n'était au pouvoir d'aucun être humain d'en tolérer le spectacle et encore moins l'odeur atroce qui s'en dégageait. Anissi eut beau faire, il ne put s'empêcher de vomir par deux fois.

— Tu vois, fit-il en adressant un sourire contrit au gardien, il n'y a pas moyen : la corne ne me vient pas...

— Il en est à qui elle ne vient jamais... répondit l'autre en hochant la tête d'un air compatissant.

C'est ceux-là qu'ont le plus de mal à passer leur temps sur terre. Mais en retour le Seigneur Dieu les aime plus fort que les autres. Ah tiens, *panytch*, viens donc licher de ma tisane...

Anissi alla s'asseoir sur le banc, avala une lampée de ratafia, bavarda un moment avec le philosophe de cimetière à propos de tout et de rien, écouta ses fables, parla de sa propre vie et, se sentant le cœur un peu consolé, retourna aux tranchées assister aux travaux d'exhumation.

Mais en vain tout cela. Les tranchées plus anciennes ne révélèrent rien d'autre qui pût servir à l'enquête.

Zakharov observa d'un ton fielleux :

— Mauvaise tête ne laisse point jambes en paix, et s'il ne s'agissait que des vôtres, Tioulpanov ! Vous ne craignez pas que vos gendarmes ne vous flanquent par hasard un coup de pioche sur le crâne ? Quant à moi je rédigerai un rapport en bonne et due forme : le secrétaire de gouvernement Tioulpanov a trépassé sans l'aide de personne ; il a trébuché et sa mauvaise tête a heurté une pierre. Et Groumov en témoignera. On en a plein le dos de votre viande faisandée. Pas vrai, Groumov ?

Le souffreteux assistant esquissa un rictus qui découvrit des dents jaunes et essuya son front bosselé, d'un gant maculé de sanie.

— Igor Willemovitch plaisante, crut-il bon d'expliquer.

Mais c'était sans grande importance : le médecin était un cynique, un butor. Le plus vexant avait été de devoir subir le persiflage du déplaisant Ijitsyne.

Le juge en charge des affaires sensibles avait débarqué au cimetière au moment où le jour poignait, ayant eu vent, par un biais mystérieux, des recherches tioulpanoviennes. Il s'était d'abord montré inquiet que l'enquête progressât sans son concours, puis s'était rassuré et avait recouvré sa bonne humeur.

« Peut-être Fandorine et vous avez-vous encore en réserve quelques idées géniales ? avait-il dit. Souhaitez-vous continuer à fouiller dans vos fosses à purin, pendant que je mène l'enquête ? »

Et il s'en était allé, âme vile et mesquine, dans un ricanement victorieux.

Au bout du compte, Tioulpanov revint rue Malaïa Nikitskaïa les mains vides.

Il gravit le perron avec indolence et actionna le timbre électrique.

Ce fut Massa qui lui ouvrit. En tenue de gymnastique à ceinture noire, un bandeau noué autour du front, orné d'un hiéroglyphe signifiant « zèle et application ».

— Bonjoul, Tiouli-san. Toi et moi faile rensiu.

De quel rensiu peut-il être question quand vous tombez déjà de fatigue et de désarroi ? Anissi tenta de biaiser.

— J'ai un rapport urgent à faire au chef, répondit-il.

Mais Massa n'était pas de ceux qu'on roule dans la farine. Il pointa le doigt sur les oreilles décollées de Tioulpanov et déclara d'un ton sans appel :

— Quand tu as lappol ulgent, tu as yeux tlès glos et oleilles louges, et là tes yeux sont petits et oleilles tout blanses. Enlève manteau, enlève bottes, enfile pantalon et vessète. Nous allons coulil et clier.

Il arrivait qu'Angelina intervînt en faveur d'Anissi — elle seule, du reste, était capable de l'emporter sur ce démon de Japonais —, mais la belle dame aux yeux clairs n'apparut pas cette fois-ci, et le tyran contraignit le pauvre Tioulpanov à passer une tenue de gymnastique sans quitter le vestibule.

Ils sortirent dans la cour. Sautillant frileusement d'un pied sur l'autre — Dieu que la terre était froide —, Anissi agita les bras, hurla « O-osu ! » pour affermir son *prana*, puis la séance d'humiliation commença. Massa lui sauta sur les épaules et lui ordonna de courir en rond. Le Japonais était certes de petite taille, mais il était trapu et solidement bâti, et ne pesait pas moins de cent quarante livres. Tioulpanov décrivit tant bien que mal deux tours complets avant de sentir ses jambes le trahir. Cependant son tortionnaire lui répétait à l'oreille :

— *Gaman ! Gaman !*

Son mot préféré. Il signifiait « patience ».

Anissi eut assez de *gaman* pour effectuer encore la moitié d'un tour de cour, après quoi il s'effondra. Non sans arrière-pensée cependant : juste devant une grande mare de boue, de manière que l'odieux idolâtre volât par-dessus lui et prît un bain. Massa vola bel et bien par-dessus ses épaules mais n'alla nullement s'étaler dans la boue. Il n'y trempa que les mains. Rebondissant sur ses doigts, il exécuta un improbable saut périlleux et atterrit sur ses deux pieds de l'autre côté de l'aquatique obstacle.

Il secoua sa tête ronde d'un air désespéré et enfin renonça :

— Tlès bien, va te laver.

Anissi s'éclipsa comme emporté par le vent.

Fandorine écouta le compte rendu de son assistant (qui s'était entre-temps décrassé, changé et repeigné) dans son bureau, aux murs tapissés de gravures japonaises, de panoplies diverses et d'appareils de gymnastique. Bien que midi fût passé, le fonctionnaire était encore en robe de chambre. Loin de l'affliger, l'absence de résultat parut plutôt le réjouir. En tout cas, il n'exprima aucune surprise particulière.

Quand Tioulpanov eut achevé, Eraste Pétrovitch fit quelques pas dans la pièce en tripotant son cher chapelet de jade et prononça une phrase qu'Anissi ne pouvait jamais entendre sans éprouver un délicieux pincement au cœur.

— Fort bien, raisonnons un peu, v-voulez-vous.

Le chef fit claquer un des grains de pierre verte, puis imprima une ou deux oscillations aux glands qui lestaient sa ceinture.

— N'allez pas croire que votre promenade au cimetière ait été inutile, dit-il pour commencer.

Certes, d'un côté pareille sentence était consolatrice, mais d'un autre le terme de « promenade » appliqué aux épreuves du matin paraissait à Anissi légèrement inapproprié.

— La rigueur exigeait qu'on s'assurât qu'aucun autre cas d'éventration n'était observable avant novembre. L'information que vous m'avez communiquée hier, selon laquelle on avait trouvé deux cadavres sérieusement mutilés dans la fosse commune de décembre, et un dans celle de novembre, m'a fait douter au début de la version postulant la présence de l'Eventreur à Moscou.

Tioulpanov acquiesça de la tête, car il avait été la veille instruit dans les moindres détails de la sanglante histoire de l'assassin britannique.

— Aujourd'hui, cependant, après avoir r-réexaminé mes notes londoniennes, je suis arrivé à la conclusion qu'il ne convient nullement de renoncer à cette hypothèse. Aimeriez-vous savoir pourquoi ?

Tioulpanov opina à nouveau, sachant fort bien que son rôle, à ce moment, se bornait à se taire et à ne pas intervenir.

— Très volontiers !

Le chef ramassa son bloc-notes posé sur la table.

— Le dernier meurtre imputable au fameux Jack a été commis le 20 décembre, dans Poplar High Street. A cette date, notre Eventreur moscovite fournissait déjà grandement la Maison-Dieu de sa production de cauchemar, ce qui semble exclure que les deux assassins, russe et anglais, puissent être réduits à une seule et même personne. Toutefois la prostituée Rose Mylett tuée ce jour-là n'a pas eu la gorge tranchée, et de manière générale ne présentait aucune trace du divertissement macabre auquel Jack a coutume de se livrer. La police a conclu que le meurtrier avait dû être dérangé dans sa besogne par des passants tardifs. Quant à moi, à la lumière de la découverte d'hier, je suis prêt à affirmer que l'Eventreur n'a absolument rien à voir avec ce meurtre. Il est possible que cette Rose Mylett ait été tuée par quelqu'un d'autre, et que l'hystérie collective qui s'était emparée de Londres à la suite du précédent crime ait conduit à attribuer ce nouvel assassinat de prostituée au même maniaque. Passons à présent au crime antérieur, survenu le 9 novembre.

Fandorine tourna une page de son carnet.

— Il est l'œuvre de Jack, cette fois-ci sans doute possible. La prostituée Mary Jane Kelly a été retrouvée chez elle, dans une petite chambre de Dorset

Street, où elle recevait ordinairement ses clients. Gorge tranchée, seins coupés, tissus adipeux prélevés sur les cuisses, viscères soigneusement disposés sur le lit, estomac ouvert... Il existe une hypothèse selon laquelle l'assassin en aurait mangé le contenu.

Anissi sentit à nouveau monter la nausée, comme quelques heures plus tôt au cimetière.

— Sur la tempe, la même sanglante empreinte de lèvres que la demoiselle Andréitchkina nous a fait connaître...

Eraste Pétrovitch interrompit ici ses raisonnements, car Angelina venait d'entrer dans la pièce : robe grise insignifiante, châle noir, quelques mèches châtaines retombant sur son front, visiblement détachées par le vent fraîchissant. L'amie du chef s'habillait de diverses manières. Il arrivait que ce fût en grande dame, mais elle préférait en général les toilettes simples, typiquement russes, comme celle de ce jour-là.

— Vous travaillez ? Je vous dérange ? demanda-t-elle avec un sourire las.

Tioulpanov se leva d'un bond et s'empressa de répondre avant le chef :

— Que dites-vous, Angelina Samsonovna ? Nous sommes au contraire très heureux...

— Oui, oui, acquiesça Fandorine. Tu reviens de l'hôpital ?

La belle créature ôta le châle de ses épaules et répingla les cheveux rebelles.

— C'était très intéressant aujourd'hui. Le docteur Blum nous a appris à ouvrir les furoncles. En fait, ça n'a rien de difficile.

Anissi savait qu'Angelina, âme pure qu'elle était, se rendait régulièrement à la clinique Strobinder, sise rue Mamonov, pour soulager les malades de leurs souffrances. Au début elle leur apportait des friandises, leur lisait la Bible, puis elle avait trouvé que ce n'était pas assez. Désirant se rendre vraiment utile, elle avait voulu apprendre le métier d'infirmière. Eraste Pétrovitch avait bien cherché à l'en dissuader, mais Angelina avait eu le dernier mot.

Une sainte femme, la Russie tout entière ne tenait bon que grâce à des femmes de cette trempe : toutes prière, aide au prochain et cœur aimant. On aurait pu dire qu'elle vivait dans le péché, mais la souillure n'avait pas prise sur elle. Et puis ce n'était pas sa faute si on lui avait assigné le rôle de maîtresse et non d'épouse, s'emporta à nouveau Anissi, pour la énième fois furieux contre son chef.

Fandorine fronça les sourcils :

— Tu as ouvert des f-furoncles ?

— Oui, répondit-elle avec un sourire radieux. A deux vieilles mendiantes. On est aujourd'hui mercredi, rappelez-vous, jour de consultation gratuite. Ne vous inquiétez pas, Eraste Pétrovitch, je m'en suis très bien tirée et le docteur m'a félicitée. Et ensuite j'ai lu à ces deux vieilles le Livre de Job, pour fortifier leur cœur.

— Tu aurais mieux fait de leur donner de l'argent, déclara Eraste Pétrovitch d'un ton agacé. Elles n'ont besoin ni de ton livre ni de ta sollicitude.

Angelina répliqua :

— Je leur ai donné de l'argent, cinquante kopecks à chacune. Quant à ma sollicitude, j'ai besoin de la témoigner, c'est vrai, plus qu'elles d'en être l'objet. Je suis si terriblement heureuse de vivre avec vous, Eraste Pétrovitch ! J'en ai mauvaise conscience. Le bonheur, c'est bien, mais c'est un péché, quand on nage dans le bonheur, que d'oublier les malheureux. Il faut les secourir, être attentif à leurs maux et toujours nous rappeler que notre bonheur est un don de Dieu, et que rares sont les personnes sur cette terre à en connaître le bénéfice. Pourquoi croyez-vous que tant de mendiants et d'infirmes se pressent aux abords des palais et des belles demeures ?

— Ce n'est guère difficile à deviner : parce qu'on y donne d-davantage.

— Non, les pauvres donnent plus que les riches. C'est le Seigneur qui, de la sorte, impose aux gens heureux le spectacle du malheur : « Souvenez-vous que ce monde est empli de misère, et vous-même ne jurez pas de n'y jamais tomber. »

Eraste Pétrovitch poussa un soupir et renonça à répondre à sa maîtresse. Visiblement, il se trouvait à court d'arguments. Il se tourna vers Anissi et agita son chapelet.

— P-poursuivons. Ainsi, j'en déduis que le dernier crime commis en Angleterre par Jack l'Eventreur est le meurtre de Mary Jane Kelly, survenu le 9 novembre, et que notre homme n'est pas impliqué dans l'affaire du 20 décembre. Le 9 novembre, pour le calendrier russe, ce n'est encore que la fin d'octobre, en sorte que l'Eventreur a eu tout le temps nécessaire pour gagner Moscou et enrichir d'une nouvelle victime de son imagination perverse la fosse commune ouverte en novembre à la Maison-Dieu. Vous êtes d'accord ?

Anissi acquiesça du menton.

— La p-probabilité est-elle grande qu'au même moment, en Europe, apparaissent deux maniaques qui agiraient suivant des scénarios parfaitement identiques, coïncidant jusque dans les moindres détails ?

Anissi secoua négativement la tête.

— Alors, dernière question avant de nous attaquer à l'affaire. La probabilité évoquée à l'instant par moi est-elle suffisamment faible pour que nous puissions nous concentrer entièrement sur l'hypothèse principale ?

Deux hochements affirmatifs lui répondirent, si énergiques que les célèbres oreilles tioulpanoviennes en furent ébranlées.

Anissi retint son souffle, sachant qu'à présent un miracle allait se produire sous ses yeux : surgissant du néant, de la brume et des ténèbres, une nouvelle version allait naître, élégante et bien bâtie, avec méthode de recherche, plan d'action, et éventuellement même suspects tout désignés.

— Résumons. Jack l'Eventreur, pour une raison qui nous échappe encore, a gagné Moscou et s'est attelé très résolument à l'extermination des prostituées et autres mendiantes autochtones. Et d'un. (Pour mieux convaincre son auditoire, le chef fit claquer son chapelet.) Il est arrivé ici en novembre de l'an passé. Et de deux (clac !). Durant tous ces derniers mois, il se trouvait en ville, et s'il s'en est absenté, ce ne fut que pour une très courte période. Et de trois (clac !). Il est médecin ou bien a étudié la médecine, car il possède un instrument chirurgical, sait p-parfaitement s'en servir et a la main rompue au travail de dissection. Et de quatre.

Un dernier claquement, et le chef escamota son chapelet dans une poche de sa robe de chambre, signe que l'enquête passait désormais du stade théorique au stade pratique.

— Comme vous voyez, Tioulpanov, le problème ne s'annonce pas si compliqué.

Anissi ne voyait pour l'instant rien du tout, aussi s'abstint-il d'acquiescer.

— Mais comment ? s'étonna Eraste Pétrovitch. Il suffit de contrôler les individus qui, au cours de la période qui nous occupe, sont arrivés d'Angleterre et se sont installés à Moscou. Et même pas tous : seulement ceux qui, d'une manière ou d'une autre, sont liés ou ont été liés à la médecine. Ça ne va pas plus loin ! Vous serez surpris d'apprendre combien le cercle de recherche est étroit.

En effet, comme c'était simple ! Moscou n'était pas Saint-Pétersbourg ; combien de médecins venant d'Angleterre avaient pu débarquer dans l'ancienne capitale au mois de novembre ?

— Par conséquent, passons au plus vite en revue les listes de voyageurs enregistrés par tous les commissariats de police ! (Anissi se leva d'un bond, prêt à se mettre à l'œuvre sur-le-champ.) Vingt-quatre demandes d'information, et le tour est joué ! C'est là, mon ami, dans les registres, que nous le démasquerons, notre tueur !

Si Angelina avait manqué le début du discours d'Eraste Pétrovitch, elle avait ensuite écouté avec beaucoup d'attention, et c'est une question fort pertinente qu'elle posa :

— Et si votre assassin, à son arrivée, s'est gardé de déclarer sa présence à la police ?

— C'est peu probable, répondit le chef. Le personnage est prudent et avisé, il demeure longtemps à la même place, il v-voyage librement à travers l'Europe. Pourquoi prendrait-il bêtement le risque d'enfreindre la loi ? Il n'est ni un terroriste ni un forçat évadé, mais un maniaque. Les maniaques dépensent toute leur violence dans la satisfaction de leur « idée » morbide, l'énergie leur manque pour d'autres activités. Ce sont ordinairement des gens paisibles et effacés, jamais on n'imaginerait qu'ils ont dans la tête un enfer... Mais rasseyez-vous, Tioulpanov. Il n'est besoin de courir nulle part. A quoi, selon vous, ai-je occupé ma matinée pendant que vous alliez tirer les morts par les pieds ?

Il prit sur son bureau quelques feuillets couverts d'une impersonnelle écriture de copiste.

— J'ai téléphoné aux commissaires de tous les arrondissements et leur ai demandé de me communiquer les renseignements consignés dans leurs registres concernant tous les voyageurs arrivés à Moscou soit directement d'Angleterre, soit par quelque point intermédiaire. A tout hasard, j'ai réclamé novembre mais aussi décembre, par mesure de précaution : et si Rose Mylett était malgré tout une victime de notre Eventreur et que votre trouvaille datée de novembre fût au contraire l'œuvre de quelque coupe-jarret indigène ?... Il est difficile d'établir une expertise anatomopathologique sur un corps qui a séjourné dans la terre, quand même celle-ci serait-elle gelée, durant cinq mois entiers. Les deux cadavres de décembre, c'est déjà plus sérieux.

— C'est juste, convint Anissi. La défunte de novembre n'était en effet pas trop... Igor Willemovitch ne voulait même pas y mettre les mains : ce serait une profanation, disait-il. La terre en novembre n'était pas encore à une température assez basse, le cadavre avait pourri par-dessous. Oh, excusez-moi, Angelina Samsonovna ! s'exclama Tioulpanov, effrayé de s'être abandonné à un excès de naturalisme.

Mais ses craintes, semblait-il, étaient vaines : Angelina ne paraissait nullement disposée à s'évanouir, et ses yeux gris étaient toujours aussi sérieux et attentifs.

— Vous voyez ! Mais même en l'espace de d-deux mois, il ne nous est arrivé d'Angleterre que trente-neuf individus en tout et pour tout, parmi lesquels Angelina Samsonovna et moi-même. Mais avec votre permission, je nous exclurai du lot. (Eraste Pétrovitch sourit.) Sur les trente-sept qu'on obtient ainsi, vingt-t-trois n'ont séjourné à Moscou que peu de temps, et ne présentent donc pas d'intérêt pour nous. Il en reste donc quatorze, parmi lesquels seuls trois ont un rapport avec la médecine.

— Aha ! s'écria Anissi d'un ton guerrier.

— Naturellement, le p-premier à at-tirer mon attention a été le docteur en médecine George Sevill Lindsay. Il est, comme tous les étrangers, l'objet d'une surveillance discrète de la part de la Direction de la gendarmerie, de sorte qu'il s'est révélé extrêmement simple de rassembler des renseignements sur lui. Hélas, mister Lindsay ne nous convient pas. Il est établi qu'avant de venir en Russie il n'a passé qu'un mois et demi dans sa patrie. Auparavant il s-servait en Inde, bien loin de l'East End londonien. Il a obtenu une place à l'hôpital Catherine, et c'est la raison pour laquelle il est venu s'installer chez nous. Il n'en reste donc plus que deux, tous les deux russes. Un homme et une femme.

— Ce n'est pas une femme qui a pu commettre de tels crimes, affirma Angelina. Sans doute, il existe parmi mes semblables toutes sortes de dévoyées, mais lacérer un ventre à coups de couteau réclame beaucoup de force. Et puis nous, les femmes, avons horreur du sang.

— Il est question ici d'un être singulier, qui ne ressemble en rien aux gens ordinaires, objecta Fandorine. Ce n'est ni un homme ni une femme, mais le représentant d'une espèce de t-troisième sexe, d'un monstre au sens premier du terme. En aucun cas on ne peut exclure qu'il s'agisse d'une femme. Certaines sont, du reste, physiquement très vigoureuses. Sans p-parler même du fait que le maniement du scalpel ne requiert pas une force particulière, dès lors qu'on en possède une certaine expérience. Prenons, par exemple (il jeta un coup d'œil à un autre feuillet), la sage-femme Nesvitskaïa Elizaveta Andréievna, vingt-huit ans, célibataire, arrivée d'Angleterre via Saint-Pétersbourg le 19 novembre. Une personnalité originale. A l'âge de dix-sept ans, a été condamnée à deux ans de forteresse pour affaire politique, puis reléguée par décision administrative dans le gouvernement d'Arkhangelsk. A pris la fuite, s'est réfugiée à l'étranger et a terminé ses études à la faculté de médecine de l'université d'Edimbourg. A sollicité et obtenu la permission de regagner sa patrie. Et y est revenue. Le ministère des Affaires intérieures examine actuellement sa demande de validation de son diplôme de médecine. En attendant, la demoiselle Nesvitskaïa s'est procuré un emploi de sage-femme à la clinique gynécologique Morozov nouvellement ouverte. Elle se trouve sous la surveillance de la police. D'après les informations glanées par les agents, la Nesvitskaïa, bien que son titre de médecin n'ait pas encore été confirmé, donne des consultations à certains patients, parmi les plus démunis. La direction de la clinique ferme les yeux et même l'y encourage en secret : le personnel désireux de s'occuper des indigents n'est pas légion. Tels sont les renseignements dont nous disposons concernant cette femme.

— Au moment des crimes commis par l'Eventreur à Londres, elle se trouvait en Angleterre, et d'un, résuma Tioulpanov. Au moment des crimes commis ici, elle était à Moscou, et de deux. Elle possède une expérience médicale, et de trois. A en juger par ce qu'on sait, l'individu sort de l'ordinaire et ne paraît guère avoir une tournure d'esprit très féminine, et de quatre. Impossible de rayer la Nesvitskaïa de la liste !

— Je ne vous le fais pas dire. Par ailleurs, n'oublions pas que ni les meurtres londoniens ni celui de la demoiselle Andréitchkina n'ont permis de relever le moindre indice de sévices sexuels, pourtant habituels quand le tueur maniaque est un homme.

— Et qui est le second ? demanda Angelina.

— Un certain Ivan Rodionovitch Sténitch. Trente ans, ancien étudiant à la faculté de médecine de l'université impériale de Moscou. Exclu il y a sept ans pour « immoralité ». Dieu sait ce que l'expression recouvre, en tout cas le personnage semble parfaitement correspondre au profil que nous avons établi. Il a changé plusieurs fois d'activité, a été soigné pour affection mentale et a voyagé en Europe. Il est arrivé d'Angleterre en Russie le 11 décembre. Depuis le Nouvel An, il travaille comme infirmier à l'asile d'aliénés Notre-Dame-de-la-Consolation.

Tioulpanov frappa de la paume sur la table.

— Diablement louche !

— Ainsi, nous avons d-deux suspects. Si tous deux se révèlent hors de cause, nous travaillerons sur l'hypothèse formulée par Angelina Samsonovna, à savoir que Jack l'Eventreur, en arrivant à Moscou, a réussi à se soustraire à l'œil de la police. Et ce n'est qu'une fois certains que cette autre hypothèse est exclue que nous renoncerons à la version principale pour commencer à rechercher un Ivan l'Eventreur autochtone, n'ayant de sa vie mis les pieds dans l'East End. Vous êtes d'accord ?

— Oui, mais il s'agit bien de Jack, et non d'un Ivan, déclara Anissi d'un ton convaincu. Tout concorde.

— De qui préférez-vous vous occuper, Tioulpanov, de l'infirmier ou de la sage-femme ? demanda le chef. Je vous accorde le droit de choisir, à titre de martyr de l'exhumation.

— Puisque ce Sténitch travaille dans un hôpital psychiatrique, j'ai un prétexte tout trouvé pour faire sa connaissance : ma sœur, Sonia, répondit Anissi, dont le raisonnement en apparence très judicieux lui était moins inspiré par la froide logique que par un brûlant désir d'en découdre ; un homme, qui plus est affligé de maladie mentale, paraissait plus prometteur, comme Eventreur, qu'une révolutionnaire en rupture de ban.

— Comme vous voudrez, conclut Eraste Pétrovitch avec un sourire. Vous irez donc à Lefortovo, et moi à Dévitchié Polié, voir la Nesvitskaïa.

Il était dit cependant qu'Anissi devrait s'occuper aussi bien de l'ex-étudiant que de la sage-femme, car au même instant le timbre de la porte d'entrée retentit.

Massa entra et annonça :

— Posta.

Puis il précisa en s'appliquant non sans plaisir à prononcer un mot sonore et difficile :

— Coliposta.

Le « coliposta » était de petites dimensions. Sur le papier d'emballage gris était inscrit, tracé d'une large écriture sautillante et négligée : « A remettre en main propre à Sa Haute Noblesse le conseiller de collège Fandorine. Urgent et strictement confidentiel. »

Tioulpanov se sentit piqué de curiosité, mais le chef tardait à déballer le paquet.

— C'est le f-facteur qui l'a apporté ? D'où vient que l'adresse ne figure pas ?

— Non, un galçon. Lemis tlès vite et sauvé en coulant. Il faut le lattlaper ? demanda Massa, soudain inquiet.

— S'il s'est sauvé, tu ne le rat-traperas pas.

L'emballage recouvrait un coffret tapissé de velours et noué d'un ruban de satin rouge. A l'intérieur du coffret : un poudrier de laque de forme ronde. Dans le poudrier, sur un morceau de gaze, un objet jaunâtre présentant de nombreux reliefs. Anissi, au premier instant, crut voir un champignon des bois, un lactaire délicieux. Il regarda de plus près, et laissa échapper un cri.

Une oreille humaine.

Une rumeur a commencé de se répandre dans Moscou.

Un loup-garou, dit-on, hanterait depuis quelque temps la ville. Qu'une femme, la nuit, mette le nez dehors, le loup-garou rapplique aussitôt. Il s'approche tout doucement, son œil rouge lance un éclair au coin d'une palissade, et là, si elle n'a pas le temps de réciter une sainte prière, c'en est fait de la pauvre chrétienne : le monstre bondit et d'abord lui plante les crocs dans la gorge, puis lui déchire le ventre et se repaît de ses entrailles. Et il semblerait que ce loup-garou ait déjà dévoré des tas et des tas de femmes, mais les autorités de la ville le dissimulent au peuple parce qu'elles ont peur de notre tsar très aimé.

C'est ce qu'on racontait aujourd'hui au marché aux puces de la place Soukharev.

C'est de moi qu'on parle, c'est moi le loup-garou venu les hanter. Absurde ! Les êtres comme moi ne « hantent » pas : ce sont des messagers, porteurs d'une terrible ou au contraire joyeuse nouvelle. Quant à moi, habitants de Moscou, c'est une joyeuse nouvelle que je vous apporte.

Laide cité, laides gens, je vais vous rendre belle et beaux. Je ne le puis pour tous, ne m'en tenez pas rigueur. La force me manque. Mais beaucoup, beaucoup seront élus.

Je vous aime avec toutes vos turpitudes et vos difformités. Je ne vous veux que du bien. J'ai suffisamment d'amour pour tous. Je sais voir la Beauté sous les guenilles pouilleuses, sous les croûtes suppurantes d'un corps mal lavé, sous la gratte et l'exanthème. Je suis votre sauveur, je suis votre sauveuse. Je vous suis frère et sœur, père et mère, époux et épouse. Je suis femme et je suis homme. Je suis l'androgyne, ce merveilleux ancêtre de l'humanité, qui possédait les attributs des deux sexes. Plus tard les androgynes se scindèrent en deux moitiés, masculine et féminine, et ainsi naquirent les êtres humains, malheureuses créatures, éloignées de toute perfection et accablées de solitude.

Je suis la moitié qui vous manque. Rien ne m'empêchera de me réunir à ceux d'entre vous que j'aurai choisis.

Le Seigneur m'a donné intelligence, ruse, prescience et invulnérabilité. Les obtus, les grossiers, les gris cendre cherchaient à capturer l'androgyne sans même essayer de comprendre ce que signifiaient les messages qu'il adressait au monde.

Au début ces pitoyables tentatives m'amusaient. Puis est venue l'amertume.

Peut-être le prophète trouvera-t-il bon accueil en son pays, ai-je pensé. La Russie m'appelait à grands signes, cette Russie irrationnelle, mystique, si attachée à la vraie foi, avec ses sectes de castrats, ses schismatiques s'immolant par le feu et autres moines ermites, mais, semble-t-il, c'était pour me tromper. Aujourd'hui les mêmes êtres obtus, grossiers, privés d'imagination, s'emploient à capturer le Décorateur à Moscou. Je m'amuse comme rarement, chaque nuit je me tords d'un grand rire silencieux. Personne n'assiste à ces accès de gaieté, et si quelqu'un me voyait, il conclurait à coup sûr que je n'ai pas toute ma raison. Eh quoi, s'il suffit de ne pas leur ressembler pour être fou, alors bien sûr... Mais dans ce cas, le Christ était fou lui aussi, et tous les saints et les justes, et tous les géniaux détraqués dont ils tirent tant d'orgueil.

Le jour, je ne me distingue en rien des laides, pitoyables et vaines créatures qui m'entourent. Je suis virtuose du mimétisme, rien ne pourrait leur laisser deviner que je suis d'une autre race.

Comment osent-ils négliger le don de Dieu, négliger leur propre corps ? Mon devoir, ma vocation est de les initier peu à peu à la Beauté. Je donne de la grâce à qui est disgracié. Les autres, je ne les touche pas. Leur personne n'offense pas l'image du Seigneur.

La vie est un jeu drôle et captivant. Le chat et la souris, hide and seek. *Je suis le chat et je suis la souris*. I hide and I seek. *Un, deux, trois, quatre, cinq, je sors vous chercher.*

Si quelqu'un n'est pas caché, ce n'est pas ma faute.

Une tortue, un setter, une lionne et un lapin

5 avril, Mercredi saint, pendant la journée

Anissi demanda à Palacha de vêtir Sonia de ses habits du dimanche, et l'idiote, qui était déjà une demoiselle, s'en trouva toute réjouie, au point qu'elle se mit à piailler sans discontinuer. Pour elle, pauvre sotte, toute sortie était un événement, et aller à l'hôpital voir le « dotou » (ce qui dans le langage de Sonia signifiait « docteur ») enchantait particulièrement l'infirme. A l'hôpital, on lui parlait longuement, avec patience, on lui offrait toujours un bonbon ou bien du pain d'épice, on lui appliquait sur la poitrine un morceau de ferraille un peu froid, on lui pétrissait le ventre pour la chatouiller, on regardait dans sa bouche avec intérêt, et Sonia, elle, était heureuse de collaborer, et écartait suffisamment les mâchoires pour qu'on puisse l'examiner tout entière d'outre en outre.

Nazar Stépanytch, un cocher de leur connaissance, avait été convoqué pour le voyage. D'abord, naturellement, Sonia se montra un peu effrayée par Mouche, la paisible jument qui s'ébrouait dans un grand cliquetis de harnais, en lorgnant d'un œil injecté de sang la grosse fille mal bâtie ficelée dans un châle. Tel était le rituel qu'observaient Mouche et Sonia.

Le fiacre les conduisit de la rue des Grenades jusqu'à Lefortovo. Leur trajet était beaucoup plus court d'habitude, puisque le médecin qu'ils allaient consulter, le docteur Maxime Khristoforovitch, exerçait rue Rojdestvenka, à la Société de secours mutuel ; or là, rendez-vous compte ! c'était toute la ville qu'ils traversaient à la faveur de leur excursion.

On dut contourner la place Troubnaïa : elle était totalement inondée. Sitôt que le soleil pointerait son nez, la terre sécherait en un clin d'œil, mais Moscou en attendant affichait un air maussade et négligé. Immeubles gris, chaussées boueuses, petites gens emmaillotées de guenilles, pliées en deux sous le vent... Le spectacle, néanmoins, semblait plaire à Sonia. A chaque coin de rue, elle flanquait un coup de coude dans les côtes de son frère — « Nissi, Nissi ! » — et lui désignait, doigt tendu, une colonie de freux perchés dans un arbre, la citerne d'un porteur d'eau, ou bien quelque ouvrier pris de boisson. Le seul ennui était qu'elle l'empêchait de réfléchir. Or des sujets de réflexion, il en avait, et même beaucoup, depuis l'oreille coupée, dont le chef s'était personnellement chargé, jusqu'à sa propre mission qui s'annonçait assez délicate.

L'hospice Notre-Dame-de-la-Consolation de la communauté Saint-Alexandre, institution vouée au traitement des maladies mentales et nerveuses ainsi que des cas de paralysie, était installé place de l'Hôpital, de l'autre côté de la Iaouza. Tioulpanov savait que Sténitch travaillait comme infirmier sous les ordres du docteur Rozenfeld, à la cinquième section, là où étaient soignés les malades les plus agités et les incurables. Ce fut donc là qu'il conduisit sa sœur après avoir payé cinq roubles à la caisse. Il entreprit de conter en détail au médecin les divers incidents qui émaillaient la vie de Sonia depuis quelque temps : elle se réveillait à présent en larmes au beau milieu de la nuit, avait repoussé Palacha par deux fois, ce qui n'arrivait jamais auparavant, et par-dessus le marché avait pris la soudaine manie de jouer avec un miroir qu'elle collait devant son nez pour s'y contempler durant des heures, en ouvrant tout ronds des yeux de porcelet.

Son récit dura un bon moment. Un homme en blouse blanche entra deux fois dans le cabinet, la première pour apporter des seringues stérilisées, la seconde pour prendre une ordonnance de préparation d'une teinture. Le médecin le voussoyait et l'appelait par ses prénom et patronyme : Ivan Rodionovitch. Ainsi, voilà à quoi ressemblait ce Sténitch. Sa figure était pâle et émaciée, mangée par des yeux immenses. Il laissait pousser ses cheveux, qu'il avait longs et raides, mais se rasait barbe et moustache, en sorte que sa physionomie présentait un aspect un peu moyenâgeux.

Laissant sa sœur aux mains du médecin pour qu'il l'examinât, Anissi sortit dans le couloir et jeta un coup d'œil par une porte entrouverte sur laquelle était inscrit : « salle de soins ». Sténitch lui tournait le dos, occupé à agiter dans une fiole une espèce de mixture verdâtre. Qu'y avait-il à retenir de ce dos ? Epaules voûtées, blouse blanche, bottes éculées.

Le chef le lui avait appris : le plus important, dans une conversation, c'était la première phrase, c'est elle qui servait de clé. Dès lors qu'on entamait sans heurt le dialogue, la porte s'ouvrait et l'on apprenait de son interlocuteur tout ce qu'on désirait. Il fallait seulement ne pas se tromper, bien déterminer à quelle catégorie de personnage on avait affaire. Des catégories, il n'en était pas tant que ça : Eraste Pétrovitch en dénombrait exactement seize, chacune réclamant une approche particulière.

Oh, ce n'était pas le moment de gaffer. Or Anissi ne possédait pas encore très bien toutes les finesses de cette science.

D'après ce qu'on savait de Sténitch, et de ce qu'on pouvait conclure d'une première observation, l'homme appartenait à la catégorie des « tortues », individus renfermés, méfiants, volontiers repliés sur soi, entretenant une sorte d'incessant monologue intérieur.

S'il en était bien ainsi, la bonne méthode était de « montrer son ventre », c'est-à-dire de s'avancer à découvert en affichant un caractère inoffensif, puis, sans transition aucune, d'ouvrir une brèche, de percer toutes les couches défensives constituées à force d'isolement et de précaution, d'interloquer, en prenant bien garde cependant — Dieu vous en préserve — d'effaroucher par un excès d'audace, et surtout de ne pas faire fuir, mais au contraire d'intriguer, de lancer un signal, comme pour dire : « Toi et moi, va, sommes faits de même farine, et parlons le même langage. »

Tioulpanov exécuta mentalement le signe de croix, puis lâcha tout à trac :

— J'ai bien aimé tantôt la manière dont vous avez regardé mon idiote dans le cabinet du docteur. Avec intérêt, mais sans commisération. Votre médecin, c'est tout le contraire : pour s'apitoyer, il s'apitoie, mais d'intérêt, il n'en montre aucun. Les pauvres d'esprit n'ont pas besoin qu'on les plaigne, ils seront plus heureux que nous. Par contre, ils ont de quoi éveiller la curiosité : en apparence, ce sont des créatures comme vous et moi, mais en réalité ils sont tout différents. Parfois même ils ont la révélation de mystères qui nous sont, à nous, rigoureusement celés. Vous aussi, vous êtes de cet avis, pas vrai ? Je l'ai compris à votre regard. C'est vous qui devriez être docteur et pas ce Rozenfeld. Vous êtes étudiant, c'est ça ?

Sténitch se retourna, ses gros yeux pleins de stupeur. Il semblait quelque peu décontenancé par l'« ouverture de la brèche », mais décontenancé de la bonne manière, sans paraître autrement effrayé ni hérissé. Il répondit brièvement, comme il sied à un sujet de type « tortue » :

— Ex-étudiant.

La méthode choisie avait fonctionné. A présent que la clé était engagée dans la serrure, il suffisait, d'après l'enseignement du chef, de peser lourdement dessus et de la tourner d'un coup sec pour l'entendre claquer. Il y avait là, cependant, une subtilité : avec une « tortue », la familiarité n'était pas de mise, il était impossible d'abréger soi-même la distance, car l'individu se rétracterait alors aussitôt dans sa carapace.

— Quoi ! vous avez trempé dans la politique ? maugréa Anissi, feignant la déception. C'est donc que je fais un bien mauvais physionomiste. Moi qui vous prenais pour un gars doué d'imagination... Je voulais vous demander conseil à propos de mon idiote... Vous autres, les socialistes, vous ne valez rien comme psychiatres, vous vous passionnez trop pour le bien de la société, mais les représentants de cette même société, pris isolément, vous vous en contrefichez, et d'autant plus s'il s'agit d'infirmes du genre de ma Sonia. Pardonnez ma franchise, je suis un type direct. Adieu donc, je préfère encore m'expliquer avec Rozenfeld.

Et il fit mine de se retirer sur-le-champ, ainsi qu'il sied à un spécimen de la catégorie « setter » (franc, impulsif, tranchant dans ses sympathies et ses antipathies), interlocuteur idéal pour une « tortue ».

— Comme vous voudrez, répondit l'infirmier, piqué au vif. Seulement je ne me suis jamais passionné pour le bien de la société, et si j'ai été exclu de la faculté, c'est pour une affaire d'une tout autre nature.

— Ah ! s'exclama Tioulpanov en levant un doigt triomphant. Le regard ! Le regard ! Il ne trompe jamais ! Je vous avais tout de même correctement situé. Vous vivez selon votre jugement, et vous suivez votre propre route. Je me moque que vous ne soyez que *feldscher*[1], je n'accorde aucune importance au titre. J'ai besoin d'une personne vive, intelligente, dont le raisonnement échappe à la règle commune. Je suis las de traîner Sonia de médecin en médecin. Ils n'ont qu'un seul mot à la bouche : oligophrénie, stade extrême, cas incurable. Mais moi je sens que l'âme en elle est vivante, qu'on peut la réveiller. Voulez-vous vous charger de l'examiner ?

— Je ne suis même pas *feldscher* non plus, répondit Sténitch, apparemment ému par la franchise de l'inconnu (et aussi par la flatterie, l'homme

1. Le terme de *feldscher* — en allemand : « barbier, chirurgien militaire » — désigne dans la hiérarchie médicale russe un grade intermédiaire entre infirmier et médecin. *(N.d.T)*

est toujours sensible à la flatterie). Certes, monsieur Rozenfeld m'emploie comme *feldscher*, mais je ne suis ici officiellement qu'infirmier. Et je travaille bénévolement, sans toucher aucun salaire. Pour la rémission de mes péchés.

Ah, voilà qui explique tout ! pensa Anissi. Voilà d'où viennent ce regard contrit et cet air d'humilité. Il faut corriger le tir.

Et il déclara du ton le plus sérieux du monde :

— Vous avez choisi là le bon moyen d'expier vos fautes. Bien meilleur que d'aller faire brûler des cierges à l'église ou de se marteler le front contre la pierre du parvis. Que Dieu accorde un prompt soulagement à votre âme.

— Je ne veux pas d'un prompt soulagement ! s'écria Sténitch avec une véhémence inattendue, cependant que ses yeux, jusqu'alors éteints, s'embrasaicnt de fièvre et de passion. Puisse le chemin à parcourir être long et difficile ! Ce sera mieux ainsi, ce sera plus juste ! Je... je parle rarement avec les gens, je suis très réservé. Et puis j'ai l'habitude de vivre en solitaire. Mais il y a en vous quelque chose qui incite à la confidence. J'en ai tant le désir... Autrement, à ne connaître que la seule compagnie de soi-même, on a tôt fait de sombrer à nouveau dans la folie.

Anissi se sentit tout bonnement épaté. Ah, la science du chef ! La clé correspondait à la serrure, et y correspondait même si bien que la porte s'ouvrait d'elle-même toute grande devant lui. Il ne lui restait plus rien à faire qu'écouter et opiner du bonnet.

Son silence inquiéta l'infirmier.

— Peut-être n'avez-vous pas le temps ? (Sa voix avait tremblé.) Je sais, vous avez vos propres malheurs, vous n'avez guère besoin d'entendre ceux des autres...

— Qui connaît la peine comprend encore mieux celle qui afflige son prochain, répondit jésuitiquement Anissi. Qu'est-ce qui vous tourmente ? Parlez, vous pouvez vous fier à moi. Nous sommes des étrangers l'un pour l'autre, je ne sais même pas votre nom, ni vous le mien. Nous allons parler un moment, puis nous ne nous reverrons plus. Quel péché avez-vous sur la conscience ?

Il se prit à rêver l'espace d'un instant : l'autre allait tomber à genoux, fondre en sanglots. « Brave homme, dirait-il, pardonne-moi, je suis maudit, je porte un péché sanglant qui m'écrase, j'éventre les femmes à coups de scalpel. » Et terminé, affaire bouclée, une récompense pour Tioulpanov de la part des autorités, et surtout une parole louangeuse de la part du chef.

Mais non, Sténitch ne se jeta pas à ses pieds et prononça un tout autre discours :

— L'orgueil. Je me suis épuisé toute ma vie à le combattre. C'est pour le vaincre que je me suis procuré un poste ici, un travail sale et pénible. Je ramasse les immondices derrière les fous, je ne répugne à aucune tâche. Humiliation et résignation, voilà le meilleur remède contre l'orgueil.

— Ainsi, c'est à cause de votre orgueil qu'on vous a exclu de l'université ? demanda Anissi, incapable de dissimuler son désappointement.

— Comment ? Ah, l'université ! Non, c'est là une autre histoire... Mais tenez, je vais vous la raconter. Ne serait-ce que pour me mortifier encore.

L'infirmier s'était brusquement empourpré, le rouge inondant son visage jusqu'à la racine des cheveux.

— J'avais autrefois un autre vice, assez envahissant. Celui de la luxure. J'ai réussi à le vaincre, la vie m'y a aidé. Mais dans ma jeunesse je menais une existence dépravée, poussé moins par l'appétit des sens que par la curiosité. C'est encore plus abject, non, de céder au vice par simple curiosité ?

Anissi ne savait que répondre à pareille question, mais cette histoire de vice était intéressante. Et si, de la luxure, le fil conduisait jusqu'au meurtre ?

— Je ne crois pas que la recherche de la volupté soit un bien grand péché, dit-il enfin. Il y a péché quand notre prochain doit pâtir de nos actes. Mais qui se trouverait mal d'un excès de sensualité, dès lors bien sûr qu'il n'est fait de violence à personne ?

Sténitch esquissa un simple hochement de tête.

— Eh ! vous êtes jeune encore, monsieur. Vous n'avez jamais entendu parler des « amis de Sade » ? Mais non, comment auriez-vous pu, vous étiez alors, sans doute, encore au lycée. Ce mois d'avril, sept ans exactement se seront écoulés... Mais il est vrai que bien peu de personnes, à Moscou, sont au courant de cette affaire. Elle a fait un peu de bruit, à l'époque, dans les milieux médicaux, mais ces milieux-là ne laissent rien filtrer : l'esprit de corps, vous comprenez. On lave son linge sale en famille. Certes, moi, j'ai été rejeté...

— De quels amis parlez-vous ? Des amis des chats... ? demanda Anissi d'un air faussement naïf, se rappelant le motif d'exclusion : pour « immoralité ».

Son interlocuteur éclata d'un rire déplaisant.

— Pas tout à fait. Nous étions une quinzaine de vauriens. Tous étudiants en médecine, parmi lesquels deux filles. On vivait alors des temps sombres et rudes. C'était l'année où le tsar émancipateur trouva la mort dans un attentat à la bombe perpétré par des nihilistes. Nous aussi, nous étions nihilistes, mais en marge de la politique. S'il avait été question de politique, à l'époque on nous eût condamnés au bagne, ou à un sort bien pire encore. Alors que là, on se contenta d'expédier le meneur du groupe, un nommé Sotski, dans une compagnie de discipline. Sans jugement, sans scandale, par décret ministériel. Quant aux autres, certains furent transférés dans des sections à vocation non strictement médicale — pharmacie, chimie, anatomopathologie —, pour autant qu'ils étaient estimés indignes désormais de porter le noble titre de médecin. Et ceux qui, comme moi, ne bénéficiaient pas de hautes protections se trouvèrent simplement virés.

— N'était-ce pas un peu sévère ? intervint Tioulpanov avec un soupir compatissant. Qu'aviez-vous donc commis de si grave ?

— Aujourd'hui je suis enclin à penser que non. Que c'était finalement justice... Vous savez, il arrive que les très jeunes gens qui ont choisi de s'engager dans des études de médecine sombrent parfois dans un certain cynisme. L'idée s'enracine en eux que l'être humain n'est nullement une image de Dieu, mais une machine constituée d'articulations, d'os, de nerfs et autres éléments. Les étudiants de première année tiennent pour acte de bravoure de déjeuner à la morgue, en posant la bouteille de bière sur le ventre d'un macchabée à peine recousu. Il est des plaisanteries de plus mauvais goût encore, je vous en fais grâce, c'est un sujet répugnant. Mais toutes ces frasques sont monnaie courante, nous avons fait preuve, quant à nous, de bien plus d'originalité. Quelques-uns parmi nous étaient aux as, en sorte que le moyen s'offrait de faire beaucoup mieux. Très vite, la simple débauche ne nous a plus suffi. Notre mentor, le défunt Sotski, avait de l'imagination à revendre. Il n'est jamais revenu des bataillons disciplinaires, il y a laissé la peau, autrement il fût allé loin. Nous goûtions particulièrement les divertissements sadiques. On louait les services d'une prostituée la plus moche possible, on la payait vingt-cinq billets, et chacun de la malmener à sa guise. Jusqu'à l'excès... Un jour, dans un bordel minable où nous avions trop bu, une vieille putain prête à tout pour trois malheureux roubles est morte sous les tortures que nous lui avons infligées... L'affaire fut étouffée et ne remonta jamais jusqu'aux tribunaux. Tout fut réglé discrètement, sans bruit. Au début j'enrageais qu'on eût brisé ma vie : je n'étais pas riche, voyez-vous, pour payer mes études je donnais des leçons, ma pauvre mère m'envoyait ce qu'elle pouvait... Mais ensuite, des années plus tard, j'ai un jour brusquement compris que c'était mérité.

Anissi fronça les sourcils :

— Comment cela : « brusquement » ?

— Comme ça, répondit Sténitch d'un ton bref et sévère. J'ai rencontré Dieu.

Il y a là quelque chose, pensa Tioulpanov. Il faut sonder encore, ainsi peut-être surgira l'« idée » dont le chef a parlé. Comment amener la conversation sur l'Angleterre ?

— Vous avez dû être rudement ballotté par l'existence, n'est-ce pas ? Vous n'avez pas essayé de trouver le bonheur à l'étranger ?

— Le bonheur, non, je ne l'ai jamais cherché. Mais des sales histoires, oui, dans plusieurs pays. J'en ai même trouvé bien plus que ma part, le Seigneur me pardonne.

Sténitch se signa avec ferveur en se tournant vers l'image du Sauveur accrochée dans un angle de la pièce. C'est le moment que choisit Tioulpanov pour glisser d'un air innocent :

— Et êtes-vous déjà allé en Angleterre ? Moi, j'en rêve, mais visiblement je n'en aurai jamais l'occasion. Tout le monde dit que c'est un pays extrêmement civilisé.

— C'est bizarre que vous me parliez de l'Angleterre, releva le pécheur repenti en le dévisageant avec attention. Vous êtes du reste une étrange personne. Quoi que vous demandiez, vous tombez toujours juste. C'est en Angleterre, précisément, que j'ai eu la révélation de Dieu. Je menais jusqu'alors une vie indigne et humiliante de parasite, aux crochets d'un riche énergumène. Or là, j'ai pris ma décision, et du jour au lendemain j'ai changé d'existence.

— Mais vous disiez vous-même que l'humiliation était utile pour vaincre l'orgueil. Pourquoi donc avez-vous résolu de renoncer à une vie qui vous humiliait ? Il y a là quelque chose d'illogique.

Anissi désirait en savoir davantage sur le séjour anglais de Sténitch, mais il venait de commettre une grossière erreur : sa question contraignit la « tortue » à se camper sur la défensive, ce qu'il convenait à tout prix d'éviter.

Et Sténitch, dans l'instant, se replia dans sa carapace :

— Mais qui êtes-vous pour commenter la logique de mon âme ? Quelle idée ai-je eue de me laisser aller à pleurnicher devant vous !

Les yeux de l'infirmier semblaient à présent congestionnés de haine, ses doigts effilés se mirent à explorer fébrilement la table. Or sur la table se trouvait, entre autres, une cassolette d'acier emplie de divers instruments médicaux. Anissi se souvint que Sténitch avait été soigné pour une affection mentale, et il battit en retraite dans le couloir. De toute manière, l'homme ne dirait plus rien dont on pût tirer profit.

Deux ou trois choses, néanmoins, venaient d'être éclaircies.

Il leur restait maintenant un long chemin à parcourir, depuis Lefortovo jusqu'au faubourg de Dévitchié Polié, situé à l'opposé, où tout récemment, grâce aux fonds dispensés par le conseiller des manufactures[1] Timoféï Savvitch Morozov, s'était ouverte une clinique gynécologique portant le nom de l'industriel et dépendant de l'université impériale de Moscou. Sonia avait beau être ce qu'elle était, elle était néanmoins une femme, et l'on saurait bien lui trouver des soucis féminins. Il résultait qu'encore une fois la sotte créature allait servir l'enquête.

Sonia était dans tous ses états : le « dotou » de Lefortovo avait produit sur elle une très vive impres-

1. Grade civil de 8e classe, qui pouvait être accordé à titre honorifique aux industriels de renom. *(N.d.T)*

sion. Elle racontait avec animation ses aventures à son frère :

— Ateau poum-poum, onou sauté ! apapeur, dopabonbon !

Un autre n'eût entendu là qu'un absurde assemblage de syllabes, mais Anissi comprenait fort bien : le docteur avait frappé son genou avec un marteau, et son genou avait sursauté, Sonia n'avait pas du tout eu peur, et pourtant le docteur ne lui avait pas donné de bonbon.

Pour qu'elle cessât de l'empêcher de se concentrer, il fit arrêter la voiture devant l'Institut des enfants trouvés et acheta une énorme sucette d'un rouge vénéneux. Sonia s'arrêta net de piailler. Tirant une langue d'une aune, elle se mit à lécher le bonbon et à rouler en tous sens ses petits yeux trop pâles. Elle avait vécu aujourd'hui bien des événements et ignorait que beaucoup d'autres, tout aussi captivants, l'attendaient encore. Il ne fallait pas compter que la soirée serait facile avec elle : son excitation était trop grande pour qu'elle trouvât rapidement le sommeil.

Enfin ils arrivèrent. Le généreux conseiller des manufactures avait fait bâtir une bien jolie clinique, il n'y avait pas à dire. De manière générale, la ville de Moscou tirait grand bénéfice de la famille Morozov. Ainsi les journaux annonçaient récemment que madame Morozova, citoyenne d'honneur, avait institué des voyages d'étude à l'étranger pour les jeunes ingénieurs, afin que ces derniers pussent perfectionner leurs connaissances pratiques. A présent, n'importe quel étudiant ayant décroché son diplôme de l'Ecole polytechnique impériale de Moscou, à condition bien sûr qu'il fût de sang russe et de religion orthodoxe, disposait du moyen d'accomplir un séjour dans le pays de son choix, fût-ce en Angleterre, fût-ce en Amérique du Nord. C'était une grande œuvre. Et ici, à la clinique gynécologique, tous les lundis et mardis, des consultations gratuites étaient dispensées aux indigents. N'était-ce pas remarquable ?

Aujourd'hui, c'est vrai, on était mercredi.

Anissi lut la feuille des tarifs placardée dans le hall de réception : « Consultation auprès d'un professeur : 10 roubles. Examen par un médecin généraliste : 5 roubles. Examen par la doctoresse madame Roganova : 3 roubles. »

Il alla se plaindre à un employé :

— C'est un peu chérot. Ma sœur est une infirme. Il n'y aurait pas une réduction pour les infirmes qui viennent consulter ?

L'employé rétorqua d'abord sèchement :

— Ce n'est pas l'usage. Revenez un lundi ou un mardi.

Mais ensuite il regarda Sonia qui se tenait là, immobile, bouche bée, et il se radoucit :

— Autrement, allez voir Lizaveta Andréievna à la maternité. Elle en sait bien autant qu'un médecin, même si elle n'a que le titre de sage-femme. Elle prend moins cher, et il se peut même qu'elle ne vous fasse rien payer si elle a pitié de vous.

Voilà qui était parfait. La Nesvitskaïa était à son poste.

Ils quittèrent la réception et prirent par un petit jardin. Comme ils approchaient du bâtiment jaune à un étage abritant le service d'obstétrique, un incident se produisit.

Une fenêtre claqua à l'étage, quelques vitres dégringolèrent dans un tintement sonore, et Anissi vit une jeune femme enjamber le rebord du chambranle, juste vêtue d'une chemise de nuit, ses longs cheveux noirs flottant sur ses épaules.

— Allez-vous-en, tortionnaires ! hurla la femme d'une voix désespérée. Je vous déteste ! Vous voulez ma mort !

Elle regarda en bas : l'étage était haut, il y avait loin jusqu'à la terre. Elle plaqua son dos contre le mur de pierre et, progressant à pas menus le long de la corniche, entreprit de s'éloigner de la fenêtre. Sonia s'était figée, mâchoire pendante, jamais elle n'avait vu pareil prodige.

Plusieurs têtes surgirent en même temps par la fenêtre, chacune s'appliquant à convaincre la femme aux cheveux noirs de ne pas faire de bêtise, de revenir en arrière.

Mais on voyait bien qu'elle avait l'esprit dérangé. Elle chancelait sur ses jambes, et la corniche était étroite. Dans un instant elle allait choir dans le vide ou bien s'y précipiter. La neige en bas avait fondu, le sol était à nu, hérissé de pierres et de bouts de ferraille. Si elle n'y trouvait pas la mort, elle risquait de terminer sa vie sévèrement estropiée.

Tioulpanov jeta un coup d'œil à gauche, à droite. Un attroupement de badauds s'était formé, mais tous affichaient une physionomie désemparée. Que faire ?

— Filez chercher une bâche, ou au moins une couverture ! cria-t-il à un infirmier sorti fumer une cigarette, et qui restait planté là, comme paralysé, sa cousue-main plantée entre les dents.

L'autre sursauta et détala sur-le-champ, mais il y avait peu de chances pour qu'il revînt à temps.

Ecartant les têtes massées dans l'ouverture, une grande femme escalada résolument le rebord de fenêtre — blouse blanche, pince-nez à monture d'acier, cheveux tirés sur la nuque en un chignon serré.

— Ermolaeva, ne fais pas l'andouille ! cria-t-elle d'une voix autoritaire. Ton fils pleure, il réclame son lait !

Et, à son tour, intrépide, elle s'engagea sur la corniche.

— Ce n'est pas mon fils ! glapit la fille aux cheveux noirs. C'est un enfant trouvé ! Ne t'approche pas, tu me fais peur !

L'autre, en blouse blanche, progressa encore d'un pas et tendit la main, mais la dénommée Ermolaeva se déroba et, poussant un hurlement, sauta dans le vide.

Les spectateurs lancèrent un cri : au dernier moment la doctoresse avait réussi à empoigner la folle par le col. On entendit l'étoffe de la chemise craquer, mais elle tint bon. Les jambes de la fille ainsi suspendue en l'air s'en trouvèrent dénudées de manière indécente, et Anissi se mit à cligner des paupières pour aussitôt se reprendre, honteux : ce n'était pas le moment de prêter attention à pareil détail. La doctoresse se cramponnait d'une main à la gouttière, et de l'autre retenait la désespérée. Elle allait finir soit par la lâcher, soit par être précipitée avec elle !

Tioulpanov ôta vivement son manteau et fit signe à deux hommes qui se tenaient non loin. Ils tendirent le vêtement le plus largement possible et coururent se placer sous la femme en danger de tomber.

— Je n'en peux plus ! Mes doigts lâchent ! cria la vigoureuse doctoresse, et au même instant la fille aux cheveux noirs tomba.

Sous le choc, tous s'affalèrent les uns sur les autres. Tioulpanov se remit sur pied d'un bond et secoua son poignet endolori. La jeune personne gisait sur le sol, les yeux clos, mais elle paraissait en vie et aucune trace de sang n'était visible. L'un des deux hommes appelés à la rescousse par Anissi, un commis de magasin à en juger par sa mine, était assis par terre et braillait à son tour en se tenant l'épaule. Le manteau faisait peine à voir : il avait perdu ses manches et le col avait craqué. Un manteau neuf, qu'il s'était fait tailler à l'automne pour quarante-cinq roubles.

La doctoresse était déjà là. Comment avait-elle fait pour arriver si vite ? Elle s'accroupit auprès de la gisante, toujours sans connaissance, lui palpa le pouls, lui plia et déplia bras et jambes :

— Vivante et intacte.

Et, s'adressant à Anissi :

— Bravo pour avoir eu l'idée de tendre votre manteau.

— Qu'a-t-elle ? demanda-t-il en continuant de secouer ses mains.

— Fièvre puerpérale. Altération temporaire du jugement. C'est rare, mais cela arrive. Qu'as-tu donc ? (Elle s'adressait cette fois-ci au commis.) Tu t'es luxé l'épaule ? Fais-moi voir.

Elle l'empoigna de ses mains puissantes, tira d'un coup sec, et le commis n'eut que le temps de dire : « Ouille ! »

Une infirmière hors d'haleine demandait déjà :

— Lizaveta Andréievna, et Ermolaeva, qu'en fait-on ?

— En chambre d'isolement. Sous trois couvertures, avec une injection de morphine. Qu'elle roupille un peu. Et attention ! qu'on ne la quitte pas des yeux !

Sur quoi elle tourna les talons, prête à s'éloigner.

— A dire vrai, j'étais venu vous voir, madame Nesvitskaïa, lança Anissi, qui venait de se dire que le chef avait eu bien raison de refuser d'écarter l'éventualité que le coupable fût une femme : pareil cheval était capable non seulement de vous égorger d'un coup de scalpel, mais même de vous étrangler à mains nues, et très facilement.

— Qui êtes-vous ? Que voulez-vous ? demanda la suspecte en le dévisageant.

Le regard derrière le pince-nez était dur et nullement féminin.

— Tioulpanov, secrétaire de gouvernement. Voilà, je vous ai amené cette malheureuse infirme pour avoir votre avis sur un problème qui ne concerne que les femmes. Elle a l'air de beaucoup souffrir de ses règles. Accepteriez-vous de l'examiner ?

La Nesvitskaïa regarda Sonia, puis demanda d'un ton pratique :

— Une idiote ? Elle a une vie sexuelle ? Qui est-elle, votre maîtresse ?

— Mais que dites-vous là ! se récria Anissi, horrifié. C'est ma sœur. Elle est comme ça de naissance.

— Vous pouvez payer ? A ceux qui ont les moyens, je prends deux roubles pour la consultation.

— Je les paierai avec le plus grand plaisir, s'empressa d'assurer Tioulpanov.

— Si vous payez avec plaisir, pourquoi venez-vous me trouver au lieu de consulter un médecin ou un professeur ?... C'est bon, allons dans mon cabinet.

Et elle s'en fut à grandes et rapides enjambées. Anissi lui emboîta le pas, attrapant au passage sa sœur par la main et l'entraînant avec lui.

En chemin, il élabora sa ligne de conduite.

Il n'y avait aucun doute sur la catégorie à laquelle appartenait le personnage : type de « lionne » classique. Méthode d'approche recommandée : paraître perdre contenance et bafouiller. Les « lionnes » s'en trouvaient toujours adoucies.

Le cabinet de la sage-femme se révéla minuscule, d'une parfaite propreté, sans rien de superflu : un fauteuil médical, une table, une chaise. Sur la table, deux brochures : *Du caractère antihygiénique du costume féminin*, ouvrage du professeur A. N. Soloviev, spécialiste des affections gynécologiques et obstétricales, et *Cahiers de la Société de vulgarisation des applications de la science parmi les femmes instruites*.

Au mur, une affiche de réclame :

COUSSINETS HYGIÉNIQUES POUR DAMES

Fabriqués à partir de ouate de cellulose parfaitement aseptique.

Serviette très confortable, avec ceinture adaptée, destinée à être portée par les dames au moment des périodes douloureuses.

Prix d'une douzaine de coussinets : 1 r. Prix de la ceinture : de 40 k. à 1 r. 50 k.

Rue Pokrovka, maison Egorov.

Anissi poussa un soupir et commença de bredouiller :

— Si j'ai décidé de m'adresser précisément à vous, madame Nesvitskaïa, c'est que... voyez-vous, j'ai entendu dire, que vous possédiez une qualification tout ce qu'il y a de plus... supérieure pour ainsi dire... même si le titre sous lequel vous exercez demeure très en deçà des compétences et du savoir d'une aussi digne personne... Je veux dire... Je n'ai absolument rien contre le titre de sage-femme... Loin de moi l'idée de rabaisser ou, Dieu me garde, de mettre en doute... tout au contraire, je...

Le résultat semblait parfait, Anissi était même parvenu à rougir de confusion, mais la Nesvitskaïa eut ici une réaction inattendue : elle l'empoigna fermement par les épaules et le fit pivoter face à la lumière.

— Eh bien, eh bien ! cette expression du regard m'est familière. Ne serions-nous pas un monsieur de la police ? Nous montrons de l'ingéniosité au travail à présent, jusqu'à aller ramasser une idiote... Que voulez-vous encore de moi ? Ne me laisserez-vous donc jamais en paix ? Vous projetez de me chicaner pour exercice illégal de la médecine, c'est ça ? Eh bien sachez que monsieur le directeur est au courant.

Et elle le repoussa d'un air dégoûté. Tioulpanov se frotta les épaules : quelle poigne, décidément ! Sonia, effrayée, vint se blottir contre son frère et se mit à pleurnicher. Anissi lui caressa la tête :

— Quoi, tu as eu peur ? La dame plaisante, elle veut jouer. C'est une bonne dame, elle est docteur... Elizaveta Andréievna, vous vous trompez sur mon compte. J'occupe un emploi dans les services d'administration de Sa Haute Excellence le général gouverneur. Un emploi très modeste, bien sûr. Je suis, pour ainsi dire, la cinquième roue du carrosse du lampiste. Tioulpanov, secrétaire de gouvernement. J'ai mes papiers. Je vous les montre ? Ce n'est pas la peine ?

Il eut un geste hésitant, puis esquissa un sourire gêné.

Excellent ! La Nesvitskaïa à présent avait honte, or il n'était rien de mieux pour dénouer la langue d'une « lionne ».

— Excusez-moi, j'ai partout l'impression que... Vous devez me comprendre...

D'une main tremblante, elle prit une cigarette sur la table et l'alluma — non sans difficulté : il lui fallut trois allumettes. Voilà pour la femme forte et décidée !

— Pardonnez-moi si j'ai pensé du mal de vous. Je suis à bout de nerfs. Et puis il y a eu encore cette Ermolaeva... Mais c'est vrai, vous l'avez sauvée, je l'avais oublié... Je dois m'expliquer. Je ne sais pourquoi, mais j'aimerais que vous compreniez...

Si vous avez envie de vous confier à moi, lui répondit Anissi in petto, c'est que vous êtes une « lionne » et que je me conduis comme un « lapin ». Les « lionnes » s'accordent à merveille avec les petits « lapins » dociles et sans défense. Psychologie, Lizaveta Andréievna !

Cependant la satisfaction qu'éprouvait Tioulpanov se trouvait altérée par un certain inconfort moral : il avait beau n'être pas policier, il n'en était pas moins enquêteur, et s'il avait amené sa sœur invalide c'était bien pour lui servir de couverture. La doctoresse avait raison.

Elle acheva rapidement sa cigarette, en quelques longues bouffées, puis en alluma une autre. Anissi attendait, battant des cils, les yeux dolents.

— Tenez, fumez.

Elle poussa vers lui une boîte en carton. Tioulpanov généralement ne fumait pas, mais les « lionnes » aiment à régenter, c'est pourquoi il s'inclina. Il prit une cigarette, aspira la fumée et fut saisi d'une atroce quinte de toux.

— Oui, elles sont un peu fortes, concéda la doctoresse. L'habitude. Dans le Nord, on ne fume que de l'arrache-gueule, et là-bas, l'été, impossible de s'en passer : les moustiques, les moucherons...

— Ainsi vous êtes originaire du Nord ? demanda Anissi d'un ton naïf en tapotant maladroitement sa cigarette pour faire tomber la cendre.

— Non. Je suis née et j'ai grandi à Saint-Pétersbourg. Jusqu'à l'âge de dix-sept ans j'ai vécu comme une gentille fille à sa maman. Mais quand j'ai eu dix-sept ans, des types en uniforme bleu sont arrivés en calèche et m'ont emmenée. Ils m'ont séparée de ma maman et bouclée dans un cachot.

La Nesvitskaïa parlait par saccades. Ses mains ne tremblaient plus, sa voix était tranchante, ses yeux s'étaient étrécis et brillaient d'une lueur mauvaise, mais à l'évidence ce n'était pas après Tioulpanov qu'elle en avait.

Sonia s'était assise sur la chaise, affalée le dos contre le mur, et à présent ronflait : toutes ces émotions l'avaient exténuée.

— Mais pourquoi vous a-t-on arrêtée ? demanda le « lapin » dans un chuchotement.

— Parce que je connaissais un étudiant qui une fois était venu dans une maison où se réunissaient de temps en temps des révolutionnaires, répondit la Nesvitskaïa avec un mince sourire amer. Juste avant ça, il y avait eu un nouvel attentat contre le tsar, alors la police embarquait tout le monde, les uns à la suite des autres. Le temps que l'affaire soit débrouillée, j'avais déjà passé deux années en isolement. Et cela à dix-sept ans. Comment je ne suis pas devenue folle, je l'ignore. Mais peut-être le suis-je devenue en vérité... J'ai fini par être relâchée. Seulement, à tout hasard, pour m'empêcher de nouer des relations répréhensibles, j'ai écopé d'une peine de relégation. Assignée à résidence au village de Zamorenko, dans le gouvernement d'Arkhangelsk. Sous surveillance des autorités. Aussi ne m'en veuillez pas d'être soupçonneuse. J'entretiens des rapports particuliers avec les uniformes bleus.

— Mais où donc avez-vous étudié la médecine ? demanda Anissi après avoir hoché la tête avec compassion.

— D'abord à Zamorenko, à l'hôpital de district. Il fallait bien trouver de quoi vivre, aussi me suis-je dégoté un emploi d'infirmière. Et j'ai compris que la médecine, c'était pour moi. Il n'y a qu'elle, peut-être, qui ait vraiment du sens... Ensuite, j'ai débarqué en Ecosse, je me suis inscrite à la faculté. Première femme du département de chirurgie. Il est vrai que là-bas non plus on ne nous accorde guère de place. Je suis devenue un bon chirurgien. J'ai la main ferme, la vue du sang ne m'a jamais effrayée, et le spectacle des entrailles humaines ne me répugne pas. Je lui trouve même, je crois, une sorte de beauté.

Anissi sentit tout son être se tendre.

— Et vous pouvez opérer ?

Elle eut un sourire condescendant :

— Je peux même amputer, ouvrir un ventre et ôter une tumeur. Mais au lieu de cela, voici des mois que...

Et elle agita la main, d'un geste de colère.

Quoi « au lieu de ça » ? J'étripe des prostituées dans les remises à bois ?

Tioulpanov observait à la dérobée le visage sans grâce, et même brutal, du médecin. Une haine morbide du corps féminin ? Très possible. Les raisons : son propre manque d'attrait physique, la précarité de sa situation personnelle, le fait d'être contrainte de remplir les fonctions détestées de sage-femme, d'avoir chaque jour sous les yeux des patientes dont le destin de femme avait pris une heureuse tournure. Mais ce n'était peut-être encore rien. Il n'était pas exclu qu'elle souffrît secrètement de démence, conséquence de l'injustice qu'elle avait subie et de la longue réclusion qu'elle avait connue à l'âge tendre.

— Bon, il suffit. Examinons plutôt votre sœur. Je me suis laissée un peu trop aller à bavarder. Ça ne me ressemble pourtant pas.

La Nesvitskaïa ôta son lorgnon et, la mine lasse, se massa la racine du nez entre ses doigts puissants, puis, bizarrement, elle se tripota un instant le lobe de l'oreille, et les pensées de Tioulpanov se reportèrent tout naturellement sur la sinistre oreille coupée.

Où en était le chef ? Avait-il réussi à identifier l'expéditeur du « coliposta » ?

Et c'est la nuit à nouveau, ténèbres bénies qui m'enveloppent de leur aile brune. Je marche le long du remblai de la voie ferrée. Une étrange émotion me serre la poitrine.

C'est étonnant à quel point la vue de gens fréquentés dans une vie antérieure peut vous désorienter. Ils ont changé, certains même jusqu'à devenir méconnaissables. Quant à moi, ce n'est pas la peine d'en parler.

Des souvenirs remontent. Stupides et vains. Maintenant tout est différent.

Au passage à niveau, devant la barrière, je croise une petite mendiante. Elle doit avoir douze, treize ans. Elle grelotte de froid, elle a les mains rouges de gerçures, les jambes enveloppées d'une espèce de guenille. Son visage est affreux, tout bonnement affreux : yeux chassieux, lèvres crevassées, nez pissant la morve. Un malheureux, un monstrueux enfant d'homme.

Comment ne pas avoir pitié de pareille créature ? Même cet atroce visage, on peut le rendre beau. Et sans aucune opération compliquée. Il suffit simplement de dévoiler aux regards sa véritable Beauté.

Je marche derrière la fillette. Les souvenirs ne me tourmentent plus.

D'anciens condisciples

5 avril, Mercredi saint, journée et soirée

Après avoir envoyé son assistant en mission, Eraste Pétrovitch s'était préparé à une intense séance de raisonnement logique. Le problème s'annonçait complexe. Une illumination extra-rationnelle eût été la bienvenue, aussi le mieux était-il de commencer par un peu de méditation.

Le fonctionnaire ferma la porte de son bureau, s'assit en tailleur sur le tapis et s'appliqua à se défaire de toute espèce de pensée. Suspendre son regard, clore ses oreilles. Se laisser bercer par la houle du Grand Néant, d'où s'élèverait, comme c'était arrivé plusieurs fois déjà, d'abord à peine audible, puis de plus en plus distincte, et pour finir presque assourdissante, la voix de la vérité.

Le temps s'écoula. Puis cessa de s'écouler. Puis s'évanouit tout à fait. A l'intérieur de son corps, du fond de son ventre, une fraîche quiétude commençait de monter lentement, une brume dorée tourbillonnait déjà devant ses yeux, mais à cet instant l'énorme horloge qui se dressait dans un coin de la pièce émit un ronflement et sonna : bom-bom-bom-bom-bom !

Fandorine reprit conscience. Déjà cinq heures ? Il consulta sa montre Bréguet, car l'horloge de parquet n'était pas fiable, et en effet elle avançait de vingt minutes.

Se plonger une seconde fois dans la méditation se révéla plus ardu. Eraste Pétrovitch se souvint qu'à cinq heures de l'après-midi, justement, il était censé prendre part à une course organisée par le club moscovite des vélocipédistes amateurs au bénéfice des veuves et orphelins nécessiteux du ministère de la Guerre. Au Manège allaient s'affronter les meilleurs *sportsmen* de Moscou ainsi que l'escadron vélocipédique du corps des grenadiers. Le conseiller de collège avait de bonnes chances de remporter, comme l'année précédente, le premier prix.

Hélas, l'heure n'était pas aux compétitions sportives.

Eraste Pétrovitch chassa ces idées malvenues et entreprit de s'absorber dans la contemplation des motifs mauve pâle de la tapisserie. La brume allait à nouveau s'épaissir, les iris peints agiter leurs pétales, leur parfum embaumerait la pièce, et viendrait alors le *satori*.

Quelque chose le gênait cependant. La brume semblait dissipée par un souffle de vent provenant d'un point précis, situé sur sa gauche. Là-bas, sur la table, dans un poudrier de laque dormait une oreille coupée. Dormait, mais ne se laissait pas oublier.

Eraste Pétrovitch, depuis son enfance, ne pouvait supporter la vue de la chair martyrisée. On eût pu croire qu'il avait vécu en ce monde suffisamment longtemps, que ses yeux avaient été suffisamment gavés de toutes sortes d'horreurs, qu'il avait connu assez de guerres et de champs de bataille, et cependant il n'avait jamais appris à regarder avec indifférence ce que les êtres humains imaginaient d'infliger à leurs semblables.

Ayant compris qu'aujourd'hui nul parfum n'émanerait des iris de son papier peint, Fandorine poussa un pesant soupir. Puisqu'il avait échoué à éveiller son intuition, il ne lui restait plus qu'à s'en remettre à la logique.

Il s'assit à sa table et prit une loupe.

Il commença par le papier d'emballage. Un papier comme un autre, pouvant servir à envelopper n'importe quoi. Rien qui fournît un quelconque début de piste.

La suscription à présent. Ecriture large, irrégulière, négligée en fin de ligne. En y regardant mieux, on distinguait de minuscules éclaboussures d'encre, comme si la main avait couru sur le papier avec trop de vigueur. La personne qui avait tracé ces mots était très probablement un homme dans la fleur de l'âge. Peut-être en état d'ébriété, à moins qu'il ne s'agît d'un déséquilibré. Mais on ne pouvait non plus exclure une femme encline aux emportements émotifs et aux crises d'hystérie. Détail renforçant ce point de vue : les boucles ornant les lettres *o*, et les coquettes fioritures surmontant le *F* majuscule.

Un détail essentiel ! Ce n'étaient pas les cours de calligraphie dispensés au collège qui enseignaient à écrire de la sorte. Il fallait soupçonner là soit une éducation reçue entièrement à domicile, ce qui eût plaidé en faveur d'un individu de sexe féminin, soit une totale absence de scolarité régulière. Cependant, pas une seule faute d'orthographe. Hum, cela donnait à réfléchir. En tout cas, cette suscription, c'était l'amorce d'une piste.

Ensuite : la boîte tapissée de velours. C'est dans des boîtes semblables qu'on vendait broches et boutons de manchette. A l'intérieur, un monogramme : « A. Kouznetsov. Passage du Chambellan ». Ça n'apportait rien. Une grande joaillerie, l'une des plus connues de Moscou. On pouvait toujours, évidemment, s'informer, mais il y avait peu de chances que la démarche soit utile : à coup sûr, des boîtes semblables, il s'en vendait une douzaine par jour.

Le ruban de satin ne présentait rien de remarquable. Lisse, rouge, comme aiment en nouer à leurs tresses les Tsiganes ou les filles de marchands les jours de fête.

Le poudrier (poudre de riz « Cluseret n° 6 »), Eraste Pétrovitch l'examina à la loupe avec une particulière attention, en le tenant par l'extrême bord. Il le saupoudra d'une poudre blanche pareille à du talc, et sur la surface lisse et vernie transparut une multitude d'empreintes de doigts. Le fonctionnaire les tamponna avec un papier spécial d'une extraordinaire finesse. Devant un tribunal, ces empreintes n'auraient pas valeur de preuves, mais elles pouvaient toujours servir.

C'est seulement alors que Fandorine s'occupa de la pauvre oreille. En tout premier lieu il s'efforça d'imaginer que celle-ci n'avait aucun rapport avec un être humain. Ce n'était rien qu'un objet curieux qui souhaitait tout raconter de son histoire.

Or l'objet en question rapporta à Eraste Pétrovitch les faits suivants.

L'oreille appartenait à une jeune femme. A en juger par la profusion de taches de rousseur parsemant les deux faces du pavillon, cette femme était rousse. Le lobe était percé, mais de manière extrêmement peu soignée : le trou était large et oblong. Ce détail, ajouté au fait que la peau était fortement hâlée, permettait de conclure que l'ex-propriétaire dudit objet, primo, portait ses cheveux relevés en chignon ; secundo, n'appartenait pas à une classe privilégiée ; tertio, se promenait beaucoup par temps froid, la tête découverte. Cette dernière circonstance était particulièrement instructive, puisque, comme chacun sait, les seules femmes à sortir tête nue même par temps froid étaient les filles publiques. C'était même là un des signes distinctifs de leur profession.

Se mordant la lèvre (traiter cette oreille comme un objet se révélait malgré tout impossible), Eraste Pétrovitch retourna la chose au moyen d'une pincette et examina la coupure. Nette, opérée par un instrument singulièrement acéré. Pas une seule goutte de sang coagulé. Par conséquent, au moment où l'oreille avait été tranchée, la rousse personne était morte depuis plusieurs heures.

Qu'était-ce que cette légère noircissure au niveau de l'entaille ? D'où pouvait-elle provenir ? D'une décongélation, voilà d'où elle provenait ! Le cadavre avait séjourné en glacière, et c'est pourquoi la coupe était aussi parfaite : au moment de l'ablation, les tissus n'avaient pas encore dégelé.

Le cadavre d'une prostituée placé dans une chambre frigorifique ? Mais pourquoi ? Qu'étaient-ce que ces cérémonies ? Les filles comme elle étaient sur-le-champ transportées à la Maison-Dieu et enterrées. Si on les logeait dans une glacière, c'était soit à la morgue de la faculté de médecine, rue Troubetskaïa, pour les besoins de l'enseignement, soit à l'institut médico-légal, à cette même Maison-Dieu, quand était ouverte une enquête de police.

Le plus intéressant maintenant : qui avait expédié cette oreille, et pourquoi ?

D'abord pourquoi.

Le meurtrier de Londres avait agi de la même manière l'année précédente. Il avait envoyé à mister Albert Lask, qui dirigeait le comité chargé de la capture de Jack l'Eventreur, la moitié d'un rein de la prostituée Catherine Eddowes, dont le corps atrocement mutilé avait été découvert le 30 septembre.

Eraste Pétrovitch avait la conviction que cette excentricité possédait un double sens. Le premier était évident, c'était celui d'un défi : le tueur manifestait l'assurance de sa propre impunité. Vous aurez beau déployer tous vos efforts, semblait-il dire, vous ne m'attraperez, de toute façon, jamais. Mais il existait aussi peut-être un second ressort secret : le désir masochiste, commun aux maniaques de ce genre, d'être capturé et de subir un châtiment. Si vous, gardiens de la société, êtes en vérité si puissants et omniprésents, si la justice est le père et moi le fils fautif, alors tenez, voici la clé, trouvez-moi. La police londonienne n'avait pas su utiliser cette clé.

Il était également possible, bien sûr, d'admettre une tout autre version. Le sinistre envoi n'était pas le fait du meurtrier, mais de quelque cynique plaisantin ayant vu dans la situation tragique une occasion de se divertir cruellement. A Londres, la police avait reçu une autre lettre narquoise prétendument rédigée par le criminel. La lettre était signée « Jack l'Eventreur », d'où venait, du reste, le surnom repris par la presse. Les enquêteurs anglais étaient parvenus à la conclusion qu'il s'agissait d'une mystification. Probablement parce qu'ils devaient d'une manière ou d'une autre justifier leur impuissance à retrouver l'expéditeur de la lettre.

Mieux valait cependant ne pas se compliquer la tâche, ni la dédoubler. Peu importait pour le moment que l'assassin fût la personne qui avait envoyé l'oreille. Ce qui était nécessaire avant tout, c'était d'élucider qui était l'auteur de l'envoi. Il était fort possible que celui-ci se révélât, en second lieu, être l'Eventreur. Le truc du colis moscovite se distinguait de celui de la lettre londonienne par un élément essentiel : toute la capitale britannique était au courant des meurtres perpétrés dans l'East End et, au fond, n'importe qui pouvait « plaisanter ». Dans le cas présent, les détails du crime commis la veille n'étaient connus que d'un cercle très restreint de gens. Combien étaient-ils ? Très peu, même si on y ajoutait amis et parents proches.

Ainsi, quelles caractéristiques possédait l'expéditeur du « coliposta » ?

Il s'agissait d'une personne qui n'avait pas étudié au collège, mais avait néanmoins reçu une instruction suffisante pour orthographier correctement « Sa Haute Noblesse » et « conseiller ». Et d'un.

A en juger par la boîte de chez Kouznetsov et par le poudrier de chez Cluseret, l'individu n'était pas pauvre. Et de deux.

Il était non seulement informé des meurtres, mais connaissait aussi le rôle de Fandorine dans l'enquête. Et de trois.

Il avait accès à la morgue, ce qui réduisait encore la liste des suspects. Et de quatre.

Il possédait une pratique de la chirurgie. Et de cinq.

Que fallait-il de plus ?

— Massa, un fiacre ! Et vivement !

Zakharov sortait de la salle de dissection, vêtu d'un tablier de cuir, les mains dans des gants noirs maculés d'une sorte de glaire brune. Visage bouffi, comme au lendemain d'une beuverie. Au coin de la bouche, une pipe éteinte.

— Ah ! ah ! L'œil du gouverneur ! dit-il d'une voix indolente en guise de salutation. Quoi, on a encore découpé quelqu'un en morceaux ?

— Igor Willemovitch, combien de c-cadavres de prostituées avez-vous au frigo ? demanda Eraste Pétrovitch d'un ton cassant.

L'expert haussa les épaules :

— Comme l'a ordonné monsieur Ijitsyne, on trimballe à présent ici toutes les pierreuses qui ont fini de compter les pierres. Outre notre amie Andréitchkina, entre hier et aujourd'hui on m'en a livré encore sept. Pourquoi, vous voulez vous distraire un peu ? ajouta Zakharov avec un large sourire désinvolte. Il y en a quelques-unes de très mignonnes. Mais aucune, hélas, qui soit à votre goût. Vous préférez les abats, n'est-ce pas ?

L'anatomopathologiste voyait fort bien qu'il déplaisait au fonctionnaire et paraissait en tirer satisfaction.

— M-montrez.

Fandorine tendit résolument le menton, tout en se préparant à affronter un pénible spectacle.

Dans le vaste local vivement éclairé par des lampes électriques, son regard se porta en premier lieu sur des rangs d'étagères entièrement garnies de bocaux de verre où baignaient de bizarres objets informes ; ensuite seulement il tourna la tête vers les tables rectangulaires recouvertes de zinc. Sur l'une d'elles, près d'une fenêtre, se dressait la silhouette alambiquée d'un microscope, et là encore reposait un corps, étendu de tout son long, sur lequel l'assistant s'affairait, la mine absorbée.

Eraste Pétrovitch lui jeta un rapide coup d'œil, vit que le cadavre était celui d'un homme et se détourna avec soulagement.

— Perforation de la zone sincipitale par projectile d'arme à feu, Igor Willemovitch, et rien d'autre, nasilla l'assistant de Zakharov tout en dévisageant avec curiosité Fandorine, personnage quasi légendaire dans les milieux judiciaires et parajudiciaires.

— On vient d'amener celui-ci du quartier Khitrov, expliqua Zakharov. Un caïd. Quant à vos poules, elles sont toutes là, au frigo.

Il poussa une lourde porte métallique. Une bouffée d'air froid s'échappa, chargé d'une odeur pesante, sinistre et fétide.

Un interrupteur claqua, une sphère de verre dépoli s'alluma au plafond.

— Voici nos héroïnes, là dans le coin, dit le praticien en désignant l'endroit au fonctionnaire incapable du moindre mouvement.

Sa première impression ne fut nullement terrible : on eût dit le tableau d'Ingres *Le Bain turc*. Masse compacte de corps féminins dénudés, lignes harmonieuses, paresseuse immobilité... Seulement la vapeur qui enveloppait le tout n'était point brûlante mais glacée, et toutes les odalisques, pour une raison mystérieuse, étaient gisantes.

Puis certains détails se précisèrent à ses yeux : longues estafilades pourpres, taches violacées, chevelures poisseuses.

L'expert tapota la joue bleuie d'une des femmes, qui ressemblait à une sirène.

— Pas mal, non ? Elle sort d'une maison close. Phtisie. Je n'ai en fait ici qu'une seule mort violente : celle-là, tenez, avec la grosse poitrine, on lui a fracassé la tête à coups de pierre. Deux sont des suicides. Trois, des hypothermies : mortes de froid pour avoir trop picolé. On ratisse large. Mais allez faire entendre raison à des sourds. Et moi, qu'y puis-je ? Je n'ai qu'un tout petit rôle. Le coq peut bien chanter, ce n'est pas lui qui fait lever le jour.

Eraste Pétrovitch se pencha sur l'un des corps, celui d'une fille maigrichonne, aux épaules et à la poitrine tavelées d'éphélides. D'un geste brusque, il écarta les longs cheveux roux du visage au nez pointu, qu'altérait une grimace de souffrance. A l'emplacement de l'oreille droite, la défunte montrait un simple trou couleur cerise.

— Qu'est-ce que c'est encore que cette blague ? s'exclama Zakharov, surpris. (Il consulta aussitôt l'étiquette attachée au pied du cadavre.) Marfa Setchkina, seize ans. Ah ! je me rappelle. Autoempoisonnement au moyen d'allumettes phosphoriques. Arrivée hier dans la journée. Mais elle avait alors ses deux oreilles, je m'en souviens parfaitement. Où donc est passée celle-là ?

Le fonctionnaire tira le poudrier de sa poche, l'ouvrit sans rien dire et le fourra sous le nez du médecin légiste.

Celui-ci saisit l'oreille d'une main ferme et assurée, et l'appliqua sur le trou couleur cerise.

— C'est elle ! Qu'est-ce que cela veut dire ?

— J'aimerais l'apprendre de vous.

Fandorine colla contre son nez un mouchoir imprégné de parfum et, sentant monter la nausée, ordonna :

— Venez, nous causerons là-bas.

Ils regagnèrent la salle de dissection qu'Eraste Pétrovitch, en dépit du cadavre dépecé, trouva cette fois-ci presque douillette et confortable.

— T-trois questions. Qui était ici hier soir ? A qui avez-vous parlé de l'instruction en cours et du rôle que j'y jouais ? Reconnaissez-vous cette écriture ?

Fandorine posa devant Zakharov la feuille d'emballage du « coliposta ». Il estima utile d'ajouter :

— Je sais que ce n'est pas vous qui avez écrit cela, je connais votre écriture. Toutefois, j'espère que vous comprenez ce que signifie la présente c-correspondance ?

Zakharov avait blêmi ; il n'avait, à l'évidence, plus aucune envie de bouffonner.

— J'attends une réponse, Igor Willemovitch. Dois-je rép-péter mes questions ?

Le médecin secoua la tête et loucha vers Groumov, qui, la mine exagérément concentrée, s'appliquait à tirer du ventre béant une drôle de chose bleuâtre. Zakharov déglutit, sa pomme d'Adam rebondit le long de son cou nerveux.

— Hier soir, d'anciens camarades de faculté sont passés ici me chercher. On fêtait l'anniversaire... de certain événement mémorable. Ils étaient sept ou huit. On a bu ici de l'alcool... de l'alcool de pharmacie, en souvenir de notre vie d'étudiants... Il est possible que j'aie lâché quelques mots sur l'enquête, c'est un peu confus dans ma mémoire... La journée d'hier avait été dure, j'étais fatigué, j'ai été rapidement incapable de tenir debout...

Il se tut.

— La troisième question, lui rappela Fandorine. A qui appartient cette écriture ? Et ne mentez pas en prétendant que vous l'ignorez. Elle est tout à fait caractéristique.

— Je n'ai pas l'habitude de mentir ! se défendit brutalement Zakharov. Je l'ai fort bien reconnue. Seulement je ne suis pas un mouchard, je suis un ancien étudiant de l'université de Moscou. Tirez ça au clair tout seul, sans moi.

Eraste Pétrovitch rétorqua d'un ton hostile :

— Vous n'êtes pas seulement un ancien étudiant, mais aussi un actuel médecin légiste, qui a p-prêté serment. Ou bien avez-vous oublié de quelle enquête il s'agit ?

Et il poursuivit d'une voix extrêmement posée, dépourvue de toute expression :

— Je pourrais, bien sûr, procéder à une vérification des écritures de toutes les personnes ayant étudié avec vous à la faculté, mais cela prendrait des semaines. Votre honneur corporatif s'en trouverait sauf, mais je prendrais soin que vous fussiez traduit en justice et privé du droit d'exercer pour l'Etat. Vous me connaissez d'assez longue date, Zakharov. Je ne lance pas des p-paroles en l'air.

Zakharov tressaillit, sa pipe se mit à danser de droite et de gauche le long de la fente que dessinait sa bouche.

— De grâce, monsieur le conseiller de collège... Je ne peux pas. Après cela, personne ne me tendrait plus la main. Ce n'est pas seulement exercer pour l'Etat qui me deviendrait impossible, mais exercer tout court.

J'ai une meilleure proposition, écoutez... (Le front jaune de l'expert se plissa.) Notre petite fête doit se prolonger aujourd'hui. Nous sommes convenus de nous retrouver à sept heures chez Bouryline. Il n'a pas terminé ses études, comme du reste plusieurs d'entre nous, mais nous nous voyons de temps en temps... Je viens justement de terminer ma besogne, le reste, Groumov peut s'en occuper. Je m'apprêtais à faire un brin de toilette, à changer de vêtements et partir. J'ai ici un logement. Un appartement de fonction adjacent au bureau du cimetière. C'est très pratique... Ainsi, si vous êtes d'accord, je puis vous emmener avec moi chez Bouryline. Je ne sais si tous ceux d'hier viendront, mais celui qui vous intéresse y sera à coup sûr, j'en suis certain... Excusez-moi, mais c'est tout ce qu'il m'est possible de faire. Honneur de médecin !

L'anatomopathologiste, par manque d'habitude, peinait à donner un caractère de vérité à ses intonations plaintives, aussi Eraste Pétrovitch troqua-t-il la colère pour la clémence et ne chercha-t-il pas à acculer son interlocuteur au mur. Il se contenta de hocher la tête, en s'étonnant de la bizarre élasticité de l'éthique corporative, laquelle interdisait de désigner un probable assassin dès lors qu'on avait été étudiant avec lui, mais permettait autant qu'on voulait d'introduire un espion dans la maison d'un ancien condisciple.

— Vous me compliquez la tâche, mais c'est entendu, qu'il en soit ainsi. Il est déjà neuf heures. Allez vous changer et filons.

Durant le trajet (or ils se rendaient un peu loin, quai Iakimanskaïa), ils se turent la majeure partie du temps. Zakharov paraissait plus sombre qu'une nuée d'orage, mais Fandorine réussit à lui arracher malgré tout quelques informations sur l'hôte qui les attendait.

Il s'appelait Kouzma Savvitch Bouryline. Industriel, millionnaire, issu d'une vieille famille de marchands. Son frère, beaucoup plus âgé que lui, était devenu adepte de la secte des castrats. Il s'était « coupé du péché », vivait en ermite, amassait des capitaux. Il s'apprêtait à « purifier » également son frère cadet, dès que celui-ci aurait quatorze ans révolus, mais pile à la veille du « grand mystère », Bouryline l'aîné était mort subitement, et l'adolescent non seulement avait conservé ses attributs naturels mais avait en plus hérité d'une fortune immense. Ainsi que Zakharov, toujours caustique, l'avait fait observer, la crainte éprouvée rétrospectivement pour une virilité sauvée par miracle avait apposé son empreinte sur toute la biographie ultérieure de Kouzma Bouryline. Il s'était trouvé désormais condamné à se prouver à lui-même toute sa vie qu'il n'était pas castrat, quitte à verser passablement dans l'excès.

— Pourquoi un individu aussi riche s'est-il inscrit en m-médecine ? demanda Fandorine.

— Bouryline a étudié toutes sortes de matières, aussi bien chez nous qu'à l'étranger. Il est curieux, instable. Il n'a que faire de diplômes, aussi n'a-t-il achevé ses études nulle part. Quant à la faculté de médecine, il en a été chassé.

— Pour quelle raison ?

— Il s'en est trouvé assez, répondit l'expert sans préciser davantage. Vous découvrirez bientôt par vous-même de quel genre de personnage il s'agit.

Le perron illuminé de l'hôtel particulier des Bouryline, dont la façade donnait sur la rivière, s'apercevait de loin. Lui seul resplendissait de vives lumières multicolores sur toute la longueur de ce quai enténébré et peuplé de marchands qui durant le grand carême se couchaient tôt et n'allumaient aucun feu sans nécessité. La maison était grande, bâtie dans un style mauresco-gothique des plus saugrenus : elle possédait bien tourelles pointues, chimères et griffons, mais en même temps présentait un toit-terrasse, un dôme recouvrant une serre, et même un beffroi en forme de minaret.

Les badauds se pressaient contre la claire-voie, considéraient les fenêtres éclairées comme un jour de fête, échangeaient des propos désapprobateurs : durant la semaine de la Passion, la dernière du grand carême de quarante jours, une pareille débauche ! De la demeure se déversaient à grands flots sur la rivière silencieuse des glapissements étouffés de violons tsiganes, des grattements de guitare, des tintements de grelots, des éclats de rire, et aussi, par instants, des sortes de rugissements assourdis.

Les deux hommes entrèrent, se débarrassèrent de leurs pardessus pour les abandonner aux mains des portiers, et là une surprise attendait Fandorine : sous son manteau noir, boutonné jusqu'au menton, l'expert, constata-t-il, portait frac et cravate blanche.

En réponse à son regard étonné, Zakharov grimaça un sourire :

— Une tradition.

Ils gravirent un large escalier de marbre. Des laquais à livrée cramoisie ouvrirent toutes grandes devant eux de hautes portes couvertes de dorures, et Fandorine découvrit un vaste salon, envahi de palmiers, de magnolias et autres plantes exotiques en pot. La dernière mode européenne était de transformer son salon en une jungle. « Les jardins suspendus de Sémiramis », appelait-on ça. Seuls les gens très riches en avaient les moyens.

Les invités étaient installés à leur aise sous ces frondaisons de paradis — tous, comme Zakharov, affublés d'un frac et d'une cravate blanche. Eraste Pétrovitch n'était pas en reste d'élégance, avec son veston beige américain, son gilet citron à grands ramages et son pantalon d'excellente coupe à pli permanent, néanmoins il se sentit quelque peu carnavalesque au milieu de cette assemblée de noir et de blanc. Sacré Zakharov, il aurait pu le prévenir de la manière dont il comptait se costumer.

Par ailleurs, Fandorine se fût-il présenté en habit, il n'eût pas mieux réussi à se fondre parmi les invités, car ceux-ci étaient fort peu nombreux, tout au plus une douzaine. C'étaient, dans l'ensemble, des messieurs de mine très convenable et même respectable, bien qu'aucun ne fût très âgé — la trentaine pour la plupart, quelques-uns, peut-être, un peu plus vieux. Les visages étaient rouges, échauffés par l'alcool, certains même quelque peu hébétés ; visiblement leurs propriétaires n'étaient guère accoutumés à pareille animation. A l'extrémité opposée de la pièce se dessinaient d'autres portes à dorures, étroitement closes celles-là. Derrière elles on entendait des tintements de vaisselle et les accents d'un orchestre tsigane en pleine répétition. Selon toute apparence, il s'y préparait un banquet.

Les nouveaux arrivants tombèrent au beau milieu d'un discours que prononçait un monsieur un peu chauve, portant bedaine et lorgnon doré.

— Zenzinov, un ancien premier de la classe. Il est déjà professeur titulaire, chuchota Zakharov avec, sembla-t-il, une pointe de jalousie.

— ... Il n'est qu'en pareille occasion que nous puissions évoquer nos frasques d'alors et ces journées insignes. Il y a sept ans, nous nous étions retrouvés durant la Semaine sainte, comme aujourd'hui. (Le professeur titulaire se tut un instant et secoua la tête avec air d'amertume.) Comme on dit, qui évoque le passé perd un œil, mais qui l'oublie perd les deux. Et l'on dit encore : tout froment fait farine. Eh bien, nous avons fait farine. Nous avons pris de l'âge, des rides et de la graisse. Dieu merci, Kouzma, au moins, est resté le même chenapan qu'autrefois, et est là pour nous titiller un peu de temps à autre, ennuyeux esculapes que nous sommes !

Tous, en cet endroit, éclatèrent de rire et se tournèrent en grand chahut vers un homme de belle prestance qui, assis dans un fauteuil, jambes croisées, était occupé à siroter une énorme coupe de vin. C'était là, à l'évidence, le sieur Kouzma Bouryline. Teint bilieux, expression spirituelle, large face de type tatar, pommettes saillantes, menton obstiné. Cheveux noirs, coupés en brosse.

— Aux uns le pain, aux autres la peine ! lança d'une voix forte un individu aux cheveux longs et à la figure émaciée, qui ne ressemblait guère aux autres. (Lui aussi portait un frac, mais qui visiblement n'avait pas été taillé pour lui, et, à n'en pas douter, au lieu d'une chemise amidonnée arborait un plastron.) Toi, Zenzinov, tu n'as pas été mouillé dans l'histoire. C'était bien normal, pour le chouchou des grands pontes. D'autres ont eu moins de chance. Tomberg a sombré dans l'alcool, Sténitch, dit-on, a perdu l'esprit, Sotski est allé pourrir en prison. Ces derniers temps, d'ailleurs, son fantôme me poursuit partout. Ainsi, hier...

— Tomberg est devenu ivrogne, Sténitch cinglé, Sotski est mort, et Zakharov, au lieu d'être chirurgien, dépèce aujourd'hui des cadavres pour le compte de la police, coupa brutalement le maître de maison en fixant du reste non pas Zakharov mais Eraste Pétrovitch, avec une particulière et inamicale attention.

— Qui nous amènes-tu là, Igor, sacrée gueule d'Anglais ? Je ne me rappelle pas avoir jamais vu ce gandin au milieu de notre confrérie de carabins.

Zakharov, le Judas, s'écarta ostensiblement du fonctionnaire et déclara comme si de rien n'était :

— Je vous présente, messieurs, Eraste Pétrovitch Fandorine, personnalité bien connue de certains milieux. Il travaille au service du général gouverneur sur les affaires les plus graves affectant la sûreté. Il a exigé que je le conduise ici. Je ne pouvais refuser : je suis tenu d'obéir à l'autorité supérieure. Cela dit, je vous demande de le traiter avec affection et bienveillance.

Les membres de la corporation émirent des braillements indignés. L'un se leva d'un bond, un autre se mit à applaudir en ricanant.

— C'est scandaleux !

— Ces messieurs ne se gênent plus !

— A le voir, pourtant, on ne dirait pas que c'est un flic.

En entendant ces remarques, et d'autres semblables, fuser de tous côtés, Eraste Pétrovitch pâlit et fronça les sourcils. L'affaire prenait un tour déplaisant. Il fusilla du regard son perfide compagnon mais n'eut le temps de rien lui dire. Le maître de maison, en deux enjambées, était déjà sur lui et l'empoignait par les épaules. Une solide poigne que celle de Kouzma Savvitch, pas moyen de bouger !

— Dans cette maison, apprenez-le, il n'y a qu'une seule autorité supérieure : Kouzma Bouryline ! rugit le millionnaire. On ne vient pas chez moi sans invitation, encore moins quand on est de la police. Et qui s'y risque une fois y renonce à jamais.

— Kouzma, tu te rappelles chez le comte Tolstoï ? cria le type à cheveux longs. Comment on avait balancé à la flotte l'inspecteur de quartier à cheval sur ton ours ? Offrons la même promenade à ce gommeux ! D'ailleurs, ça fera du bien à Potapytch, il a l'air de se morfondre ici.

Bouryline rejeta la tête en arrière et partit d'un rire retentissant.

— Oh, Filka, sacré pochard, c'est pour ça que tu me plais, pour ton imagination ! Eh là ! Qu'on amène ici Potapytch !

Quelques-uns parmi les invités, qui n'étaient pas encore tout à fait ivres, tentèrent de raisonner leur hôte, mais deux robustes laquais tiraient déjà hors de la salle à manger un gros ours velu muselé et attaché à une chaîne. La bête poussait des grognements offensés, refusait d'avancer, s'entêtait à s'asseoir, et les laquais devaient le traîner de force, de sorte que ses griffes crissaient sur le parquet ciré. Un grand bac planté d'un palmier fut renversé et s'effondra sur le sol, des mottes de terre volèrent en tout sens.

— C'en est trop ! Kouzma ! intervint Zenzinov. Nous ne sommes plus des gamins comme autrefois.

Tu auras des ennuis ! Je te préviens, je m'en vais si tu ne cesses pas !

— Il a raison ! renchérit sur le professeur titulaire une autre personne raisonnable. Cela va faire un scandale, et ce n'est vraiment pas la peine.

— Eh bien fichez le camp au diable ! aboya Bouryline. Seulement sachez bien, bande de clystères, que j'ai réservé l'établissement de madame Joly pour toute la nuit. Et que nous irons sans vous.

Ces paroles prononcées, les voix de protestation se turent aussitôt.

Eraste Pétrovitch se tenait sagement immobile. Il n'avait pas proféré un mot ni esquissé le moindre geste pour se libérer. Ses yeux bleu sombre observaient le riche marchand sans trahir le moindre sentiment.

Bouryline commanda à ses domestiques d'un ton pressé :

— Tournez donc Potapytch de dos, qu'il n'aille pas éborgner la police. Vous avez apporté une corde ? Toi aussi, retourne-toi, suppôt de l'Etat. Afonia, Potapytch sait nager ?

— Et comment, Kouzma Savvitch ! répondit gaiement le laquais, hirsute et le front barré d'un hareng. L'été, à la datcha, il adore même barboter.

— Eh bien, il va en avoir encore l'occasion. En avril, la baille est sûrement froide. Alors quoi, on s'obstine ! cria Bouryline, s'emportant contre le fonctionnaire. Demi-tour !

Il se cramponna de toutes ses forces aux épaules de Fandorine pour tenter de lui faire tourner le dos, mais l'autre ne bougea pas d'un pouce, comme s'il eût été taillé dans le roc. Bouryline pesa sur lui, de toute la puissance de sa musculature. Sa face s'empourpra, des veines saillirent sur son front. Fandorine continuait d'observer le maître de maison avec le même calme, seul un léger sourire ironique se dessinait à la commissure de ses lèvres.

Kouzma Savvitch geignit encore un peu sous l'effort mais, ayant senti qu'il devenait ridicule, il baissa les bras et posa sur l'étrange fonctionnaire un regard interloqué. Un grand silence s'installa dans la pièce.

— C'est de vous, mon très cher, que j'ai besoin, dit enfin Eraste Pétrovitch, ouvrant pour la première fois la bouche. Nous allons b-bavarder un peu ?

Il saisit le poignet de l'industriel entre deux doigts et marcha d'un pas vif et décidé vers les portes closes de la salle de banquet. Il faut croire que les doigts du conseiller de collège possédaient quelque propriété singulière, car l'autre, en dépit de sa corpulence, grimaça de douleur et le suivit en trottinant. Les laquais, désemparés, se pétrifièrent, et l'ours en profita aussitôt pour s'asseoir, balançant sa grosse tête poilue avec un air bêta.

Parvenu à la porte, Fandorine fit volte-face.

— Continuez de vous amuser, m-messieurs. Kouzma Savvitch, en attendant, me fournira quelques éclaircissements.

Le dernier détail que releva Eraste Pétrovitch avant de tourner le dos aux invités fut le regard concentré de l'expert Zakharov.

La table dressée dans la salle de banquet était prodigieusement appétissante. Le conseiller de collège jeta un furtif coup d'œil au porcelet qui y sommeillait paisiblement, entouré de rondelles dorées d'ananas, à l'intimidante dépouille d'esturgeon en gelée, aux échafaudages compliqués de salades, aux pinces rouges des homards, et se rappela que depuis sa méditation ratée, il était resté le ventre vide. Ce n'est rien, se consola-t-il. Il est dit chez Confucius : « L'homme bien né se rassasie en s'abstenant. »

Dans un angle éloigné, les chemises, châles et foulards d'un orchestre tsigane dessinaient des formes écarlates. Les musiciens aperçurent le maître de maison qu'un élégant monsieur à fines moustaches tirait par la main, et ils interrompirent leur chant à la moitié d'un mot. Bouryline leur adressa un signe agacé de sa main libre : inutile d'ouvrir de grands yeux, ça ne vous concerne pas.

La soliste, couverte de colliers et de rubans, interpréta faussement son geste et entonna d'une voix profonde :

Hélas, point de pro-mi-se,
Hélas, point de ma-ri-ée...

Le chœur reprit en sourdine, au quart de sa puissance :

Il conduit sa damoiselle
Dans la maison de rondins...

Eraste Pétrovitch lâcha la main du millionnaire et se retourna face à lui.

— J'ai bien reçu votre envoi. Dois-je le considérer comme un aveu ?

Bouryline frottait son poignet endolori. Il regarda Fandorine avec curiosité.

— Eh bien, quelle force vous avez, monsieur le conseiller de collège ! On ne le dirait pas à première vue... Quel envoi déjà ? Et pour avouer quoi ?

— Tenez, vous voyez, vous connaissez même mon grade, alors que Zakharov tout à l'heure ne l'a pas mentionné. C'est vous qui avez coupé l'oreille, et p-personne d'autre. Vous avez été étudiant en médecine, et vous étiez hier chez Zakharov avec vos anciens condisciples. Il était certain, voyez-vous, que celui que je cherchais serait ici aujourd'hui, or qui d'autre que vous s'y trouvait forcément ? C'est votre écriture ?

Il présenta à l'industriel le papier d'emballage du « coliposta ».

Kouzma Savvitch se pencha et esquissa un sourire ironique.

— Et à qui d'autre ? Vous avez donc apprécié mon petit cadeau ? J'ai ordonné qu'il vous soit livré sans faute à l'heure du repas. Vous n'avez pas avalé votre bouillon de travers, au moins ? Vous avez dû réunir un conseil, échafauder des hypothèses, non ? Bon, je l'avoue, j'aime blaguer. Quand l'alcool a eu dénoué la langue de ce cher Igor Zakharov, l'idée m'est venue de faire une farce. Vous avez entendu parler du Jack l'Eventreur de Londres ? Il a joué un tour exactement semblable à la police de là-bas. Il y avait chez Igor une fille crevée étendue sur une table, une rousse. Je me suis discrètement emparé d'un scalpel, j'ai tranché en douce une oreille à la fille, l'ai enveloppée dans mon mouchoir, et hop ! dans la poche ! Il vous dépeignait, monsieur Fandorine, en termes tellement fleuris : et vous êtes comme ci, et vous êtes comme ça, et vous pouvez démêler n'importe quel écheveau. Je dois dire que Zakharov ne mentait pas, vous êtes un curieux personnage. J'aime les curieux personnages, j'en suis un moi-même. (Dans les yeux étroits du millionnaire s'alluma une flamme rusée.) Voici ce que je vous propose. Oubliez cette plaisanterie, qui de toute manière a fait long feu. Et joignez-vous donc à nous. Je vous promets une fameuse nouba. Je vous confie sous le sceau du secret que j'ai imaginé un très divertissant petit *kundstück* pour tous ces anciens carabins, mes amis de longue date. Tout est déjà prêt chez madame Joly. Demain la ville entière se tordra de rire, quand on saura. Venez ! Parole, vous ne le regretterez pas.

A ce moment le chœur suspendit brusquement sa lente et paisible mélopée pour tonner à pleine voix :

Kouzia-Kouzia-Kouzia-Kouzia,
Kouzia-Kouzia-Kouzia-Kouzia,
Kouzia-Kouzia-Kouzia-Kouzia,
Kouzia, vide ton verre !

Bouryline lança un bref coup d'œil par-dessus son épaule et le braillement se tut.

— Vous séjournez fréquemment à l'étranger ? demanda tout à trac Fandorine.

— C'est ici que je séjourne fréquemment. (Le maître de maison ne paraissait nullement surpris de ce soudain changement de sujet.) Je n'ai aucune raison de rester user mes fonds de culotte en Russie. J'emploie des gérants très avisés qui se débrouillent fort bien sans moi. Dans une grande affaire comme la mienne, il n'est besoin que d'une seule chose : s'y entendre en hommes. Si l'on choisit correctement ses gens, on peut ensuite se tourner les pouces, l'affaire marche toute seule.

— Vous étiez en Angleterre récemment ?

— Je vais souvent à Leeds et à Sheffield. J'y possède des usines. Je fais des apparitions à Londres, à cause de la Bourse. La dernière fois, c'était en décembre. Après ce fut Paris, puis retour à Moscou pour l'Epiphanie. Mais pourquoi me parlez-vous de l'Angleterre ?

Eraste Pétrovitch abaissa légèrement les paupières pour atténuer l'éclat de ses yeux. Il balaya un grain de poussière sur sa manche et déclara d'une voix posée :

— Je vous mets en état d'arrestation pour acte de profanation sur le corps de la demoiselle Setchkina. Il s'agit pour l'instant d'une décision administrative, mais il y aura au matin une ordonnance du procureur. Votre avocat ne pourra pas déposer de caution avant demain midi. Vous venez avec moi, vos invités n'ont qu'à rentrer chez eux. La visite au bordel est annulée. Il n'y a pas lieu de d-déshonorer de respectables médecins. Quant à vous, Bouryline, vous aurez tout loisir de faire la nouba dans la salle de police.

Pour me remercier d'avoir sauvé la fillette, cette nuit un songe m'est venu.

J'ai rêvé que j'étais devant le Trône du Seigneur.

« Assieds-toi à sénestre, m'a dit le Roi des cieux. Repose-toi, car tu apportes aux hommes la joie et la délivrance, et c'est là une pénible besogne. Mes enfants sont déraisonnables. Leurs regards sont inversés, ce qui est noir leur paraît blanc, et ce qui est blanc, noir ; le malheur leur est bonheur, et le bonheur, malheur. Quand par faveur Je rappelle auprès de Moi l'un d'eux encore petit enfant, les autres pleurent et plaignent l'élu au lieu de se réjouir pour lui. Quand J'en laisse certains vivre jusqu'à cent ans, jusqu'à épuisement de leur corps et extinction de leur esprit, en manière de châtiment et d'enseignement pour les

autres, ceux-ci ne s'effraient nullement de ce terrible sort, mais au contraire l'envient. Après une bataille meurtrière, Je vois se réjouir ceux que J'ai réprouvés, quand même ils ont reçu les pires blessures, et ceux qui sont tombés, rappelés par Moi devant Ma Face, les autres s'apitoient sur eux et en secret même les méprisent comme autant de médiocres. Or ce sont ceux-là les vrais heureux, puisqu'ils sont déjà auprès de Moi ; et les malheureux, ceux qui restent. Que dois-Je faire des hommes, dis-moi, bonne âme que tu es ? Comment leur faire entendre raison ? »

Et j'ai eu pitié du Seigneur, vainement assoiffé de l'amour de ses déraisonnables enfants.

Le triomphe de Pluton

6 avril, Jeudi saint

Il échut ce jour-là à Tioulpanov d'assister Ijitsyne dans sa tâche.

La veille, tard dans la soirée, après une « séance d'analyse » au cours de laquelle il était apparu qu'on avait à présent bien plus de suspects qu'il n'en fallait, le chef avait arpenté un moment son bureau en tripotant bruyamment son chapelet, puis avait déclaré : « C'est bon, Tioulpanov. La nuit porte conseil. Allez vous reposer, vous avez suffisamment g-galopé aujourd'hui. »

Anissi pensait que la décision finale serait la suivante : établir une surveillance discrète autour de Sténitch, Nesvitskaïa et Bouryline (quand celui-ci serait remis en liberté), contrôler tous leurs déplacements au cours de l'année écoulée, et peut-être encore monter quelque nouvelle expérience pouvant servir l'enquête.

Mais non, l'imprévisible chef en jugea autrement. Le lendemain matin, quand Anissi, rentrant la tête dans les épaules sous un sinistre crachin, se présenta rue Malaïa Nikitskaïa, Massa lui remit un billet :

Je disparais pour quelque temps. Je vais tenter de prendre l'affaire par le bout opposé. Vous, en attendant, vous travaillerez avec Ijitsyne. J'ai peur qu'il ne commette une ânerie à trop vouloir faire de zèle. D'un autre côté, l'individu n'est guère plaisant, mais il est tenace, il est possible qu'il mette le doigt sur quelque chose.

E.F.

Et tiens, attrape ça ! De quel « bout opposé » voulait-il encore parler ?

Le juge en charge des affaires sensibles était introuvable. Anissi téléphona au Palais. « Il est sorti après un appel de la Direction de la gendarmerie », lui apprit-on. Il joignit la Direction de la gendarmerie, on lui répondit : « Il a quitté les lieux pour une affaire urgente ne souffrant pas d'être exposée par téléphone. » La voix de l'officier de service était si tendue que Tioulpanov comprit : à vue de nez, un nouveau crime. Un quart d'heure plus tard, un coursier arrivait, envoyé par Ijitsyne : le sergent de ville Linkov. Il était d'abord passé chez le conseiller de collège, ne l'avait pas trouvé et s'était présenté chez Tioulpanov, rue des Grenades.

— Un crime cauchemardesque, Votre Noblesse, exposa Linkov, en proie à une terrible émotion. Un assassinat monstrueux commis contre une toute jeune personne. Quel malheur, quel malheur...

Il renifla et rougit, visiblement honteux de sa sensiblerie.

Anissi considérait le policier, gauche, mal bâti, au cou trop mince, et lisait en lui comme dans un livre. Instruit, sentimental, et sans doute grand amateur de bouquins. Il était entré dans la police poussé par la misère, seulement ce rude métier n'était pas pour les fragiles créatures comme lui. Tioulpanov eût partagé son sort s'il n'avait eu la chance de rencontrer Eraste Pétrovitch.

— Venez, Linkov, dit Anissi en voussoyant à dessein le jeune agent de police. Allons directement à la morgue, puisque de toute façon c'est là-bas que le corps sera transporté.

Voilà ce qui s'appelait de la déduction : le calcul se révéla exact. Anissi passa une petite demi-heure dans la maisonnette du gardien Pakhomenko, à deviser avec le plaisant bonhomme de la vie de tous les jours, et enfin trois voitures vinrent se ranger devant le portail, suivies d'un fourgon entièrement clos, dépourvu de fenêtre, de ceux qu'on nomme « chariots à viande ».

De la première voiture descendirent Ijitsyne et Zakharov, de la deuxième un photographe accompagné de son assistant, de la troisième deux gendarmes et le brigadier Pribloudko. Du fourgon, personne ne descendit. Les gendarmes en ouvrirent les portières à la peinture écaillée et sortirent un brancard sur lequel était étendue une forme assez courte recouverte d'une bâche.

Le médecin légiste paraissait maussade et rongeait le tuyau de son éternelle bouffarde avec un singulier acharnement ; le juge en revanche avait l'air vif et animé, presque joyeux même. Apercevant Anissi, pourtant, sa figure s'allongea :

— Ah ! c'est vous ! Par conséquent vous avez déjà flairé de quoi il retournait ? Votre chef est ici aussi ?

Mais quand il eut appris que Fandorine n'était pas là et ne viendrait pas, et que pour l'instant son adjoint ne savait rien de bien sérieux, Ijitsyne reprit du poil de la bête.

— Eh bien, à présent ça va valser, déclara-t-il en se frottant énergiquement les mains. Ecoutez donc. Aujourd'hui, à l'aube, les gardes-voies de la branche de raccordement de la ligne Moscou-Brest ont découvert dans des buissons, non loin du passage à niveau de la rue Novo-Tikhvinskaïa, le cadavre d'une fillette, une vagabonde. Igor Willemovitch a établi que la mort n'était pas survenue plus tard que minuit. Le spectacle, je vous l'assure, Tioulpanov, n'était guère appétissant ! (Ijitsyne eut un bref ricanement.) Imaginez : la panse, naturellement, vidée, les tripes pendues aux branches alentour, et quant à la figure...

— Quoi, à nouveau le baiser sanglant ? s'écria Anissi sous le coup de l'émotion.

Le juge d'instruction pouffa et, incapable de se contenir, partit d'un long fou rire : les nerfs, à l'évidence.

— Ouille ! vous me tuez ! prononça-t-il enfin en épongeant ses larmes. Vous y tenez, Fandorine et vous, à ce fameux baiser ! Je vais vous montrer, vous allez comprendre. Eh ! Silakov ! Arrête-toi ! Montre son visage !

Les gendarmes déposèrent le brancard par terre et retournèrent un coin de la bâche. Devant l'attitude énigmatique du juge, Anissi s'attendait à quelque chose de particulièrement atroce : yeux vitreux, grimace de cauchemar, langue pendant hors de la bouche... mais il ne vit rien de tout cela. Sous la toile il découvrit comme une miche de pain couleur rouge-noir incrustée de deux billes blanches au milieu desquelles se détachait un cercle sombre.

— Qu'est-ce que c'est ? demanda Tioulpanov, surpris, et ses dents se mirent toutes seules à claquer.

— C'est très simple : notre plaisantin l'a laissée littéralement défigurée, expliqua Ijitsyne avec une sinistre bonne humeur. Igor Willemovitch dit que la peau a été découpée sous la ligne des cheveux et ensuite arrachée comme une écorce d'orange. Le voilà, votre baiser ! Et surtout, maintenant, elle est impossible à identifier.

Tout bizarrement bougeait et vacillait devant les yeux d'Anissi. La voix du juge ne lui parvenait plus que très étouffée.

— C'est très simple : c'en est fini du secret. Ces fripons de gardes-voies ont déballé l'histoire à tout le monde. L'un d'eux a été transporté évanoui. Mais même sans cela, des rumeurs couraient déjà dans Moscou. La Direction de la gendarmerie est submergée d'informations diverses concernant un tueur qui aurait décidé d'exterminer le genre féminin. Ce matin, à la première heure, un rapport a été expédié à Saint-Pétersbourg. Toute la vérité, nue et sans fard. Le ministre en personne, le comte Tolstov, va se déplacer jusqu'ici. Comme je vous le dis. C'est très simple, par conséquent, les têtes vont voler. Je tiens à la mienne, je ne sais pas pour vous. Votre chef peut jouer aux devinettes autant qu'il lui fait plaisir, que risque-t-il ? Il a un protecteur en haut lieu. Mais quant à moi, je vais continuer à mener mon enquête sans me perdre en déductions, en usant de fermeté et d'énergie. L'heure, c'est très simple, n'est plus au gaspillage de salive.

Tioulpanov se détourna du brancard, déglutit et chassa le voile trouble qui lui couvrait les yeux. Il emplit sa poitrine d'une grande bouffée d'air. Le malaise s'atténua.

Il ne pouvait cependant laisser passer le « gaspillage de salive », aussi déclara-t-il d'une voix glacée :

— Mon chef, pour sa part, dit que la fermeté et l'énergie valent surtout pour fendre son bois et bêcher son potager.

— Très précisément, cher monsieur. (Le juge adressa un signe aux gendarmes pour qu'ils emportent le cadavre à la morgue.) Je compte bien, sacré nom, retourner tout Moscou de fond en comble, et si je casse du bois, le résultat sera là pour me faire pardonner. Sans résultat, de toute façon, je ne sauverai pas ma tête. On vous a collé sur mon dos pour me surveiller, Tioulpanov ? Eh bien, surveillez à votre guise, mais ne venez pas vous fourrer dans mes pattes avec vos observations. Et si vous voulez formuler des plaintes, ne vous gênez pas. Je connais le comte Dmitri Andréiévitch, il apprécie la fermeté et l'audace, et ferme les yeux sur les menues entorses faite à la procédure judiciaire, dès lors que ces privautés sont dictées par les intérêts de l'affaire.

— Il m'est déjà arrivé d'entendre pareils propos dans la bouche de policiers, mais dans celle d'un représentant du ministère public, ils prennent une étrange résonance, répliqua Anissi, certain qu'Eraste Pétrovitch, à sa place, n'eût pas répondu autrement à Ijitsyne.

Cependant le juge d'instruction ne releva même pas la digne réprimande tout empreinte de retenue qui lui était adressée, aussi Tioulpanov résolut-il d'adopter un ton strictement officiel :

— Venez-en plutôt au fait, monsieur le conseiller aulique. En quoi consiste votre plan ?

Ils entrèrent dans le bureau de l'expert en médecine légale et s'installèrent à sa table, profitant du fait que Zakharov, pendant ce temps, s'occupait du cadavre dans la salle de dissection.

— Eh bien, soit ! (Ijitsyne considéra avec un air de supériorité l'officier subalterne.) C'est très simple, faisons fonctionner un peu nos méninges. Qui notre éventreur assassine-t-il ? Des prostituées, des clochardes, des mendiantes, autrement dit des femmes appartenant aux bas-fonds, les pires rebuts de la société. Certes, on ne saurait établir aujourd'hui d'où sortaient les anonymes, celles exhumées des fosses communes. Il est bien connu que notre police moscovite, en pareils cas, ne s'embarrasse guère de paperasserie inutile. En revanche, celles que nous avons tirées des tombes dûment répertoriées, nous savons parfaitement en quels lieux elles ont été ramassées.

Ijitsyne ouvrit un petit carnet recouvert de toile cirée.

— Ah, voilà ! La mendiante Maria la Bigle a été tuée le 11 février, rue des Trois-Saints, dans un asile de nuit tenu par un certain Sytchouguine. Gorge tranchée, ventre ouvert, un rein manquant. La prostituée Alexandra Zotova avait été trouvée, avant cela, le 5 février, passage Svinine, sur la chaussée. Là encore, gorge tranchée, plus matrice extirpée. Ces deux-là sont manifestement de nos clientes.

Le juge d'instruction s'approcha d'un grand plan de Moscou affiché au mur, pareil à ceux qu'utilisait la police, et y pointa un long doigt nerveux :

— C'est très simple, regardons. Celle de mardi, la dénommée Andréitchkina, a été découverte ici, rue Seleznevskaïa. La gamine d'aujourd'hui, juste là, près du passage à niveau de la rue Novo-Tikhvinskaïa. Les deux endroits sont distants d'à peine une verste l'un de l'autre. Et il n'y a pas davantage jusqu'au faubourg tatar de Vypolzov.

— Que vient faire le faubourg tatar là-dedans ? demanda Tioulpanov.

— Après, après... répondit Ijitsyne en agitant la main. Ne vous en mêlez pas pour l'instant... Les deux vieux cadavres à présent. La rue des Trois-Saints est ici. Et voilà le passage Svinine. Dans un même rayon de trois cent cinquante pas autour de la synagogue qui se trouve passage Spassoglinichtchevski.

— En ce cas, c'est encore plus près de la place Khitrov, objecta Anissi. Il ne se passe pas de jour qu'on n'y assassine quelqu'un. Qu'y a-t-il là d'étonnant, en plein cœur d'un foyer de criminalité !

— On y assassine, mais pas comme ça ! Non, Tioulpanov, ce qu'on flaire ici n'est pas le relent du crime chrétien ordinaire. Il émane de ces éventrations un souffle de fanatisme et de cruauté qui ne nous appartient pas. Les chrétiens orthodoxes commettent bien des horreurs, mais jamais à ce point. Et il est inutile d'avancer des absurdités à propos du fameux Jack londonien qui en réalité serait russe et serait revenu se divertir un peu dans les vastes étendues de sa patrie. Foutaises, cher monsieur ! Si un Russe s'en va visiter Londres, c'est qu'il relève d'un milieu social cultivé. Mais est-ce qu'un homme cultivé irait farfouiller dans les tripes nauséabondes de je ne sais quelle Maria la Bigle ? Vous pouvez l'imaginer ?

Anissi ne pouvait rien imaginer de tel, aussi secoua-t-il honnêtement la tête.

— Eh bien, vous voyez ! C'est l'évidence même ! Il faut être un rêveur et un théoricien comme votre supérieur hiérarchique pour substituer au bon sens des constructions de l'esprit purement abstraites. Or moi, Tioulpanov, je suis un homme pratique.

— Mais comment expliquer alors la connaissance de l'anatomie ? objecta Anissi, s'empressant de défendre son chef. Et le maniement professionnel d'un instrument de chirurgie ? Seul un médecin a pu commettre toutes ces atrocités !

Ijitsyne sourit, victorieux.

— C'est là que Fandorine se trompe ! Depuis le début, son hypothèse me heurte. C'est im-pos-sible, dit-il en détachant chaque syllabe. C'est tout bonnement impossible, et point final. Quand un homme issu d'un milieu convenable est un pervers, il invente des trucs plus raffinés que ces ignominies. (L'enquêteur eut un mouvement de tête en direction de la salle de dissection.) Rappelez-vous le marquis de Sade. Ou bien prenez simplement l'affaire du notaire Schiller, survenue l'an passé. Il avait fait boire une fille jusqu'à ce qu'elle en perde connaissance, lui avait fourré en certain endroit un bâton de dynamite, puis avait allumé la mèche. On voit tout de suite que le personnage est instruit, même si c'est un monstre, bien sûr. Mais les abominations auxquelles nous avons été confrontés, seul en est capable un mufle, une bête sans éducation. Quant aux connaissances anatomiques et à l'habileté chirurgicale, là encore tout s'explique très simplement, messieurs les malins.

Le juge ménagea une pause dans son discours, puis, levant le doigt pour appuyer son effet, il murmura :

— Un boucher ! Voilà qui connaît l'anatomie aussi bien qu'un chirurgien. Chaque jour que Dieu fait, il prélève des foies, des estomacs, des reins avec une habileté et une précision d'horloger, qui valent bien celles de feu le sieur Pirogov[1]. Et puis les couteaux d'un bon boucher ne sont pas moins acérés qu'un scalpel.

Tioulpanov se taisait, ébranlé. Le déplaisant Ijitsyne avait raison ! Comment pouvait-on avoir oublié l'hypothèse d'un boucher !

Ijitsyne se trouva satisfait de la réaction de son interlocuteur.

— Et maintenant, passons à mon plan. (Il s'approcha à nouveau de la carte.) C'est très simple, nous avons deux foyers. Les deux premiers cadavres ont été découverts ici, les deux derniers là. Nous ignorons ce qui explique le changement de lieu d'activité du criminel. Peut-être a-t-il jugé que la partie nord de Moscou se prêtait mieux à ses jeux scélérats que la partie centrale : terrains vagues, bosquets, habitations plus clairsemées... A tout hasard, je fais peser mes soupçons sur tous les bouchers habitant les deux coins qui nous intéressent. J'ai déjà une liste. (Le juge tira un feuillet de sa poche et le posa sur la table devant Anissi.) J'ai là en tout dix-sept personnes. J'attire votre attention sur les noms marqués d'une

1. Nikolaï Ivanovitch Pirogov (1810-1881) : célèbre chirurgien russe, qui se distingua notamment par les prouesses médicales qu'il accomplit à Sébastopol et sur le théâtre d'autres batailles sanglantes.

étoile à six branches ou d'un croissant. Tenez, c'est ici, à Vypolzov, que se trouve le village tatar. Les Tatars ont leurs propres bouchers, de vrais forbans. Je vous rappelle que, de la remise où on a retrouvé l'Andréitchkina jusqu'à ce faubourg, il n'y a pas une verste. Même distance jusqu'au passage à niveau où a été découvert le cadavre de la gamine défigurée. Et ici (le long doigt se déplaça sur la carte), à proximité immédiate des passages Svinine et des Trois-Saints, la synagogue. Au service de celle-ci, des sacrificateurs, de ces sales bouchers youpins qui mettent à mort les bêtes selon leur coutume barbare. Vous n'avez jamais vu comment ils procèdent ? Cela ressemble beaucoup à la besogne de notre ami. Vous sentez, Tioulpanov, l'odeur qui se dégage de l'affaire ?

A en juger par les narines dilatées du juge en charge des affaires sensibles, l'odeur en question était celle d'un procès retentissant, suivi de sérieuses récompenses et d'un avancement vertigineux dans la carrière.

— Tioulpanov, vous êtes un homme jeune. Votre avenir est entre vos mains. Vous pouvez vous accrocher à Fandorine, et vous vous retrouverez le bec dans l'eau. Mais vous pouvez aussi travailler pour le bien de l'instruction, et alors je ne vous oublierai pas. Vous êtes un garçon intelligent, débrouillard. J'ai besoin d'assistants de cette trempe.

Anissi ouvrit la bouche pour remettre l'insolent à sa place, mais déjà Ijitsyne poursuivait :

— Parmi les dix-sept bouchers qui nous intéressent, on compte quatre Tatars et trois Juifs. Ils sont les premiers suspects. Mais pour éviter d'être accusé de parti pris, je les arrête tous. Et je les travaille comme il convient. Dieu merci, je possède un peu d'expérience. (Il sourit en se frottant les mains.) C'est très simple, écoutez. En tout premier lieu, je fais nourrir les mécréants de viande salée, puisque aussi bien ils ne sont pas tenus d'observer le carême. Ils ne bouffent pas de porc, aussi les régalerai-je de conserve de bœuf : nous savons respecter les coutumes étrangères. Quant aux chrétiens, je leur ferai servir du hareng. Et rien à boire. Et interdiction de dormir. Ils passeront une petite nuit à brailler, et dès l'aube, pour qu'ils n'aillent pas s'ennuyer, je les convoquerai un à un dans mon bureau, et mes gars leur feront la leçon à coups de « chaussette ». Vous savez ce que c'est qu'une « chaussette » ?

Tioulpanov secoua la tête, atterré.

— Une merveilleuse invention : un simple bas rempli de sable humide. Aucune trace, mais avec cela très efficace, surtout appliqué aux reins et autres endroits sensibles.

— Léonti Andréiévitch, mais vous avez fait l'université ! s'écria Anissi.

— Justement. Et c'est pourquoi je sais quand on peut agir selon les règles, et quand l'intérêt de la société autorise à y passer outre.

— Mais quoi, et si votre hypothèse est fausse et que l'Eventreur n'est nullement un boucher ?

— C'est un boucher, qui voulez-vous que ce soit d'autre ? rétorqua Ijitsyne dans un haussement d'épaules. Je croyais pourtant avoir été assez convaincant sur ce point, non ?

— Mais si, au lieu du coupable, c'était le plus fragile qui venait à avouer ! Alors le vrai meurtrier resterait impuni !

Le juge avait pris tant d'assurance qu'il eut le culot de tapoter l'épaule d'Anissi d'un geste protecteur.

— J'ai prévu également ce cas. Bien sûr, nous aurions l'air fin si aujourd'hui nous faisions pendre un Moïshé ou un Abdoul, et que trois mois plus tard la police découvre une autre putain éventrée. Mais le cas sort de l'ordinaire et est à ranger dans la catégorie des crimes contre l'Etat. Pensez ! Saboter la visite du souverain, ce n'est pas rien ! C'est pourquoi il est permis de prendre des mesures d'exception. (Ijitsyne serra le poing à s'en faire craquer les jointures.) L'un ira à la potence, et les seize autres seront déportés. Sur décision administrative, sans aucune publicité. Dans des lieux bien froids et déserts, où il n'est personne, généralement, à égorger. Et la police, par-dessus le marché, continuera là-bas de garder un œil sur eux.

Le « plan » de l'audacieux juge d'instruction remplit Anissi d'horreur, bien qu'on ne pût nier le caractère d'efficacité de semblables mesures. Les autorités supérieures, effrayées par l'arrivée prochaine du terrible comte Tolstov, seraient bien capables d'approuver une telle initiative, et la vie de dix-sept personnes totalement innocentes se trouverait alors piétinée. Comment empêcher cela ? Ah, Eraste Pétrovitch, où donc êtes-vous passé ?

Anissi laissa échapper un gémissement, remua ses célèbres oreilles, demanda en pensée pardon à son chef de la liberté qu'il allait prendre, puis s'efforça de relater à Ijitsyne tout ce que l'enquête avait permis d'apprendre la veille. Qu'au moins il ne se hausse pas trop du col, qu'au moins il sache qu'à côté de sa version « bouchère », il en existait d'autres un peu mieux étayées.

Léonti Andréiévitch l'écouta jusqu'au bout avec attention, sans l'interrompre une seule fois. Son visage nerveux au début s'empourpra, puis blêmit, et enfin se couvrit de marbrures tandis que son regard devenait comme ivre.

Quand Tioulpanov en eut terminé, le juge passa une langue pâle sur ses grosses dents et résuma aussitôt :

— Une sage-femme nihiliste ? Un étudiant cinglé ? Un marchand fantaisiste ? Tiens, tiens...

Ijitsyne se leva d'un bond, arpenta la pièce d'un pas vif et s'ébouriffa les cheveux, geste qui porta un irréparable préjudice à sa raie jusqu'alors impeccable.

— Parfait ! s'exclama-t-il en s'immobilisant devant Anissi. Je suis très heureux, Tioulpanov, que vous ayez décidé de collaborer franchement avec moi. Quels secrets peut-il y avoir entre nous ? Après tout, nous œuvrons pour la même cause, n'est-ce pas ?

Anissi sentit son cœur se glacer : aïe, aïe, aïe ! il avait eu tort de bavarder. Mais il était déjà trop tard pour freiner le juge.

— Eh bien quoi, essayons ! Bien entendu, j'arrête de toute façon mes bouchers, mais pour l'instant je les laisse mariner un peu. Nous allons d'abord travailler vos « carabins ».

— Comment ça, les « travailler » ? demanda Anissi, affolé au souvenir de l'infirmier et de la doctoresse. A la « chaussette », vous voulez dire ?

— Non, avec ces clients-là, il faut s'y prendre autrement.

Le juge d'instruction réfléchit un moment, s'approuva lui-même de la tête et exposa un nouveau plan d'action :

— C'est très simple, voici comment nous allons opérer. Les gens instruits, Tioulpanov, réclament une méthode adaptée. L'instruction amollit le cœur de l'homme, le rend sensible. Si notre étripeur est un individu bien installé dans la société, c'est un lycanthrope : le jour, il est comme vous et moi, mais, la nuit, dans ses instants de frénésie meurtrière, il est comme possédé par un démon. C'est là-dessus que nous allons jouer. Je vais les prendre, les petits chéris, quand ils sont normaux, et je vais leur coller sous les yeux l'œuvre du loup-garou. Nous verrons si leur sensibilité est capable d'encaisser le tableau. Je suis certain que le coupable flanchera. Il découvrira à la lumière du jour à quelle besogne se livre son autre « moi », et il se trahira, forcément il se trahira. Psychologie, Tioulpanov, psychologie ! C'est décidé. Nous allons procéder à une expérience judiciaire.

Anissi, sans savoir pourquoi, se rappela soudain un conte que lui racontait sa maman quand il était enfant, un conte où Pétia le Coq sanglotait d'une voix lamentable : « Le renard m'emporte par-delà les bois bleus, par-delà les hautes montagnes, dans son terrier profond... »

Chef ! Eraste Pétrovitch ! Les choses vont mal, très mal...

Anissi ne voulut pas assister à la préparation de l'« expérience judiciaire ». Il s'enferma dans le bureau de Zakharov et, pour ne plus penser à l'erreur qu'il avait commise, s'absorba dans la lecture du journal qui traînait sur la table, parcourant toutes les colonnes à la suite, sans distinction.

Les *Nouvelles de Moscou* de ce 6 (18) avril communiquaient ce qui suit :

ACHÈVEMENT DE LA CONSTRUCTION DE LA TOUR EIFFEL

Paris. L'agence Reuters annonce qu'on vient ici de terminer enfin le gigantesque et parfaitement inutile assemblage de poutrelles métalliques avec lequel les Français comptent éblouir les visiteurs de la quinzième Exposition internationale. Ce dangereux projet suscite la légitime inquiétude des Parisiens. Peut-on tolérer que Paris soit dominé par une espèce d'immense cheminée d'usine écrasant de sa taille absurde tous les admirables monuments de la capitale ? Des ingénieurs compétents expriment des doutes quant à la capacité d'une construction de pareille hauteur, relativement élancée et érigée sur une base trois fois moindre que son élévation, à résister à la pression du vent.

DUEL AU SABRE

Rome. Toute l'Italie ne parle plus que du duel qui a opposé le général Andreotti et le député Cavallo. Dans un discours prononcé la semaine dernière devant des vétérans de la bataille de Solférino, le général Andreotti avait exprimé son inquiétude concernant l'exorbitante influence juive dans le monde éditorial et journalistique. Le député Cavallo, d'origine israélite, s'est estimé offensé par cette assertion pourtant des plus légitimes et, prenant la parole au Parlement, s'est permis de traiter le général d'« âne sicilien », d'où s'est ensuivi un duel. Au deuxième assaut, le général Andreotti s'est trouvé légèrement blessé d'un coup de sabre à l'épaule, sur quoi la rencontre a pris fin. Les adversaires ont échangé une poignée de main.

UN MINISTRE SOUFFRANT

St-Pétersbourg. Le ministre des Voies de communication, récemment atteint d'une pneumonie, va mieux : il ne ressent plus de douleur dans la poitrine. Le malade a passé hier une nuit paisible. Il garde toute sa conscience.

Anissi lut également les réclames : pour une poudre glycérinée rafraîchissante, pour un cirage, pour un nouveau lit pliant et un fume-cigare antinicotinique. Saisi d'une étrange apathie, il étudia un long moment une image ainsi légendée :

Powder-closet inodore, breveté par l'ingénieur mécanicien S. Timokhovitch. Peu coûteux, satisfait à toutes les règles de l'hygiène, peut être installé dans n'importe quelle pièce d'habitation. L'appareil est en démonstration à la maison Adadourov, près des Portes Rouges. Possibilité de location pour les villégiatures.

Puis il se contenta de rester assis, à regarder tristement par la fenêtre.

Ijitsyne en revanche était l'énergie même. Sous sa surveillance personnelle, des tables supplémentaires avaient été apportées dans la salle de dissection, de sorte que leur nombre s'élevait à présent à treize. Les deux fossoyeurs, le gardien et les sergents de ville trimballèrent du frigo, sur des civières, les trois cadavres identifiés et les dix anonymes, parmi lesquels celui de la petite mendiante. Le juge d'instruction ordonna à plusieurs reprises de changer les corps de place, tantôt comme ci, tantôt comme ça, cherchant à obtenir un effet visuel maximal. Anissi rentrait la tête dans les épaules quand lui parvenait à travers la porte la voix de ténor, perçante et autoritaire, d'Ijitsyne.

— Où pousses-tu la table, imbécile ! ? En U, ai-je dit, en U !

Ou bien, pire :

— Pas comme ça, pas comme ça ! Ouvre-lui plus grand le ventre ! Quoi, c'est collé par le gel ! Sers-toi de la bêche, de la bêche ! Voilà, maintenant c'est bien.

Les personnes interpellées par la police furent amenées à trois heures de l'après-midi, chacune dans une voiture différente, et sous escorte.

Tioulpanov, de sa fenêtre, vit d'abord conduire à la morgue un homme au visage rond, large d'épaules, portant une queue-de-pie chiffonnée et une cravate blanche nouée de travers : certainement l'industriel Bouryline, qui n'avait pas dû rentrer chez lui depuis son arrestation de la veille. Une dizaine de minutes après, ce fut le tour de Sténitch. Il était en blouse blanche (à l'évidence il sortait de sa clinique) et jetait autour de lui des regards de bête traquée. Bientôt arriva également la Nesvitskaïa. Elle marchait entre deux gendarmes, les épaules droites et la tête haute. Le visage de la sage-femme était défiguré de haine.

La porte grinça, Ijitsyne passa la tête par l'entrebâillement. Figure fiévreuse, rouge d'excitation, on eût dit un entrepreneur de théâtre juste avant une première.

— Les petits chéris attendent pour l'instant au bureau du cimetière, sous surveillance, annonça-t-il. Venez donc jeter un coup d'œil, me dire si c'est bien.

Tioulpanov se leva avec indolence et passa dans la salle de dissection.

Au milieu du vaste local s'ouvrait un espace vide entouré de trois côtés par des tables. Sur chacune d'elles, recouvert d'une bâche, un cadavre. Derrière les tables, le long des murs, les gendarmes, les sergents de ville, les fossoyeurs, le gardien : une personne pour deux défunts. A une table d'extrémité, assis sur une simple chaise de bois, se trouvait Zakharov, sanglé dans son tablier comme à l'ordinaire, l'éternelle pipe entre les dents. L'expert paraissait s'ennuyer ferme, sinon même somnoler. Derrière lui, un peu sur le côté, se tenait Groumov, telle l'épouse auprès de son digne mari sur un portrait photographique de petits-bourgeois. Il ne manquait plus qu'il posât une main sur l'épaule de Zakharov. L'assistant avait l'air abattu : à l'évidence ce discret personnage n'était pas accoutumé à un tel remue-ménage au royaume du silence. Il régnait une odeur de désinfectant, mais le puissant parfum chimique laissait malgré tout percer un relent insistant et douceâtre de décomposition. A l'écart, sur une table isolée, se dressait une pile de sachets en papier. L'avisé Léonti Andréiévitch avait tout prévu, même le cas où quelqu'un vomirait.

— Je me tiendrai ici, expliquait Ijistyne. Eux là. A mon commandement, les sept que voici empoigneront un drap de la main droite, un autre de la main gauche, et les rabattront. Un spectacle exceptionnel ! Vous le constaterez vous-même bientôt. Et le nez, vous entendez, je leur collerai le nez, à ces canailles, en plein dans la gadoue ! Je vous garantis que les nerfs du criminel ne tiendront pas. Ou bien tiendront-ils ? s'alarma soudain le juge en considérant sa mise en scène d'un œil sceptique.

— Ils ne tiendront pas, répondit Anissi, morose. Les nerfs d'aucun des trois ne tiendront.

Son regard croisa celui de Pakhomenko, et celui-ci lui adressa un clin d'œil furtif : « Te frappe pas, mon gars, rappelle-toi la corne sur ton cœur », semblait-il lui dire.

— Qu'on les fasse entrer ! aboya Ijitsyne en se tournant vers la porte.

Il courut précipitamment jusqu'au milieu de la pièce et se campa dans une posture censée exprimer une inflexible rigueur : bras croisés sur la poitrine, jambe en avant, étroit menton tendu, sourcils froncés.

On introduisit les suspects. Sténitch fixa aussitôt les terribles linceuls de toile grossière et rentra la tête dans les épaules. Il ne parut même pas remarquer la présence d'Anissi, non plus que celle des autres. La Nesvitskaïa en revanche n'accorda aucune attention aux tables. Elle considéra chacun tour à tour, s'attarda sur Tioulpanov et esquissa un sourire de mépris. Anissi rougit douloureusement. Le marchand alla se poster à côté de la table où s'empilaient les sachets de papier et se mit à tourner la tête en tous sens avec curiosité. Il lança un clin d'œil à Zakharov. Celui-ci lui répondit d'un signe de tête discret.

— Je suis un homme direct, commença Ijitsyne d'une voix sèche et perçante, en détachant chaque mot. Aussi n'ai-je pas l'intention de tourner autour du pot. Au cours de ces derniers mois une série d'assassinats monstrueux ont été commis à Moscou. Les instances judiciaires savent pertinemment que l'auteur de ces crimes est l'un de vous trois. Je vais vous montrer dans un instant quelque chose qui vous intéressera et je sonderai alors le cœur de chacun. Je suis un vieux limier expérimenté, on ne me la fait pas ! Jusqu'à présent le meurtrier n'a jamais vu son œuvre que la nuit, alors qu'il se trouvait sous l'empire de la démence. Mais maintenant admirez de quoi ça a l'air à la lumière du jour. Allez !

Il leva la main, et les linceuls glissèrent sur le sol comme par enchantement. Linkov, il est vrai, gâcha quelque peu l'effet en tirant trop brutalement sur la toile : celle-ci s'accrocha à la tête du mort, et le crâne heurta la surface de la table avec un bruit mat.

Le spectacle dépassait en effet toutes les espérances. Anissi regretta de ne pas s'être retourné à temps. Il se colla dos au mur, inspira et expira trois fois profondément, et son malaise parut s'atténuer.

Ijitsyne ne regardait pas les cadavres. Il scrutait l'attitude des suspects, son regard sautant de l'un à l'autre : Sténitch, Nesvitskaïa, Bouryline ; Sténitch, Nesvitskaïa, Bouryline. Et encore, et encore...

Anissi releva que si le brigadier Pribloudko, qui se tenait debout, immobile, montrait un visage de pierre, l'extrémité de ses moustaches cirées était, quant à elle, agitée d'un infime tremblement. Linkov serrait très fort les paupières et remuait les lèvres : à l'évidence, il récitait une prière. Les fossoyeurs affichaient des trognes ennuyées : ceux-là en avaient vu d'autres au cours de leur fruste carrière. Pakhomenko, le gardien, regardait les morts avec tristesse et compassion. Il croisa à nouveau le regard d'Anissi et hocha la tête de manière presque imperceptible, geste réprobateur qui probablement signifiait : « Eh, les hommes, les hommes, quelles atrocités vous infligez-vous à vous-mêmes ! » Ce simple mouvement empli d'humanité acheva de ramener Tioulpanov à la conscience. Regarde les suspects, se commanda-t-il à lui-même. Prends exemple sur Ijitsyne.

Tiens, là, Sténitch, ancien étudiant et ancien fou : il se tord les doigts et les fait craquer, de grosses gouttes de sueur perlent sur son front. Une sueur froide, on peut le parier. Suspect ? Et comment !

L'autre ancien étudiant, le coupeur d'oreille Bouryline, au contraire, paraît un peu trop calme : un mince sourire railleur erre sur sa figure, ses yeux étroits brillent d'une lueur mauvaise. Mais le millionnaire feint seulement de se moquer de tout : pour une raison bizarre il a pris sur la table un sachet de papier qu'il serre contre sa poitrine. Cela s'appelle une « réaction spontanée », le chef lui a enseigné à y prêter attention en tout premier lieu. Des types comme ce Bouryline, qui brûlent la chandelle par les deux bouts, quand ils sont blasés, peuvent fort bien être pris d'une soif de nouvelles et piquantes sensations.

La femme de fer, à présent, la Nesvitskaïa, ancienne recluse d'une prison, qui, dans son Edimbourg, s'est découvert une passion pour les opérations chirurgicales. Un personnage peu ordinaire, on ne sait tout bonnement pas ce dont elle est capable ni ce qu'on peut attendre d'elle. Regarde les éclairs que lancent ses yeux.

Le « personnage peu ordinaire » confirma sur-le-champ qu'il était en effet capable d'actes imprévisibles.

Sa voix timbrée rompit le silence de tombe qui régnait :

— Je sais qui vous visez, monsieur l'argousin ! cria la Nesvitskaïa à l'adresse du juge d'instruction. Comme ce serait commode ! Une « nihiliste » dans le rôle du monstre sanguinaire ! Très habile ! Et un piquant particulier dans le fait que ce soit une femme, non ? Bravo, vous irez loin ! Je savais de quels crimes vous étiez capables, vous et toute votre clique, mais ceci passe toutes les bornes imaginables ! (Soudain la doctoresse laissa échapper un cri et porta une main à son cœur, comme foudroyée par une illumination.) Mais c'est vous ! C'est vous ! Comment ne l'ai-je pas compris tout de suite ! Ce sont vos exécuteurs des basses œuvres qui ont taillé en pièces ces malheureuses ! Quelle importance, vous n'allez pas pleurer les « rebuts de la société », n'est-ce pas ? Moins ils sont nombreux, plus c'est simple pour vous ! Salauds ! Vous avez décidé de jouer à « castigo » ? De faire d'une pierre deux coups, c'est ça ? On élimine quelques vagabonds et on jette le discrédit sur les prétendus « nihilistes » ! Pas très original, mais efficace !

Elle éclata d'un rire haineux, la tête rejetée en arrière. Son pince-nez à monture d'acier avait dégringolé et dansait au bout de son cordon.

— Taisez-vous ! glapit Ijitsyne, qui visiblement craignait que la sage-femme, par son incartade, ne ruinât tout son dispositif psychologique. Taisez-vous immédiatement ! Je ne tolérerai aucun outrage à l'autorité !

— Assassins ! Fumiers ! Satrapes ! Provocateurs ! Salauds ! Fossoyeurs de la Russie ! Vampires ! criait la Nesvitskaïa, et tout laissait supposer qu'elle possédait, à l'intention des gardiens de l'ordre, une jolie réserve d'injures, qui n'était pas près de s'épuiser.

— Linkov, Pribloudko, bâillonnez-la ! hurla le juge, totalement hors de lui à présent.

D'un pas hésitant, les agents s'approchèrent de la sage-femme et l'empoignèrent aux épaules, mais ils semblaient ne pas très bien savoir comment procéder au bâillonnement d'une dame en apparence si convenable.

— Sois maudit, bête immonde ! tonnait la dame en question en regardant Ijitsyne droit dans les yeux. Tu crèveras de triste mort, tu crèveras de tes propres manigances !

Elle leva la main, l'index pointé sur la face du juge, et juste à cet instant un coup de feu éclata.

Léonti Andréiévitch sursauta et se plia en deux, la tête entre les mains. Tioulpanov battit des paupières : était-il possible de brûler la cervelle à quelqu'un juste en pointant son doigt sur lui ? !

Un grand rire retentit, impétueux, débordant. Bouryline agitait les mains et secouait la tête, impuissant à maîtriser un accès d'irrépressible gaieté. Ah ! voilà ce qu'il en était. C'était donc lui, le farceur, qui en douce, pendant que tous les autres regardaient la doctoresse, avait gonflé un sachet de papier puis l'avait écrasé sur la table.

— Aaaah ! ! !

Un long cri inhumain monta au plafond, couvrant le rire de l'industriel.

Sténitch !

— Je n'en peux pluuuus ! hurlait l'infirmier d'une voix désespérée. Je n'en peux plus ! Tortionnaires ! Bourreaux ! Pourquoi me tourmentez-vous ? Pour quelle raison ? Seigneur, pourquoi ?

Son regard totalement dément glissa sur les visages pour s'arrêter sur Zakharov, qui, seul d'entre tous, était assis : silencieux, sourire contraint aux lèvres, mains enfouies dans les poches de son tablier de cuir.

— Pourquoi souris-tu de la sorte, Igor ? C'est là ton royaume, c'est ça ? Ton royaume, ton antre démoniaque ! Tu trônes, tu diriges le bal ! Tu triomphes ! Pluton, le roi des Enfers ! Et ce sont là tes sujets ! (Il désignait les cadavres mutilés.) Dans toute leur beauté ! (A partir de là le fou se mit à débiter un discours beaucoup moins cohérent.) On m'a viré ! Indigne que j'étais ! Mais toi, de quoi t'es-tu révélé digne ? De quoi es-tu si fier ? Regarde-toi ! Charognard ! Nécrophage ! Regardez-le, ce nécrophage ! Et son petit assistant ? Ah ! Ils font la paire ! « Le corbeau vole au corbeau, le corbeau crie au corbeau : corbeau, où pourrions-nous déjeuner ? »

Et enfin il se tut, en proie à un ricanement hystérique qui lui secouait tout le corps.

La bouche de l'expert se tordit en un arc méprisant. Groumov, quant à lui, esquissa un sourire incertain.

Une sacrée « expérience », vraiment, pensa Anissi en considérant tour à tour le juge, une main crispée sur son cœur, et les suspects : l'une braillant des malédictions, l'autre parti dans un fou rire, le troisième ricanant. Allez donc tous au diable !

Anissi tourna les talons et sortit.

Ouf ! qu'il faisait bon à l'air frais !

Il fit un saut chez lui, rue des Grenades, pour prendre des nouvelles de Sonia et avaler en vitesse la soupe au chou préparée par Palacha, puis il fila chez le chef. Il avait de quoi raconter, et aussi bien des fautes à confesser. Mais il était surtout impatient d'apprendre ce qu'Eraste Pétrovitch avait aujourd'hui fabriqué de si mystérieux.

Le trajet jusqu'à la rue Malaïa Nikitskaïa n'était pas long, cinq minutes tout au plus. Tioulpanov escalada d'un bond le perron familier, appuya sur la sonnette... Personne. Bon, Angelina Samsonovna était sans doute à l'église ou à l'hôpital, mais où était Massa ? Un vif sentiment d'inquiétude lui étreignit soudain le cœur : et si, pendant qu'Anissi sabotait l'enquête, le chef avait eu besoin d'aide et envoyé quérir son fidèle serviteur ?

Il retourna lentement sur ses pas, triste et découragé. Une bande de mioches galopait dans la rue en poussant des cris. Au moins trois des gamins, les plus déchaînés, avaient le teint noiraud et les yeux obliques. Tioulpanov hocha la tête, se rappelant que parmi les cuisinières, femmes de chambre et autres blanchisseuses du voisinage, le serviteur de Fandorine passait pour un don Juan et un bourreau des cœurs. Si les choses continuaient ainsi, dans dix ans tout le quartier ne serait plus peuplé que de petits Japonais.

Il revint deux heures plus tard, à la nuit tombée. Il vit les fenêtres du pavillon éclairées, se réjouit et traversa la cour à toutes jambes.

Massa et la maîtresse de maison étaient bien présents, mais pas Eraste Pétrovitch, et Tioulpanov apprit qu'on n'avait pas eu la moindre nouvelle de lui de toute la journée.

Angelina Samsonovna ne laissa pas repartir son visiteur. Elle le força à s'asseoir et lui servit du thé au rhum et des éclairs dont il était grand amateur.

— Mais c'est encore carême, protesta Tioulpanov d'une voix mal assurée tout en humant le divin arôme qui émanait du thé fraîchement passé allongé de liqueur jamaïcaine. Peut-on bien boire du rhum ?

— De toute façon, vous n'observez pas le jeûne, Anissi Pitirimovitch, n'est-ce pas ? répondit Angelina avec un sourire.

Elle s'était installée en face de lui, une joue calée dans une main. Elle ne buvait pas de thé ni ne mangeait de gâteaux.

— Le jeûne ne doit pas venir en privation, mais en récompense. Le Seigneur n'a pas besoin d'autre dévotion. Si votre âme ne le réclame pas, ne jeûnez pas, libre à vous. Eraste Pétrovitch, tenez, ne fréquente pas l'église, et ne se soucie pas des usages religieux, et peu importe, ce n'est pas grave. L'important est que Dieu vit dans son cœur. Et si un homme peut connaître Dieu sans le secours de l'Eglise, pourquoi le contraindre ?

Anissi cette fois-ci ne put se contenir et déballa d'un coup ce qui le taraudait depuis si longtemps :

— Tous les préceptes de la religion ne sont pas à négliger. En admettant même qu'on n'y attache pas soi-même d'importance, on peut cependant ménager les sentiments de ses proches. Vous, Angelina Samsonovna, vous vivez selon la loi de l'Eglise, vous observez tous les rites, le péché n'oserait même vous aborder, mais du point de vue de la société... C'est injuste, c'est cruel...

Il se trouva malgré tout incapable de s'exprimer carrément, et sa phrase demeura en suspens, mais Angelina était assez fine pour comprendre sans qu'il eût besoin d'achever.

— Vous voulez parler du fait que nous vivons ensemble sans être mariés ? demanda-t-elle, très calme, comme si le sujet n'avait rien d'extraordinaire. Vous avez tort, Anissi Pitirimovitch, de blâmer Eraste Pétrovitch. Il m'a déjà proposé deux fois, fort honnêtement, de m'épouser. C'est moi qui n'ai pas voulu.

Anissi en resta bouche bée.

— Mais pourquoi donc ? !

Angelina Samsonovna sourit à nouveau, non plus à son interlocuteur cependant, mais à ses propres pensées.

— Quand on aime, on ne pense pas à soi. Or moi, j'aime Eraste Pétrovitch. Parce qu'il est très beau.

— Pour ça, c'est certain, acquiesça Tioulpanov. C'est un bel homme, comme il s'en rencontre peu.

— Je ne parle pas de cela. La beauté physique est précaire. Une épidémie de variole, une brûlure, et c'en est fini. Tenez, par exemple, l'an passé, quand nous étions en Angleterre, un incendie s'est déclaré dans la maison voisine. Eraste Pétrovitch est allé tirer un chiot des flammes et n'en est pas revenu indemne. Vêtements calcinés, cheveux grillés. Il avait une énorme cloque sur la joue, cils et sourcils étaient tombés. Il était devenu d'un vilain ! Et il aurait pu avoir toute la figure brûlée. Seulement la vraie beauté n'est pas celle du visage. Eraste Pétrovitch, lui, est vraiment beau.

Angelina prononça ce dernier mot avec une singulière expression, et Anissi comprit à quoi elle faisait allusion.

— J'ai seulement peur pour lui. Il lui a été donné une grande force, or une grande force, c'est aussi une grande tentation. On est jeudi, je devrais être à l'église à cette heure, à l'office des Ténèbres pour célébrer la Sainte Cène, mais, pécheresse que je suis, je ne puis même réciter les prières imposées par le rite. Tout ce que je demande au Sauveur, je le demande pour lui, pour Eraste Pétrovitch. Puisse le Seigneur le préserver, de la méchanceté des hommes, mais plus encore de l'orgueil qui perd les âmes.

A ces mots, Anissi jeta un coup d'œil à l'horloge, puis dit d'un air soucieux :

— Quant à moi, je vous l'avoue, c'est davantage la méchanceté des hommes qui m'inquiète. Il est déjà deux heures du matin, et il n'est toujours pas là. Je vous remercie pour la collation, Angelina Samsonovna, je vais rentrer chez moi. Si Eraste Pétrovitch réapparaît, envoyez-moi chercher, je vous en prie instamment.

Tioulpanov marchait en direction de sa demeure, tout en réfléchissant à ce qu'il venait d'entendre. Il n'avait pas encore quitté la rue Malaïa Nikitskaïa quand, sous un réverbère à gaz, une jeune délurée s'approcha vivement de lui — chevelure noire nouée d'un large ruban, paupières peintes, joues fardées.

— Bien le bonsoir, charmant gentleman. Que diriez-vous d'offrir à une jeune fille un petit verre de liqueur alcoolisée ? (Elle joua de ses sourcils passés au khôl puis chuchota d'un ton fiévreux :) Crois-moi, beau gosse, je saurai te remercier. Je te rendrai si heureux que tu t'en souviendras toute ta vie...

Tioulpanov sentit comme un choc quelque part au plus profond de son être. La fille n'était pas vilaine, pas vilaine du tout, même. Mais depuis la dernière fois qu'il avait succombé au péché, à carême-prenant, il s'était juré de renoncer à jamais aux amours vénales. On se sentait trop mal après, trop honteux. Il aurait bien aimé se marier, mais que faire de Sonia ?

Anissi répondit avec une sévérité toute paternelle :

— Tu devrais traîner un peu moins dehors la nuit. N'importe quoi peut arriver, imagine que tu tombes sur un sale type, un fou armé d'un couteau...

Cependant la drôlesse ne parut nullement s'émouvoir.

— Voyez-vous ça ! On s'inquiète ! pouffa-t-elle. Aucune chance qu'on m'assassine, va. Nous sommes sous bonne garde : j'ai un cerbère.

Et en effet, de l'autre côté de la rue, une silhouette se dessinait dans l'ombre. Ayant compris qu'il était repéré, le marlou s'approcha sans hâte, d'une démarche chaloupée. Le gaillard était du dernier chic : bonnet de castor enfoncé sur les yeux, pelisse crânement ouverte malgré le froid, écharpe blanche lui dissimulant la moitié du visage, guêtres d'une égale blancheur immaculée.

Quand il ouvrit la bouche, celle-ci découvrit le scintillement d'une dent en or.

— Je m'excuse, monsieur, dit-il d'une voix mollasse. Ou bien vous prenez la demoiselle, ou bien vous passez votre chemin. Inutile de faire perdre son temps à une jeune fille qui travaille.

La fille regardait son protecteur avec un air d'adoration, et Tioulpanov s'en trouva encore plus furieux que de l'insolence du barbeau.

— Tu vas apprendre à me donner des ordres ! s'emporta-t-il. Je vais te faire emballer, et vivement !

L'autre tourna rapidement la tête à gauche et à droite, et, s'étant assuré que la rue était déserte, s'enquit d'une voix encore plus traînante et lourde de menaces :

— Et si l'emballeur allait se casser le nez ?

— Ah, tu le prends comme ça !

D'une main, Anissi empoigna le misérable par la manche, et de l'autre tira un sifflet de sa poche. Le poste de police se trouvait au coin, sur la rue de Tver. Et puis la Direction de la gendarmerie n'était qu'à deux pas.

— Tire-toi, Inès, je vais régler ça tout seul ! commanda le chrysodonte.

La fille aussitôt retroussa ses jupes et fila à toutes jambes, tandis que l'outrecuidant marlou déclarait avec la voix d'Eraste Pétrovitch :

— Cessez de souffler là dedans, Tioulpanov. J'en ai les tympans percés.

Haletant et cliquetant de tout son harnais, l'agent Semion Loukitch arrivait déjà au pas de course.

Le chef voulut lui glisser une pièce de cinquante kopecks.

— Bravo, tu cours vite !

Semion Loukitch refusa la pièce que lui tendait le louche individu et tourna vers Anissi un regard interrogateur.

— Oui, oui, Semion, va, mon ami, dit Tioulpanov, confus. Excuse-moi de t'avoir dérangé pour rien.

Alors seulement, le sergent de ville accepta l'argent, exécuta un salut militaire empreint du plus grand respect, puis s'en alla regagner son poste.

— Que fait Angelina, elle ne dort pas ? demanda Eraste Pétrovitch après avoir jeté un coup d'œil aux fenêtres éclairées du pavillon.

— Non, elle vous attend.

— En ce cas, si vous n'y voyez pas d'objection, marchons un peu et c-causons.

— Chef, que signifie cette mascarade ? Vous disiez dans votre billet que vous alliez tenter de prendre l'affaire par le bout opposé ? Qu'est-ce que ce « bout opposé » ?

Fandorine posa sur son assistant un regard où se lisait une nette désapprobation.

— Vous ne comprenez pas vite, Tioulpanov. « Par le bout opposé » signifie du côté des victimes de l'Eventreur. J'ai supposé que les femmes de mœurs légères pour lesquelles notre homme semble nourrir une particulière aversion pouvaient savoir ce que nous ignorions. Qu'elles pouvaient, mettons, avoir vu quelque personnage douteux, avoir eu vent de rumeurs ou bien soupçonner des choses. J'ai donc décidé de partir en reconnaissance. Cette sorte de clientèle ne se confiera jamais à un policier ni à un fonctionnaire, aussi ai-je choisi le camouflage le plus approprié. Je d-dois avouer qu'en qualité de marlou, j'ai remporté un certain succès, ajouta modestement Eraste Pétrovitch. Plusieurs créatures déchues se sont offertes à passer sous ma protection, ce qui n'a pas manqué de susciter le mécontentement de mes concurrents, le Taon, le Poulain et le Kazbek.

Anissi ne fut nullement surpris de la réussite du chef dans la carrière de souteneur : un véritable apollon, qui plus est avec tout le chic requis dans ces quartiers-là. Il demanda cependant :

— Vous avez obtenu des résultats ?

— J'ai appris deux ou trois choses, répondit gaiement Fandorine. Mademoiselle Inès, dont les charmes, je crois, ne vous ont pas laissé entièrement indifférent, m'a rapporté une intéressante histoire. Il y a environ un mois et demi, un soir, un homme l'a abordée en prononçant ces mots étranges : « Comme tu as l'air malheureuse ! Viens avec moi, je vais te donner de la joie. » Mais Inès, qui est une f-fille sensée, a refusé de le suivre, car elle avait remarqué qu'au moment de s'approcher d'elle il avait dissimulé un objet dans son dos et que cet objet scintillait sous la lune. Et il semblerait encore qu'une autre fille, une nommée Glachka ou Dachka, eût connu une aventure semblable. Il y aurait même eu du sang versé, mais sans aller jusqu'au meurtre. J'espère bien retrouver cette Glachka-Dachka.

— C'est sûrement lui, c'est l'Eventreur ! s'exclama Anissi, pris d'excitation. De quoi avait-il l'air ? Que raconte votre témoin ?

— Le problème est justement qu'Inès ne l'a pas bien vu. Le visage de l'homme était dans l'ombre, et elle ne se rappelle que sa voix. Une voix, dit-elle, douce, calme, c-courtoise. Comme un ronronnement de chat.

— Et sa taille ? Ses vêtements ?

— Elle ne s'en souvient pas. De son propre aveu, elle était « un peu pompette ». Mais elle affirme que ce n'était ni un monsieur ni un p-prolétaire, plutôt quelque chose entre les deux.

— Fort bien, c'est déjà ça ! (Anissi se mit à compter sur ses doigts.) Premièrement, c'est un homme. Deuxièmement, il possède une voix caractéristique. Troisièmement, il est de moyenne condition.

— Tout ça ne vaut rien, coupa le chef. L'individu peut fort bien se t-travestir pour ses aventures nocturnes. Et la voix est suspecte. Un « ronronnement de chat », qu'est-ce que ça veut dire ? Non, il est impossible d'exclure totalement qu'il puisse s'agir d'une femme.

Tioulpanov se rappela soudain la théorie d'Ijitsyne.

— Bien, mais l'endroit ? Où l'a-t-il abordée ? Place Khitrov ?

— Non, Inès est une d-demoiselle de la Gratchevka, et sa zone d'influence embrasse la place Troubnaïa et ses environs. L'individu l'a abordée place Soukharev.

— Ça colle également, réfléchit Anissi. C'est à une dizaine de minutes de marche du village tatar de Vypolzov !

— Holà, Tioulpanov, stop ! (Le chef, en effet, s'était arrêté.) Que vient faire ici le village t-tatar ?

Ce fut alors le tour d'Anissi de narrer ses exploits. Il commença par le principal, autrement dit par l'« expérience judiciaire » d'Ijitsyne.

Eraste l'écouta, les yeux mi-clos, la mine hostile. Une seule fois, il l'interrompit :

— « Custigo » ?

— Oui, je crois que c'est exactement ce qu'a dit la Nesvitskaïa. Ou quelque chose d'approchant. De quoi s'agit-il ?

— Probablement de « castigo », qui signifie en italien « châtiment », expliqua Fandorine. C'était le nom d'une sorte d'organisation s-secrète créée par la police sicilienne, qui, sans autre forme de procès, abattait les petits voleurs, les vagabonds, les prostituées et autres représentants de la « lie » de la société. Les membres de l'organisation rejetaient la responsabilité des meurtres sur les associations criminelles locales qu'ils poursuivaient à leur tour. Eh quoi, l'hypothèse de notre s-sage-femme n'était pas si sotte. De la part d'Ijitsyne, c'eût été, je crois, chose parfaitement possible.

Quand Anissi eut achevé son récit de l'« expérience », le chef déclara d'un ton maussade :

— M-ouais, maintenant si l'un de ces trois-là est bel et bien l'Eventreur, on ne le prendra plus facilement. Un homme averti en vaut deux.

— Léonti Andréiévitch a dit que si aucun ne se trahissait pendant l'expérience, il les ferait placer tous les trois sous surveillance.

— Et pour quoi faire ? Les preuves, s'il y en a, auront été détruites. Les maniaques possèdent toujours une sorte de collection de souvenirs chers à leur cœur. Les maniaques, Tioulpanov, sont gens sentimentaux. L'un s'emparera d'un lambeau de vêtement sur un cadavre, l'autre dérobera pire encore. Un assassin particulièrement barbare, qui avait égorgé six femmes, collectionnait les nombrils : il éprouvait une funeste faiblesse pour cette innocente partie du corps. La principale p-pièce à conviction du procès se trouva constituée de nombrils séchés. Notre « chirurgien », lui, s'y connaît en anatomie, et chaque fois un des organes viscéraux manque au cadavre. Je suppose que le meurtrier l'emporte pour sa « collection ».

— Mais êtes-vous bien certain, chef, que l'Eventreur appartienne forcément au monde médical ? demanda Anissi, qui informa alors aussitôt Eraste Pétrovitch de l'hypothèse « bouchère » d'Ijitsyne et, par voie de conséquence, de son audacieux « plan d'action ».

— Ainsi, il ne croit pas à la version anglaise ? s'étonna Fandorine. Pourtant les traits de similitude avec les meurtres de Londres sont évidents. Non, Tioulpanov, c'est une seule et même personne qui a commis ces crimes. Pourquoi un b-boucher moscovite irait-il en Angleterre ?

— Et cependant Ijitsyne ne démordra jamais de son idée, surtout maintenant, après l'échec de son « expérience judiciaire ». Les pauvres bouchers sont déjà bouclés depuis midi au violon. Il les y maintiendra jusqu'à demain avec défense de boire et de dormir. Et dès l'aube il s'occupera d'eux sérieusement.

Il y avait longtemps qu'Anissi n'avait vu les yeux du chef briller d'un éclat si menaçant.

— Ah bon, le fameux « plan » a déjà été mis à exécution ? prononça le fonctionnaire entre ses dents. Fort bien. Je tiens le pari que cette nuit quelqu'un d'autre devra renoncer au sommeil. Et par la même occasion, à sa charge. Venez avec moi, Tioulpanov. Nous allons rendre au sieur Ijitsyne une visite tardive. Pour autant qu'il m'en souvienne, il possède un appartement de fonction dans le bâtiment des services judiciaires. Ce n'est pas loin d'ici, rue Vozdvijenka. Allons, Tioulpanov, en avant, marche !

Anissi connaissait bien l'immeuble à un étage des services judiciaires, où logeaient les fonctionnaires du ministère de la Justice célibataires ou en mission : une longue bâtisse rouge-brun, construite sur le mode britannique, avec une entrée particulière pour chaque appartement.

Ils frappèrent à la loge du concierge. Celui-ci sortit sur le pas de sa porte, ensommeillé, juste à moitié vêtu. Il refusa un long moment de communiquer aux tardifs visiteurs le numéro du logement où vivait le conseiller aulique, tant Eraste Pétrovitch, avec son pittoresque costume de carnaval, lui paraissait louche. Ils ne furent sauvés que par la casquette à cocarde que portait Anissi.

Ils gravirent tous les trois l'escalier menant à la porte indiquée. Le concierge donna un coup de sonnette, se découvrit et fit un signe de croix.

— Léonti Andréiévitch va être rudement furieux, expliqua-t-il dans un murmure. Sauf votre respect, messieurs, vous prendrez la chose sur vous.

— Nous la prendrons, nous la prendrons, grommela Eraste Pétrovitch en examinant la porte avec attention.

Puis il exerça soudain une légère pression contre le vantail, et celui-ci pivota sans bruit.

— Ouverte ! s'exclama le concierge. Ce sera cette étourdie de Zinka, sa femme de chambre. Elle n'a que du vent dans la tête ! A moins que ce ne soient des cambrioleurs ou des voleurs. On a eu un cas ici, l'autre jour, passage Kislovski...

— Chhhut ! lui ordonna Fandorine en levant le doigt.

L'appartement semblait désert. On entendit le tintement d'une horloge marquant le quart.

— Mauvais, Tioulpanov, très mauvais.

Eraste Pétrovitch avança dans l'entrée et tira de sa poche une lanterne électrique. Un objet épatant, de fabrication américaine : on pressait un ressort qui permettait de libérer de l'énergie à l'intérieur du boîtier et d'émettre ainsi un faisceau de lumière. Anissi aurait aimé s'en acheter une pareille, mais c'était bien au-dessus de ses moyens.

Le faisceau explora les murs, courut sur le plancher, s'immobilisa.

— Oh, Sainte Mère ! gémit le concierge. Zinka !

Le disque de lumière venait d'arracher à l'obscurité le visage extraordinairement pâle d'une jeune femme aux yeux fixes, écarquillés.

— Où est la chambre du locataire ? demanda sèchement Fandorine en secouant par l'épaule le bonhomme paralysé. Montre-nous ! Vite !

Ils se précipitèrent dans le salon, puis du salon dans le bureau qui ouvrait sur la chambre à coucher.

On aurait pu croire que Tioulpanov avait tout vu, au cours des dernières journées, en fait de visages grimaçants de trépassés, mais jamais encore il n'en avait contemplé d'aussi atroce.

Léonti Andréiévitch Ijitsyne gisait dans son lit, la bouche béante. Ses yeux invraisemblablement exorbités lui donnaient un air de crapaud. Le faisceau de lumière jaune courut ici et là, éclaira un bref instant d'étranges masses sombres disposées autour de l'oreiller, puis s'écarta brusquement. Il régnait une odeur de pourriture et d'excréments.

Le faisceau revint à l'affreux visage. Le disque de lumière électrique se resserra, devint plus intense et bientôt n'éclaira plus que le haut de la tête du mort.

Sur le front se dessinait en noir l'empreinte d'un baiser.

Les prodiges que mon art est capable d'accomplir laissent pantois. Difficile portant d'imaginer créature plus laide que ce magistrat. La laideur de sa conduite, de ses manières, de son ignoble physionomie était si absolue que pour la première fois un doute s'était insinué dans mon cœur : était-il possible que même cette ordure fût à l'intérieur aussi belle que les autres enfants de Dieu ?

Et j'ai réussi à le rendre beau ! Bien sûr, l'anatomie d'un homme est loin d'égaler celle d'une femme, mais quiconque eût regardé le juge Ijitsyne une fois le travail achevé eût été forcé de reconnaître qu'il était beaucoup mieux sous cet aspect.

Il a eu de la chance. C'est sa récompense pour son zèle et sa débrouillardise. Et aussi pour avoir fait languir mon cœur de soif grâce à son spectacle absurde. Il a éveillé ma soif, et il l'a étanchée.

Je ne lui en veux plus, il est pardonné. Même si j'ai dû à cause de lui enterrer les babioles que je chérissais tant : les flacons où étaient conservés les précieux mementos[1] *évoquant mes grands instants de bonheur. J'ai vidé les flacons de l'alcool qu'ils contenaient, à présent toutes mes reliques sont en train de pourrir. Mais il n'y avait rien d'autre à faire. Les garder devenait dangereux. La police tourne autour de moi, tel un vol de corbeaux.*

Vilain métier que celui de toujours fureter, suivre à la trace. Et ceux qui le font sont des gens d'une laideur rare. Comme si on les choisissait exprès : trognes camuses, yeux porcins, nuques cramoisies, pommes d'Adam proéminentes, oreilles décollées.

Non, cela est peut-être injuste. Il en est un qui, bien que fort disgracieux, semble ne pas avoir tout à fait déchu. A sa façon, il est même sympathique.

Il a une vie difficile.

Il faudrait aider ce jeune homme. Accomplir encore une bonne œuvre.

1. Souvenirs (*anglais*).

Un compte rendu sténographique

7 avril, vendredi de la Passion

— ... mécontentement et inquiétude. Le souverain est extrêmement alarmé des forfaits inouïs, épouvantables, qui se commettent dans l'ancienne capitale. L'ajournement de sa visite en dépit de son vœu d'assister à la célébration pascale au Kremlin constitue un événement à caractère d'exception. Il a particulièrement déplu à Sa Majesté impériale que l'administration de Moscou tente de soustraire à sa suprême attention une suite d'assassinats qui, ainsi qu'il apparaît aujourd'hui, dure depuis déjà plusieurs semaines. Quand j'ai quitté hier soir Saint-Pétersbourg pour venir ici procéder à une enquête, le dernier crime, le plus monstrueux de tous, ne s'était pas encore produit. Le meurtre du fonctionnaire du ministère public en charge de l'enquête représente, pour la Russie impériale, un scandale sans précédent. Quant aux circonstances de cet abominable forfait, elles sont de nature à glacer les sangs et lancent un défi aux fondements mêmes de l'ordre et de la loi...

Les mots tombaient, un à un, autoritaires, menaçants. L'homme qui les prononçait promena un lourd regard sur l'assistance — Moscovites aux visages tendus, Pétersbourgeois aux mines sévères.

En cette maussade matinée du Vendredi saint, au palais du prince Vladimir Andréiévitch Dolgoroukoï, se tenait un conseil extraordinaire en présence du ministre des Affaires intérieures, le comte Tolstov, juste arrivé de la capitale, et de sa suite.

L'illustre adversaire de l'hydre révolutionnaire avait la face jaune et œdémateuse, ses yeux froids et perçants se perdaient dans de flasques replis de peau malsaine, mais sa voix, impérieuse, inflexible, était comme forgée dans l'acier.

— ... En vertu du pouvoir que me confère mon ministère, je démets le major général Iourovski des fonctions de grand maître de la police de Moscou, martela le comte.

Un souffle, mi-soupir, mi-gémissement, parcourut les rangs des dignitaires de la police de la ville.

— Monsieur le procureur général relevant du ministère de la Justice, je ne puis le destituer, cependant je ne saurais lui recommander trop instamment de présenter sans délai sa démission sans attendre d'être contraint à quitter sa charge...

Le procureur Kozliatnikov blêmit, ouvrit et referma la bouche sans émettre un mot, tandis que ses adjoints se trémoussaient sur leur chaise.

— Quant à ce qui vous concerne, Vladimir Andréiévitch...

Le ministre regarda bien en face le général gouverneur qui écoutait le terrible discours, les sourcils froncés et une main en cornet contre son oreille.

— ... je ne me permettrai pas, bien entendu, de vous donner des conseils, mais je suis pleinement autorisé à porter à votre connaissance que le souverain témoigne une grande insatisfaction à votre égard devant l'état où se trouve la ville qui vous a été confiée. Je sais que Sa Majesté avait l'intention, à l'occasion du prochain jubilé de vos soixante ans de service dans le grade d'officier, de vous remettre la plus haute distinction de l'empire de Russie ainsi qu'une cassette en diamants ornée du monogramme de la famille impériale. Apprenez donc, Votre Haute Excellence, que le décret dicté par le souverain n'a finalement pas reçu sa signature. Et quand Sa Majesté aura été informée du crime révoltant commis cette nuit...

Le comte marqua une pause éloquente, et un grand silence tomba dans la pièce. Les Moscovites s'étaient pétrifiés, car ils sentaient dans l'air comme un souffle glacé de fin de grande époque. Vladimir Andréiévitch Dolgoroukoï gouvernait l'ancienne capitale depuis près d'un quart de siècle, le vaste manteau de l'Administration moscovite s'était depuis longtemps ajusté à sa princière carrure, avait pris le pli de son autorité, mélange de fermeté et de souplesse bien propice au confort de l'existence. Et voici qu'il apparaissait que la déchéance de Volodia au Grand Nid[1] était proche. Le grand maître de la police et le procureur général étaient relevés de leurs fonctions sans la sanction du général gouverneur du Moscou ! Pareille chose ne s'était encore jamais produite. C'était le signe évident que Vladimir Andréiévitch vivait sur son trône ses derniers

1. Ce surnom du prince Dolgoroukoï était aussi celui de son presque homonyme Vladimir Dolgorouki, fondateur, au XIe siècle, de la ville de Moscou, et qualifié de la sorte en raison de sa politique expansionniste.

jours, sinon ses dernières heures. La chute du titan devait forcément avoir des répercussions sur le destin et la carrière de nombreuses personnes parmi l'assistance, et c'est pourquoi la différence d'expression entre visages de fonctionnaires moscovites et pétersbourgois devint encore plus sensible.

Dolgoroukoï ôta sa main de son oreille, mâchonna un instant, ébouriffa ses moustaches et demanda :

— Et quand donc, Votre Excellence, Sa Majesté sera-t-elle informée de ce crime révoltant ?

Le ministre fronça les sourcils en s'efforçant de pénétrer le sens caché de cette question à première vue innocente.

Il finit par le percevoir, en jaugea la valeur et esquissa un sourire à peine perceptible :

— Comme à l'habitude, dès les premières heures du Vendredi saint, l'empereur s'absorbe dans la prière, et les affaires de l'Etat, sauf cas extraordinaire, sont reportées au dimanche. Je me présenterai devant le souverain, muni d'un rapport circonstancié, après-demain, avant le repas pascal.

Le gouverneur eut un hochement de tête satisfait :

— Je doute que le meurtre du conseiller aulique Ijitsyne et de sa femme de chambre, si grande soit l'indignation qu'inspire un tel forfait, puisse être rangé au nombre des affaires d'Etat à caractère extraordinaire. Vous n'avez pas l'intention, cher Dmitri Andréiévitch, de distraire Sa Majesté impériale de sa prière pour un fait divers aussi sordide, n'est-ce pas ? Vous-même, je crois, n'en seriez guère félicité... déclara le prince avec le même air naïf.

— Je n'en ai pas l'intention.

Les grises moustaches frisées du ministre se haussèrent légèrement tandis que sa bouche esquissait un sourire ironique.

Le prince poussa un soupir, se redressa, tira sa tabatière et aspira une prise.

— Eh bien, avant dimanche midi, je puis vous l'affirmer, l'affaire aura été réglée, élucidée, et le criminel démasqué. A... a... atchoum !

Un timide espoir se dessina sur les visages des Moscovites.

— Je vous souhaite de réussir, répondit Tolstov d'une voix sombre. Mais me permettrez-vous de savoir d'où vous vient une telle assurance ? L'instruction est un fiasco. Le magistrat qui en avait la charge a été tué.

— Chez nous, à Moscou, cher ami, les enquêtes de très haute importance sont toujours conduites sur plusieurs fronts, prononça Vladimir Andréiévitch d'un ton sentencieux. A cet effet m'est attaché un fonctionnaire spécial, mon homme de confiance, le conseiller de collège Fandorine, déjà connu de Votre Haute Excellence. Il est près de capturer le criminel et très bientôt, grâce à lui, l'affaire connaîtra son dénouement. N'est-ce pas la vérité, Eraste Pétrovitch ?

Le prince se tourna avec majesté vers le conseiller de collège assis près du mur, et seul le regard acéré du fonctionnaire chargé des missions spéciales fut capable de lire dans les yeux ternes et globuleux de la haute autorité une expression de désespoir et une ardente prière.

Fandorine se leva et, après une légère hésitation, déclara d'un ton impassible :

— La pure v-vérité, Votre Haute Excellence. Je pense en effet en avoir terminé dimanche.

Le ministre lui jeta un regard oblique :

— Vous « pensez » ? Pourriez-vous, s'il vous plaît, nous fournir un peu plus de détails ? Quelles sont vos hypothèses, vos conclusions, les mesures proposées ?

Eraste Pétrovitch ne tourna pas même la tête vers le comte et continua à ne regarder que le général gouverneur.

— Si Vladimir Andréiévitch m'en donne l'ordre, j'exposerai tout cela. Si en revanche rien de tel ne m'est imposé, je préférerais m'en tenir à la plus stricte confidentialité. J'ai de bonnes raisons de supposer qu'au stade actuel de l'enquête, élargir le nombre de personnes informées de ses éléments pourrait se révéler fatal à l'opération.

— Quoi ?! explosa le ministre. Mais comment osez-vous ?! Vous oubliez, semble-t-il, à qui vous avez affaire !

Les épaulettes brodées d'or des Pétersbourgeois trépidèrent d'indignation. Les épaules dorées des Moscovites s'affaissèrent sous le poids de l'effarement.

— En aucun façon. (Cette fois-ci, c'était bien au haut dignitaire de la capitale que Fandorine, enfin, s'adressait.) Vous êtes, Votre Haute Excellence, général aide de camp de la suite de Sa Majesté, ministre des Affaires intérieures et chef du corps de gendarmerie. J'appartiens quant à moi aux services administratifs du général gouverneur de Moscou et ne vous suis donc subordonné par aucune des voies précédemment citées. Vous plaît-il, Vladimir Andréiévitch, que j'expose à m-monsieur le ministre l'état d'avancement de l'enquête ?

Le prince considéra d'un œil curieux son collaborateur puis, visiblement, décida qu'il n'en était plus à un malheur près.

— Allez, cela suffit, mon cher Dmitri Andréiévitch : qu'il poursuive donc ses investigations comme il l'estime nécessaire. Je réponds de Fandorine sur ma tête. Et, en attendant, que diriez-vous de vous restaurer d'un vrai déjeuner moscovite ? La table, chez moi, est déjà dressée.

— En ce cas, puisque vous engagez votre tête... grinça Tolstov d'un air sinistre. A votre guise. Dimanche, à midi trente précis, tout sera rapporté au cours du compte rendu fait en présence du souverain. Y compris ce dernier incident. (Le ministre se leva et écarta ses lèvres exsangues pour figurer un sourire.) Eh bien, Votre Haute Excellence, je crois qu'on peut aller déjeuner.

L'important personnage se dirigea vers la sortie. Au passage, il foudroya l'insolent d'un regard propre à le réduire en cendres. Les autres hauts fonctionnaires lui emboîtèrent le pas, en prenant soin de contourner Eraste Pétrovitch du plus loin possible.

— Qu'est-ce qui vous prend, mon ami ? chuchota le gouverneur, s'attardant un instant auprès de son adjoint. Vous avez complètement perdu l'esprit ? Il s'agit de Tolstov en personne ! Rancunier et d'une mémoire d'éléphant. Il vous fera passer le goût du pain, il trouvera l'occasion. Et je ne pourrai rien pour vous défendre.

Fandorine répondit, dans un chuchotement lui aussi, mais la bouche collée à l'oreille de son patron un peu sourd :

— Si je n'ai pas bouclé l'affaire avant dimanche, ni vous ni moi, c'est tout un, ne resterons ici. Quant à la rancune du comte, ne vous inquiétez pas. Vous avez vu son teint ? Sa mémoire d'éléphant ne lui servira guère. Il sera très bientôt convoqué au rapport non pas devant le souverain, mais devant le Très-Haut.

— Nous le serons tous, dit Dolgoroukoï en se signant pieusement. Nous n'avons que deux petits jours. Il va falloir vous décarcasser, mon ami. Vous réussirez, n'est-ce pas ?

— Je me suis résolu à susciter le mécontentement de cet important m-monsieur pour une raison tout à fait excusable, Tioulpanov. Nous n'avons, vous et moi, aucune hypothèse. Le meurtre d'Ijitsyne et de sa femme de chambre, la demoiselle Matiouchkina, modifie entièrement le tableau.

Fandorine et Tioulpanov étaient installés dans la pièce des conseils secrets, pièce située dans un recoin écarté de la résidence du général gouverneur. Il avait été strictement défendu de déranger le conseiller de collège et son assistant. La table recouverte de velours vert était jonchée de feuilles de papier ; dans l'antichambre, derrière la porte étroitement close, veillaient en permanence le secrétaire personnel du prince, son principal aide de camp, un officier des gendarmes et un téléphoniste en liaison directe avec le secrétariat du (ci-devant, hélas) grand maître de la police, la Direction de la gendarmerie et le procureur général (pour l'instant encore en fonction). Ordre avait été donné à toutes les instances de prêter au conseiller de collège toute l'aide dont il aurait besoin. Vladimir Andréiévitch s'était chargé du ministre afin que celui-ci n'allât pas lui glisser des bâtons dans les roues.

Frol Grigoriévitch Védichtchev, le valet de chambre du prince, entra sur la pointe des pieds dans le bureau : il apportait un samovar. Il s'assit très modestement sur le rebord d'une chaise et agita la main, comme pour signifier : je ne suis pas là, messieurs les limiers, ne gaspillez pas votre précieuse attention pour du menu fretin comme moi.

— Oui, soupirait Anissi. C'est à n'y rien comprendre. Comment d'abord est-il parvenu jusqu'à Ijitsyne ?

— Cela n'est justement pas très sorcier. Les choses se sont p-produites ainsi...

Eraste Pétrovitch fit quelques pas dans la pièce. Sa main, d'un geste familier, alla pêcher le chapelet dans sa poche.

Tioulpanov et Védichtchev attendaient, retenant leur souffle.

— Cette nuit, vers deux heures et demie, pas avant, on a sonné à la porte de l'appartement d'Ijitsyne. La c-clochette de l'entrée est reliée à une autre, accrochée dans la chambre de la domestique. Ijitsyne vivait seul avec cette Zinaïda Matiouchkina, laquelle faisait pour lui le ménage, lavait son linge et, à en juger par le témoignage d'autres domestiques au service des voisins, remplissait également certaines obligations à caractère plus intime. Cependant, selon toute apparence, le défunt ne la laissait pas partager sa couche, et ils dormaient séparément. Ce qui, soit dit en passant, concorde parfaitement avec les opinions d'Ijitsyne, que nous connaissons, concernant les classes « c-cultivées » et « incultes » de la société. Ayant entendu la cloche tinter, la Matiouchkina a jeté un châle par-dessus sa chemise de nuit, gagné l'entrée et ouvert la porte. C'est là qu'elle a été tuée, dans le vestibule, d'un coup de lame étroite et acérée en plein cœur. Après quoi le meurtrier, se déplaçant sans bruit, a traversé le salon puis le bureau pour atteindre la chambre à coucher du maître de maison. Celui-ci dormait, la lumière était éteinte — on l'a vu à la bougie posée sur la table de chevet. De toute évidence, le criminel s'en est passé, ce qui est en soi t-très remarquable car la chambre, ainsi qu'il vous souvient, était plongée dans une totale obscurité. Ijitsyne était étendu sur le dos. D'un seul coup de sa lame acérée, l'assassin lui a sectionné la trachée et l'artère carotide. Pendant que le mourant exhalait ses derniers râles, les mains crispées sur sa gorge tranchée (vous avez constaté que ses paumes ainsi que les manchettes de sa chemise de nuit étaient couvertes de sang), le criminel se tenait à l'écart et attendait en tambourinant des doigts sur le dessus du secrétaire.

Anissi avait beau être habitué à tout, il ne put ici se contenir :

— Non, là, chef, vous y allez un peu fort, avec cette histoire de doigts. Vous m'avez vous-même enseigné que, lorsqu'on s'attachait à reconstituer la scène du crime, mieux valait ne pas laisser vagabonder son imagination.

— A Dieu ne plaise, Tioulpanov, je n'invente rien ! répliqua Eraste Pétrovitch en haussant les épaules. La demoiselle Matiouchkina n'était pas, de fait, une femme de chambre bien consciencieuse. Le d-dessus du secrétaire porte une épaisse couche de poussière, et celle-ci une multitude d'empreintes ponctuelles laissées par la pulpe de plusieurs doigts. J'ai contrôlé lesdites empreintes. Elles sont un peu confuses, mais ce ne sont pas en tout cas celles d'Ijitsyne... Je vous passe les détails de l'éventration. Vous avez observé le résultat de cette p-procédure.

Anissi réprima un haut-le-cœur et hocha la tête.

— J'attire encore une fois votre attention sur le fait que pour pratiquer la... dissection du corps, l'Eventreur s'est, en quelque façon, totalement passé de lumière. Manifestement, il possède le don fort peu courant de parfaitement voir dans l'obscurité. L'assassin s'est retiré sans hâte : il s'est lavé les mains à la table de toilette, a essuyé avec une serpillière les traces de pieds b-boueux dans chacune des pièces et dans l'entrée, et ceci avec beaucoup de soin. Dans l'ensemble, il a pris tout son temps. Le plus rageant est que, selon toute apparence, nous sommes arrivés, vous et moi, rue Vozdvijenka, environ un quart d'heure seulement après le départ du meurtrier... (Fandorine secoua la tête avec dépit.) Tels sont les faits. Maintenant, passons aux questions et aux conclusions qu'on peut tirer. Je commencerai par les questions. Pourquoi la femme de chambre a-t-elle ouvert la porte à ce visiteur nocturne ? Nous l'ignorons, mais plusieurs hypothèses sont possibles. Etait-ce une connaissance ? Si c'était le cas, une connaissance de qui, de la femme de chambre ou de son patron ? Nous n'avons pas la réponse. Peut-être la personne qui a sonné à l'entrée aura-t-elle simplement prétendu apporter une dépêche urgente. Compte tenu du caractère de sa charge, Ijitsyne recevait certainement des télégrammes et autres documents à n'importe quelle heure du jour et de la nuit, de sorte que la domestique n'aura en rien été surprise. Continuons. Pourquoi son cadavre n'a-t-il pas été touché ? Encore plus intéressant :

pourquoi notre meurtrier a-t-il tué un homme, pour la première fois depuis tout ce temps ?

— Ce n'est pas la première, intervint Anissi. Rappelez-vous, il y avait aussi un cadavre d'homme dans une des fosses communes de la Maison-Dieu.

Remarque, eût-on pu croire, parfaitement opportune et pertinente, mais le chef se contenta de hocher la tête — « Oui, oui... » — sans rendre justice à l'excellence de la mémoire de Tioulpanov.

— Et à présent, les conclusions. La femme de chambre a été tuée en dehors de l'« idée ». Tuée simplement parce qu'il fallait se débarrasser d'un témoin. Ainsi, on voit que le meurtrier s'écarte de son « idée » et en outre assassine un homme, et pas n'importe lequel : le magistrat lancé sur la piste de l'Eventreur. Un fonctionnaire actif, rigide, décidé à ne reculer devant rien. C'est un dangereux tournant dans la carrière de notre Jack. Il n'est plus à présent seulement un maniaque pris de crises de démence sous l'influence d'on ne sait quel d-délire morbide. Il est aujourd'hui également prêt à tuer pour de nouveaux motifs qui lui étaient jusqu'alors étrangers : soit par peur d'être démasqué, soit par certitude de rester impuni.

— Nou-ous voilà bien ! fit la voix de Védichtchev. Les filles de joie ne suffisent plus à ce malfaisant. Que va-t-il encore nous inventer désormais ! Et vous, messieurs les limiers, je le vois bien, vous ne tenez pas le moindre indice auquel vous raccrocher... Pas de doute, Vladim Andréitch et moi allons devoir déménager d'ici. Au diable le service du souverain, ce n'est pas la question, nous serions bien mieux à vivre en paix, mais jamais, voyez-vous, Vladim Andréitch ne supportera d'être en paix. A se trouver désœuvré, il va d'un coup s'étioler, se ratatiner. C'est ça le grand malheur, c'est ça...

Le vieillard renifla et, tirant un immense mouchoir rose, essuya une larme qui avait roulé sur sa joue.

— Frol Grigoriévitch, puisque vous êtes là, tenez-vous sage et ne nous dérangez pas, rétorqua sévèrement Anissi, qui jamais auparavant ne s'était permis de parler sur ce ton à Védichtchev.

Mais le chef n'en avait pas encore terminé avec ses déductions, au contraire, il commençait juste à approcher l'essentiel, semblait-il, et voilà que l'autre venait s'en mêler...

— Toutefois, cet écart par rapport à l'« idée » est en même temps un symptôme, pour nous, très encourageant, reprit Fandorine, comme pour confirmer ce que soupçonnait à l'instant son adjoint. Il est la preuve que nous sommes parvenus tout près de l'assassin. Il est à présent absolument évident qu'il s'agit d'un individu parfaitement informé du déroulement de l'enquête. Mieux encore, il n'est pas douteux que cet individu était présent lors de l'« expérience » d'Ijitsyne. C'était la première action offensive du juge d'instruction, et le châtiment a suivi aussitôt. Qu'est-ce que cela signifie ? Simplement qu'Ijitsyne, d'une manière ou d'une autre et à son insu, a irrité ou bien effrayé l'Eventreur. Ou bien encore enflammé son imagination pathologique.

Comme pour appuyer cette thèse, Eraste Pétrovitch fit claquer trois fois son chapelet, coup sur coup.

— Qui donc est-il ? Nos trois suspects sont depuis hier placés sous surveillance, mais surveillance n'est pas détention sous bonne garde. Il faut s'assurer qu'aucun d'eux n'a pu, la nuit passée, se soustraire à la v-vigilance des agents. Ensuite, il faut s'occuper p-personnellement de tous ceux qui assistaient hier à l'« expérience judiciaire ». Combien de personnes y avait-il à la morgue ?

Anissi rassembla ses souvenirs :

— Combien ? Voyons voir... Moi, Ijitsyne, Zakharov et son assistant, Sténitch, la Nesvitskaïa, l'autre, là, comment s'appelle-t-il ?... Bouryline, et puis les sergents de ville, les gendarmes et les gars du cimetière. Ça doit faire une douzaine, un peu plus peut-être, si on les compte tous.

— On les compte tous, absolument tous, ordonna le chef. Asseyez-vous et dressez une liste. Leurs noms. Vos impressions sur chacun. Portrait psychologique. Attitude durant l'« expérience ». Les plus petits détails.

— Mais, Eraste Pétrovitch, je ne les connais pas tous par leur nom.

— Eh bien, vous vous renseignerez. Vous allez m'établir une liste complète, et notre Eventreur y figurera. Voilà votre mission pour aujourd'hui, occupez-vous-en. Moi, pendant ce temps, je m'en vais vérifier si quelqu'un de notre t-trio n'a pas pu effectuer une sortie clandestine durant la nuit...

La besogne avance vite quand l'ordre reçu est clair et bien défini, quand la tâche est à la mesure de vos forces, et que son importance est évidente et certaine.

De la résidence du gouverneur, Tioulpanov, empruntant la voiture et les fringants chevaux du prince, s'en fut à la Direction de la gendarmerie. Il y bavarda un moment avec le capitaine Zaïtsev, commandant la compagnie de patrouille et surveillance, à propos des deux gendarmes détachés pour les besoins de l'instruction — n'avait-on pas relevé chez eux des bizarreries de caractère ? —, à propos également de leurs familles respectives et d'éventuelles habitudes pernicieuses. Zaïtsev faillit s'alarmer, mais Anissi le rassura. Il fit valoir que l'affaire était par trop importante et confidentielle pour qu'on ne prît pas toutes les précautions.

Puis il se rendit à la Maison-Dieu. Il passa saluer Zakharov. Mais mieux eût valu qu'il s'en abstînt : l'ours grommela à son adresse quelques paroles inamicales pour replonger aussitôt le nez dans ses papiers. Groumov n'était pas à son poste.

Anissi alla s'enquérir auprès du gardien de ce qu'il savait des fossoyeurs. Il ne fournit aucune explication au Petit-Russien, et celui-ci de son côté ne lui posa aucune question qui l'eût embarrassé : l'homme était simple mais non dénué d'intelligence et de tact.

Il alla parler lui-même avec les ouvriers sous prétexte de leur remettre à chacun un rouble en récompense de l'aide apportée à l'enquête, et put ainsi se former sur les deux hommes une opinion personnelle. Et voilà, c'était tout. Il était temps de rentrer chez soi et de dresser cette fameuse liste pour le chef.

La nuit tombait déjà quand il acheva la rédaction du copieux document. Il le relut, en se représentant mentalement chacune des personnes répertoriées et en jaugeant son aptitude à tenir le rôle de maniaque.

Le maréchal des logis-chef Sinioukhine, du corps des gendarmes : vieux briscard, visage de marbre, yeux de plomb — allez savoir ce qu'il avait dans le ventre !

Linkov. A première vue, incapable de faire du mal à une mouche, mais aussi terriblement incongru sous son uniforme de sergent de ville. Esprit maladivement porté à la rêverie, amour-propre blessé, sensualité étouffée... tout était possible.

Le fossoyeur Tikhon Koulkov, avec ses joues hâves et sa figure grêlée, n'inspirait guère confiance non plus. Quelle gueule il avait, ce Koulkov ! Une gueule à vous égorger sans ciller pour peu qu'il vous croise dans un endroit désert.

Stop ! Egorger, sans doute, c'était à sa portée, mais comment irait-il jouer du scalpel avec ses grosses pattes calleuses ?

Anissi jeta un dernier coup d'œil à sa liste et lâcha une exclamation. Son front se mouilla de sueur, et sa gorge devint sèche. Ah, quel aveuglement !

Mais comment n'y avait-il pas pensé plus tôt ! A croire qu'un voile lui recouvrait les yeux. Pourtant tout concordait ! Une seule personne dans toute la liste pouvait être l'Eventreur !

Il se leva d'un bond et, tel qu'il était, sans bonnet ni manteau, il courut chez le chef.

Au pavillon, il ne trouva que Massa : Eraste Pétrovitch était absent, ainsi qu'Angelina, partie prier à l'église. Mais bien sûr, c'était aujourd'hui Vendredi saint, pour quelle autre raison les cloches eussent-elles sonné si tristement les vêpres ?

Ah, quelle guigne ! Et il n'y avait pourtant pas de temps à perdre ! Il avait commis une erreur en allant aujourd'hui poser des questions à la Maison-Dieu : l'autre, à coup sûr, avait tout deviné ! Mais peut-être était-ce mieux ainsi ? S'il avait deviné, il devait commencer à s'agiter. A suivre de près ! Vendredi touchait à son terme, il ne restait plus qu'une journée !

Une idée lui fit un instant douter de la justesse de sa découverte, mais la maison de la rue Malaïa Nikitskaïa était équipée d'un appareil téléphonique qui le tira d'embarras. Au poste de police de la rue Mechtchanskaïa, dont relevait la Maison-Dieu, le secrétaire de gouvernement Tioulpanov était bien connu et, en dépit de l'heure indue, la réponse à la question qui le préoccupait lui fut fournie incontinent.

Anissi éprouva tout d'abord une cuisante déception : le 31 octobre, c'était trop tôt. Le dernier assassinat londonien dont on fût certain remontait au 9 novembre. Sa théorie ne collait pas. Mais le cerveau de Tioulpanov travaillait ce jour-là de manière tout bonnement prodigieuse. Eût-il fonctionné toujours de la sorte, le problème eût été résolu depuis longtemps sans difficulté.

Certes le cadavre de la prostituée Mary Jane Kelly avait été découvert le matin du 9 novembre, mais Jack l'Eventreur à cette date avait déjà traversé la Manche ! Il se pouvait que ce meurtre, le plus abominable de tous, fût son « cadeau » d'adieu à la ville de Londres, et qu'il l'eût commis juste avant son départ pour le continent. On pourrait toujours vérifier plus tard à quelle heure, là-bas, partait le dernier train de nuit.

Ensuite tout s'emboîtait à merveille. Si l'Eventreur avait quitté Londres le soir du 8 novembre, autrement dit le 27 octobre pour le calendrier russe, c'était bien le 31 qu'il était censé arriver à Moscou !

Leur erreur, au chef et à lui, lorsqu'ils avaient contrôlé les listes de voyageurs arrivés d'Angleterre fournies par les services des passeports de la police, était de s'être limités aux seuls mois de décembre et de novembre, et d'avoir négligé la fin d'octobre. Ce maudit imbroglio de calendrier les avait fourvoyés.

C'était tout, sa théorie concordait point à point.

Il fit un rapide saut chez lui, pour enfiler des vêtements chauds, prendre son « bouledogue » et avaler à la hâte une tartine de fromage : il n'avait pas le temps de dîner pour de bon.

Pendant qu'il mâchait son pain, il entendit Palacha ânonner à sa sœur une histoire pascale tirée du journal du jour. La sotte écoutait de toutes ses oreilles, la bouche entrouverte. Qu'y comprenait-elle ? Personne n'aurait su le dire.

— « Dans la provinciale ville de N***, lisait Palacha avec lenteur et sentiment, l'année dernière, à la veille du grand jour de la Résurrection du Christ, un criminel s'évada de prison. Choisissant l'heure où tous les citadins emplissaient les églises pour assister aux matines, il s'introduisit dans l'appartement d'une riche vieille femme honorée de tous, que la maladie avait empêchée de se rendre à l'office, avec l'intention de la tuer et de la dépouiller. »

Sonia laissa échapper un cri. Ça alors, elle comprend ! s'étonna Anissi. Un an plus tôt, elle n'aurait rien saisi de l'histoire, aurait piqué du nez et se fût endormie.

— « A l'instant même où l'assassin, brandissant une hache, voulait se précipiter sur elle, poursuivait la lectrice en baissant la voix pour adopter un ton dramatique, le premier coup de cloche des Pâques retentit. Pleine du sentiment que lui inspirait le caractère sacré et solennel de l'instant, la vieille femme s'adressa au criminel en prononçant le salut chrétien : "Christ est ressuscité, brave homme ! " Cette apostrophe ébranla le pécheur jusqu'au tréfonds de son âme, elle illumina devant lui l'abîme où le précipitaient ses fautes et produisit en son cœur un soudain revirement moral. Après quelques instants d'une pénible lutte intérieure, il s'approcha de la vieille femme pour échanger avec elle le baiser de Pâques, puis, éclatant en sanglots... »

Anissi ne sut pas comment s'achevait l'histoire, car il était grand temps pour lui de filer.

Quatre ou cinq minutes après qu'il eut quitté l'appartement en toute hâte, on frappa à la porte.

— L'étourdi ! soupira Palacha. Il aura encore oublié son arme.

Elle ouvrit, regarda : non, ce n'était pas lui. Il faisait sombre dehors, impossible de distinguer son visage, mais le visiteur était plus grand qu'Anissi.

Une voix douce et amicale lui dit :

— Bonsoir, ma chère. Voilà, je veux vous donner de la joie.

Quand les formalités d'usage furent achevées, autrement dit quand on eut procédé à l'examen du lieu du crime, quand on eut photographié puis emporté les corps et interrogé les voisins, il ne resta plus rien pour s'occuper. C'est à ce moment qu'Eraste Pétrovitch ressentit un terrible malaise. Les agents s'étaient retirés, il était assis seul dans le petit salon du modeste appartement de son assistant, à contempler d'un œil stupide le riant papier peint à fleurs, taché d'éclaboussures de sang, et il ne parvenait toujours pas à maîtriser le tremblement qui l'agitait. Il avait la tête vide, ses oreilles bourdonnaient.

Une heure plus tôt, Eraste Pétrovitch était rentré chez lui et avait aussitôt envoyé Massa quérir Tioulpanov. C'était Massa qui avait découvert la boucherie.

A présent Fandorine ne pensait pas à la bonne et affectionnée Palacha, ni même à l'humble Sonia Tioulpanova frappée d'une mort atroce qu'aucune intelligence, ni humaine ni divine, ne pouvait justifier. Dans la tête d'Eraste Pétrovitch brisé de chagrin, une unique petite phrase revenait sans cesse, comme autant de coups de marteau : « Il n'y survivra pas, il n'y survivra pas, il n'y survivra pas. » Jamais le pauvre Tioulpanov ne survivrait à ce choc. Certes il ne verrait pas le tableau cauchemardesque qu'offrait le corps profané de sa sœur, il ne verrait pas ses yeux ronds écarquillés d'étonnement, mais il connaissait les manières de l'Eventreur et n'aurait aucun mal à imaginer ce qu'avait été la mort de Sonia. Et alors, terminé, ce serait la fin d'Anissi Tioulpanov, car aucun être normal n'était en mesure de survivre quand pareille horreur touchait quelqu'un de proche et d'aimé.

Eraste Pétrovitch se trouvait dans un état inhabituel, qui ne lui ressemblait en rien : il ne savait que faire.

Massa entra. Soufflant et reniflant, il tira à l'intérieur de la pièce un tapis qu'il déroula sur le plancher affreusement maculé. Puis il entreprit avec rage d'arracher la tapisserie ensanglantée. C'est bien, pensa le conseiller de collège avec détachement, mais je doute que ce soit d'un grand secours.

Un peu plus tard encore apparut Angelina. Elle lui posa une main sur l'épaule et lui dit :

— Qui subit la mort des martyrs le vendredi de la Passion, celui-là ira au royaume des cieux, à côté de Jésus.

— Cela ne me console pas, répondit Fandorine d'une voix lasse. Et je ne crois pas qu'Anissi s'en trouvera, lui non plus, consolé.

Où était-il, Anissi ? La nuit était déjà bien avancée et le gamin n'avait pas fermé l'œil la nuit précédente. Massa disait qu'il était passé en coup de vent, tête nue, l'air très pressé. Il n'avait rien raconté ni laissé aucun message.

Quelle importance ? Plus tard il se montrerait, mieux cela vaudrait.

Fandorine avait la tête complètement vide. Ni hypothèses, ni théories, ni plans d'action. Cette journée de travail intense avait donné un résultat bien maigre. L'interrogatoire des agents chargés de filer la Nesvitskaïa, Sténitch et Bouryline, ainsi que ses propres observations avaient confirmé que n'importe lequel des trois avait pu, la nuit passée, avec un peu d'adresse, s'absenter et revenir sans se faire repérer des hommes en faction.

La Nesvitskaïa logeait dans un foyer pour étudiantes, place Troubetskoï ; or il y avait là quatre entrées différentes, et les portes battaient jusqu'à l'aube.

Sténitch, après sa crise de nerfs, avait passé la nuit à la clinique Notre-Dame-de-la-Compassion, dont les agents s'étaient vu refuser l'entrée. Allez donc vérifier s'il y avait dormi ou s'il s'était baladé en ville armé d'un scalpel !

Pour Bouryline, c'était pire encore : sa maison était immense, il y avait plus de soixante fenêtres à l'étage, la moitié masquées par les arbres du jardin.

Le mur d'enceinte n'était pas très haut. Ce n'était pas une maison mais une passoire.

Il ressortait que n'importe lequel d'entre eux avait pu tuer Ijitsyne. Et le plus terrible était que, ayant constaté l'inefficacité de la filature, Eraste Pétrovitch l'avait fait suspendre complètement. Ce soir, les trois suspects avaient eu totale liberté d'agir !

« Ne désespérez pas, Eraste Pétrovitch, lui avait dit Angelina. C'est un grave péché, et vous n'en avez de toute manière pas le droit. Qui capturera ce malfaiteur, ce Satan, si vous baissez les bras ? Vous êtes le seul à pouvoir l'arrêter. »

Satan, pensa Fandorine avec indolence. Omniprésent, partout en progrès, capable de se glisser par la moindre fente. Satan changeait de visage, il adoptait n'importe quel masque, y compris celui d'ange.

Ange. Angelina.

Très obligeamment, son cerveau, habitué à échafauder des constructions logiques et libéré du contrôle de son esprit engourdi, lui fournit aussitôt une chaîne de raisonnement.

Prenons Angelina par exemple, pourquoi ne serait-elle pas Jack l'Eventreur ?

Elle était en Angleterre l'année passée. Et d'un.

Chaque fois qu'un meurtre a été commis, elle a passé la soirée à l'église. Selon ce qu'elle prétend. Et de deux.

Elle apprend des rudiments de médecine à l'école d'infirmières, elle possède déjà de bonnes connaissances et un certain savoir-faire. Elle a même eu droit à des cours d'anatomie. Et de trois.

Elle est d'une nature étrange et ne ressemble guère aux autres femmes. Elle a parfois de ces regards à vous faire chavirer le cœur, mais à quoi pense-t-elle en de tels instants ? Mystère. Et de quatre.

A elle, Palacha eût ouvert la porte sans hésiter. Et de cinq.

Eraste Pétrovitch secoua la tête avec agacement, réprimant les tours à vide que donnait son outrancière machine logique. Son cœur refusait absolument de considérer pareille version, or le Sage avait dit : « L'homme bien né ne place pas les arguments de la raison plus haut que la voix du cœur. » Le malheur était qu'Angelina avait raison : il n'y avait personne à part lui qui pût arrêter l'Eventreur, et il ne lui restait que fort peu de temps. Juste la journée du lendemain. Réfléchir, réfléchir.

Mais quelque chose l'empêchait de se concentrer sur l'affaire, toujours cette même phrase obstinée : « Il n'y survivra pas, il n'y survivra pas. »

Ainsi, le temps s'écoulait. Le conseiller de collège ébouriffait ses cheveux, se prenait par instants à arpenter la pièce, par deux fois se rafraîchit le visage à l'eau froide. Il tenta de s'absorber dans la méditation, mais y renonça aussitôt : rien à faire, tu parles !

Angelina se tenait debout contre le mur, bras croisés et coudes serrés contre le corps ; elle l'observait de ses immenses yeux gris, le regard triste et cependant exigeant.

Massa lui aussi gardait le silence. Il était assis sur le plancher, les jambes repliées formant un huit, sa face ronde immobile, ses épaisses paupières mi-closes.

Et puis à l'aube, alors qu'un brouillard laiteux avait envahi la rue, des pas précipités retentirent sur le perron, une poussée résolue fit grincer la porte mal refermée, et l'on vit surgir dans l'appartement le sous-lieutenant des gendarmes Smolianinov, un jeune officier à l'esprit délié, œil noir, geste vif, joues colorées de rouge.

— Ah, voilà où vous étiez ! se réjouit le nouvel arrivant. Tout le monde vous cherchait. Vous n'étiez pas chez vous, ni à la direction, ni rue de Tver ! J'ai eu l'idée de venir ici : peut-être, ai-je pensé, étiez-vous encore sur le lieu du crime. Un malheur, Eraste Pétrovitch ! Tioulpanov est blessé. Grièvement. Il a été transporté à l'hôpital Marie, il était minuit passé. Le temps qu'on nous en informe, le temps qu'on vous fasse chercher partout, il s'en est passé, des heures !... Le lieutenant Svertchinski s'est rendu sur-le-champ à l'hôpital, et nous, les ordonnances, nous avons reçu ordre de vous trouver. Une fichue histoire, hein, Eraste Pétrovitch ?

Rapport du secrétaire de gouvernement A. P. Tioulpanov, assistant personnel de M. E. P. Fandorine, fonctionnaire chargé des missions spéciales auprès de Sa Haute Excellence le général gouverneur de Moscou

8 avril 1889, 3 h et 1/2 du matin

J'ai l'honneur de faire savoir à Votre Haute Noblesse qu'alors que je travaillais ce dernier soir à établir la liste des personnes susceptibles d'être soupçonnées des crimes que vous savez, il m'est apparu avec une absolue évidence que lesdits crimes ne pouvaient avoir été commis que par un

seul individu, à savoir l'expert en médecine légale Igor Willemovitch Zakharov.

Celui-ci n'appartient pas seulement au milieu médical, il est aussi anatomopathologiste, autrement dit la dissection des entrailles humaines est pour lui un acte ordinaire et quotidien. Et d'un.

Le fait d'être constamment en contact avec des cadavres a pu susciter chez lui une insurmontable aversion pour tout le genre humain, ou bien au contraire une admiration perverse de la structure physiologique de l'organisme. Et de deux.

Il appartenait en sa jeunesse à un groupe d'étudiants en médecine qualifié de « cercle des amis de Sade », ce qui atteste de penchants vicieux et cruels précocement exprimés. Et de trois.

Zakharov loge dans un appartement de fonction attenant à l'institut médico-légal de la Maison-Dieu. Deux des meurtres (ceux de la demoiselle Andréitchkina et de la fillette anonyme) ont été commis à proximité de cet endroit. Et de quatre.

Zakharov se rend souvent en Angleterre visiter des parents. Il y était l'an passé. Il est rentré la dernière fois de Grande-Bretagne le 31 octobre (11 novembre selon le calendrier européen), en d'autres termes il était pleinement en mesure de commettre le dernier des crimes londoniens attribués de manière certaine à l'Eventreur. Et de cinq.

Zakharov est parfaitement informé du cours de l'instruction ; et, en outre, de toutes les personnes mêlées à celle-ci, il est la seule à posséder une expérience médicale. Et de six.

Je pourrais continuer, mais j'ai de la peine à respirer et mes idées s'embrouillent... Je préfère parler des événements les plus récents.

N'ayant pas trouvé Eraste Pétrovitch chez lui, j'ai pensé qu'il n'y avait pas de temps à perdre. J'étais allé dans la journée à la Maison-Dieu et m'étais entretenu avec les ouvriers du cimetière, ce qui ne pouvait avoir échappé à l'attention de Zakharov. Il était raisonnable de s'attendre qu'il s'inquiète et se trahisse d'une manière ou d'une autre. A tout hasard, j'ai pris avec moi une arme — un revolver « bouledogue » que monsieur Fandorine m'avait offert l'an dernier pour ma fête. Une journée épatante, une des plus agréables de ma vie. Mais cela n'a aucun rapport avec l'affaire.

La Maison-Dieu, donc. J'y suis arrivé en fiacre à 10 heures du soir, il faisait déjà nuit noire. Une des fenêtres du pavillon où loge le docteur était éclairée, et je me suis réjoui que Zakharov n'eût pas décampé. Pas âme qui vive aux alentours, des tombes de l'autre côté de la clôture et pas un seul réverbère. Un chien s'est mis à aboyer, le chien d'attache qui garde la chapelle, mais j'ai rapidement traversé la cour et me suis collé contre le mur. Le chien a aboyé, aboyé encore, puis s'est tu. J'ai grimpé sur une caisse (la fenêtre était haute) et j'ai regardé à l'intérieur. La fenêtre éclairée était celle du bureau de Zakharov. Le nez collé au carreau, j'aperçois sur sa table des papiers et une lampe allumée. Lui-même me tourne le dos, occupé à écrire, déchirant chaque fois sa feuille et jetant les morceaux par terre. J'ai attendu longtemps dans cette position, au moins une heure, et l'autre ne cessait d'écrire et de déchirer, d'écrire et de déchirer. Je réfléchissais également au moyen de voir ce qu'il griffonnait de la sorte. Je me demandais si je n'aurais pas dû procéder à son arrestation. Mais je n'avais pas de mandat, et rien ne disait qu'il ne fût pas en train de rédiger quelque rapport sans intérêt ou bien simplement de faire ses comptes. A 11 h 17 (à cet instant j'ai consulté ma montre), il s'est levé et est sorti de la pièce. Son absence a duré un bon moment. Je l'ai entendu s'affairer bruyamment dans le couloir, puis le silence est retombé. J'ai hésité à escalader la fenêtre pour aller jeter un coup d'œil aux papiers, j'étais troublé et j'ai manqué de vigilance. J'ai été frappé d'une cuisante douleur dans le dos en même temps que je heurtais du front le rebord de fenêtre. Puis, comme je me retournais, j'ai senti une autre brûlure dans les côtes et au bras. J'avais fixé jusqu'alors la lumière, aussi ne distinguais-je pas qui se tenait là, dans l'obscurité, cependant j'ai frappé de la main gauche comme me l'a enseigné monsieur Massa, et aussi du genou. Mes coups ont porté. Mais je n'ai jamais été un élève très assidu aux leçons de monsieur Massa, j'étais plutôt tire-au-flanc. Voilà pourquoi Zakharov avait quitté son bureau. Sans doute avait-il remarqué ma présence. Comme il s'esquivait, telle une ombre, pour échapper à mes coups, j'ai voulu courir après lui mais je n'avais pas fait trois pas que je suis tombé. Je me suis relevé et je suis tombé à nouveau. J'ai sorti mon « bouledogue » et j'ai tiré trois fois en l'air. Je pensais que peut-être un des employés du cimetière accourrait à mon secours. J'avais tort, mes coups de feu n'ont sans doute eu pour seul effet que de les effrayer. C'est un coup de sifflet qu'il fallait donner. Je n'en ai pas eu l'idée, je n'étais pas en état de raisonner. La suite est très confuse dans ma mémoire. Je me suis traîné à quatre pattes, je ne tenais pas sur mes jambes. Passée la clôture, je me suis étendu pour reprendre mon souffle et j'ai dû m'endormir. Quand je me suis réveillé, j'avais froid. Très froid. Pourtant j'étais chaudement vêtu, j'avais enfilé exprès un chandail sous mon manteau. J'ai tiré ma montre. Un coup d'œil : plus de minuit déjà. C'est tout, me suis-je dit, le salopard est parti. Ce n'est qu'à ce moment que j'ai repensé à mon sifflet. Je me suis mis à souffler dedans. Bientôt quelqu'un est venu, je n'ai pas discerné qui. On m'a transporté. Avant que le docteur me fasse une piqûre, j'étais comme dans un brouillard. Mais à présent ça va mieux. J'ai honte seulement d'avoir laissé s'échapper l'Eventreur. Si j'avais davantage écouté monsieur Massa. J'ai essayé, Eraste Pétrovitch, de faire de mon mieux. Si j'avais écouté Massa. Si...

NOTE :

L'enregistrement du présent rapport sténographique a dû être interrompu ici car le blessé, qui au début s'exprimait de manière très vivante et correcte, a commencé à divaguer pour bientôt sombrer dans un état d'inconscience d'où il n'est plus sorti. M. le docteur K. I. Medius s'est même montré surpris que M. Tioulpanov eût tenu si longtemps avec de telles blessures et une telle perte de sang. La mort est survenue vers 6 heures du matin, ainsi que M. Medius l'a consigné dans son rapport y afférent.

Sous-lieutenant du corps de gendarmerie
Svertchinski
Sténographie et transcription en clair
par le registrateur de collège Arietti.

Quelle nuit affreuse.

Et pourtant la soirée avait si délicieusement commencé. L'idiote s'est révélée dans la mort d'une prodigieuse beauté : un pur régal pour les yeux. Après ce chef-d'œuvre de l'art de la décoration, il eût été insensé de gaspiller son temps et son inspiration avec la femme de chambre, aussi ai-je laissée celle-ci telle qu'elle était. C'est péché, bien sûr, mais jamais je n'eusse obtenu, de toute manière, contraste si frappant entre la disgrâce apparente et la Beauté tout intérieure.

Surtout, j'avais le cœur réchauffé à l'idée d'avoir accompli une bonne œuvre : non seulement je révélais au bon jeune homme le vrai visage de la Beauté, mais je le débarrassais en outre du lourd fardeau qui l'empêchait d'organiser sa propre vie.

Et voici quel malheur est venu conclure tout cela.

Le vilain métier qu'exerçait le bon jeune homme — fureter, espionner — a été cause de sa perte. Il est lui-même venu s'exposer à la mort. Là ne réside pas ma faute.

J'ai eu pitié du gosse, et mon geste s'en est trouvé moins précis. Ma main a tremblé. Ses blessures sont mortelles, je n'ai aucun doute sur ce point : j'ai entendu l'air s'échapper du poumon crevé, et le second coup de lame a forcément sectionné le rein gauche et le côlon descendant. Mais il aura certainement connu d'atroces souffrances avant de mourir. Cette idée me poursuit sans relâche.

J'ai honte. Ce n'était pas beau.

Une journée compliquée

8 avril, Samedi saint

Exposée au vent et à un odieux crachin, l'équipe d'investigation se pressait aux portes du misérable cimetière de la Maison-Dieu. Elle comprenait : le brigadier Lialine, trois jeunes agents, un photographe équipé d'un Kodak portatif américain, l'assistant du photographe et un policier de la brigade cynégétique tenant en laisse Moussia, le chien d'arrêt le plus célèbre de tout Moscou. L'équipe avait été convoquée par téléphone sur les lieux de l'agression nocturne. Elle avait reçu l'ordre exprès de ne rien entreprendre avant l'arrivée de Sa Haute Noblesse, monsieur le conseiller de collège Fandorine, et à présent observait rigoureusement la consigne, se gardant de rien faire et frissonnant sous la détestable étreinte de cette pluvieuse matinée d'avril. Même Moussia, auquel l'humidité donnait une allure de vieille vadrouille roussâtre, paraissait découragé. Son long museau étendu sur la terre détrempée, il haussait ses sourcils blanc-jaune, la mine affligée, et une fois ou deux même poussa un glapissement ténu, qui exprimait fort bien l'humeur commune du groupe.

Lialine, policier chevronné autant qu'homme d'expérience, par un pli singulier de son caractère, traitait les caprices de la nature par le mépris et ne souffrait point de cette attente prolongée. Il savait que le fonctionnaire chargé des missions spéciales se trouvait actuellement à l'hôpital Marie, où l'on était en train de laver et d'accoutrer le pauvre corps supplicié d'Anissi Tioulpanov, esclave du Seigneur et ci-devant secrétaire de gouvernement. Le sieur Fandorine ferait ses adieux à son bien-aimé assistant, exécuterait le signe de croix, puis filerait aussitôt à fond de train à la Maison-Dieu. Il y avait là cinq minutes de course tout au plus, et les chevaux du conseiller de collège valaient sûrement mieux que les rosses de la police.

Lialine avait à peine formé cette pensée que de splendides trotteurs arborant panache blanc s'arrêtaient devant les lourdes portes de fer du cimetière. Le cocher aurait pu passer pour un général, couvert qu'il était de passements dorés, et la calèche resplendissait sous la pluie, toute laquée de noir, les portières ornées des armes du prince Dolgoroukoï.

Le sieur Fandorine sauta à terre, la confortable suspension vacilla, et la voiture alla se ranger un peu plus loin. Visiblement, elle avait ordre d'attendre.

Certes, le visage du nouvel arrivant était pâle, et ses yeux brûlaient d'un éclat plus vif qu'à l'accoutumée mais, si exercé que fût son regard, Lialine ne releva sur sa physionomie aucun autre indice des émotions et des nuits blanches que l'homme venait de traverser. Au contraire, il eut même l'impression que le fonctionnaire chargé des missions spéciales marchait d'un pas incomparablement plus énergique et alerte qu'à l'ordinaire. Lialine voulut s'avancer pour lui présenter ses condoléances, mais un coup d'œil plus attentif aux lèvres étroitement serrées de Sa Haute Noblesse le fit se raviser. Sa riche expérience de la vie lui souffla que mieux valait éviter les larmoiements et aborder directement l'affaire.

— Nous nous sommes gardés de nous introduire dans le logement de monsieur Zakharov, conformément aux instructions reçues. Les employés ont été interrogés, mais aucun n'a vu le docteur depuis hier soir. Ils sont là-bas, ils attendent.

Fandorine jeta un bref regard dans la direction qu'on lui indiquait et aperçut quelques hommes qui piétinaient près du bâtiment de la morgue.

— Je croyais m'être exprimé clairement : ne rien entreprendre avant mon arrivée. Enfin, allons-y.

Il est de mauvaise humeur, jugea Lialine. Ce qui n'avait rien d'étonnant dans d'aussi tristes circonstances. L'homme jouait sa carrière, et la mort de Tioulpanov ne venait rien arranger.

Le conseiller de collège gravit lestement le perron du pavillon qu'occupait Zakharov et tira sur la poignée de la porte. Celle-ci résista : elle était fermée à clé.

Lialine hocha la tête : un homme circonspect que ce docteur Zakharov, soigneux et prudent ! Même pressé de s'enfuir, il n'avait pas oublié de verrouiller derrière lui. Un individu de cette sorte ne laissait ni preuves ni indices stupides.

Fandorine, sans se retourner, claqua des doigts, et le brigadier comprit sans qu'il fût besoin de mots. Il tira de sa poche une collection de rossignols, fouilla un moment dans la serrure au moyen d'un crochet de la longueur voulue, et la porte s'ouvrit.

Le représentant de l'autorité traversa chaque pièce en coup de vent, jetant de brèves instructions au passage, soudain mystérieusement délivré de son léger bégaiement habituel, comme s'il n'en eût jamais été affecté :

— Vérifier le linge dans l'armoire. En faire le compte. Etablir ce qui manque… Tous les instruments médicaux, en particulier chirurgicaux, là-bas, sur la table… Il y avait un tapis dans le couloir, regardez, il y a une trace rectangulaire sur le sol. Où est-il passé ? Le retrouver !… C'est quoi ? Son bureau ? Rassembler tous les papiers. Redoubler d'attention quant aux fragments et aux bouts déchirés.

Lialine promena son regard autour de la pièce et n'y découvrit rien qui ressemblât à un fragment de papier. Il régnait dans ce bureau un ordre parfait. L'agent s'émerveilla à nouveau de la solidité des nerfs du docteur en fuite. Il avait tout bien proprement rangé, comme s'il s'apprêtait à recevoir des visiteurs. On ne risquait pas d'y relever des confettis par terre.

Mais à ce moment le conseiller de collège se pencha et ramassa sous une chaise un petit morceau de papier chiffonné. Il le déplissa, le lut et le tendit à Lialine.

« A joindre au dossier. »

Le bout de feuille comportait juste trois mots :

plus me taire

— Procédez à la perquisition, ordonna Fandorine avant de sortir du pavillon.

Cinq minutes après, quand il eut réparti entre ses hommes les différents secteurs de fouille, Lialine jeta un coup d'œil par la fenêtre et vit le conseiller de collège et le chien Moussia occupés à ramper dans les buissons. Des branches y avaient été cassées, la terre piétinée. Il était permis de supposer que c'était là que le défunt Tioulpanov s'était empoigné avec le criminel. Lialine poussa un soupir, se signa et s'attela à sonder les murs de la chambre.

La perquisition ne donna rien de très intéressant.

Fandorine feuilleta rapidement une pile de lettres rédigées en anglais — à l'évidence expédiées par des parents de Zakharov —, mais il ne s'attarda pas à les lire et ne prêta de réelle attention qu'aux dates. Il consigna quelques mots dans son bloc-notes, mais ne fit aucune remarque à haute voix.

L'agent Syssouiev se distingua en découvrant sous le divan du bureau un autre fragment de papier, un peu plus grand que le premier mais porteur d'une inscription encore moins intelligible :

sidérations d'honneur corporatif et certaine compassion pour un vieux cam

Ce logogriphe parut curieusement beaucoup intéresser le conseiller de collège. Il accorda également une grande attention au revolver système Colt trouvé dans le tiroir du secrétaire. Le revolver était chargé, mais depuis fort peu de temps : on relevait sur la crosse et le barillet des traces de graisse encore fraîche. Pourquoi Zakharov ne l'avait-il pas emporté ? s'étonna Lialine. Il l'avait oublié, peut-être ? Ou bien l'avait-il laissé à dessein ? Mais en ce cas pourquoi ?

Moussia se couvrit de ridicule. Tout d'abord, en dépit de la pluie et de la boue, il s'élança assez vivement sur une piste, mais il fallut alors qu'un énorme molosse à longs poils déboulât par la porte du cimetière ; il se mit à jeter des aboiements si furieux que Moussia s'accroupit sur ses pattes arrière et battit en retraite. Il fut impossible après cela de lui faire quitter sa place. Le gardien rattacha le molosse à sa chaîne, mais Moussia avait perdu tout son allant. Les chiens au flair sensible sont généralement nerveux, tout chez eux dépend de leur humeur.

— Qui est qui, parmi ceux-là ? demanda Fandorine en montrant par la fenêtre les employés.

Lialine entreprit de le lui expliquer :

— Le gros à casquette, c'est le surveillant. Il vit hors de l'enceinte du cimetière et n'est pas concerné par l'activité de l'institut médico-légal. Il est parti hier à cinq heures et demie et est arrivé ce matin, un quart d'heure avant vous. Le grand souffreteux, c'est l'assistant de Zakharov, son nom de famille est Groumov. Lui aussi vient d'arriver de chez lui. Celui qui baisse la tête, c'est le gardien. Les deux autres sont les ouvriers. Ils creusent les tombes, entretiennent le mur d'enceinte, sortent les détritus, etc. Le gardien et les ouvriers logent ici, à côté du cimetière, il se peut qu'ils aient entendu quelque chose. Mais nous n'avons pas mené d'interrogatoire détaillé, nous n'avions pas d'ordre.

Le conseiller de collège s'entretint lui-même avec les employés.

Il les convoqua dans la maison et en premier lieu leur montra le Colt :

— Vous le reconnaissez ?

L'assistant Groumov et le gardien Pakhomenko témoignèrent (Lialine le nota au crayon dans le procès-verbal) avoir déjà aperçu l'arme — ou bien une autre exactement semblable — chez le médecin. Quant au fossoyeur Koulkov, il ajouta qu'il n'avait jamais vu le « rigolvert » de près, mais qu'en revanche, le mois précédent, il était allé regarder « m'sieur le docteur » tirer les freux, et que le spectacle valait le coup d'œil : chaque fois qu'il en prenait un pour cible, il n'en restait que des plumes.

La nuit passée, les trois coups de feu du secrétaire de gouvernement Tioulpanov avaient été entendus du gardien Pakhomenko et de l'ouvrier Khrioukine. Koulkov dormait, ivre mort, et le bruit ne l'avait pas réveillé.

Ceux qui avaient entendu les tirs déclarèrent avoir eu peur de sortir de chez eux : savait-on tous les brigands qui traînaient dehors la nuit, et puis il n'y avait pas eu, semblait-il, d'appels au secours. Khrioukine s'était rendormi bientôt après, mais Pakhomenko avait continué de veiller. Selon ses dires, immédiatement après les coups de feu, une porte avait claqué violemment et quelqu'un était passé très vite, qui se dirigeait vers le portail.

— Quoi, vous tendiez l'oreille ? demanda Fandorine au gardien.

— Et comment ! répondit celui-ci. Ça canardait, n'est-ce pas ? Et puis je dors vilainement la nuit. Toutes sortes d'idées viennent me traverser la cervelle. J'ai pas cessé de me retourner jusqu'au point du jour. Dites voir, m'sieur le général, c'est-il bien vrai que le jeune gars aurait trépassé ? Lui qu'avait l'œil si vif, et puis qu'était si aimable avec les petites gens...

Le conseiller de collège était connu pour être toujours courtois et indulgent avec ses inférieurs, cependant cette fois-ci Lialine crut tout bonnement avoir affaire à une autre personne. Aux touchantes paroles du gardien, le fonctionnaire ne répondit rien, non plus qu'il ne manifesta le moindre intérêt à ses pensées nocturnes. Il lui tourna brusquement le dos et jeta par-dessus son épaule aux témoins :

— Allez. Interdiction à chacun de quitter le cimetière. On peut avoir besoin de vous. Et vous, Groumov, veuillez rester.

Ça par exemple, on aurait dit qu'on vous avait changé l'homme !

Fandorine demanda à l'assistant, qui battait des paupières, la mine effarée :

— Qu'a fait Zakharov hier soir ? Et soyez précis.

Groumov écarta les bras d'un air coupable :

— Je ne peux pas vous dire. Igor Willemovitch était hier de très mauvaise humeur, il jurait sans arrêt, et après le repas il m'a donné l'ordre de rentrer chez moi. Je suis donc parti. Nous ne nous sommes même pas dit au revoir : il s'était enfermé dans son bureau.

— « Après le repas », c'était à quelle heure ?

— A quatre heures, monsieur.

— « A quatre heures, monsieur », répéta le fonctionnaire.

Il hocha la tête bizarrement et se désintéressa aussitôt de l'assistant souffreteux.

— Vous pouvez disposer.

Lialine s'approcha du conseiller de collège et toussota avec discrétion.

— J'ai ébauché ici un signalement de Zakharov. Souhaitez-vous le lire ?

Le nouveau Fandorine ne jeta pas même un coup d'œil à la description si excellemment rédigée, il refusa d'un geste. Il était assez mortifiant d'observer un tel manque de considération pour le zèle déployé dans l'intérêt du service.

— Ce sera tout, déclara le fonctionnaire d'un ton sec. Je n'ai besoin d'interroger personne d'autre. Vous, Lialine, filez à la clinique Notre-Dame-de-la-Compassion, à Lefortovo, et ramenez-moi, rue de Tver, l'infirmier Sténitch. Syssouiev, de son côté, se rendra quai Iakimanskaïa, pour prendre Bouryline, l'industriel. C'est urgent.

— Mais que fait-on pour le signalement de Zakharov ? demanda Lialine, un tremblement dans la voix. Nous allons sans doute lancer un avis de recherche ?

— Non, nous n'allons pas... répondit Fandorine d'un air distrait, plongeant le vieux briscard dans une absolue perplexité.

Puis il s'éloigna d'un pas vif en direction de son fabuleux équipage.

Le fonctionnaire trouva Védichtchev qui l'attendait dans son bureau de la rue de Tver.

— Dernier jour, dit sévèrement l'éminence grise du prince Dolgoroukoï en guise de salutation. Il faut retrouver cet Anglais malade. Le retrouver et en informer qui de droit. Autrement, vous savez...

— Mais dites-moi, Frol Grigoriévitch, comment êtes-vous au courant pour Zakharov ? demanda Fandorine, sans paraître au demeurant particulièrement surpris.

— Védichtchev sait tout ce qui se passe à Moscou.

— Il conviendrait alors de vous inclure vous aussi dans la liste des suspects. Vous posez bien les ventouses à Sa Haute Excellence et lui faites même des saignées ? Par conséquent vous n'êtes pas novice dans l'art de la médecine.

La plaisanterie fut toutefois prononcée d'une voix terne. Il était évident que le fonctionnaire pensait à tout autre chose.

— Anissi, hein ? soupira Védichtchev. Pour un malheur, c'est vrai, c'est un malheur. Un garçon intelligent, de la cervelle à revendre... Qui était promis à aller loin.

— Vous feriez mieux de rentrer chez vous, Frol Grigoriévitch, rétorqua Fandorine, manifestement peu disposé ce jour-là à s'abandonner au sentimentalisme.

Le valet de chambre fronça ses sourcils gris-bleu d'un air outragé et opta pour le ton officiel :

— J'ai reçu ordre, Votre Haute Noblesse, de vous informer que le comte ministre est reparti ce matin pour Saint-Pétersbourg de fort mauvaise humeur et qu'il s'est montré avant son départ extrêmement menaçant. J'ai également ordre d'établir si l'enquête sera bientôt terminée.

— Très bientôt. Transmettez à Sa Haute Excellence qu'il me reste encore à interroger deux personnes, à recevoir une dépêche télégraphique et à opérer une petite sortie en ville.

— Eraste Pétrovitch, par le Christ Notre Seigneur, en aurez-vous fini pour demain ? demanda Védichtchev d'une voix soudain suppliante. Autrement, nous sommes tous perdus...

Fandorine n'eut pas le temps de répondre, car à cet instant précis l'officier d'ordonnance frappa à la porte et annonça :

— Les prisonniers Sténitch et Bouryline sont arrivés. Ils sont gardés chacun dans une pièce différente, conformément à vos instructions.

— D'abord Sténitch, commanda le fonctionnaire à l'officier, puis il se tourna vers le valet de chambre en lui désignant la porte d'un mouvement du menton. Voilà le premier interrogatoire dont je parlais. Allez, Frol Grigoriévitch, retirez-vous, le temps me manque.

Le vieillard inclina de bonne grâce sa tête chauve et s'en alla en clopinant vers la sortie. Parvenu au seuil, il manqua se heurter à un individu d'allure un peu bizarre, hirsute, visiblement très nerveux et maigre comme un clou ; cependant il ne s'attarda pas à le dévisager. Traînant ses semelles de feutre, il remonta rapidement le couloir, tourna au coin et ouvrit avec une clé la porte d'un débarras.

Il ne s'agissait pas d'un simple réduit puisqu'une porte dérobée se découpait dans l'angle opposé. Celle-ci s'ouvrait également au moyen d'une clé spéciale et donnait dans une sorte de placard. Frol Grigoriévitch s'y introduisit non sans mal, s'assit sur une chaise garnie d'un confortable coussin, fit jouer un panneau dissimulé dans la cloison, et brusquement tout l'intérieur du bureau secret apparut derrière une glace tandis que s'élevait la voix, légèrement assourdie, d'Eraste Pétrovitch :

— Je vous remercie. Vous allez devoir passer encore quelque temps au poste de police. Pour votre propre sécurité.

Le valet de chambre chaussa des lunettes à verres épais et se colla à l'ouverture secrète mais ne vit que le dos de la personne qui sortait. On appelait ça un interrogatoire : trois minutes n'étaient pas passées !

Védichtchev émit un gloussement sceptique et attendit la suite.

— Introduisez Bouryline, ordonna Fandorine à l'officier.

Entra un individu au faciès tatar, joue épaisse, regard effronté de brigand. Sans attendre d'y être invité, il s'installa sur une chaise, croisa les jambes et se mit à balancer sa superbe canne à pommeau doré. On voyait tout de suite le millionnaire.

— Quoi, vous allez encore une fois m'emmener admirer de la tripaille ? demanda-t-il d'un ton jovial. Seulement il en faut plus pour m'impressionner, j'ai le cuir épais. Qui vient de sortir à l'instant ? N'était-ce pas Vanka Sténitch ? Vous avez vu ça, comme il a détourné la figure ! Comme s'il ne devait rien à Bouryline ! Après s'être baladé dans toute l'Europe à mes frais et avoir vécu à mes crochets ! Je l'avais pris en pitié, le malheureux. Et lui m'a craché au visage. Il m'a planté en Angleterre et s'est sauvé. Il s'était pris de dégoût pour ma trop sordide personne, il aspirait à une existence bien propre, voyez-vous. Mais grand bien lui fasse, ce pauvre type est fini. En un mot, c'est un malade. Vous permettez que j'allume un cigare ?

Toutes les questions du millionnaire demeurèrent sans réponse. Au lieu de les relever, Fandorine en posa une à son tour, dont le sens échappa totalement à Védichtchev.

— Il y avait chez vous, à votre réunion d'anciens étudiants, un individu à cheveux longs, plutôt mal fagoté. Qui est-ce ?

Mais Bouryline, quant à lui, comprit fort bien ce qu'on lui demandait et répondit sans se faire prier :

— Filka Rozen. Lui, moi et Sténitch avons été virés ensemble de médecine, pour nous être particulièrement distingués dans le domaine de l'immoralité. Il travaille comme réceptionnaire au mont-de-piété. Il boit, bien sûr.

— Où peut-on le trouver ?

— Nulle part, je le crains ! Quand vous m'avez rendu visite, je venais bêtement de lui refiler cinq cents roubles, pour ne plus l'entendre pleurnicher à propos du bon vieux temps. Maintenant il ne reparaîtra plus avant d'avoir tout bu jusqu'au dernier kopeck. Peut-être est-il en train de faire la nouba dans quelque bastringue moscovite, mais peut-être aussi est-il à Pétersbourg ou à Nijni-Novgorod. L'animal est comme ça.

Cette nouvelle, bizarrement, parut contrarier Fandorine à l'extrême. Il se leva même d'un bond de son bureau, tira de sa poche une sorte de collier de perles vertes et l'y renfouit aussitôt.

Le joufflu personnage observait l'étrange conduite du fonctionnaire avec curiosité. Il sortit un gros cigare qu'il alluma. Ah, quel culot ! Il secouait sa cendre sur le tapis ! Cependant il se gardait bien de réclamer des éclaircissements et attendait.

— Dites-moi, demanda Fandorine après un assez long silence, pourquoi Sténitch, Rozen et vous avez-vous été renvoyés de la faculté, et Zakharov seulement transféré à la section d'anatomopathologie ?

— Ce fut selon les frasques de chacun. (Bouryline eut un ricanement ironique.) Sotski, le plus tête brûlée d'entre nous, fut expédié, sac au dos, aux bataillons disciplinaires. Pauvre vieux, il ne manquait pas d'imagination, même si c'était une fripouille. (Il lança un clin d'œil espiègle tout en exhalant un nuage de fumée de cigare.) Les étudiantes, nos joyeuses amies, en ont pris également pour leur grade, du seul fait qu'elles étaient des filles. Elles sont parties en Sibérie, assignées à résidence. L'une est devenue morphinomane, l'autre a épousé un pope. Je me suis renseigné. (Le millionnaire éclata de rire.) Mais l'Anglais, je veux dire Zakharov, ne s'était alors signalé par aucun exploit particulier, aussi s'en est-il tiré avec une légère punition. « Etait présent et n'est pas intervenu », c'étaient les termes de l'arrêté administratif.

Fandorine claqua des doigts, comme s'il venait de recevoir une bonne nouvelle attendue depuis longtemps. Il voulut poser une autre question, mais Bouryline l'en empêcha en tirant de sa poche une feuille de papier pliée en quatre :

— C'est drôle que vous m'interrogiez sur Zakharov. J'ai reçu ce matin de lui une lettre plutôt insolite, juste avant que vos sbires viennent me prendre. C'est un gosse des rues qui l'a apportée. Tenez, lisez.

Frol Grigoriévitch se plia en deux, s'aplatit le nez contre la glace, mais peine perdue : impossible de lire d'aussi loin. Tout témoignait cependant que cette lettre revêtait une importance considérable : Eraste Pétrovitch l'examina de très près durant un bon moment.

— Je lui donnerai l'argent, bien entendu, ce n'est pas ce qui m'importe, disait le millionnaire. Seulement il n'a jamais été question entre lui et moi d'aucune « vieille amitié », il écrit ça pour le sentiment. Et puis qu'est-ce que c'est que ce style de mélodrame : « Ami, ne me garde pas rancune » ! Qu'a-t-il donc commis comme bêtise, notre Pluton ?

Il a fait rompre le carême aux frangines d'hier, celles qui étaient étendues sur les tables à la morgue ?

Bouryline renversa sa tête en arrière et partit d'un grand éclat de rire, très satisfait de sa plaisanterie.

Fandorine continuait d'étudier le billet. Il s'éloigna vers la fenêtre, leva le feuillet plus haut, et Frol Grigoriévitch put apercevoir des lignes inégales s'étalant un peu en tous sens.

— Oui, c'est un tel gribouillage qu'on parvient à peine à déchiffrer, observa le millionnaire de sa voix de basse tout en cherchant des yeux où se débarrasser de son mégot de cigare. On dirait que ç'a été écrit dans une voiture ou bien sous l'effet d'une sacrée cuite.

Ne trouvant pas, il fit mine de jeter l'objet par terre, mais au dernier moment se ravisa. Il lança un regard furtif au conseiller de collège qui lui tournait le dos, enveloppa le mégot dans un mouchoir et le fourra dans sa poche. Eh bien voilà !

— Allez, Bouryline, dit Eraste Pétrovitch sans se retourner. Vous resterez jusqu'à demain sous la protection de la police.

A cette nouvelle, le millionnaire parut affreusement affligé.

— J'en ai ma claque ! J'ai déjà nourri pendant une nuit les punaises de vos flics ! Et ce sont des féroces, des affamées ! Il faut les voir se précipiter sur un corps de chrétien !

Fandorine, sans en écouter davantage, pressa le bouton d'une sonnette. Un officier des gendarmes parut, qui entraîna le rupin vers la porte.

— Et pour Zakharov, que fait-on ? cria Bouryline, ayant déjà franchi le seuil. C'est qu'il va passer chercher l'argent !

— Ce n'est pas votre affaire, répondit Eraste Pétrovitch avant de demander à l'officier : Le ministère a-t-il répondu à ma demande d'information ?

— Oui, monsieur.

— Donnez.

Le gendarme sortit, rapporta une sorte de télégramme puis disparut à nouveau dans le couloir.

La dépêche produisit sur le fonctionnaire un effet pour le moins surprenant. Tout en lisant, il jeta la feuille sur sa table et se livra soudain à une curieuse extravagance : il frappa plusieurs fois de suite dans ses mains, à coups très rapides, et si sonores que Frol Grigoriévitch sous la surprise se cogna le front contre la glace, et que gendarme, secrétaire et officier d'ordonnance surgirent en même temps dans l'embrasure de la porte.

— Ce n'est rien, messieurs, les rassura Fandorine. C'est un exercice japonais qui aide à la concentration de l'esprit. Vous pouvez disposer.

Et ensuite ce ne fut plus qu'un enchaînement de prodiges.

Quand ses subordonnés eurent refermé la porte, Eraste Pétrovitch se mit soudain à se déshabiller. Une fois en linge de corps, il tira de sous la table un sac de voyage que Védichtchev jusqu'alors n'avait pas remarqué, et de ce sac sortit un paquet. Dans le paquet, des vêtements : étroit pantalon à rayures et sous-pieds, plastron de coton bon marché, gilet cramoisi, veston jaune à carreaux.

Le conseiller de collège fut bientôt métamorphosé d'homme sérieux qu'il était en dandy d'un genre douteux, comme il en rôde le soir autour des demoiselles de petite vertu. Il se campa devant le miroir, exactement à trois pieds de Frol Grigoriévitch, partagea ses cheveux noirs d'une raie au milieu, y plaqua une épaisse couche de brillantine et dissimula les mèches blanches de ses tempes au moyen d'une autre pommade. Il recourba ses fines moustaches vers le haut et les dressa en deux pointes. (Cire de Bohême, devina Frol Grigoriévitch, qui fixait de la même manière les célèbres favoris du prince Vladimir Andréiévitch afin qu'ils se déployassent telles les ailes d'un aigle.)

Après quoi Fandorine plaça quelque chose dans sa bouche, puis découvrit ses dents, laissant paraître l'éclat d'une couronne en or. Il exécuta encore plusieurs grimaces et, sembla-t-il, se trouva pleinement satisfait de son apparence.

Du sac de voyage, le fonctionnaire tira encore un assez gros porte-monnaie en écaille, et Védichtchev se rendit compte qu'il ne s'agissait pas là d'un porte-monnaie ordinaire, puisqu'il renfermait un canon de faible calibre en acier oxydé et un barillet de type revolver. Fandorine inséra dans le barillet cinq cartouches, referma le couvercle d'un coup sec et contrôla du doigt la souplesse du fermoir qui, vraisemblablement, jouait le rôle de détente. « Que ne va-t-on pas inventer pour trucider son prochain ! pensa le valet de chambre en secouant la tête. Et où donc t'apprêtes-tu à sortir, Eraste Pétrovitch, ainsi accoutré en dandy des bas-fonds ? »

Comme s'il avait entendu la question, Fandorine se retourna vers le miroir, se coiffa d'un bonnet de castor qu'il inclina crânement sur son oreille et, lançant un clin d'œil désinvolte, prononça à mi-voix :

— Pour le coup, Frol Grigoriévitch, faites brûler un cierge pour moi à la messe de minuit. Sans l'aide de Dieu, aujourd'hui je ne m'en tirerai pas.

Inès souffrait terriblement en sa chair et en son âme. En sa chair parce que, la veille au soir, le Taon, son ancien maquereau, avait guetté la pauvre fille près du cabaret *A la ville de Paris* et l'avait longuement tabassée pour la punir de sa trahison. Heureusement, au moins il ne lui avait pas amoché la figure, ce sale type. En revanche elle avait le ventre et les côtes comme passés au bleu de lessive : la nuit, pas moyen de se retourner, elle était restée jusqu'au matin sans pouvoir fermer l'œil, gémissante et si apitoyée d'elle-même qu'elle en versait des larmes. Mais les bleus, ça pouvait encore passer, c'était chose dont on guérissait, alors que le tendre cœur de la jeune femme était si dolent et douloureux qu'il lui semblait n'y pouvoir survivre.

Disparu son doux chéri, envolé son prince de conte de fées, le bel Erastouchka : deux jours déjà qu'il n'avait pas montré son joli museau appétissant comme un bonbon. Du coup le Taon était fumasse, du coup il montrait les dents. Elle avait dû la veille lui remettre, à cet affreux, presque tout ce qu'elle avait gagné, or ce n'était pas bien, une fille correcte qui veille à être fidèle n'agit pas de cette manière.

C'était sûr, Erastouchka était tombé, l'autre avorton aux oreilles en feuilles de chou l'avait livré à la police, et le bon ange croupissait en ce moment au violon, au poste de police du premier sous-secteur de l'Arbat, le plus ignoble de tout Moscou. Elle aurait bien fait passer un colis à son adoré, mais le chef de poste Koulebiako était une vraie bête fauve. Il la collerait encore une fois au bloc, comme l'an passé, la menacerait de lui confisquer sa carte jaune, et il lui faudrait ensuite cajoler à l'œil toute la brigade, jusqu'au dernier morveux de flic. Ce seul souvenir lui soulevait encore le cœur. Et cependant Inès se fût résolue à subir à nouveau pareille humiliation dès lors qu'il s'agissait de secourir son bien-aimé, mais Erastouchka était un vrai monsieur avec de la cervelle, très propre de sa personne, avec du goût, et sûr qu'après ça il la mépriserait. Or, on peut le dire, il n'y avait pas encore entre eux de passion bien formée, juste un petit commencement d'amour, mais au premier regard Inès s'était embrasée de tout son être pour ce garçon aux yeux si bleus et aux dents si blanches, avait craqué plus violemment encore qu'à seize ans pour Jorjik, le coiffeur, puisse-t-on lui aplatir sa jolie gueule, à ce serpent, ce salopard, s'il n'est pas, bien sûr, déjà mort de cirrhose.

Ah, s'il pouvait vite réapparaître, lui qui est le sucre et le miel ! Il flanquerait une dérouillée au Taon, ce monstre ignoble, et câlinerait sa petite Inès, lui ferait mille caresses. Car elle avait réussi à obtenir le renseignement qu'il lui avait demandé, et aussi à planquer une partie de son argent dans sa jarretière. Il serait content. Elle avait de quoi l'accueillir, de quoi le fêter.

Erastik. Comme ce nom était doux, aussi doux que de la marmelade de pomme. En réalité, le chou avait sûrement un nom un peu plus commun, Inès elle-même n'avait pas toujours été espagnole, elle s'appelait devant Dieu Efrossinia, Froska pour les intimes.

Inès et Eraste, ça vous chantait à l'oreille comme un air d'harmonium. Ah, se balader avec lui, main dans la main, dans le quartier de la Gratchovka, pour que Sanka la Bouchère, Lioudka l'Echalas et, surtout, Adelaïdka voient un peu quel genre de cavalier donnait le bras à Inès, et qu'elles en crèvent de jalousie.

Et ensuite, ici, dans sa carrée. Elle est petite, c'est vrai, mais propre, et même coquette à sa manière : murs ornés de gravures découpées dans des revues de mode, abat-jour en velours de coton, miroir trumeau, édredon des plus moelleux, et des oreillers, grands et petits, sept en tout, chaque taie brodée à la main par Inès en personne.

Ce fut alors qu'elle était plongée dans les plus douces pensées que le rêve si longtemps caressé se réalisa. D'abord il y eut quelques coups discrets frappés à la porte — toc-toc-toc —, puis Erastouchka fit son entrée, avec son bonnet de castor, son écharpe blanche à la Gladstone et son manteau de drap éternellement déboutonné, col de fourrure assorti au bonnet. Jamais on n'aurait dit qu'il sortait du violon.

Inès sentit son cœur s'arrêter de battre. Elle bondit du lit, telle qu'elle était, en chemise d'indienne et cheveux pendants, et sauta au coup de son chéri. Elle ne réussit qu'une toute petite fois à baiser ses lèvres : lui, sévère, la saisit par les épaules et la força à s'asseoir à la table. Son regard était dur.

— Allez, raconte, dit-il.

Inès comprit : de méchantes gens l'avaient cafardée, on avait eu le temps.

— Bats-moi ! répondit-elle. Bats-moi, Erastouchka ! Je suis coupable. Seulement ce n'est pas tout de ma faute, ne va pas croire n'importe qui. Le Taon a essayé de me violer (là elle mentait, bien sûr, mais pas tant que cela), j'ai résisté, alors il m'a cognée. Tiens, regarde !

Elle retroussa sa chemise et lui montra les marques bleues, jaunes et violacées dont elle était couverte. Qu'il la plaigne un peu !

Mais cela ne suffit pas à l'attendrir. Erastouchka au contraire fronça les sourcils :

— J'aurai plus tard une petite discussion avec le Taon, il ne t'embêtera plus. Mais dis-moi une chose. Tu as trouvé la personne que je te demandais ? Eh bien ! Celle qui est allée avec le type que tu avais vu, et qui a failli y passer ?

Inès fut ravie de voir la conversation abandonner un terrain glissant.

— Je l'ai trouvée, Erastouchka, je l'ai trouvée. Elle s'appelle Glachka. Glachka la Pie, de la rue Pankratiev. Elle s'en souvient très bien, de ce monstre, il lui a presque tranché la gorge d'un coup de canif. Depuis elle porte toujours un foulard enroulé autour du cou.

— Conduis-moi.

— Je vais t'y conduire, Erastouchka, je vais t'y conduire. Mais d'abord, que dirais-tu d'un petit verre de cognac ?

Elle tira de sa minuscule armoire une bouteille qu'elle gardait en réserve, puis jeta sur ses épaules un châle persan, à grosses fleurs multicolores, et s'empara d'un peigne, pour donner du volume à ses cheveux, pour qu'ils moussent, qu'ils étincellent.

— Nous boirons après. J'ai dit : conduis-moi. D'abord notre affaire.

Inès soupira, sentant bien qu'elle allait fondre : il n'y avait rien à faire, elle aimait les hommes autoritaires. Elle s'approcha de lui, regarda de bas en haut son beau visage, ses grands yeux courroucés, ses moustaches frisées.

— Mes jambes ne me portent plus, Erastouchka, murmura-t-elle d'une voix alanguie.

Mais le destin d'Inès n'était pas de goûter au plaisir. A cet instant retentit un grand bruit, puis il y eut un craquement, et la porte sous le choc manqua voler hors de ses gonds.

Le Taon se tenait dans l'embrasure, ivre et mauvais, un sourire féroce peint sur sa face glabre. Oh, les voisins, la sale engeance de rats, ils l'avaient mouchardée, ils n'avaient pas traîné.

— On se fait des mamours ? (Son sourire s'élargit jusqu'à ses oreilles.) Et moi, pauvre abandonné que je suis, on m'oublie ?

Cette fois-ci le rictus s'effaça de sa trogne, ses épais sourcils se froncèrent.

— Toi, Inès, petite pourriture, je te causerai plus tard. Tu m'as l'air d'une sacrée carotteuse. Quant à toi, l'emplumé, sors donc dans la cour. On va régler ça.

Inès se précipita à la fenêtre : il y avait deux types dehors, les deux âmes damnées du Taon — la Tombe et le Verrat.

— N'y va pas ! cria-t-elle. Ils vont te tuer ! Tire-toi, le Taon, ou je vais faire tellement de raffut que tout le quartier va rappliquer !

Déjà elle emplissait ses poumons pour pousser un hurlement, mais son Erastouchka l'en empêcha :

— Que dis-tu là, Inès ? Laisse-moi parler un peu avec cet homme.

— Erastik, la Tombe cache un flingot à canon scié sous son cafetan ! expliqua Inès au malheureux qui décidément ne comprenait rien. Ils veulent te descendre. Te descendre et te balancer dans l'égout. Ça ne serait pas la première fois pour eux !

Son doux chéri ne l'écouta pas. Il secoua la main d'un air indifférent, puis tira de sa poche un gros porte-monnaie en écaille.

— T'inquiète pas, dit-il. Je vais marchander.

Et il sortit en compagnie du Taon, affronter la mort qui l'attendait.

Inès s'effondra, le nez dans ses sept oreillers, étouffant des sanglots désespérés, accablée à l'idée de son sort funeste, de son rêve à jamais brisé, et de l'atroce souffrance à venir.

Dehors, un coup de feu éclata, immédiatement suivi de trois autres très rapprochés, et aussitôt quelqu'un se mit à pousser des lamentations, non pas une personne, en vérité, mais plusieurs à l'unisson.

Inès cessa de sangloter et tourna son regard vers l'icône de la Vierge accrochée dans l'angle, qu'elle avait ornée pour Pâques de fleurs en papier et de petits lampions multicolores.

— Sainte Mère de Dieu, supplia Inès, accomplis un miracle pour le dimanche de la Résurrection, fais que mon Erastouchka reste en vie. S'il est blessé, ce n'est pas grave, je m'occuperai de lui. Pourvu seulement qu'il soit vivant.

Et la bonne Dame eut pitié de la pauvre Inès : la porte grinça, et son Erastouchka apparut. Sans une blessure, parfaitement sain et sauf, sans même un pli de travers à son merveilleux cache-col.

— C'est réglé, Inès, essuie cette flotte sur ta figure. Le Taon ne te touchera plus, il n'en est plus capable. Je lui ai troué les deux pinces. Quant aux deux autres, ils s'en souviendront aussi. Fringue-toi, et conduis-moi chez ta Glachka.

Il était dit qu'au moins un des rêves d'Inès s'accomplirait. Elle traversa tout le quartier de la Gratchovka au bras de son prince, empruntant exprès un long chemin de détour alors que le *Vladimirka*, l'hôtel où logeait Glachka, eût été bien plus vite atteint si elle avait pris par les cours intérieures, quitte à traverser la décharge et l'équarrissoir. Inès avait revêtu un chemisier de batiste et une jaquette de velours, elle étrennait une jupe en crêpe Lisette et n'avait pas craint de chausser des bottes légères nullement faites pour la pluie. Puis elle avait poudré son visage bouffi de larmes et ébouriffé sa frange. Au total, Sanka et Lioudka eurent de quoi devenir vertes. Dommage seulement qu'ils n'eussent pas croisé Adelaïdka. Mais ce n'était rien, ses copines lui peindraient le tableau.

Inès ne parvenait toujours pas à se rassasier de la vue de son bien-aimé, elle ne cessait de lui couler des regards et jacassait comme une pie :

— Elle a une fille anormale, cette Glachka. C'est ce que m'ont dit les bonnes gens qui m'ont renseignée : « Demande la Glachka qui a une fille anormale. »

— Anormale ? Comment ça ?

— Il paraît qu'elle a une envie qui lui mange la moitié de la figure. Couleur lie-de-vin, une horreur, un vrai cauchemar. Je préférerais me pendre que de vivre avec une telle *physionomomie*. Tiens, par exemple, chez nous, dans l'immeuble voisin, il y avait Nadka, la fille du tailleur...

Elle n'eut pas le temps de raconter l'histoire de Nadka la bossue, car déjà ils arrivaient devant l'hôtel.

Ils gravirent un escalier grinçant qui menait à l'étage où se trouvaient les chambres.

Celle de Glachka était ignoble, rien à voir avec le nid douillet d'Inès. Glachka elle-même était devant la glace, occupée à se maquiller la figure : c'était bientôt l'heure pour elle de sortir se livrer à son commerce.

— Tiens, Glafira, je t'ai amené un monsieur en qui on peut avoir confiance. Réponds à ce qu'il te demande, au sujet du malfaisant qui a voulu t'égorger, recommanda Inès avant de s'asseoir, très digne, dans un coin.

Erastik posa d'emblée un billet de trois roubles sur la table.

— Accepte ceci, Glachka, pour le dérangement. Quel genre de type était-ce ? Comment était-il ?

Glachka, fille plutôt joliment tournée même si, aux yeux sévères d'Inès, elle était un peu négligée, ne regarda même pas le billet.

— C'est pas compliqué, comment il était. A moitié frappé ! répondit-elle en haussant coquettement les épaules.

Elle fourra néanmoins les trois roubles sous sa jupe, mais sans y accorder grand intérêt, par pure politesse. En revanche elle fixa Erastouchka avec une telle insistance, elle le dévisagea avec de tels yeux, l'effrontée, qu'Inès sentit son cœur se serrer d'inquiétude.

— Les hommes s'intéressent toujours à moi d'habitude, déclara modestement Glachka en guise d'introduction à son récit. Mais là j'étais dans l'angoisse. Cette semaine-là, celle du mardi gras, j'avais des espèces de croûtes purulentes plein la figure, je n'osais même pas me regarder dans la glace. Je marche, je marche, personne ne veut de moi, à aucun prix, même pour quinze kopecks. Et celle-ci, là, qui avait faim... (Elle esquissa un signe de tête, désignant un rideau derrière lequel on entendait la respiration pesante d'une personne endormie.) Une vraie catastrophe. Et là un type s'approche, très poli...

— C'est bien ça ! Il m'a abordée exactement de la même façon ! intervint Inès, jalouse. Et, remarque une chose, j'avais moi aussi la gueule toute griffée et amochée. Je m'étais bagarrée avec Adelaïdka, la sale garce. J'avais beau faire la retape, personne ne s'arrêtait, sauf celui-là : « Ne sois pas triste, qu'il me dit tout à coup, je vais te donner de la joie. » Seulement j'ai pas fait comme Glachka, je l'ai pas suivi, c'est pourquoi...

— J'ai déjà entendu ton histoire, coupa Erastouchka. Et tu n'as pas vu l'homme clairement. Tais-toi un peu. Laisse parler Glafira.

Celle-ci la toisa avec orgueil, et Inès se sentit brutalement au plus mal. Et c'était elle qui l'avait amené, elle-même, l'imbécile !

— Et il ajoute encore : « Qu'as-tu à rester le nez baissé ? Allons chez toi. Je tiens à te rendre heureuse. » Moi, je l'étais déjà, heureuse. Je vais y gagner un rouble, je me dis, peut-être deux. Je paierai à Matriochka un petit pain, des gâteaux. Ah ça, pour payer, j'ai payé... Et puis encore cinq roubles au toubib pour qu'il me raccommode le col.

Elle montra sa gorge, et là, sous la couche de poudre, transparaissait une ligne violacée, étroite et régulière, comme un fil noué autour du cou.

— Raconte dans l'ordre, lui enjoignit Erastouchka.

— Eh bien quoi, nous arrivons ici. Il me fait asseoir sur le lit, celui-ci, juste là, il me pose une main sur l'épaule tout en gardant l'autre derrière son dos. Et il me dit, sa voix était douce, on aurait dit celle d'une femme, il me dit : « Tu penses être laide ? » Alors moi, vas-y que je lui balance : « Et pourquoi ça ? Ma gueule va guérir. Alors que ma fille, elle, restera défigurée toute sa vie. — Quelle fille ? il me demande. — Mais celle-ci, que je réponds, admirez mon trésor. » Et je tire le rideau que voilà. Quand il a vu Matriochka, elle dormait aussi à ce moment-là, elle a le sommeil lourd, elle est habituée à tout, il s'est mis à trembler de tous ses membres, fallait voir ! « Je vais la rendre belle comme une princesse. Et ce sera en plus pour toi un soulagement. » Je regarde mieux, je m'aperçois que quelque chose brille dans son poing, celui qu'il tient derrière son dos. Sainte Mère, un canif ! A lame courte, étroite comme ça.

— Un scalpel ? demanda Erastik, qui aimait les mots compliqués.

— Hein ?

Il eut un geste indifférent de la main, comme pour dire : « C'est bon, continue. »

— Je le repousse aussitôt de toutes mes forces, et puis je me mets à brailler, à brailler : « Au secours ! A l'assassin ! » Il me regarde, il a maintenant une figure à flanquer la trouille tellement il grimace. « Silence, imbécile ! Tu ne comprends pas ton bonheur ! » Et vlan ! il me flanque un coup de lame ! J'ai fait un bond en arrière, mais il m'a quand même chopé le cou. A ce moment j'ai poussé un tel cri que Matriochka s'est réveillée. Elle aussi s'est mise à hurler, et elle a une voix, je vous assure, à faire péter les vitres. Voyant ça, l'autre s'est pas obstiné et a mis les bouts. Voilà toute l'aventure. Merci à la Sainte Vierge qui nous a protégées.

Glachka se signa le front, puis aussitôt demanda, tout à trac, avant même d'avoir baissé la main :

— Et vous, monsieur, vous vous intéressez à c't'histoire pour une affaire, ou bien juste comme ça, par curiosité ?

Et la voilà qui lui joue de la prunelle à présent, la traîtresse !

Mais Erastik lui rétorqua d'une voix sévère :

— Décris-le-moi, Glafira. Eh bien, comment était-il, ce type ?

— Ordinaire. Un peu plus grand que moi, un peu plus petit que vous. Tenez, il vous arriverait là.

Et elle passe un doigt sur la joue d'Erastouchka, lentement, comme ça ! Il y en a, des sans-gêne !

— Visage ordinaire, aussi. Lisse, sans barbe ni moustache. Je ne sais pas quoi encore. Montrez-le-moi, je le reconnaîtrai du premier coup.

— On te le montrera, on te le montrera, murmura l'adoré en plissant son beau front pur tandis qu'il réfléchissait. Ainsi, il voulait t'offrir un soulagement ?

— Qu'il s'y soit avisé seulement, l'ordure, je lui aurais dévidé les tripes à mains nues, dit Glachka d'un ton calme et convaincant. Le Seigneur a aussi besoin, sans doute, des disgraciés. Qu'elle vive, ma petite Matriochka, ça ne regarde personne.

— Et d'après sa manière de parler, était-ce un monsieur ou un homme du peuple ? Comment était-il habillé, au fait ?

— Ses vêtements ne disaient pas grand-chose. Il aurait pu passer pour un commis, ou même un fonctionnaire. Mais il parlait comme un monsieur. Et même, on ne comprenait pas tous les mots qu'il disait. J'en ai retenu un. Quand il regardé Matriochka, il a dit tout bas : « Ce n'est pas la teigne, c'est un exemple rare de nevus matevus ». Nevus matevus, c'est comme ça qu'il a appelé ma gosse, ça m'est resté gravé.

— *Nœvus maternus*, corrigea Erastik. Dans le langage des docteurs, ça veut dire « tache de naissance ».

Quelle tête, décidément ! Il savait tout.

— Erastik, on y va, dis ? (Inès toucha la manche de son chéri.) Le cognac nous attend.

— Et pourquoi vous en aller ? s'exclama soudain cette grue effrontée de Glachka. Puisque vous êtes là ! Du cognac, il n'en manque jamais non plus chez moi pour un visiteur qu'on apprécie : j'ai du Choustov, que je gardais pour fêter Pâques. Comment vous appelez-vous, au fait, joli cavalier ?

Massahiro Shibata s'était enfermé dans sa chambre, il avait allumé des bâtonnets aromatiques et récitait des soutras à la mémoire du serviteur de l'empereur, Anissi Tioulpanov, prématurément enlevé à ce monde, de sa sœur Sonia-san et de la femme de chambre Palacha, que le ressortissant japonais avait des raisons toutes personnelles de pleurer.

Massa avait aménagé lui-même sa chambre, y consacrant une somme assez considérable de temps et d'argent. Les tatamis de paille dont le plancher était recouvert avaient été commandés au Japon et livrés par bateau. En contrepartie, la pièce s'était aussitôt emplie d'or et de soleil, et le sol faisait joyeusement ressort sous le pied, ce qui était autre chose que d'arpenter un stupide parquet de chêne, froid et insensible. Il n'y avait dans cette chambre aucun meuble, mais dans l'épaisseur d'un des murs s'ouvrait un vaste placard à porte coulissante où Massa rangeait oreillers et couvertures, ainsi que toute sa garde-robe : peignoir de coton, dit *yukata*, larges pantalons blancs et veste assortie pour le rensiu, deux costumes trois pièces, un d'été, un d'hiver, et enfin une splendide livrée verte que le Japonais affectionnait particulièrement et n'endossait que pour les grandes occasions. Pour le plaisir de l'œil, les murs étaient ornés de lithographies en couleurs représentant le tsar Alexandre et l'empereur Mutsu-Hito, tandis que dans un angle, au-dessus de l'étagère servant d'autel, était accroché un rouleau de papier portant cette antique et sage maxime : « Vis en juste et ne regrette rien. » Aujourd'hui, une photographie avait été placée sur l'autel : Massa et Anissi Tioulpanov au jardin zoologique. Un cliché remontant à l'été passé. Massa en costume d'été couleur sable et chapeau melon, Anissi souriant jusqu'aux oreilles, lesquelles dépassaient largement de sa casquette, cependant qu'un éléphant, à l'arrière-plan, arborait exactement les mêmes, certes en beaucoup plus grand.

La sonnerie du téléphone vint distraire Massa de ses tristes pensées concernant la précarité du monde et la vanité de toute quête d'harmonie.

Le valet de Fandorine gagna le vestibule par une enfilade de pièces vides et sombres : le maître était quelque part en ville, décidé à retrouver l'assassin pour se venger ; la maîtresse était partie à l'église et ne serait pas de retour avant longtemps, car c'était cette nuit-là la grande fête russe de Pasuha.

— Allô, dit Massa dans l'évasement conique de l'appareil. Ici noumélo de monsieur Fandoline. Qui palle ?

— Monsieur Fandorine, c'est vous ? dit une voix métallique déformée par des stridulations électriques. Eraste Pétrovitch ?

— Non, monsieur Fandoline n'est pas là, répondit Massa en haussant la voix pour couvrir le sifflement.

On disait dans le journal que de nouveaux modèles d'appareils étaient sortis, qui permettaient de transmettre n'importe quelle conversation « sans la moindre perte, avec une clarté et une intensité sonore remarquables ». Il faudrait en acheter un.

— Lappelez plus ta. Y a-t-il un message ?

— Jc vous remercie. (La voix, de hurlement, s'était changée en un bruissement ténu.) C'est confidentiel. Je retéléphonerai plus tard.

— Tlès heuleux de faile votle connaissance, répondit poliment Massa, puis il raccrocha.

Ça allait mal, très mal. Le maître en était à sa troisième nuit blanche, la maîtresse non plus ne dormait pas, elle priait sans cesse, tantôt à l'église, tantôt à la maison, devant l'icône. Elle avait toujours beaucoup prié, mais à ce point, jamais. Tout cela allait se terminer très mal, même si on ne voyait guère ce qui pouvait arriver de pire.

Ah ! si seulement le maître parvenait à capturer celui qui avait tué Tiouli-san, qui avait égorgé Sonia-san et Palacha ! S'il parvenait à le trouver et qu'il accordât une faveur à son fidèle serviteur : qu'il lui abandonnât cet homme ! Pas bien longtemps, une petite demi-heure. Non, plutôt une heure...

Plongé dans ces agréables pensées, Massa ne vit pas le temps s'écouler. L'horloge sonna onze coups. Habituellement, à pareille heure, on dormait depuis longtemps dans les maisons voisines, mais aujourd'hui toutes les fenêtres étaient éclairées. Telle était cette nuit-là. Bientôt par toute la ville retentirait le vacarme des cloches, puis des feux multicolores crépiteraient dans le ciel, on se mettrait à crier et à chanter dans les rues, et le lendemain il y aurait beaucoup de gens complètement soûls. Ce serait Pâques.

Ne devrait-il pas se rendre à l'église, se tenir debout au milieu des autres, écouter le chant grave et monotone des bonzes chrétiens ? Tout vaudrait mieux que de rester enfermé seul ici à attendre, attendre, attendre.

Mais il n'eut pas à attendre davantage. La porte d'entrée claqua, des pas fermes et assurés résonnèrent. Le maître était de retour !

— Quoi, tu broies du noir tout seul ? demanda le maître en japonais, avant d'effleurer très légèrement l'épaule de son serviteur.

Pareilles effusions n'étaient pas de mise entre eux, et, sous le coup de la surprise, Massa ne put se contenir plus longtemps, il poussa un sanglot, puis fondit en larmes pour de bon. Il ne chercha pas à éponger son visage : puissent les larmes couler. Un homme n'a pas à avoir honte de pleurer pourvu seulement que ce ne soit ni de douleur ni de peur.

Le maître avait les yeux secs et brillants.

— Je n'ai pas obtenu tout ce que j'aurais voulu, dit-il. Je pensais le prendre sur le fait, mais nous n'avons plus le temps d'attendre. Aujourd'hui, l'assassin est à Moscou, mais demain il faudra courir le monde entier pour le retrouver. Je dispose de preuves indirectes, j'ai un témoin qui peut l'identifier. C'est assez. Il ne niera pas.

— Vous m'emmenez avec vous ? demanda Massa, ne croyant pas à son bonheur. C'est vrai ?

— Oui, fit le maître. L'adversaire est dangereux et il est inutile de prendre des risques. Je peux avoir besoin de ton aide.

Le téléphone sonna à nouveau.

— Maître, quelqu'un a déjà appelé. Pour une affaire secrète. Il ne s'est pas nommé. Il a dit qu'il rappellerait.

— En ce cas, prends l'autre écouteur et essaye de déterminer si c'est la même personne ou non.

Massa colla le cornet métallique à son oreille et se prépara à écouter.

— Allô, Eraste Pétrovitch Fandorine à l'appareil, dit le maître.

— Eraste Pétrovitch, c'est vous ? grinça une voix.

Etait-ce la même ou bien une autre ? Impossible à dire. Massa haussa les épaules.

— Oui. A qui ai-je l'honneur ?

— C'est moi, Zakharov.

— Vous ? ! s'exclama le maître.

Les doigts vigoureux de sa main libre se replièrent, et il serra le poing.

— Eraste Pétrovitch, je dois avoir une explication avec vous. Je sais que tout est contre moi, mais je n'ai tué personne, je vous le jure !

— Et qui d'autre en ce cas ?

— Je vous expliquerai tout. Mais donnez-moi votre parole d'honneur que vous viendrez seul, sans la police. Autrement je disparaîtrai, vous ne me reverrez plus jamais, et l'assassin restera en liberté. Vous me donnez votre parole ?

— Je vous la donne, répondit le maître sans hésitation.

— Je vous crois, car je vous sais homme d'honneur. Vous n'avez rien à craindre de moi, je ne suis pas dangereux pour vous, et d'ailleurs je n'ai pas d'arme. J'ai seulement besoin de m'expliquer... Si malgré tout vous n'avez pas confiance, amenez votre Japonais, je n'y vois pas d'inconvénient. Mais pas de policiers.

— Comment connaissez-vous l'existence du Japonais ?

— J'en sais beaucoup sur vous, Eraste Pétrovitch. C'est pourquoi, du reste, je n'ai confiance qu'en vous seul... Rendez-vous tout de suite, sans tarder, à la barrière de Pokrovskoïé. Vous y trouverez, boulevard Rogojski, l'hôtel *Constantinople*, un bâtiment gris à deux étages. Vous devez arriver dans une heure au plus tard. Montez à la chambre 52 et attendez-moi. Dès que je me serai assuré que vous n'êtes effectivement que deux, je vous rejoindrai. Je vous dirai toute la vérité, et vous jugerez alors du sort à me réserver. Je me soumettrai à votre décision, quelle qu'elle soit.

— Il n'y aura pas de policiers, parole d'honneur, dit le maître, et il raccrocha.

— Terminé, Massa, à présent c'est terminé, déclara-t-il, et son visage s'anima très légèrement. Nous allons le prendre en flagrant délit. Sers-moi du thé vert très fort : j'ai encore une nuit à ne pas dormir.

— Que dois-je préparer comme armes ? s'enquit Massa.

— Je prendrai mon revolver, je n'aurai besoin de rien d'autre. Et toi, prends ce que tu veux. Mais rappelle-toi : cet homme est un monstre. Il est fort, rapide, imprévisible. (Puis il ajouta à mi-voix :) J'ai résolu de me passer effectivement de la police.

Massa hocha la tête d'un air entendu. Dans une telle affaire, sans policiers, bien sûr, c'était mieux.

Je reconnais avoir été injuste : tous les enquêteurs de police ne sont pas hideux. Celui-ci, par exemple, est très beau.

Mon cœur délicieusement défaille quand je le vois resserrer ses cercles autour de moi et se rapprocher. Hide and seek.

Il n'y a aucun intérêt à dévoiler au monde ce que recèle un être tel que lui : il est à l'extérieur presque aussi beau qu'à l'intérieur.

Mais on peut contribuer à illuminer son esprit. Si je ne me trompe pas sur son compte, c'est un homme qui sort du lot. Il n'a pas peur, il appréciera. Je sais, il souffrira beaucoup. Au début. Mais ensuite, il me remerciera. Qui sait même si nous ne deviendrons pas amis ? Il me semble deviner une âme sœur. Ou peut-être deux âmes sœurs ? Son serviteur japonais est issu d'une nation qui comprend ce qu'est la vraie Beauté. Le plus noble instant d'une vie, pour un habitant de ces îles lointaines, est de dévoiler ses entrailles au monde. Au Japon, tous ceux qui meurent par ce charmant moyen sont tenus pour des héros. La vue de tripes fumantes là-bas n'effraie personne.

Oui, nous serons trois, je le sens.

Comme la solitude m'est devenue odieuse ! Partager le fardeau de ma responsabilité avec une ou même deux autres personnes, ce serait un bonheur indicible. Je ne suis pas un dieu, n'est-ce pas ? Je ne suis qu'un homme.

Attrapez-moi, monsieur Fandorine. Aidez-moi.

Mais d'abord, il faut vous ouvrir les yeux.

Une sale fin pour une sale histoire

9 avril, dimanche de la Résurrection, pendant la nuit

Clop-clop-clop, les sabots ferrés martèlent allègrement le pavé de la chaussée, les bandages de caoutchouc produisent un doux bruissement régulier, les ressorts d'acier oscillent avec souplesse. Le Décorateur roule dans la nuit à travers Moscou, le cœur en fête, accompagné d'une brise légère, tandis que carillonnent les cloches de Pâques, tandis que tonnent les salves de canon. La rue de Tver est illuminée de mille lampions multicolores, et à main gauche, où se dresse le Kremlin, la voûte céleste chatoie de toutes les nuances de l'arc-en-ciel : on y tire un feu d'artifice en l'honneur de la Résurrection. Il y a foule sur le boulevard. Ce ne sont qu'éclats de voix, rires et embrasements de feux de Bengale. Les Moscovites se saluent entre connaissances, s'embrassent, quelque part même on entend sauter un bouchon de champagne.

Mais voici le dernier tournant avant la rue Malaïa Nikitskaïa. Ici tout est noir et désert, pas une âme qui vive.

— Stop ! l'ami, nous sommes arrivés, dit le Décorateur.

Le cocher saute de son siège, ouvre la portière de la voiture décorée de guirlandes de papier. Il ôte sa casquette et prononce les saintes paroles :

— Christ est ressuscité.

— En vérité, il est ressuscité, répond le Décorateur d'une voix fervente et, rejetant son voile en arrière, il dépose un baiser sur la joue hérissée de poil du bon chrétien.

Puis lui donne un rouble de pourboire. L'heure présente est si radieuse.

— Soyez bénie, madame, dit le cocher en s'inclinant, moins ému par l'argent que par le baiser reçu.

Le Décorateur se sent l'âme quiète, limpide.

Son flair infaillible, qui jamais encore ne l'a trompé, le lui souffle : c'est aujourd'hui une grande nuit, toutes les infortunes et les menus échecs appartiennent déjà au passé. Le bonheur est devant lui, tout près. Tout va bien se passer, merveilleusement bien.

Ah ! quel tour de force il a machiné ! Le sieur Fandorine, lui-même orfèvre en sa partie, sera contraint de lui rendre justice. Il s'affligera, certes, il versera des larmes — finalement nous ne sommes tous que de pauvres humains —, mais ensuite il méditera ce qui s'est passé et il comprendra, forcément il comprendra. C'est un homme, après tout, intelligent et, semble-t-il, capable de voir la Beauté.

L'espoir d'une vie nouvelle, l'espoir d'être reconnu et compris, réchauffe le cœur naïf et confiant du Décorateur. Il est si seul et la croix de sa noble mission est si lourde à porter. Même le Christ, même Lui, a eu Simon de Cyrène pour glisser une épaule sous l'instrument de son supplice.

A l'heure présente, Fandorine et son Japonais foncent à bride abattue vers le boulevard Rogojski. Il leur faudra encore trouver la chambre 52, puis attendre... Et si même le fonctionnaire chargé des missions spéciales vient à concevoir des soupçons, il ne trouvera pas de téléphone dans un hôtel de troisième ordre comme le *Constantinople*.

Il a tout son temps. Inutile de se presser.

La femme aimée par le sieur Fandorine est pieuse. En ce moment elle est encore à l'église, mais l'office célébré à la cathédrale de l'Ascension toute proche va bientôt s'achever, et elle sera immanquablement de retour vers une heure, pour dresser la table pascale et attendre son homme.

Une porte-grille surmontée d'une couronne, au-delà une cour, puis les fenêtres noires d'un pavillon plongé dans l'obscurité. C'est ici.

Le Décorateur écarte son voile, observe un instant les alentours, puis s'engouffre par la porte piétonne.

L'huis du pavillon lui donne un peu de fil à retordre, mais ses doigts habiles et talentueux connaissent leur affaire. Un claquement de serrure, un grincement de gonds, et voici le Décorateur dans le vestibule envahi d'ombre.

Il n'a pas besoin d'attendre que ses yeux s'habituent aux ténèbres, celles-ci ne sont pas un obstacle pour eux. S'avançant dans le noir, le Décorateur inspecte rapidement les lieux.

Au salon, il connaît un instant de frayeur : une énorme horloge en forme de Big Ben se met soudain à sonner, déclenchant un vacarme assourdissant. Est-il possible qu'il soit si tard ? Le Décorateur, troublé, consulte sa petite montre de dame : non, Big Ben avance. Il n'est encore que moins le quart.

Il convient de choisir un endroit pour la cérémonie.

Le Décorateur aujourd'hui est en veine, il vole sur les ailes de l'inspiration. Et pourquoi pas carrément là, dans le salon, sur la table destinée au repas ?

Les choses se dérouleront ainsi : monsieur Fandorine entrera par là, venant du vestibule, allumera l'éclairage électrique et découvrira un ravissant tableau.

C'est décidé. Où peuvent-ils bien ranger les nappes ici ?

Fouillant dans une armoire à linge, le Décorateur choisit une nappe de dentelle à la blancheur immaculée et en recouvre la grande table dont la surface polie luit faiblement dans l'ombre.

Oui, ce sera beau. Et là, dans ce buffet, ne serait-ce pas un service de Meissen ? Placer les assiettes de porcelaine au bord de la table, en cercle, et y disposer tous les trésors qu'il aura retirés. Ce sera la plus parfaite de toutes ses créations.

Ainsi, la décoration est trouvée.

Le Décorateur retourne dans l'entrée, se poste devant la lucarne et attend.

Son cœur déborde d'un avant-goût de bonheur et d'une sainte extase.

La cour soudain s'inonde de lumière : c'est la lune qui vient de paraître. Un signe ! Un signe manifeste ! Voici des semaines que le temps n'est que maussade, pluvieux, et aujourd'hui c'est comme si on venait brusquement d'ôter le voile qui recouvrait le monde du Seigneur. Quel ciel clair et étoilé ! C'est en vérité la radieuse Résurrection. Le Décorateur se signe par trois fois.

Elle arrive !

Quelques rapides battements de cils pour en décrocher les larmes de joie.

Elle arrive. Une modeste silhouette franchit le portail, vêtue d'un ample manteau et coiffée d'un chapeau. Comme elle s'approche de la porte, on distingue qu'il s'agit d'un chapeau de deuil garni de gaze noire. Ah oui ! c'est à cause du garçon, Anissi Tioulpanov. Ne t'afflige pas, ma chérie, lui et ses familiers sont déjà auprès du Seigneur. Ils y sont bien. Et toi aussi tu t'y sentiras bien, patiente un peu.

La porte s'ouvre, la femme entre.

— Christ est ressuscité, dit pour l'accueillir le Décorateur, d'une voix douce et claire. N'ayez pas peur, mon amie. Je suis venue pour vous donner de la joie.

La femme, à dire vrai, ne paraît nullement effrayée. Elle ne crie ni ne tente de s'enfuir. Au contraire, elle avance d'un pas à sa rencontre. La lune éclaire uniformément l'entrée de son halo laiteux, et l'on voit les yeux de l'arrivante briller à travers le voile.

— Mais que restons-nous là voilées comme des musulmanes ? plaisante le Décorateur. Découvrons nos visages.

Il relève son voile, sourit avec tendresse, de tout son cœur.

— Et puis tutoyons-nous, ajoute-t-il. Nous sommes appelées à faire étroite connaissance. Nous serons bientôt plus proches que deux sœurs. Allons, laisse-moi contempler un peu ta frimousse. Je sais que tu es belle, mais je t'aiderai à devenir plus belle encore.

Il tend prudemment la main, mais la femme n'esquisse aucun mouvement de recul, elle attend. C'est une parfaite maîtresse qu'a le sieur Fandorine, calme, silencieuse, le Décorateur a toujours apprécié les créatures de cette sorte. Il n'aimerait pas qu'elle gâchât tout par un cri de terreur, par un regard empli d'effroi. Elle mourra sur le coup, sans peur ni souffrance. Ce sera son cadeau.

De la main droite, le Décorateur tire d'un étui fixé à sa ceinture, dans son dos, un scalpel, et de la gauche rejette la fine gaze qui lui dérobe le visage de la bienheureuse.

Lui apparaît une large face idéalement ronde fendue de deux yeux obliques. Quelle est cette sorcellerie !

Mais il n'a pas le temps de reprendre ses esprits que déjà dans l'entrée retentit un claquement sec, et une vive lumière, intolérable après l'obscurité, inonde soudain la pièce.

Le Décorateur, aveuglé, cligne les paupières. Une voix s'élève derrière lui :

— Moi aussi je vais vous donner de la joie, monsieur Pakhomenko. Ou bien préférez-vous qu'on vous appelle par votre ancien nom, monsieur Sotski ?

Entrouvrant à peine les yeux, le Décorateur voit devant lui le serviteur japonais qui le dévisage sans ciller. Le Décorateur ne se retourne pas. A quoi bon : il est clair que le sieur Fandorine est derrière lui, probablement armé d'un revolver. Le rusé fonctionnaire n'est pas allé à l'hôtel *Constantinople*. Le conseiller de collège n'a pas cru à la culpabilité de Zakharov. Pourquoi ? Tout était pourtant si habilement combiné. C'est à croire que Satan en personne a tout révélé à Fandorine.

Eli ! Eli ! Lamma sabakthani ? Ou bien ne m'as-tu pas abandonné et veux-tu éprouver la fermeté de mon cœur ?

Nous allons voir.

Le fonctionnaire ne va pas tirer : sa balle transpercerait le Décorateur et irait se loger dans le corps du Japonais.

Un coup de scalpel dans le ventre du nabot. Un coup bref, juste en dessous du diaphragme. Puis, d'une seule secousse, le faire pivoter par les épaules, s'en servir de bouclier et le pousser vers Fandorine. Deux bonds suffiront pour atteindre la porte, et là nous verrons qui est le plus rapide à la course. Le détenu n° 3576 n'a jamais été rattrapé, même par les féroces chiens-loups de la prison de Kherson. D'une manière ou d'une autre, il saura bien semer également monsieur le conseiller de collège.

Allons, aide-moi, Seigneur !

Son bras droit se détend en avant avec la puissance d'un ressort, mais la lame acérée ne fend que le vide : d'un bond en arrière d'une incroyable souplesse, le Japonais esquive le coup et dans le même temps frappe le Décorateur au poignet, du tranchant de la main. Le scalpel s'en va valdinguer à terre avec un faible tintement pitoyable, tandis que l'Asiate se fige à nouveau sur place, les bras très légèrement écartés.

L'instinct pousse le Décorateur à se retourner. Il voit le canon du revolver braqué sur lui. Le fonctionnaire tient l'arme à la hanche. S'il tire dans cette position, du bas vers le haut, la balle lui emportera le sommet du crâne et ne touchera pas le Japonais. Cela change tout.

— Et je vais vous dire quelle joie précisément, poursuit Fandorine de la même voix égale, comme si la conversation n'avait nullement été interrompue. Je vous épargne arrestation, enquête, procès et verdict inéluctable. Vous aurez été abattu au moment de votre capture.

Détourné. Finalement Il s'est détourné de moi, pense le Décorateur, mais cette idée ne l'afflige pas longtemps, supplantée qu'elle est par un soudain sentiment d'allégresse. Non, Il ne s'est pas détourné ! Il l'a pris en pitié et l'autorise à Le rejoindre ! Maintenant, délivre-moi, Seigneur.

La porte d'entrée grince sur ses gonds. Une voix de femme s'écrie, désespérée et suppliante :

— Eraste, non !

Le Décorateur quitte les hauteurs vertigineuses qu'il venait d'entrevoir et redescend sur terre. Il se retourne avec curiosité et découvre dans l'encadrement de la porte une très jolie femme svelte et élancée, en robe de deuil et chapeau noir garni d'un voile. Un châle lilas recouvre ses épaules ; elle tient dans sa main droite un carré de tissu noué contenant une *paskha*[1], dans l'autre une couronne de roses de papier.

— Angelina, pourquoi es-tu revenue ? s'exclame le conseiller de collège, furieux. Je t'avais demandé de passer la nuit au *Métropole* !

Quelle beauté ! Il est peu probable qu'elle eût acquis beaucoup plus de grâce, étendue sur la table, inondée de sa propre sève, tous les pétales de son corps éployés. A peine un soupçon, peut-être.

1. Pâtisserie à base de fromage blanc, en forme de pyramide tronquée, qui est bénie durant la nuit de Pâques.

— Mon cœur m'a dicté de n'en rien faire, répond la jolie femme à Fandorine en se tordant les mains. Eraste Pétrovitch, ne le tuez pas, ne vous chargez pas d'un tel péché. Votre âme plierait sous pareil fardeau et se briserait.

Intéressant, mais qu'en pense le conseiller de collège ?

Il ne reste plus trace de son précédent sang-froid, il regarde la jolie femme d'un œil furieux et désemparé. Le Japonais lui aussi demeure interdit : il tourne sa grosse tête rasée tantôt vers le maître, tantôt vers la maîtresse, avec une mine de parfait ahuri.

Eh bien, c'est là une affaire de famille. Ne nous imposons pas. Ils se débrouilleront bien sans nous.

En deux bonds, le Décorateur contourne le Japonais, cinq pas encore et il atteindra la porte salvatrice, alors que Fandorine ne peut pas tirer sans risquer de toucher la femme. Adieu, messieurs !

Une courte jambe bien tournée, chaussée d'un bottillon de feutre noir, fauche le Décorateur à la cheville, celui-ci part en vol plané, et dans son élan va heurter du front le chambranle de la porte.

Un grand choc. Puis l'obscurité.

Tout était prêt pour l'ouverture du procès.

L'accusé, vêtu d'une robe de femme, mais tête nue, était affalé, inerte, dans un fauteuil. Sur son front, une impressionnante bosse se colorait de pourpre.

A côté de lui, bras croisés sur la poitrine, se tenait l'huissier appariteur, en la personne de Massa.

Eraste Pétrovitch avait assigné à Angelina la fonction de juge, se chargeant de tenir lui-même le rôle de procureur.

Mais il y eut d'abord controverse.

— Je ne puis juger personne, déclara Angelina. Il y a pour cela des magistrats nommés par le souverain ; qu'ils décident, eux, si cet homme est coupable ou non. Et qu'il en soit selon leur verdict.

— Leur v-verdict, allons donc ! railla Fandorine avec amertume.

Depuis que le criminel était arrêté, il bégayait à nouveau, de manière plus prononcée encore qu'avant, comme s'il était dans son intention de rattraper le temps perdu.

— Qui a besoin d'un p-procès aussi scandaleux ? On se fera un plaisir de juger Sotski irresponsable, on l'enfermera dans une maison de fous, et il trouvera forcément le moyen de s'en évader. Aucune grille ne saurait retenir un individu de cette sorte. Je voulais l'abattre, comme on abat un chien enragé, mais tu m'en as emp-pêché. A présent décide toi-même de son sort, puisque tu as tenu à t'en mêler. Tu n'ignores rien des actes de ce d-dégénéré.

— Et si ce n'était pas lui ? Ne pouvez-vous donc vous tromper ? répliqua Angelina avec feu.

— Je te démontrerai que c'est lui l'assassin, et personne d'autre. C'est mon rôle de p-procureur. Quant à toi, tu n'auras qu'à rendre ta sentence en b-bonne justice. Il ne trouverait pas de juge plus clément dans le monde entier. Mais si tu ne veux pas être son juge, retire-toi au *Métropole* et ne me dérange plus.

— Non, je ne m'en irai pas, dit-elle vivement. Va pour ce procès. Mais qui dit procès dit avocat. Qui donc va le défendre ?

— Je puis t'assurer que ce m-monsieur ne voudra céder ce rôle à personne. Il saura fort bien p-plaider sa propre cause. Commençons !

Eraste adressa un signe de tête à Massa, et celui-ci plaça un flacon de sels sous le nez de l'accusé toujours inanimé.

L'homme travesti en femme releva brusquement la tête et battit des paupières. Ses yeux, d'abord vagues, acquirent rapidement un éclat sensé, renforcé encore par la pureté de leur azur, tandis que son visage aux traits agréables s'illuminait d'un sourire bienveillant.

— Vos nom et qualité, dit sèchement Fandorine, usurpant dans une certaine mesure les prérogatives du président.

L'intéressé observa un instant la mise en scène. Son sourire ne s'effaça pas, mais d'affable se fit ironique.

— On a décidé de jouer au tribunal ? Fort bien, à votre guise. Mes nom et qualité ? Oui, Sotski... Ancien noble, ancien étudiant, ancien détenu n° 3576. Et aujourd'hui : personne.

— Vous reconnaissez-vous coupable des meurtres... (Eraste Pétrovitch se mit à lire dans son bloc-notes en ménageant une pause après chaque nom)... de la prostituée Emma Elizabeth Smith, assassinée le 3 avril 1888 dans Osborn Street à Londres ; de la prostituée Martha Tabram, assassinée le 7 août 1888 au George Yard à Londres ; de la prostituée Mary Ann Nichols, assassinée le 31 août 1888 dans Buck's Row à Londres ; de la prostituée Ann Chapman, assassinée le 8 septembre 1888 dans Hanbury Street à Londres ; de la prostituée Elizabeth Stride, assassinée le 30 septembre 1888 dans

Berner Street à Londres ; de la prostituée Catherine Eddowes, assassinée le même 30 septembre, dans Mitre Square à Londres ; de la prostituée Mary Jane Kelly, assassinée le 9 novembre 1888 dans Dorset Street à Londres ; de la prostituée Rose Mylett, assassinée le 20 décembre 1888 dans Poplar High Street à Londres ; de la prostituée Alexandra Zotova, assassinée le 5 février 1889 passage Svinine à Moscou ; de la mendiante Maria la Bigle, assassinée le 11 février 1889 passage des Trois-Saints à Moscou ; de la prostituée Stepanida Andréitchkina, assassinée dans la nuit du 4 avril 1889 rue Seleznevskaïa à Moscou ; d'une jeune mendiante, mineure non identifiée, assassinée le 5 avril 1889 près du passage à niveau de la rue Novo-Tikhvinskaïa à Moscou ; du conseiller aulique Léonti Ijitsyne et de sa femme de chambre Zinaïda Matiouchkina, assassinés dans la nuit du 6 avril 1889 rue Vozdvijenka à Moscou ; de la demoiselle Sofia Tioulpanova et de sa gouvernante Pelagueia Makarova, assassinées le 7 avril 1889 rue des Grenades à Moscou ; enfin du secrétaire de gouvernement Anissi Tioulpanov et du médecin Igor Zakharov, assassinés dans la nuit du 8 avril 1889 au cimetière de la Maison-Dieu à Moscou ? En tout dix-huit personnes, dont huit ont été tuées par vous en Angleterre, et dix en Russie. Et ce ne sont là que les victimes recensées par l'enquête. Je répète ma question : vous reconnaissez-vous coupable de ces meurtres ?

La voix de Fandorine semblait s'être affermie à la lecture de la longue liste, elle était à présent forte et sonore, comme si le conseiller de collège prononçait un discours devant une salle bondée. Son bégaiement, encore une fois, avait mystérieusement disparu.

— Mais ceci, mon cher Eraste Pétrovitch, demande des preuves, répondit aimablement l'accusé, apparemment très satisfait du jeu qu'on lui proposait. Aussi, considérons que je n'avoue rien. J'ai très envie d'entendre votre réquisitoire. Par pure curiosité. Puisque aussi bien vous avez décidé de remettre à un peu plus tard mon élimination.

— Fort bien, écoutez, répondit Fandorine d'un ton sévère.

Il tourna une page de son bloc-notes et reprit, en s'adressant certes à Pakhomenko-Sotski, mais en regardant essentiellement Angelina :

— D'abord, la préhistoire. En 1882, à Moscou, éclate un scandale auquel sont mêlés des étudiants de la faculté de médecine et des élèves du cours supérieur féminin. Vous étiez le meneur, le mauvais génie de ce groupe de débauchés, et c'est la raison pour laquelle, seul entre tous vos complices, vous avez subi un châtiment sévère : vous avez été condamné à quatre années de bataillon disciplinaire, sans jugement afin d'éviter toute publicité à l'affaire. Vous vous étiez montré cruel avec de malheureuses prostituées reléguées au ban de la société, le destin vous a rendu la monnaie de votre pièce. Vous avez atterri à la prison militaire de Kherson, dont on raconte qu'elle est pire qu'un bagne sibérien. Il y a deux ans, à la suite d'une enquête portant sur des abus d'autorité, le commandement entier des compagnies de discipline a été traduit en justice. Mais à ce moment, vous étiez déjà loin...

Eraste Pétrovitch s'interrompit brusquement, en proie à une sorte de débat intérieur, puis il poursuivit :

— Je suis l'accusateur et en conséquence ne suis nullement tenu de chercher des justifications à vos actes, cependant je ne puis passer sous silence que la société elle-même a sans doute contribué à changer définitivement le jeune homme vicieux que vous étiez en une bête sanguinaire et insatiable. Le contraste entre la vie estudiantine et l'enfer de la prison militaire eût suffi à rendre fou n'importe qui. Dès la première année, pour vous défendre, vous avez commis un meurtre. Le tribunal militaire vous a reconnu des circonstances atténuantes, mais cela ne l'a pas empêché de porter la durée de votre peine à huit ans, et lorsque vous avez agressé un homme d'escorte, vous avez été mis aux fers et enfermé au cachot pour une période prolongée. Sans doute les conditions inhumaines de détention que vous avez connues vous ont-elles fait perdre justement toute humanité. Car non, Sotski, vous n'avez pas été brisé pour autant, vous n'avez pas sombré dans la folie, vous n'avez pas cherché à vous donner la mort. Pour survivre, vous êtes devenu une autre créature, qui n'a de l'homme que l'apparence. En 1886, vos parents, qui, du reste, s'étaient depuis longtemps détournés de vous, furent informés que le prisonnier Sotski s'était noyé dans le Dniepr lors d'une tentative d'évasion. J'ai déposé une requête auprès du département de la justice militaire, pour savoir si le corps du fugitif avait jamais été retrouvé. Il m'a été répondu que non. C'était bien la réponse que j'attendais. Les autorités de la prison ont simplement dissimulé une évasion réussie. La chose est des plus courantes.

L'accusé avait jusqu'ici écouté Fandorine avec un très vif intérêt, sans confirmer ses paroles, mais sans non plus les réfuter.

— Dites-moi, mon cher procureur, mais qu'est-ce qui vous a pris, tout de même, d'aller exhumer le dossier de ce Sotski depuis longtemps oublié ? Vous me pardonnerez de vous interrompre, mais ce procès, après tout, n'a rien de très officiel, même si je suppose que le verdict sera définitif et sans appel.

— Deux des personnes comptant initialement au nombre des suspects, Sténitch et Bouryline, avaient été vos complices dans l'affaire du « cercle des amis de Sade » et ont évoqué plusieurs fois votre nom. Il est apparu par ailleurs que l'expert en médecine légale Zakharov, qui collaborait à l'enquête, avait été compromis lui aussi dans cette histoire. J'ai tout de suite compris que le criminel ne pouvait être informé de la marche de l'instruction que par l'intermédiaire de ce dernier. J'ai voulu m'intéresser de plus près à son entourage, mais me suis engagé au début sur une fausse piste : j'ai soupçonné l'industriel Bouryline. Tout semblait en effet concorder à merveille.

— Et pourquoi n'avez-vous pas pensé à Zakharov lui-même ? demanda Sotski d'un ton presque outragé. Tout pourtant le désignait, je m'y suis suffisamment employé.

— Non, je ne pouvais croire que Zakharov fût l'assassin. Il avait été moins gravement compromis que les autres dans l'affaire des « sadiques », il n'avait jamais été qu'un spectateur passif de vos jeux cruels. De plus, Zakharov se montrait ouvertement cynique, de manière même provocante, or pareille tournure d'esprit n'est pas celle d'un assassin de type maniaque. Mais ce ne sont là que des présomptions, le point essentiel était que Zakharov n'avait séjourné l'an passé en Angleterre qu'un mois et demi et qu'il se trouvait à Moscou au moment de la plupart des crimes commis à Londres. Je l'ai vérifié en tout premier lieu, de sorte que j'ai rayé d'emblée notre médecin du nombre des candidats. Il ne pouvait être Jack l'Eventreur.

— C'est une obsession pour vous que ce Jack ! maugréa Sotski avec un haussement d'épaule agacé. Tenez, on peut aussi bien supposer que Zakharov, en visite en Angleterre chez ses parents, se soit gavé d'articles de journaux concernant l'Eventreur et ait décidé de poursuivre son œuvre à Moscou. J'ai déjà remarqué tout à l'heure que vous aviez une drôle de manière de compter les victimes. Le juge Ijitsyne parvenait, lui, à un tout autre résultat : c'est treize cadavres qu'il alignait sur ses tables, alors que vous ne m'annoncez que dix meurtres pour Moscou. Et cela en incluant des cas survenus après l'« expérience judiciaire », autrement ça n'en ferait même que quatre. Quelque chose ne colle pas dans votre histoire, monsieur l'accusateur.

— Tout colle parfaitement, au contraire. (Eraste Pétrovitch ne semblait nullement troublé par cette attaque inattendue.) Sur les treize corps exhumés présentant des traces de mutilations, seulement quatre venaient directement du lieu du crime : ceux de Zotova, de Maria la Bigle, d'Andréitchkina et de la fillette inconnue. En outre vous n'aviez pas eu le temps de travailler vos deux victimes de février selon votre méthode complète : visiblement quelqu'un avait dû vous effrayer et vous faire fuir. Les neuf autres dépouilles, les plus atrocement mutilées, avaient été tirées des fosses communes. La police moscovite est, je vous l'accorde, très loin d'être parfaite, mais il est impossible d'imaginer que personne n'eût prêté attention à des corps esquintés d'aussi monstrueuse façon. Chez nous, en Russie, on tue beaucoup, mais simplement, sans fioritures. Ainsi, quand on a découvert le corps d'Andréitchkina littéralement découpé en morceaux, vous avez vu quel vent de panique, d'un seul coup, s'est levé. Le général gouverneur a été sur-le-champ informé du fait, et Sa Haute Excellence a aussitôt dépêché sur les lieux son fonctionnaire chargé des missions spéciales. J'ajouterai sans forfanterie que le prince ne me confie que les affaires auxquelles il accorde une exceptionnelle importance. Or là, on aurait trouvé une dizaine de cadavres affreusement massacrés, et personne n'aurait donné l'alarme ? Impossible.

— Il y a une chose que je ne comprends pas, intervint Angelina, ouvrant pour la première fois la bouche depuis le début du « procès ». Qui donc, en ce cas, a infligé pareil sort à ces malheureux ?

Eraste Pétrovitch fut manifestement heureux qu'elle posât cette question : le silence obstiné du « juge » ôtait toute espèce de sens aux débats.

— Les corps les plus anciens ont été exhumés de la fosse commune de novembre. Cependant cela ne signifie en rien que Jack l'Eventreur fût déjà à Moscou à cette date.

— Je ne vous le fais pas dire ! coupa l'accusé. Pour autant qu'il me souvienne, le dernier meurtre londonien fut commis la veille de Noël. J'ignore si vous réussirez à prouver à notre ravissant juge que je suis l'auteur des crimes perpétrés à Moscou, mais quant à me confondre avec l'Eventreur, cela me paraît hors de votre portée.

Le visage d'Eraste Pétrovitch s'éclaira un instant d'un sourire de glace, puis aussitôt redevint sombre et sévère :

— Je comprends parfaitement le sens de votre objection. Vous n'êtes pas en mesure de vous disculper des crimes commis à Moscou. Plus ils seront nombreux, plus ils seront monstrueux et révoltants, mieux ce sera pour vous : plus facilement vous passerez pour fou. Alors que les Anglais ne manqueront pas de réclamer votre extradition pour les exploits de Jack, et trouveront en Russie une Thémis toute disposée à se débarrasser d'un psychopathe aussi encombrant. Vous serez renvoyé en Grande-Bretagne, où l'opinion publique a son mot à dire, et n'aurez pas droit au procès expédié en catimini qui vous eût attendu chez nous. Vous serez bon, cher monsieur, pour vous balancer au bout d'une corde. Non, ça ne vous dit rien ? (La voix de Fandorine était descendue d'une octave, comme si le nœud coulant eût enserré sa propre gorge.) Vous n'échapperez pas à votre « passé » londonien, n'y songez même pas. Quant à l'apparent défaut de coïncidence des dates, tout s'explique très simplement. Le « gardien Pakhomenko » a fait son apparition au cimetière de la Maison-Dieu juste après le Nouvel An. Je suppose que c'est Zakharov qui vous y a fait entrer, en souvenir de votre vieille amitié. Le plus probable est que vous vous étiez rencontrés à Londres lors de son dernier voyage. Zakharov, bien entendu, ignorait tout de votre nouveau *hobby*. Il pensait que vous vous étiez évadé de prison. Comment refuser d'aider un vieux camarade maltraité par le destin ? C'est bien cela ?

Sotski ne répondit pas, se contentant de hausser une épaule, comme pour signifier : j'écoute, poursuivez.

— Quoi, cela commençait à sentir le brûlé pour vous, à Londres ? La police vous serrait d'un peu trop près ? Je ne sais avec quel passeport vous avez franchi la frontière, mais quand vous êtes arrivé à Moscou vous aviez déjà pris l'identité d'un simple paysan petit-russien, un de ces pèlerins vagabonds comme il y en a tant en Russie. C'est pourquoi les registres de la police qui recensent tous les voyageurs arrivant de l'étranger ne font aucune mention de vous. Vous avez vécu quelque temps au cimetière, votre emploi vous est devenu familier, vous avez pris vos habitudes. Zakharov, visiblement, vous plaignait, il vous avait pris sous sa tutelle, vous aidait en vous donnant de l'argent. Vous avez tenu assez longtemps sans tuer personne, plus d'un mois. Peut-être aviez-vous l'intention d'entamer une vie nouvelle. Mais c'était au-dessus de vos forces. Après l'excitation de Londres, il vous était impossible de retrouver une existence ordinaire. Cette particularité de la psychologie des maniaques est bien connue de la criminologie. Ceux qui ont goûté une fois au sang ne peuvent plus s'en priver. Au début, mettant à profit votre charge, vous vous contentiez d'exercer vos talents sur des cadavres tirés des tombes, attendu qu'on était en plein hiver et que les corps enterrés depuis fin novembre étaient en parfait état de conservation. Une fois, vous avez fait l'épreuve d'un corps d'homme ; l'expérience vous a déplu. Quelque chose ne collait pas avec votre « idée ». En quoi consiste-t-elle, votre idée ? Vous ne supportez pas les femmes laides et coupables ? « Je veux vous donner de la joie », « je vous aiderai à devenir plus belle »... A coups de scalpel, vous sauvez les pécheresses de la laideur, c'est ça ? De là le baiser sanglant ?

L'accusé gardait le silence. Son visage s'était fait solennel et lointain. Ses yeux d'un bleu lumineux avaient perdu leur éclat, voilés par les cils à demi baissés.

— Puis les corps inanimés ne vous ont plus suffi. Vous avez commis plusieurs agressions, par bonheur manquées, puis deux meurtres. Ou bien davantage ?! s'écria soudain Fandorine, pour aussitôt se ruer sur Sotski et le secouer par les épaules avec tant de violence qu'il s'en fallut de peu qu'il ne lui brisât le cou. Répondez !

— Eraste ! cria Angelina. Il ne faut pas !

Le conseiller de collège s'écarta de l'accusé en chancelant, recula vivement de deux pas et dissimula ses mains derrière son dos, luttant contre l'émotion. L'Eventreur, quant à lui, nullement effrayé par l'explosion de colère d'Eraste Pétrovitch, demeurait assis, immobile, et observait le fonctionnaire d'un regard empli de calme et de supériorité.

— Que pouvez-vous comprendre ? prononcèrent en un souffle à peine audible ses lèvres rouges et charnues.

Eraste Pétrovitch fronça les sourcils d'un air mécontent, releva d'un mouvement de tête une mèche de cheveux noirs tombée sur son front et reprit son discours interrompu :

— Le soir du 3 avril, un an après le premier meurtre londonien, vous avez tué la demoiselle Andréitchkina et profané son corps. Deux jours après, votre victime était une petite mendiante, une enfant. Les événements qui ont suivi se sont déroulés très vite. L'« expérience » d'Ijitsyne a provoqué chez vous un accès d'excitation dont vous vous êtes libéré en tuant et en étripant Ijitsyne lui-même. Par la même occasion vous avez assassiné sa femme de chambre, qui ne représentait pourtant aucune menace pour vous. A partir de ce moment, vous vous écartez de votre « idée » : vous tuez pour effacer vos traces et échapper au châtiment. Quand vous comprenez que le cercle se resserre, vous vous dites que le plus commode serait de faire passer pour coupable votre ami et protecteur Zakharov. D'autant plus que le médecin légiste commence à nourrir des soupçons contre vous. Sans doute a-t-il confronté les faits, ou bien est-il au courant d'un détail que j'ignore. Toujours est-il que vendredi soir Zakharov écrivait une lettre adressée au Parquet, dans laquelle il projetait de vous dénoncer. Il la déchire, en entame une autre qu'il déchire de la même façon. Son assistant Groumov a raconté que Zakharov s'était enfermé dans son bureau dès quatre heures de l'après-midi, et qu'il avait donc peiné de la sorte jusqu'au soir. Il était gêné par des scrupules très compréhensibles mais parfaitement déplacés dans le cas présent : questions d'honneur, d'éthique corporative, mais aussi, en fin de compte, simple sentiment de pitié pour un camarade malmené par le sort. Vous avez emporté la lettre et ramassé tous les brouillons déchirés. Mais deux petits fragments ont néanmoins échappé à votre attention. Sur l'un était écrit : « plus me taire », sur l'autre « ... sidérations d'honneur corporatif et certaine compassion pour un vieux cam... ». Le sens est évident : Zakharov écrivait qu'il ne pouvait plus se taire et, pour se justifier d'avoir si longtemps couvert un assassin, évoquait des considérations d'honneur corporatif et un sentiment de compassion pour un vieux camarade. J'ai acquis à ce moment l'absolue certitude que le criminel était à rechercher parmi les anciens condisciples de Zakharov. Si « compassion » il y avait, c'est que notre homme était de ceux dont la vie avait mal tourné, ce qui excluait le millionnaire Bouryline. N'en restaient que trois : Sténitch, dont la raison était chancelante, Rozen, devenu ivrogne invétéré, et Sotski, dont le nom revenait encore et toujours dans les propos des anciens « amis de Sade ». Il passait pour mort, mais cela demandait à être vérifié.

— Eraste Pétrovitch, mais comment pouvez-vous être aussi certain que ce médecin, Zakharov, a été tué ? demanda Angelina.

— Parce qu'il a disparu alors qu'il n'avait aucune raison de disparaître, répondit Fandorine. Zakharov est innocent des meurtres et il croyait au début protéger non pas un assassin sanguinaire, mais un prisonnier en fuite. Quand il a compris, cependant, quel serpent il avait réchauffé en son sein, il a pris peur. Il gardait un revolver chargé près de son lit. C'est de vous, Sotski, qu'il voulait se protéger. Après le double assassinat de la rue des Grenades, vous êtes revenu au cimetière et avez aperçu Tioulpanov qui espionnait aux abords du pavillon. Le chien de garde n'a pas aboyé à votre approche, il vous connaît bien. Absorbé par sa surveillance, Tioulpanov ne vous a pas remarqué. Vous avez compris que les soupçons s'étaient portés sur l'expert et avez décidé d'en tirer profit. Dans le rapport qu'il a dicté avant de mourir, Tioulpanov déclare qu'un peu après onze heures Zakharov est sorti de son bureau, puis qu'une sorte de grand vacarme a retenti dans le couloir. A l'évidence, c'est à cet instant précis qu'a été commis le meurtre du médecin. Vous vous êtes introduit discrètement dans la maison et avez attendu que Zakharov sorte dans le couloir pour une raison ou une autre. Ce n'est pas un hasard si le tapis qui s'y trouvait a disparu : il devait être taché de sang, et vous l'avez escamoté. Une fois réglé le sort de Zakharov, vous vous êtes glissé dehors sans bruit et avez assailli Tioulpanov par-derrière. Vous l'avez blessé mortellement et laissé se vider de son sang. Je suppose que vous l'avez vu se relever, franchir le portail en titubant et s'effondrer à nouveau. Vous n'avez pas osé vous approcher pour l'achever : vous saviez qu'il était armé, et vous saviez également que les blessures qu'il avait reçues étaient fatales. Sans perdre de temps, vous avez tiré le corps de Zakharov hors de la maison et l'avez enterré dans le cimetière. Je sais même où exactement : vous l'avez jeté dans la tranchée d'avril destinée aux cadavres non identifiés et l'avez légèrement recouvert de terre. Au fait, savez-vous comment vous vous êtes trahi ?

Sotski sursauta, et son visage figé dans l'indifférence s'éclaira à nouveau de curiosité, mais pour quelques instants seulement. Ensuite l'invisible rideau retomba, effaçant toute trace de sentiment vivant.

— Quand j'ai parlé avec vous hier matin, vous m'avez dit être resté éveillé jusqu'à l'aube et avoir entendu pendant la nuit des coups de feu, puis un claquement de porte suivi d'un bruit de pas qui s'éloignaient. J'étais censé en déduire que Zakharov était en vie et avait pris la fuite. Mais j'en ai conclu tout autre chose. Si le gardien Pakhomenko avait l'ouïe assez fine pour entendre des pas de loin, comme pouvait-il être resté sourd aux coups de sifflet lancés par Tioulpanov quand celui-ci avait repris connaissance ? La réponse allait de soi : à ce moment, il n'était pas dans sa loge. Il se trouvait à une distance assez grande du portail d'entrée, par exemple à l'autre bout du cimetière, où est justement située la tranchée d'avril. Et d'un. Zakharov, s'il était l'assassin, ne pouvait avoir passé le portail, car Tioulpanov gisait là, blessé, encore inconscient. Le criminel n'eût pas manqué de l'achever. Et de deux. J'ai ainsi reçu confirmation du fait que Zakharov, qui déjà ne pouvait en aucune manière être le tueur de Londres, était également innocent de la mort de Tioulpanov. Or, si vous mentiez quant aux circonstances de sa disparition, c'est forcément que vous y étiez mêlé. Je me suis rappelé aussi que les deux meurtres conformes à l'« idée » du maniaque, ceux de la prostituée Andréitchkina et de la petite mendiante, avaient été commis dans un rayon de moins d'une verste autour de la Maison-Dieu. C'est Ijitsyne qui le premier a prêté attention à ce détail, même s'il en a tiré, il est vrai, de fausses conclusions. Ces quelques faits additionnés aux bribes de phrases de la lettre envolée ont presque achevé de me convaincre que le « vieux camarade » que Zakharov avait pris en pitié et se refusait à livrer, c'était vous. En raison de la nature de votre emploi, vous avez participé à l'exhumation des cadavres et vous étiez bien renseigné sur l'état d'avancement de l'instruction. Et d'un. Vous étiez présent lors de l'« expérience judiciaire ». Et de deux. Vous aviez librement accès aux tombes et aux fosses communes. Et de trois.

Vous connaissiez Tioulpanov et étiez même en excellents termes avec lui. Et de quatre. La liste des témoins de l'« expérience » établie par Tioulpanov avant sa mort donne de vous la description suivante.

Eraste Pétrovitch s'approcha de la table, y prit une feuille et lut :

— « Pakhomenko, gardien du cimetière. Je ne connais ni son prénom ni son patronyme. Les autres employés l'appellent "Pakho". Age indéfini : entre trente et cinquante ans. Taille plus grande que la moyenne, forte constitution physique. Visage rond, agréable, ne porte ni barbe ni moustache. Accent petit-russien. J'ai eu avec lui de nombreuses conversations sur les sujets les plus variés. J'ai écouté l'histoire de sa vie (c'est un habitué des pèlerinages et il en a tiré une assez riche expérience), je lui ai parlé de moi. Il est intelligent, observateur, religieux, bon. Il m'a été d'un grand secours durant l'enquête. Peut-être est-il le seul de tous dont l'innocence ne puisse être mise en doute. »

— Quel gentil garçon ! prononça l'accusé d'une voix attendrie.

A ces mots le visage du conseiller de collège se tordit d'une grimace, tandis que l'huissier, jusqu'alors impassible, murmurait en japonais quelques paroles, brutales, sifflantes.

Angelina tressaillit elle aussi et regarda avec horreur l'homme assis devant elle.

— Les confidences de Tioulpanov vous ont été utiles, vendredi, pour vous introduire dans son logement et y commettre un double meurtre, reprit Eraste Pétrovitch après une courte pause. Quant à mes propres... affaires privées, je n'en fais pas grand mystère, et Zakharov a fort bien pu vous informer.

Ainsi aujourd'hui, ou plus exactement hier matin déjà, je ne disposais plus que d'un seul suspect : vous. Restait, premièrement, à obtenir un signalement de Sotski, deuxièmement, à établir s'il avait bel et bien péri, enfin à trouver des témoins qui puissent vous identifier. Sténitch m'a fourni une description du Sotski d'il y a sept ans. Sans doute avez-vous beaucoup changé depuis lors, mais la taille, la couleur des yeux, la forme du nez ne sont guère sujettes à modifications importantes, et toutes ces données concordaient. Une dépêche du département de la justice militaire retraçant en détail le séjour en détention du dénommé Sotski et sa prétendue évasion manquée m'a démontré que le prisonnier pouvait fort bien être encore en vie. Ce sont les témoins qui m'ont donné le plus de mal. Je comptais beaucoup sur l'ancien « ami de Sade » Filip Rozen. En ma présence, parlant de Sotski, il avait prononcé une phrase énigmatique qui m'était restée gravée dans la mémoire : « Ces derniers temps, avait-il dit, son fantôme me poursuit partout. Ainsi hier... » La phrase était demeurée en suspens, Rozen ayant été interrompu. Mais le jour d'hier en question, autrement dit le soir du 4 avril, Rozen se trouvait avec les autres à la morgue chez Zakharov. Ne pouvait-il, m'étais-je dit, y avoir aperçu par hasard le gardien Pakhomenko et relevé dans sa physionomie des traits de ressemblance avec son ancien camarade ? Hélas, je n'ai pas réussi à mettre la main sur lui. En revanche, j'ai retrouvé une prostituée que vous aviez tenté de tuer il y a sept semaines, au moment de mardi gras. Elle se souvient bien de vous et pourrait vous reconnaître. Cette fois je pouvais procéder à votre arrestation, j'avais suffisamment de preuves. Et c'est ainsi que j'aurais agi si vous n'étiez vous-même passé à l'attaque. J'ai alors compris qu'il n'était qu'un seul moyen de mettre hors d'état de nuire un individu tel que vous...

La menace que contenaient ces paroles parut échapper à Sotski. En tout cas il ne manifesta pas le moindre signe d'inquiétude, au contraire il sourit distraitement à quelqu'une de ses pensées.

— Ah oui, il y a eu encore la lettre adressée à Bouryline, se rappela Fandorine. Une démarche assez maladroite. En fait, cette lettre m'était destinée, n'est-ce pas ? Il fallait persuader les enquêteurs que Zakharov était vivant et se cachait. Vous vous êtes même efforcé de reproduire certains caractères particuliers de l'écriture de Zakharov, mais vous n'avez fait ainsi que me conforter dans la certitude que mon suspect n'était pas un simple gardien illettré, mais un homme cultivé, connaissant bien le médecin légiste ainsi que Bouryline. Votre appel téléphonique exploitant l'imperfection de la technique actuelle n'a pas réussi davantage à me tromper. J'ai moi-même eu l'occasion de recourir à ce subterfuge. Votre plan se laissait également deviner parfaitement. Vous agissez toujours en vous gouvernant sur la même monstrueuse logique : dès lors que quelqu'un éveille votre intérêt, vous tâchez de tuer les êtres qui lui sont le plus chers. C'est ainsi que vous avez procédé avec la sœur de Tioulpanov. C'est ainsi que vous vouliez procéder avec la fille d'une prostituée qui, pour une raison ou une autre, avait attiré votre attention perverse. Vous mentionniez avec insistance mon serviteur japonais, vous désiriez à l'évidence qu'il m'accompagnât. Pourquoi ? Bien évidemment pour qu'Angelina Samsonovna se retrouvât seule à la maison. J'aime mieux ne pas penser au sort que vous lui réserviez. Autrement je ne pourrais pas me contenir et...

Fandorine s'interrompit pour se tourner brutalement vers Angelina :

— Quel est ton verdict ? Est-il coupable, oui ou non ?

Elle, pâle et tremblante, lui répondit d'une voix douce mais ferme :

— A lui à présent. Qu'il se justifie s'il le peut.

Sotski restait silencieux, affichant toujours le même sourire distrait. Une minute s'écoula, puis une autre, et alors que plus rien ne laissait attendre un plaidoyer en faveur de l'accusé, les lèvres de ce dernier s'entrouvrirent, libérant le flot d'un discours, mesuré, sonore, empli de dignité, comme si ce n'était pas ce travesti au visage de commère qui le prononçait, mais quelque puissance supérieure imbue de la conscience de son droit et de la justesse de sa cause.

— Je n'ai à me justifier de rien, ni devant personne. Et je n'ai qu'un seul juge : le Seigneur des Cieux qui connaît mes motifs et mes desseins. J'ai toujours vécu à part. Déjà, enfant, je savais que j'étais singulier, différent des autres. J'étais dévoré d'une irrépressible curiosité, je voulais tout comprendre de la stupéfiante architecture du monde créé par Dieu, tout éprouver, tout essayer. J'ai toujours aimé les êtres humains, et ils le sentaient, ils étaient attirés par moi. J'aurais pu faire un grand guérisseur, car la nature m'a octroyé le don de comprendre d'où viennent la douleur et la souffrance, et comprendre est synonyme de sauver, n'importe quel médecin vous le dira. Il n'était qu'une seule chose que je ne supportais pas : la laideur. Je voyais en elle une offense à l'œuvre de Dieu. Quant à la difformité, elle me rendait littéralement enragé. Un jour, au cours d'une crise de cette sorte, je n'ai pu m'arrêter à temps. Une atroce vieille putain, dont le seul aspect, à mes yeux d'alors, constituait un blasphème, est morte sous mes coups de canne. J'étais tombé dans un véritable état de fureur, non point emporté par je ne sais quelle volupté sadique, comme l'ont imaginé mes juges, mais sous l'effet de la colère, la sainte colère d'une âme tout imprégnée de beauté. Du point de vue de la société, il s'était produit un accident certes malheureux mais très ordinaire : la jeunesse dorée, à toutes les époques, en avait causé bien d'autres. Mais je n'appartenais pas au monde des chemises et des culottes de soie, et j'ai été condamné à un châtiment exemplaire, propre à intimider les autres. Moi, seul d'entre tous ! A présent je sais que c'était le Seigneur qui avait décidé de me tirer du lot, car je suis en vérité unique entre tous. Mais à vingt-quatre ans, pareille chose est difficile à comprendre. Je n'étais pas prêt. Pour un homme cultivé, doué d'une sensibilité délicate, les horreurs de l'univers pénitentiaire, ou plutôt non, cent fois pire que pénitentiaire, disciplinaire, échappent à toute description. J'y étais constamment en butte à des humiliations cruelles, personne dans la caserne n'était plus que moi victime de l'oppression et de l'arbitraire. On m'infligeait tortures et violences sexuelles, on me forçait à porter des vêtements de femme. Mais je sentais mûrir progressivement en moi une force, une puissance, qui avait toujours été présente en mon être, mais qui maintenant grandissait et aspirait au soleil tel un germe sortant de terre. Et un beau jour j'ai su que j'étais prêt. La peur m'avait quitté et plus jamais elle ne me reviendrait. Ce jour-là j'ai tué mon principal tortionnaire, je l'ai tué sous les yeux de tous : je me suis approché, je l'ai empoigné à deux mains par les oreilles et lui ai fracassé le crâne contre le mur, son crâne de forçat à moitié tondu[1]. J'ai été mis aux fers et maintenu durant sept mois au cachot. Mais je n'ai pas faibli, je ne me suis pas laissé gagner par la phtisie. Au contraire, chaque jour je devenais plus fort, plus assuré, mes yeux avaient appris désormais à percer les ténèbres. Tout le monde me craignait : les surveillants, la direction, les autres détenus. Même les rats avaient déserté ma cellule. Chaque jour je tendais mon esprit, sentant que quelque chose de très important frappait à la porte de mon âme sans parvenir à se faire ouvrir. Tout ce qui m'entourait était laid et repoussant. J'aimais la Beauté par-dessus tout, or le monde où je vivais n'en contenait plus une trace. Pour ne pas sombrer dans la folie, je me remémorais mes cours de l'université et avec un bout de bois traçais sur le sol de terre battue la structure de l'organisme humain. Là, tout était cohérent, harmonieux, sublime. Là était la Beauté, là était Dieu. Avec le temps, Dieu s'est mis à me parler, et j'ai compris que c'était lui qui m'accordait cette force mystérieuse. Je me suis évadé du pénitencier. Mon énergie et mon endurance étaient sans limites. Les chiens-loups spécialement entraînés pour la chasse à l'homme ne m'ont pas rattrapé, les

1. Dans la Russie tsariste, on tondait la moitié du crâne aux forçats, de manière qu'ils fussent plus facilement repérables en cas d'évasion.

balles ne m'ont pas touché. J'ai nagé, d'abord le fleuve, puis l'estuaire, j'ai nagé durant des heures et des heures jusqu'à ce que des contrebandiers turcs me repêchent et me prennent à leur bord. J'ai mené une vie de vagabond à travers les Balkans et l'Europe. Je me suis retrouvé plusieurs fois en prison, mais il était toujours facile de s'en évader, beaucoup plus facile que de la forteresse de Kherson. Pour finir j'ai trouvé un bon emploi. A Londres, aux abattoirs de Whitechapel. J'y travaillais au dépeçage. Voilà où mes connaissances chirurgicales m'ont été utiles ! J'étais très bien noté, je gagnais beaucoup, je mettais de l'argent de côté. Mais quelque chose à nouveau s'éveillait en moi au spectacle des caillettes, des foies, des boyaux lavés pour la fabrication des saucisses, des rognons et autre mou, le tout joliment étalé. Toute cette tripaille était ficelée en élégants paquets et livrée aux boucheries de la ville, afin d'y trôner en devanture de la plus appétissante manière. Pourquoi, pensais-je, l'homme s'abaisse-t-il autant ? Est-ce qu'une stupide panse de bœuf juste bonne à remoudre du foin était plus digne de respect que notre propre appareil intérieur créé à la ressemblance de Dieu ? L'illumination m'est venue il y a un an, le 3 avril. Je revenais des abattoirs, après la relève de l'équipe du soir. Dans une ruelle déserte que n'éclairait pas même un réverbère, une ignoble mégère m'aborda pour me proposer de passer un moment avec elle sous un porche. Comme je refusais poliment, elle s'approcha tout près de moi et, me soufflant au visage son haleine infecte, se mit à m'agonir d'injures parfaitement scandaleuses. Quelle odieuse caricature de l'image divine ! me suis-je dit alors. A quoi sert-il que tout son organisme travaille jour et nuit, que son cœur infatigable pompe sans relâche son sang précieux, que les myriades de cellules de son corps naissent, meurent et se renouvellent obstinément ? Et j'ai été pris du désir irrépressible de transformer la laideur en Beauté, de contempler l'essence véritable de cette créature si misérable d'aspect. J'avais mon couteau à dépecer pendu à la ceinture. Plus tard j'ai acheté un assortiment complet d'excellents scalpels, mais cette toute première fois, un simple couteau de boucher m'a amplement suffi. Le résultat a dépassé toutes mes espérances. La sorcière hideuse s'est trouvée métamorphosée ! Sous mes yeux, elle est devenue la Beauté même ! Et je suis resté figé en adoration devant un si manifeste témoignage du Miracle divin !

Ses yeux se noyèrent de larmes, il voulut poursuivre, mais il eut un geste de renoncement et il ne prononça plus un mot. Sa poitrine se soulevait à un rythme rapide, ses yeux exaltés étaient tournés vers le ciel.

— Tu en as entendu assez ? demanda Fandorine. Tu le reconnais coupable ?

— Oui, murmura Angelina, qui se signa. Il est le coupable de tous ces crimes.

— Tu vois toi-même qu'il ne peut continuer à vivre. Il porte en lui la mort et le malheur. Il faut le supprimer.

Angelina tressaillit :

— Non, Eraste Pétrovitch. Il est fou. Il faut le soigner. J'ignore si on y parviendra, mais il faut essayer.

— Non, il n'est pas fou, répliqua Eraste Pétrovitch d'un ton convaincu. Il est rusé et prudent, possède une volonté de fer et un esprit d'initiative à faire bien des jaloux. L'homme qui est devant toi n'est pas un fou, mais un monstre. Il en est qui naissent affligés d'une bosse ou d'un bec-de-lièvre. Mais il en est d'autres dont la difformité passe inaperçue à l'œil nu. Or pareille difformité est plus terrible que tout. Cet homme n'a que l'apparence d'un être humain, en réalité il lui en manque le principal élément distinctif. Cette corde invisible qui vibre et résonne dans l'âme du criminel le plus endurci. Même faible, même à peine audible, elle tinte, elle fait entendre sa voix, et par elle l'homme sait dans le fond de son âme s'il a bien ou mal agi. Il le sait toujours, même si, de toute sa vie, il n'en a pas suivi une seule fois le conseil. Tu sais les crimes de Sotski, tu as entendu ses paroles, tu vois qui il est. Il ne soupçonne même pas l'existence de cette corde intime, ses actes obéissent à une tout autre voix. Dans l'ancien temps, on aurait dit que c'était un serviteur du diable. Je dirais, moi, plus simplement qu'il est inhumain. Il ne montre aucun repentir. Les moyens ordinaires sont impuissants à l'arrêter. Il n'ira pas à l'échafaud, et les murs d'un asile de fous ne sont pas faits pour le garder longtemps prisonnier. Tout recommencera de la même façon.

— Eraste Pétrovitch, vous avez bien dit vous-même tout à l'heure que les Anglais le réclameraient, s'écria Angelina d'une voix brisée, comme si elle se raccrochait à un dernier fétu de paille. Qu'ils le tuent, eux, mais pas toi, Eraste. Pas toi !

Fandorine secoua la tête :

— La procédure d'extradition est longue. Il s'évadera, de la prison, du convoi, du train, du bateau. Je ne peux pas prendre ce risque.

— Tu n'as pas confiance en Dieu, dit-elle tristement, baissant le front. Dieu seul sait comment et quand mettre un terme à la méchanceté.

— Je ne sais rien de Dieu. Et je ne puis être un observateur passif. A mon avis, il n'est pas de plus grand péché. C'est tout, Angelina, c'est tout.

Eraste Pétrovitch s'adressa à Massa en japonais :

— Conduis-le dans la cour.

— Maître, vous n'avez encore jamais tué d'homme désarmé, répondit dans la même langue le serviteur visiblement troublé. Vous vous sentirez mal ensuite. Et la maîtresse sera fâchée. Je vais m'en charger moi-même.

— Cela ne changerait rien. Et le fait qu'il soit désarmé n'a aucune importance. Organiser un duel ne serait que mascarade. Je le tuerais avec la même facilité avec ou sans arme. Passons-nous plutôt de ces effets de théâtre à deux sous.

Au moment où Massa et Fandorine empoignèrent l'accusé par les bras pour l'entraîner dehors, Angelina laissa échapper un cri :

— Eraste, pour l'amour de moi, pour l'amour de nous !

Les épaules du conseiller de collège tressaillirent, mais il ne se retourna pas.

Le Décorateur en revanche regarda derrière lui et dit en souriant :

— Madame, vous êtes la Beauté même. Mais je vous assure qu'étendue sur la table, entourée des assiettes de porcelaine, vous eussiez été encore plus délicieuse.

Angelina eut beau fermer très fort les paupières et collcr lcs mains sur ses oreilles, elle entendit malgré tout le coup de feu dans la cour : sec, bref, presque indiscernable au milieu du vacarme des pétards et des fusées qui s'élançaient dans le ciel étoilé.

Eraste Pétrovitch revint seul. Il s'arrêta à la porte, essuya son front couvert de sueur, puis dit, claquant des dents :

— Sais-tu ce qu'il a murmuré ? « Seigneur, quel bonheur ! »

Ils demeurèrent ainsi longtemps : Angelina assise, les yeux clos, des larmes coulant entre ses cils, et Fandorine debout, hésitant à s'approcher.

Enfin elle se leva. Elle marcha jusqu'à lui, le serra dans ses bras, l'embrassa plusieurs fois avec fougue, sur le front, les yeux, les lèvres.

— Je m'en vais, Eraste Pétrovitch. Ne m'en veuillez pas.

— Angelina... (Le visage du conseiller de collège, de blême qu'il était, avait viré au gris.) Est-il possible qu'à cause de ce vampire, de ce dégénéré... ?

— Je ne fais que vous gêner, vous détourner de votre voie, coupa-t-elle sans vouloir l'écouter. Les sœurs m'invitent depuis longtemps à les rejoindre, au monastère Saint-Boris-et-Saint-Gleb. Il aurait dû en être ainsi depuis le début, depuis que papa est mort. Mais j'ai été faible avec vous, j'ai souhaité m'abandonner à la fête. Or voilà, la fête est finie. Les fêtes ne seraient pas des fêtes si elles duraient longtemps. Je continuerai à veiller sur vous de loin. Et je prierai Dieu pour vous. Agissez comme vous le dicte votre cœur, et s'il venait à se tromper, ne craignez rien, mes prières vous rachèteront toujours.

— Tu ne peux pas aller t-t'enfermer au c-couvent ! s'exclama Fandorine dans un débit confus et précipité. Tu n'es p-pas comme elles, tu es pleine de vie, pleine de f-fougue. Tu ne tiendras pas. Et moi, je ne pourrai pas vivre sans toi.

— Vous le pourrez, vous êtes fort. Je vous complique l'existence. Sans moi, vous serez plus libre... Quant au fait que je suis pleine de vie et de fougue, les sœurs ne le sont pas moins. Dieu n'a que faire des tièdes et des indifférents. Adieu, adieu. Je savais depuis longtemps que vous et moi, c'était impossible.

Eraste Pétrovitch ne répondit rien, anéanti, sentant bien qu'il n'était pas d'argument qui pût la faire revenir sur sa décision. Angelina, silencieuse elle aussi, caressait avec précaution sa joue, puis sa tempe blanchie.

Du cœur de la nuit, du fond des rues encore enténébrées, en complète dysharmonie avec la tristesse de cet instant d'adieu, montait vers eux le battement incessant, triomphant, des cloches de Pâques.

Table des rangs*

Hiérarchie civile	Hiérarchie militaire	Titres
1. Chancelier de l'Empire 2. Conseiller privé actuel	Feld-maréchal Général d'infanterie Général de cavalerie Général d'artillerie	Votre Haute Excellence
3. Conseiller privé 4. Conseiller d'Etat actuel	Lieutenant général Général-major	Votre Excellence
5. Conseiller d'Etat	Général de brigade	Votre Haute Origine
6. Conseiller de collège 7. Conseiller aulique 8. Assesseur de collège	Colonel Lieutenant-colonel Major	Votre Haute Noblesse
9. Conseiller titulaire 10. Secrétaire de collège 11. Supprimé 12. Secrétaire de gouvernement 13. Registrateur du sénat ou du synode 14. Registrateur de collège	Capitaine Capitaine en second Lieutenant Sous-lieutenant Enseigne ou cornette	Votre Noblesse

* Créée par Pierre le Grand en 1722, cette classification des fonctionnaires russes restera en vigueur jusqu'à la révolution bolchévique.

Table

Cet ouvrage a été imprimé par

FIRMIN DIDOT

GROUPE CPI

Mesnil-sur-l'Estrée

pour le compte des Éditions 10/18
en septembre 2004

Dépôt légal : octobre 2004
N° d'édition : 3637 – N° d'impression : 69884

Imprimé en France